JN096968

『伊豆の踊子』を読む

分析と推論の間

立川 明 著

川島書店

はじめに：なぜ『伊豆の踊子』か

　「『伊豆の踊子』を読む」という平易な題名ではあるが，本書が多少とも「哲学的」な課題を念頭においていることを，まずお断りしておきたい。ただし難解な「哲学」とは無関係である。筆者が若かった頃に愛読したジョン・デューイの『哲学の改造』（岩波文庫，1968 年：*Reconstruction in Philosophy*. 1920）に，哲学の歴史的な起源を解釈した個所があった。そこでデューイは，主に古代ギリシアと近代ドイツに例を取りながら，哲学とは伝統的な価値の新たな擁護の努力に他ならなかった，と主張していた。古代ギリシアやゲルマンの伝統的な文化の存続が，新しい人間中心的な思考や科学的な探究方法の台頭によって危機に直面したとき，新しい考え方によって批判されてもなお持ちこたえるよう，伝統的な文化を合理的な基礎の上に置き換えることで防衛する試みがなされた。それが哲学の起源であった。哲学はこの意味で古い価値の弁護ではあったが，それを問答無用にではなくて，できるだけ理にかない，説得力があるような形で行ったのである，と。そうした誕生の秘密を持つ哲学を，デューイがどのように評価したかは，ここでは問わない。

　本書が念頭におく「哲学的」な課題というのは，上記に比べ遥かに小さなスケールではあるが，良しにつけ悪しきにつけ，デューイが哲学起源論で暴露した，旧式の試みを目指すという意味である。最近の新しい研究方法や関心傾向の台頭によって，伝統文化の一部としての『伊豆の踊子』の価値は，今や大きく低下する危機に直面している如くである。さらに，新しい高等学校の国語教育において，『伊豆の踊子』が一部をなす日本の近代文学一般も，その役割の低下が危惧されている。自らの非力を顧みず，そうした低下を少しでも食い止めるべく微力を尽くしたい，というのが筆者の偽らざる願望である。

　ではなぜ他の作品ではなく，『伊豆の踊子』なのか。筆者がこの小説を選び出して擁護したい理由は，いくつかある。その中で，ここでは『伊豆の踊子』が，高等学校の国語教材として辿った，近過去の特異な歴史の一端を指摘したい。本書の最後で紹介するが，『伊豆の踊子』は，1960 年代を中心に，中高生

表Ⅰ：昭和 50 年前後の 14 種の高校国語教科書に採択された小説ランキング*

作家名	作品	頻度数		作家名	作品	頻度数
（1）夏目漱石	こころ	8	（6）	志賀直哉	城の崎にて	3
（1）中島敦	山月記	8	（6）	安部公房	赤い繭	3
（3）森鷗外	舞姫	7	（8）	太宰治	富嶽百景	2
（4）芥川龍之介	羅生門	6	（8）	井伏鱒二	黒い雨	2
（5）川端康成	伊豆の踊子	5	（8）	井上靖	投網	2

＊森本穫「文学教材としての『伊豆の踊子』」川端文学研究会編『傷痕の青春』教育出版セン
ター，昭和 51 年，191-92；清水節治「『安定教材』の神話」法政大学文学会『日本文學誌要』
48，1993 年，61 注 1 参照。

表Ⅱ：高校国語教科書採用小説頻度ランキング（平成 30 年度)*

作家名	作品	頻度数		作家名	作品	頻度数
（1）夏目漱石	こころ	26	（8）	角田光代	旅する本	6
（1）中島敦	山月記	26	（10）	安部公房	鞄	5
（3）芥川龍之介	羅生門	24	（10）	安部公房	赤い繭	5
（4）森鷗外	舞姫	16	（10）	小川洋子	バックストローク	5
（5）志賀直哉	城の崎にて	9	（10）	谷崎潤一郎	陰翳礼讃	5
（5）梶井基次郎	檸檬	9	（14）	三島由紀夫	美神	4
（7）太宰治	富嶽百景	8	（15）	江國香織	デューク	3
（8）井伏鱒二	山椒魚	6	（15）	川端康成	伊豆の踊子	3

＊「新潮文庫高等学校国語教科書採用作品一覧」平成 30 年度から作成。以下を参照。
www.shinchosha.co.jp/edu/…/high-school_2018.pdf

の読み物として，人気を博した。表Ⅰが示す如く，1970 年代前半には，高校
国語の教科書の教材としても，かなり高い採択数を示していた。それから半世
紀が経過した 2018 年（平成 30），高校の国語教科書に採択された小説，それ
ぞれの採択頻度にも変化が生じた。今，新潮文庫に基づき，同年の 54 種の教
科書に掲載された小説名と頻度を纏めると，表Ⅱのようになった。半世紀の間
にどんな異同が認められたか。漱石の『こころ』から鷗外の『舞姫』に至る四
作品は，この間，不動の「定番教材」に留まり続けた。他方，『伊豆の踊子』
は目に見えて後退した。代わりに，梶井基次郎，さらには角田光代や小川洋子
のような新人女性作家の作品が台頭した。漱石以下の四作品の基礎は新時代に
も盤石であった一方，『伊豆の踊子』は，過去半世紀の時代の変遷の中で，「定

番教材」への挑戦権を，梶井基次郎や，新世代の女性作家たちに明け渡した如くであった。川端の初期の代表作は，いわば世代交代の波に巻き込まれたのであろうか。

　しかし，ことはそう簡単ではなかった。例えば，中国では日本の文学作品は，教材としてどのように選定されてきたか。議論に先立って，まずは事実を参照しよう。中国で日本語や日本文学を専攻する学生たちが用いる教材集（アンソロジー）は，いかなる文学作品から編成されてきたか。表Ⅲは，大橋敦夫が収集してリストアップした，十五点にのぼる比較的最近の教材集に収録された主要な文学作品を，筆者が整理しランク化したものである。『日本文学選読』や『日本近代名作鑑賞』等と題されたこれら教材は，1992年から2008年の間に出版されていた。

表Ⅲ：中国の日本語教科書に採録された日本文学作品：1992-2008*

作家名	作品	採択数	作家名	作品	採択数
（1）森鷗外	舞姫	9	（9）芥川龍之介	鼻	4
（1）川端康成	伊豆の踊子	9	（9）谷崎潤一郎	春琴抄	4
（3）志賀直哉	城の崎にて	8	（9）横光利一	蝿	4
（4）夏目漱石	心	7	（12）幸田露伴	五重の塔	3
（4）二葉亭四迷	浮雲	7	（12）大江健三郎	鳥	3
（6）島崎藤村	破戒	6	（12）武者小路実篤	友情	3
（6）森鷗外	高瀬舟	6	（12）小林多喜二	蟹工船	3
（8）芥川龍之介	羅生門	5	その他		

*大橋敦夫「中国出版の日本語教科書の教材分析」『上田女子短期大学紀要』第32号，2009年，122-27 から。

　大橋の収集したアンソロジーは，出版された全教材を網羅したとは言えない。しかし，一般的な傾向を知るには十分な数であろう。第一に，この半世紀，日本では不動の「定番教材」のトップであった『山月記』は，中国での教材集には，全く登場しなかった。その理由は文学に素人の筆者にも，容易に想像できた。誰であれ中国での選者は，いかに深い漢学の素養に裏付けられた美文とはいえ，『山月記』を日本文学の代表作と見做すことを，躊躇したのであろう。第二に，中国での選者たちは，日本では『山月記』が占めた「定番教材」トップの位置を，日本では今や落伍者の『伊豆の踊子』に，そのまま与えたのであ

る。日本が文学の伝統教材として誇るべきは，こちらの方ではないか，と。一切の内政干渉を自らは頑なに拒む中国が行使する文化上の「干渉」を，おめおめ容認するとは何事か，と訝る向きもあろう。しかし，他事はいざ知らず，中国の文学専門家たちの意見には，一度は耳を傾ける必要がある，と筆者は思う。今を遡る百二十年前の昔，ロンドンへ留学に赴いた我らが漱石を悩み込ませたのは，自身の文学観を無意識なまでに深く規定していた中国の文学と，それとは全く異質な西洋の文学との，思いもよらぬ懸隔ではなかったか。(『漱石全集』第十四巻，「文学論」の「序」，岩波書店，1995 年) 飛躍を覚悟で言えば，中国の文学は漱石にとって，そして日本人一般にとっても，文学の母（少なくともその一人）であった。丁度，西欧の文学が，近代日本の文学にとっておそらくは父であったように。文化大革命を含む多大の歴史的な変遷を経た後とは言え，その母が子たる日本の文学教育界に向けて，なぜ中島敦の『山月記』に替えて，『伊豆の踊子』を日本的な文学教材の筆頭に据えないのか，と疑問を呈したのである。あるいは中国と日本の読者層の，文学上の関心の変化におけるタイム・ラグが作用した可能性もあろう。にもかかわらず，中国から発信されたこうした具体的な疑念は，例えばロシアや合衆国からのメッセージとは劃然と異なる，ある重みを持ったのではないだろうか。文学教育のいわば野次馬に過ぎない筆者にさえ，中国での教材集の実態が突きつけた課題を無視し去るのは，困難と感じられた。日本での文学教育に携わる者，関心を持つ者一人一人が，こうした挑戦に，いかなる形であれ，応答しなければならないのではないか。

　筆者も，そうした関心を持つ日本人の一人として，中国が突きつけた課題に立ち向かおうと思う。本書では，非力を省みず，『伊豆の踊子』の教材としてのポテンシャルを，筆者なりの理解力の限度まで解明するつもりである。『伊豆の踊子』の解釈に，分析と総合という在り来たりの方法をおおらかに，しかし注意深く用いて，この作品の価値がどういう所になお認められるのか，できるだけ筋の通った解釈を提示してみたい。実際には，そこここで筆者の推測や推論をやや大胆に取り入れた。少し度が過ぎたかな，と自省する個所も正直のところ一，二に止まらない。しかし，19 世紀フランスの生理学者のひそみに倣い，可能な限り「既知から未知へ」と探究を進めるよう，心がけたつもりであ

る。中でも「既知」には，論理的な矛盾も含まれる，との前提で作業を進めた。そうした試みの成否の判断は読者，特には文学教育の将来に危惧を，あるいは希望を抱く学校教育者や学生諸君に委ねたいと思う。文学に特別な素養を持つわけでもない筆者の試みは，もとより限られた関心と能力とによる制約を免れない。多くの重要な課題の検討を，手付かずのまま残すことにもなるであろう。思わぬ誤りも多いかも知れない。隗より始めよ，の古事を改めて思い返す。本書が，文学的な素養と鋭い関心を備えた他の方々が，より信頼のおける「哲学的」な応答を展開するための切っ掛けの一つを提供できれば，筆者にとってこれに勝る喜びはない。

＊　　＊　　＊

　『伊豆の踊子』を論じるにあたり，この作品および作者に対する筆者の位置取り（スタンス）を，一言述べておきたい。『伊豆の踊子』は，小説でありながら，相当程度に作者の実体験を基にしている。にもかかわらず，フィクションである証拠の一つとして，大正 7 年の一高生川端による伊豆旅行から，大正 15 年の「伊豆の踊子」の発表に至る間，物語の終結部が大きく変容している。この変容を追跡し，その意味を理解することが，本書の主目的である。そのため，以下では通常，『伊豆の踊子』を論じる場合に検討対象となる大正 8 年の「ちよ」，今は焼却された大正 11 年の「湯ヶ島での思い出」，そして大正の 15 年「伊豆の踊子」（正）（續）に加え，「「ちよ」時代の『伊豆の踊子』」と名付けた，仮想の作品も検討対象に加えた。その理由や意義については，後に紹介したい。また，作者川端康成については，彼による証言の信頼性の問題がある。誰についても同じく，作者川端にも様々な記憶の不正確さ，判断の不明確さが見受けられる。例えば，川端は長く，『文藝時代』の「伊豆の踊子（正）」と「伊豆の踊子（續）」との発表號を，大正 15 年二月號，四月號と記憶し，公言もしていた。ところが同誌の復刻によって，正しくは一月號，二月號と知ったという。（『川端康成全集』第三十三巻（以下では『全集』三三巻と略記），新潮社，1982 年，222。）創作の仕事についても，作者川端自身が，若い頃からの健忘症ぶりを指摘しているほどである。（『同』247。）したがって筆者は，本人が明言しているからと言って，証拠となり得ない場合がある，その裏面とし

て，言っていなくとも「正確な」事柄がありうる，と想定して検討の作業を進めた。度が過ぎると，筆者の勝手がまかり通ってしまうので，疑わしい川端の証言や主張は，できるだけ論理性，他の証言や主張に照らして，検討するよう努めたつもりである。それでも議論がしばしば独断に走った点は，筆者本人も自覚している。一，二度は，無謀を虞れつつも，作者川端自身の説明について，正面から異論を唱えさえした。最終的な目的は，あくまで固定観念を打破し，少しでも新鮮な『伊豆の踊子』を回復することにある。読者には，作者川端と同じく，筆者からも必要な距離を取りつつ読んで下さることを，お願いしておきたい。

　なお，本文中で『伊豆の踊子』から引用する場合，昭和44年（1969年）発行の新潮社版『川端康成全集』の第一巻に所収の『伊豆の踊子』のページ数のみを，（　）中に記した。

＊　　＊　　＊

　合衆国での大学院生時代（以来），筆者は欧米の大学史を専攻してきた。しかし当時，教育哲学と科学史とを副専攻に選ぶことも求められた。これら分野のうち，教育哲学が今回の試みと繋がりが深い。思い起こせば，大学生時代から，大学院生，客員研究員時代まで，教育哲学だけをとっても実に多くの方々の指導を受けた。お名前を列記して感謝を申し上げたい。もし，本書に何らかの利点があれば，その多くは，極めて間接的にせよ，これら方々からのご教示の賜物である。欠点の方は，言うまでもなく，筆者自身の非力に由来する。国際基督教大学では，磯田一雄，金子武蔵，川瀬謙一郎，小島軍造，讃岐和家。イリノイ大学アーバナ校では，ジョー・バーネット，ラルフ・スミス，ウィスコンシン大学マディソン校では，フランシス・シュラッグ，ダニエル・ペカースキー，ハーヴァード大学では，イズラエル・シェフラー。先輩また友人として多くの示唆を忝くした方々は，（敬称略）藤田英典，レイニア・イバナ，大西直樹，森田尚人，ユンヒ・パーク，坂本辰朗，林昭道，それに大学や大学院での学生諸君たち。

目　次

第一章：別れのなかの出会い

―『伊豆の踊子』の前提と出発点

（一）　分析と総合的な知の効用についての反省

　『伊豆の踊子』の検討に入るに先立って，そもそも物事を分析するとか，総合するとはどういう作業で，どんな可能性や問題点を持つのか，具体例を用いながら少し考えておきたい。確かに，分析や総合いずれにも頼らず，何事かを検討して，批判あるいは確証するのは難しいであろう。大きな問題を，小部分に分けると，全体を眺めるだけよりも，はるかに正確に問題を把握できる場合が多い。しかし，過度な分析の危険もある。例えば，水滴を知ろうして，ひと垂れの水滴を二分割，十分割，百分割することで，有効な結果が得られるだろうか。分割した水滴は，もはや水滴では無くなってしまうのではないか。同様に，現代小説の特徴を知るために，それぞれを構成する単語の一つ一つにまで分解して見ても，所期の効果は期待できないであろう。ただの単語集に終わり，その一語一語は例外なく『広辞苑』に見出されるから，現代小説は全て同じ特徴を持つと言った，途方もない結論を導き出しかねない。何をどこまで知るのかに応じて，分析には役立つ限界がある，というべきであろう。

　他方には，諸事実を繋いで新たな判断を導く，総合がある。例えばコロナウィルス感染症の世界規模での拡大論を取り上げてみよう。欧米と日本での人口百万あたりの死者数を比較し，その大差を医療体制や国民の疫病への対応能力に帰する主張がある。広範なデータを参照して総合すると，そうした主張の必ずしも正確でないことが知れる。令和3年6月初頭のデータで，感染者総数が最も多い上位百ヶ国について，人口百万あたりの死者数を比較してみよう。合衆国，フランス，連合王国，イタリア，スペイン，ベルギーを含む26ヶ国が1,500を超える。逆に，医療体制等の格差にかかわらず，アジアのパキスタン，バングラデッシュ，日本，マレイシア，スリランカ，タイ，ミャンマー，

韓国，中国，アフガニスタン，ウズベキスタンを含む 22 ヶ国では，同様な死者数が等しく 150 を下回る。これら 22 ヶ国の残りは，アフリカの 8 ヶ国，ヴェネズエラ，キューバ，ノルウェーである。今，アフリカ諸国と最後の 3 ヶ国を除けば，中国自身を含めて，全て地理的に中国とほぼ隣接した諸国である。感染者数で百位以下でも，中国（百万人あたり 3）をほぼ囲む国々（地域）の百万人中の死者数は，モンゴル = 87，ホンコン = 28，台湾 = 7，ベトナム = 0.5，ラオス = 0.4，カンボジア = 14，ブータン = 1，ブルネイ = 7 と，驚異的な低さである。* こうした事態は，どのように説明されようか。恐らく，日本を含む中国の隣接諸国家は過去の長きにわたり，中国発の疫病に繰り返し晒された結果，それら諸国民中の弱者は淘汰され，最新のコロナに対しても，国民の間に一定の「耐性」が出来ていたのではないか。西欧や北米・南米の諸国の事情は，全く逆ではなかったか。これら諸国は，「疫病―地理・歴史」的な理由で，中国発の新コロナへの「耐性」を欠き，今回，医療水準の高い欧米諸国を含めて，甚大な被害を被ったのであろう。但し，アフリカ諸国のほぼ全てで死者数が極めて低い事実は，上記の「疫病―地理・歴史」論ではなく，アフリカ固有の疫病の頻発の中で作られた「耐性」で説明されるべきかも知れない。コロナに関するこうした総合的な判断は，長期的な疫病対策に，新たなアプローチを可能とするのではないか。しかし，緊急度が高いのは，欧米諸国でのアジア人の排斥の問題である。マスコミは時として，アジア人を一括りに排斥する欧米諸国の粗相を問題視する。しかし，上記のデータを見比べれば，アジア諸国が中国とグルになってコロナを広め，欧米諸国民を大量殺戮している，との「偏見」はそれほど的外れではないと判明する。「アジア一括り」の排斥には「根拠がある」のである。必要なのは，上のような「疫病―地理・歴史」図式を，特に欧米諸国に対し，明瞭に説明することではないだろうか。時事問題にかまけて長くなったが，筆者の要点は上記の解釈の無謬の主張ではない。一つの総合的な判断には，必ず別な諸判断（alternatives）がありうる，という点である。有意義な探究は，十分に分析した諸事実を，適度に総合する手続きの繰り返しを伴う。そう述べておいた上で，ここでは更に，分析や総合を経て得られた知識が，では，人間の現代生活にも本当に有用なのか否か，自身の古い経験を振り返りつつ，簡単に検討しておきたい。

＊現在コロナが猖獗を極めるインド，ネパールでも人口百万人の死者数はそれぞれ
243，258，またインドネアシアの 185，フィリピンの 193 も，依然欧米の数分の 1 以
下である。（www.worldometers.info/coronavirus/）

　筆者が小学生だった昭和 30 年代前半のあるとき，担任の女性の先生がガリ
版刷で，クラス生全員の文集を出してくれた。その中に，一人の女の子作の，
夕空をかすめる飛行機を詠んだ詩があった。詩の脇に添えられたスケッチが，
今も記憶に蘇る。大きなヒレを伸ばしたナマズが，空に張り付いたような輪郭
であった。お世辞にも飛行機とは言えなかったその姿に，筆者は小さなショッ
クを受けた。多くの少年と同じく，筆者もそのころ航空機や艦船に夢中であっ
た。毎日，学校の教科書そっちのけで，立川と横田へ飛来した軍用機と，航空
誌のグラビアとの比較に耽っていた。当然，飛行機の知識は「おたく」レベル
だった。その筆者には，件のスケッチはどう見ても飛行機らしくなく，到底受
け容れられる代物ではなかったのである。

　立派な詩を書く女の子が，どうしてかくも稚拙な飛行機しか描けなかったの
か。あのとき筆者に起こった疑念は，彼女の視力やスケッチの得手不得手と
いった事柄とは，明らかに別種のものだった。それを整理すれば，人は特定の
事物に関心がなく，その細部とそれらの連関を知らなければ，その事物の外観
をさえ，描けないのではないか，という内容だった。対象への関心と知識，そ
して対象を表現する力とは，互いに関係していそうだ，と洞察する入り口に
立ったのである。

　その後の大学生時代，筆者は子どもが本能の赴くまま絵を描くのを放置せず，
対象を改めて注意深く見直すよう促すことで，スケッチの質は格段に向上する，
というジョン・デューイの論に接し，一度は納得した。（『学校と社会』岩波文
庫，1957 年，52。）もしも，件の級友が当時，飛行機はそんな形ですか，と観
察し直しを促されていたなら，ずっとそれらしい絵に近づいただろう，と見方
を変えたのである。にもかかわらず，関心，知識，表現力の関係についての洞
察は，基本的には正しかった，と今でも信じている。それらしいスケッチには，
飛行機の動力や，浮上と飛行に関する知識が不可欠であること。それら知識に
加え，その主要部分の組み立て方に応じ，あるいは長く滑空飛行できる機体と

4

なり，あるいはエンジン全開で音速を容易に超える機体となる，と言った総合的な理解が，飛行機らしさの表現には必要だ，という洞察である。私たちは，この世界の様々なものや事柄を知悉しているつもりが，いざ説明やスケッチを試みると，無知が露呈してしまう。こうした事情は，本書で扱う小説についても，当てはまるのではないか。

　しかしながら，何事にも断定は禁物である。分析や総合で獲得した知識など，人間が日常を送る上で必要であるのか，疑問視する立場がある。そうした知識は現代人には無用のみか，ときには邪魔とさえなる，との議論を時おり耳にする。筆者自身，そう実感した経験があった。またもや飛行機であるが，大学生であった半世紀以上も前，生まれて初めて札幌―東京間を飛んだ。このとき，隣の席には，これも飛行機が初めての老婆とその孫の少年が座っていた。機体はボーイング727。筆者は同機について，胴体の後部の3基のジェット・エンジンに始まり，大方のスペックを知り尽くしていた。ところが離陸の直前，思いもかけず緊張し，不安を感じた。滑走路の先端に至るまでに離陸に必要な速度が出るだろうか……心配になった。機が旋回し始めたとき，正直，ほっと安堵感に浸ったのである。ところがどうだろう。この間ずっと孫と談笑していた隣の老婆は，心配など微塵も感じさせなかった。彼女は727の3基のジェット・エンジンのことすら，全く知らないようだった。しかし，同じ初乗りで，不適応を露呈したのは，飛行機オタクの筆者の方であり，ジェット旅客機の知識を欠いた（と思われる）彼女は，離陸に見事に適応して見せた。そのとき頭をよぎったのは，当時読みたてのマックス・ウェーバーだった。合理化が進んだ現代では，誰も電車が動く仕組など知らなくてよい，乗ればどこそこまで動いてゆく，と予測できれば十分なのだ，という一節である。（『職業としての学問』岩波文庫，改訳版1980年，32。）離陸時に不適応を引き起こす位なら，飛行機に関する分析的，総合的な知識など，無い方がよいのではないだろうか。

　この老婆との経験から筆者は，近代生活と知の効用の裏面について納得した。しかし，納得し切ったわけではない。実際，しばらくの後，いわば表面の立場を支え直す出来事が生じた。三度目も飛行機で恐縮であるが，初飛行から数年後のある日，留学生だった筆者は，合衆国のボストンからシカゴへ飛んだ。機体は同じボーイング727であったと思う。ボストン空港を離陸してから程なく，

大きなエアポケットに落ちたのである。相当な高度から，あっと言う間に，地上の家々が目に迫るまで，急落下（降下ではない）した。乗客は一様に肝を冷やしたのだろう，その直後からシカゴ空港までの二時間，機内のそこここでいくつもの「宴会」が続いた。普段なら無言の隣同士が，恐怖の体験を共有し，他人との心理的な壁が一気に取っ払われたのである。例にもれず筆者も，それ以降の二時間，隣同士だったシカゴの大工と，アイオワ州立大の電波望遠鏡技師の二人と，途切れることなくビールを飲み交わし，談話に興じ続けた。それほど強いショックのエアポケット体験であった。

　二人と別れた後，筆者はふと初飛行で隣り合わせた老婆のことを思い出した。あんなに安心し切っていた彼女だが，今日のような目にあったらどう反応したであろうか。ことによると，恐怖心に圧倒され，飛行機には二度と乗ら（れ）なくなったのではないか。筆者は実際，それに類するテキサスの老婦人の有様を，別な機会に隣の座席で目撃したことがある。一方，筆者自身はどうであったか。危険への感受性不足の故か，はたまた境遇の必要に迫られてか，これ以降も乗り続けるだろう。しかし，ジェット旅客機もエアポケットに落ちざるを得ない仕組みを多少とも「理解」しているが故に，理不尽な飛行機恐怖症からはギリギリ守られている，と気を取り直した。近代生活への適応力の点で，件の老婆に劣るわけではないことも改めて確信したのである。

　以上は，筆者の経験に即して，分析と総合の手続きを伴う知識の意義の一端と考えることを述べた。では，こうした知識は，文学が人生の豊かな「糧」として機能するために，若い人や働き盛り，そして老人にとって，有用な役割を果たせるのだろうか。以下では，議論をそうした文脈へと繋げてみたい。正直のところ，飛行機オタクだった小中学時代，日本や西洋の文学など筆者の埒外の存在だった。現代の小中学生の多くと同じく，授業や宿題で課せられた小説の感想文など，まっぴら御免被りたいと心から思っていた。それでも高校生，大学生と年を重ね，筆者も人並みに文学に目を向けるようになった。文学が認知され楽しまれるには，この間，あるいは楽しくあるいは辛く，人生の体験が少しく積み重ねられ，かつ文字と情感，文章と論理についての理解や知識が少しずつ獲得され，蓄積される必要があった。人生オタク，文章オタクとは言わないまでも，人間として不可避な問題に直面し，それに働きかけ，喜びに小躍

りしたり，悲嘆をもろに被るという人生経験を送る一方で，さらには反省を助けた文章表現や人生論とを多少とも身につけ，文学への人並みの関心へと導かれたのである。今回この著作を書き進める中で，文章に結晶した論理の意義を改めて確認した。大正の伊豆の小旅行を記述した『伊豆の踊子』という小説の理解に，例えば，19世紀の進化論者 Charles Darwin や保守的な植物学者 Almira Lincoln の著した *The Descent of Man.* (1871) や，*Familiar Lectures on Botany.* (1829) の論点が有用であることを発見して，驚いたのである。まだ二十代の半ばだった頃，合衆国で学位論文の準備にそうした著作を読み耽っていたとき，まさか後に『伊豆の踊子』の検討で，それらの論点が手がかりとなるとは，夢想さえしなかった。

　同時に，しかし，『伊豆の踊子』を読むにあたって，分析と総合を往復するような知は果たして必要なのか，邪魔にならないのか，といった問いにも，今回しばしば直面した。更には，素人ながら，文学論の功罪についても，考えさせられる場面もあった。中でも，日本語を学ぶ海外の学生たちの『伊豆の踊子』感想文に，意外に新鮮な内容の作品をいくつか見出して，忘れ去った自らの貴重な過去を思い出す気分を味わった。それら感想文のほとんどは，新しい文学論も踏まえておらず，いわば素朴な感想の表現だったのである。筆者が主に合衆国で大学院生生活を送り，研究発表もした1970年代，80年代は，大学史でも revisionism（それまでとは，根本的に異なった文脈の中で，歴史を書き換えようとする動き）の全盛期であった。宗教伝統との関係で博物学と物理学の対立や，初期 MIT の敗北などを歴史的に跡付けていた筆者は，合衆国の友人たちや学会への参加者から，しばしばオーソドックスで，問題意識の深みを欠く，類の批判を受けた。しかし，1980年代あたりになると，学会発表の殆どが revisionism に立脚した内容となり，筆者のようなオーソドックスな研究が，少なくとも参加者の一部からは，却って新鮮と受け止められる場合も出てきた。文学論の分野でも類似の傾向のあったことを，今回，多少の著作に目を通した中で確認することができた。批評の理論は欠くことができないとしても，小説の内容に即した検討もやはり必要なのであろう。* そうした検討には，もう一度素朴な分析と総合を注意深く，繰り返して用いる以外に，当面，方法がないのではないか，と筆者は考えるようになった。

*廣野由美子『批評理論入門――『フランケンシュタイン』解剖講義』中央公論新社，2013 年；三原芳秋・渡邊英理・鵜戸聡 編 『文学理論　読み方を学び文学と出会いなおす』フィルムアート社，2020 年等を参照。

　さて本書の目的は，古い小説『伊豆の踊子』が，新しい時代の読者にも受け継がれることを期待して，その小説としての特色を，筆者に許される限りの極めてオーソドックスな方法を用いて，やや新しい見地から確認することである。川端の他の作品に比べ，『伊豆の踊子』のイメージやあらすじは，読者には馴染み深いであろう。例えば，1974 年の映画版は，「一高生と踊子とのみずみずしいふれあいを描いた青春作品」と銘打っている。ウィキペディアは，この小説を「孤独や憂鬱な気分から逃れるため伊豆へと一人旅に出た青年が，修善寺，湯ヶ島，天城峠を越え湯ヶ野，下田に向かう旅芸人一座と道連れとなり，踊子の少女に淡い恋心を抱く旅情と哀歓の物語」と要約している。いずれも字数なりに，作品の概要を簡潔に説明している如くである。当然ながら，映画版であれ，小説であれ，作品そのものは，遥かに多くの人物が登場し，いくつもの場面から構成されている。作品の特色の具体的な把捉には，そうした個々の人物や互いの関係，数多い場面に注意を払う必要がある。特に，現代及び近未来の読者を念頭に，大正末期の小説を，伝統文化の一部として擁護するには，作品の背景と並んで，その細部にまで十分な目配りをせねばならない，と思う。以下は筆者なりのその試みである。

（二）「ちよ」と『伊豆の踊子』の別れはどう違うか：第一の仮説

　はじめに，『伊豆の踊子』から二,三の具体例をあげ，検討を加えてみよう。そこから，我々の知る小説が，作者川端（これ以降，「作者川端」は，大正 11年の「湯ヶ島での思い出」以降の川端を主に指す）のどのような目論見の下に，いかなる変遷を経て，書かれたかについて，まず一つの仮説を立ち上げてみたい。しばしば説明される如く，『伊豆の踊子』はフィクションではあるが，しかし旧制第一高等学校の生徒であった川端康成（これ以降，「生徒川端」は小説中の一高生，ないし高等学校時代の川端とほぼ同じ意味である）が，学期の

最中に一人で伊豆を旅し，旅芸人の一行と出会った体験をもとに書かれた，実話的な作品でもある。発表から40年以上を経て，作者川端は，この小説の特徴を次のように記している。

> 『伊豆の踊子』はすべて書いた通りであった。事實そのままで虚構はない。あるとすれば省略だけである。私はそう思っている……私には稀なモデル小説である。（『全集』三三巻，243，263。）

「モデル小説」とはいえ小説であるから，もともと実在した不動の「事實」を前提に，作品のどこがどこまで事実と一致し，どこがどこまで相違している，と論じても，大きな成果は期待できないであろう。にもかかわらず，作者本人も「私には稀なモデル小説」と公言している以上，大雑把な事実関係の分析は可能であり，この小説の目論見や，構成の変遷を探究する際の，手がかりとはなるであろう。そうした観点から『伊豆の踊子』の成立史に着目すると，たちまち彼の主張を疑いたくなる部分に出会うことになる。その顕著な一例が，踊子と一高生の別れの場面である。長谷川泉が指摘したように，今日私たちが知る『伊豆の踊子』（大正15年）は，一挙に誕生したのではなく，いくつかの段階を経て，今の小説の姿となった。第一は，大正7年の秋，伊豆で踊子と出会った生徒川端が，それから半年後の大正8年6月，一高の「校友会雑誌」に作品「ちよ」を発表した段階であった。主人公の巡り合う人物が，みな「ちよ」の名を持つこの不思議な作品の一部として，生徒川端は，天城峠から下田まで楽しい時間を共有した，「踊り娘」を一員とした旅芸人たちとの顛末を，挿入したのである。次いで，「ちよ」の発表から三年後の大正11年，作者川端は「ちよ」の大雑把な枠組を受け継ぎつつ，その一部が後の『伊豆の踊子』の原型となる「湯ヶ島での思い出」を，当面発表の意図もなく伊豆で執筆した。この「思い出」の前半を更に書き直し，文学雑誌『文藝時代』の大正15年一月號，二月號に連載したのが，現在の『伊豆の踊子』にあたる作品である。（『川端康成論考』明治書院，1984年，176-78。）「ちよ」に挿入された，修善寺での踊子の目撃から，下田までの同行旅の記述は，『伊豆の踊子』でのそれと大雑把には対応していた。但し，両者の間には，無視できない相違も見られた。旅の最後，下田での一高生と踊子の別れの様子がその一つであった。「ちよ」の方は，別れを以下のように記していた。

（下田に）着いた翌る朝，船で東京に発ちました。小娘（踊子のこと，筆者）
は，はしけで船まで送って，船で食うものや，煙草なんか買ってきて，よく
気をつけて，名残を惜んでくれました。（『川端康成初恋小説集』新潮文庫，
2016 年，298。）

大正 8 年のこの踊子と一高生との別れは，名残を惜しむ中にも，全般的にほの
ぼのとした雰囲気の中での進行を窺わせた。踊子は一高生より年下の数えで
十四歳の少女でありながら，あたかも母親か姉が息子か弟の出発の世話を焼い
ているが如くに振る舞った。一高生に，船中での食べ物はいうに及ばず，煙草
まで買い与えていた。想像するさえ，愉しくなる光景であった。一高生には，
それはそれで，人生で滅多にない感激として，受け取られた如くであった。と
ころが，七年後，大正 15 年に発表された『伊豆の踊子』では，別れの叙述は
一変した。* まず，船出前後の踊子の雰囲気は，極めて重苦しかった。色々と
話しかける一高生に，踊子は一言の言葉も発せず，時折肯くだけで，終始一方
向を見つめたままであった。加えて，「ちよ」では踊子が自ら細々と施した世
話は，今回は，煙草の購入を含め，一切兄の栄吉が果たした。自己に閉じこ
もったままの踊子との別離は，想像するさえ息苦しい場面であった。一体，ど
ちらの別れが，川端のいう「事実そのまま」であったのか。否むしろ，いかな
る経緯を経て，「ちよ」で書かれた別れは，『伊豆の踊子』での別離へと，変貌
を遂げたのだろうか。
　*「ちよ」と『伊豆の踊子』での別れの相違を早くに取り上げたのは佐藤勝であった。
　佐藤は，「ちよ」での別れは，「多くの人が人生の途上で幾度か味わずにはいられない
　……普通の意味での「私」と「小娘」の別れ」であるとした。他方，『伊豆の踊子』
　でのそれは，孤児感情からの解放という，特殊な体験を経て生じた，日常と非日常的
　な自己の分裂を伴った特殊な別離である，とした。（「『伊豆の踊子』論」長谷川泉編
　『川端康成文学作品研究』八木書店，昭和 1973 年所収。）佐藤の論への批判は，本書
　の後半で改めて展開したい。

『伊豆の踊子』は，「事實そのままで虚構はない」と作者川端は言う。字義通
りに解釈すれば，大正 15 年発表の作品こそが，かつて生じた事実の正確な再
現だとの彼の主張であって，「ちよ」についての断言ではないことになる。し

かし，「ちよ」に記された伊豆の旅と踊子との交流は，誰が見ても，後の『伊豆の踊子』の原型にあたった。しかも，「ちよ」の発表は伊豆旅行のわずか半年後であった。生徒川端の記憶の中で，旅芸人との出会いと別れの印象も，いまだ鮮明だったはずのときであった。「ちよ」での別れと，『伊豆の踊子』での別れの，いずれが「事実そのまま」であったのか。冒頭から決定的な判断は下し得ないし，そもそも，フィクションについて，原「事実」との一致や不一致を確定しうるのか，疑問である。* にもかかわらず，どちらが「事実」であったかによって，『伊豆の踊子』へと完成された物語のトーンが相当に変わる。もし「ちよ」の通りであったら，一高生の旅の物語は，踊子を含む当事者，さらには読者にとって，微笑ましい別れで締めくくられた，心温まるストーリーとなったであろう。大島での再会と，一緒に敢行する計画の芝居も，約束の通りに遠からず実現するものと，読者にも実感されたはずだからである。

　*筆者はここでは，作者川端が用いた「事実そのまま」という表現に沿って，では逆に「事実」はいずれかという形で，疑問を立ち上げた。金輪際動かない「事実」の実在を前提にして，一体どちらが「事実」そのものに近かったのか，を探るのが目的ではない。この点については，近藤裕子および中山真彦の有用な論を参照のこと。（近藤裕子「『伊豆の踊子』論」（上）（中）（下）『東京女子大学日本文学』，昭和53年3月，同9月，同55年9月，ただし（中）は『川端康成作品論集成』第一巻，（下）は原善編『川端康成「伊豆の踊子」作品論集』に再掲；中山真彦「作品中の『私』」『川端康成作品論集成』第一巻，おうふう，2009年所収。）

　ところが，もし『伊豆の踊子』での別れから遡って，伊豆の旅を読み直せば，物語はかなり異なった様相を呈してくるだろう。芸人との旅は，一高生にはある種の魂の解放を齎した。しかし，旅の結末で踊子が直面した現実は，一高生の場合とは正反対の，陰鬱な言語不信であった。踊子には，『伊豆の踊子』は全体的に，殆ど悲劇的な物語として決着したことになる。下田での別れの特異さは，後半の章で詳細に分析したい。ここではまず，下田での別れへの着目が，全体の筋の見方を多少とも変える可能性がある点を，指摘しておきたい。

　下田での別れの叙述の異同と密接に関連するのが，『伊豆の踊子』の終結部分に関して，羽鳥徹哉が指摘した問題点である。すなわち，この小説の最初の五つの章に比して，下田での別れに関連した六，七章は説明が不足で，不用意

な言葉遣いが目立つ。五章までの和気藹々とした話の展開を前提にすると，帰京の言い出しは唐突かつ必要な説明を欠くように感ぜられる，と。他方，踊子との「活動」行きが許されなかったことを，作者川端が「実に不思議」と表現するなど，どう見ても「書き過ぎ，もしくは不用意な」表現が，見出される，というのである。（『作家川端の展開』教育出版センター，1993 年，217 以下。）筆者も大方は羽鳥の指摘に同意する。言い換えると，『伊豆の踊子』の作者川端は，その締め括り部分で，一高生の帰京と踊子との別れを，やや強引に構成したのではないだろうか，と推論される。その結果生じた叙述上の無理強いが，羽鳥の指摘する問題点となって露呈したのではないか。

　『伊豆の踊子』での別れを論評ないし理解しようとすれば，当面，二つの仕方があるであろう。一つは，羽鳥の行なった如く，書かれたテキストを忠実に分析し，問題を逐一取り上げること。これは真摯かつオーソドックスな研究者に相応しい方法である。もう一つは，ややお節介な仕方で，五章までの叙述の内に，六七章での別れへの布石となる部分を指摘したり，特には，説明不足の六七章の叙述を，書かれていない「可能な出来事」を，仮説的に挿入して，全体をわかりやすく解釈することである。こちらの方法も，『伊豆の踊子』の別れの不自然を軽減して，納得しやすい筋を顕在化しようとする。が，しかし，良心的な研究者の多くは，回避するやり方であろう。筆者は文学の専門家でない立場を逆手にとって，この後者の方法もやや大胆に採用したい。こうした無謀な方法が，『伊豆の踊子』の鑑賞に効果，はたまた逆効果をもたらすかは自明でないとしても，ともかく筆者は，できる限り読者の同行者でありたい，とは願っている。

　『伊豆の踊子』の下田からの船出の場面について，もう一つ具体的な個所を取り上げ，検討しよう。この場面は，「事實そのままで虚構はない」との川端の主張に，疑念を抱かせる個所にあたる。E. サイデンステッカーの手になる初めての英訳文（1955 年版，後の 1997 年に完訳）に目を通したことのある読者は，多少とも驚いたであろう。日本の読者には馴染み深い二つのエピソードが，省略されていたからである。その一つが，ここで問題にする，別れの場面の一部であった。波止場で語りかける一高生に踊子が無言を通していたとき，下田近くの坑夫たちが彼に頼み事を持ちかけた。スペイン風邪で落命した若夫

婦の哀れな遺児たちとその祖母が，上野を経て水戸まで無事に帰郷できるよう面倒を見てくれないか，と。彼らのこの懇願を，一高生が快諾した場面のことである。サイデンステッカーは彼の翻訳で，この個所を完全に削除した。削除が興味深いのは，この個所こそ，『伊豆の踊子』は「事實そのままで虚構はない」，との作者川端の主張と，齟齬をきたし得る数少ない一つだったからである。小説が記すように，一高生は東京へ向かう船上で，（蔵前高工の）受験のため上京する若者に出会い，旅を共にした。この実在人物（後藤孟）の後の証言によれば，同船に三名の遺児とその祖母らしき人物が乗り合わせた形跡はなく，東京到着後，後藤と川端とはそのまま朝風呂を浴びて，神田明神あたりで別れた。* もしも後藤の証言が正しければ，サイデンステッカーは怪我の功名で，川端が否定した虚構を図らずも探し出し，それを除去したことになる。サイデンステッカーから40年の後，『伊豆の踊子』の映画を二度監督した西河克己も，鉱夫たちの挿話は『伊豆の踊子』の「簡潔で透明な調子をいちじるしく乱している」ので，「省略してしまった方が……一貫する」と主張した。このフィクションの挿入が，果たして「小説の中で効果をあげているだろうか。私の最も疑問とする個所である」，と。**

* 『実録川端康成』読売新聞社，1969年，58-59；土屋寛『天城路慕情』新塔社，1978年，179-80。

** 『英和対照「伊豆の踊子」』原書房，1964年に所収の The Izu Dancer. Translated by E. Seidensticker. *Atlantic Monthly*, 1955 参照。1997年の完訳版は，Theodore W. Goossen, ed. *The Oxford Book of Japanese Short Stories*. Oxford U. P., 2010, pp.129-48. サイデンステッカーの両翻訳については，片岡真伊による詳細な考究がある。"Emending a Translation into "Scrupulous" Translation." 『総研大文化科学研究』第12号（2016），83-100；西河克己『「伊豆の踊子」物語』フィルムアート社，1994年，39，42.

　藤森重紀も，この老婆とその孫たちのエピソードは，「純然たる作家の創作になる」と断定した。『伊豆の踊子』は川端が，肉親縁者を尽く配して登場させた物語で，老婆はその締めくくりにあたる，と論じたのである。（『傷痕の青春』教育出版センター，1976年，153ff.）しかし，一方的な虚構論は，やや断定に過ぎるかも知れない。同船した少年後藤孟の証言について，羽鳥徹哉は批

判的に考察した。すなわち，後藤は寄港地の河津から乗り込んだので，下田からの一部始終を目撃した訳ではなかった。加えて作者川端自身が，伊豆の旅から二十年後の昭和13年に当時を回顧した説明では，船中で「上野驛へ送つてやるといふ舟客があったので」，生徒川端はお役御免となり，「河津の工場主の息子を誘つて，近くの朝湯へ入つた。」というのである。*朝湯の証言は，川端と後藤で一致する。他方後藤は，霊岸島では「二人だけで降りましたし，もちろん，上野駅に行くというような人を周囲に見かけたおぼえはありません。」と証言している。二つの証言が矛盾しない唯一の可能性は，船室の隣部屋で舟客たちが囲んでいた婆さんに，途中で乗船した後藤が気づかず，生徒川端と話し込んでいて，下船の際にも婆さんたちを認識できなかった場合であろう。しかし，そうだとしても，「事實そのままで虚構はない。」との主張は，修正を要する。一高生は，「明日の朝早く婆さんを上野驛へ連れて行つて水戸までの切符を買つてやるのも，至極あたりまへのことだと思つてゐた。」(225)終結部分を読めば読むほど読者は，彼がその通り行動したと，想定するであろう。そうしなかった以上，このエピソードが部分的には創作であった，と結論すべきではないだろうか。

*羽鳥『前掲書』，573-76；土屋『前掲書』，180；『全集』三三巻，126。

　しかし，それにしても不思議の感が残る。確かにサイデンステッカーは，優れた日本文学研究者であったし，西河克己は吉永小百合と山口百恵を主演女優に，『伊豆の踊子』を二度も監督した川端通ではあった。にもかかわらず，こうした二人が，あるいは翻訳から省略し，あるいは小説中で「効果をあげている……か最も疑問」だ，と主張した挿入個所について，優れた文学センスを持った作者川端自身が，不自然でありかつ効果がないと気づかなかった，とは筆者には信じられない。とすれば，彼は，不自然や効果「なし」を承知の上で，省略してよかった部分的な作り話を，あえて残したことになる。

　作者川端はいかなる経緯で，孤児たちと祖母という部分的な「虚構」を，大事な場面に，しかも長々と挿入すると決めたのであろうか。筆者なりの回答はあるが，それは本書を通して徐々に構築し，かつ読者と検証してゆくべき主題の一つである。しかし，本書はミステリーではないので，筆者が回答と信じる

もののうち，二,三の要因はあらかじめ述べておきたい。第一に，作者川端による挿入はなぜ，と意識的に問うたとき，筆者は戯曲化されたある小説の一場面に思い当たった。川端の中学生時代，一世を風靡したトルストイの『復活』，具体的には島村抱月が翻案した戯曲『復活』での，ネフリュードフとカチューシャの別れの場面であった。* 周知のように，カチューシャは，若き日のネフリュードフの誘惑が原因で娼婦となり，やがて殺人犯とされてシベリアへ送られた。抱月が脚色したその最後の場面で，ネフリュードフは「北のほうへ行き，そこで一生をあわれな人々のために捧げたい」，と自らの決意をカチューシャに伝え，永遠の別れの言葉としたのである。第二に，そう思い当たって二つの別れの場面を比較してみると，両者はその根本が類似しているではないか。『伊豆の踊子』の踊子もカチューシャも，それぞれ一高生とネフリュードフが原因の一部となって，一人は失意のうちに下田へ残され，もう一人はシベリアへ送られた。そうした別れにおいて，一高生は無言の踊子に聞こえるよう，不幸な遺児たちと祖母に喜んで手助けすると伝え，ネフリュードフはカチューシャに「一生をあわれな人々のために捧げたい」と告げたのである。二つの別れに多少の違いがあるとすれば，抱月版の『復活』では，それが疑いなく永遠の別れであったのに対し，『伊豆の踊子』ではそうとは明示されていなかった点である。しかし，全体として類似している以上，『伊豆の踊子』の場合も，今生の別れが示唆されていたのであろうか。

*トルストイ＝島村抱月 劇場版　現代語訳『復活』第五幕（Kindle 版.）抱月は別れの場面を創作・追加している。この創作・追加の賛否の評価については，木村敦夫「トルストイの『復活』と島村抱月の『復活』」『東京藝術大学音楽部紀要』第 39 集 2013 年と，コルコ　マリア「日本おけるトルストイの小説『復活』の受容」『言語と文化』（名古屋大学）2017 年，とを比較のこと。

　そうした問いを念頭に置きつつ別れの場面を読み返すと，岸壁からはしけまで，何一つ自ら進んで応答しなかった踊子が，最後に一つだけ，能動的な行為に及んだと確認できる。遠ざかった一高生の船に向かって，彼女は「白いものを振り始めた。」のである。白いものとは白いハンカチ，あるいはそれ相当のものであったろう。「白いハンカチ」は，永遠の別れを暗示したのではないか。*

＊晩年の川端の主治医を務めた精神医学者の栗原雅直によれば，川端の文学作品では，布を含めて，「白」は「死」と深く関係して用いられたという。（『川端康成　精神医学者による作品分析』中公文庫，1986年，12。）

　参考までに，小説を一旦離れ，踊子との別れと再会に関する，川端自身の言動を検討してみよう。踊子との旅の直後，「ちよ」時代の生徒川端は，彼女を中心とする旅芸人との再会を，当然視していたようである。「伊豆の旅でも，旅から歸つてからも，私は大島の旅藝人の家へ行くことにきめてゐたし，向うも來るものときめてゐてくれた…。」ところが川端はこれ以降，死に至るまで，この「堅い約束」を果たすことは遂になかった。（「『全集』三三巻，210。）彼は，行かなかった理由を，「ただ私に旅費の工面がつかぬからだつた」と何度か釈明した。＊ この釈明の妥当性については，外的な条件と『伊豆の踊子』の制作動機の二点にわたり，後に検討する。ともかく下田での別れは，川端その人にとっても，踊子との今生の別れとなったのである。

　＊但し，昭和26年，三笠文庫版の『伊豆の踊子』への「あとがき」において，川端は「私はなぜ大島へ渡ってみなかつたのか，自分でもわからない。」と書いている。（139。）

　以上，大正15年に発表された『伊豆の踊子』での一高生と踊子の別れの特徴を，大正8年の「ちよ」に収録された一高生と踊娘との別れの叙述と対比して，検討した。この作業から，作者川端が，『伊豆の踊子』をどのような構想のもとに書き上げ，出版したと，無理なく推論できるだろうか。「ちよ」での別れが，微笑ましさと，喜び，将来への希望を表現していたのに対し，『伊豆の踊子』での二人の別れは，上記の検討が指し示した限りおいて，陰鬱で，悲しみに包まれ，希望が見られない別れへと変わっていった。今，船上での一高生の動静はのちの検討に委ねるとして，踊子が「白いものを振り始めた」時点での別れは，永遠の別離を指し示すために書かれたと，筆者は受け取らざるを得ない。したがって，まず次のような第一の仮説を立てたい。

　作者川端は，『伊豆の踊子』の制作にあたって，下田での一高生と踊子とが，永久の別離に至ることを前提に，この小説の後半を組み立てた。（仮説Ⅰ）

　この仮説によって，『伊豆の踊子』の成り立ち全体が，直ちに変わるわけで
はない。当面，一高生は，天城峠の茶屋で面識を得た旅芸人たち，特にはその
唯一の男性である栄吉及びその妹の踊子と，比類なく楽しい，しかも一高生の
鬱屈した心が解放される物語として展開する，とは言えよう。しかし作者川端
は，そうした喜びと解放とが，最終局面に至って，一高生と踊子との，永久の
別れを結果するように，物語を工夫し制作した。そうした結末は，それ以前の
出来事の構成にも，微妙な形ではね返り，影響を及ぼした，と理解すべきであ
ろう。作者川端が，以上のような内容構成を導入した理由については，後に仮
説Ⅱとして，筆者の考えを改めて提示したい。

（三）　一高生はストーカー？：文化批判と文化否定の間

　前節で取り上げた『伊豆の踊子』の別れの場面は，多少の注意を払う人なら，
誰でもが疑問を抱き，分析を試みられる個所である。これに対し，相当に綿密
な検討を加えないと，姿を現さない分析対象もある。そうした個所を発見し，
その結果を互いに結びつけるのは，小さな冒険である。比較的最近に菅野春雄
が相次いで出版した二冊の著作，『誰も知らなかった「伊豆の踊子」の深層』
（静岡新聞社，2011 年）と『本音で語る「伊豆の踊子」』（星雲社，2015 年）と
は，そうした検討例を多く含んでいる。予め断っておくが，菅野が検討の後に
導き出す結論の大部分は，筆者には受け入れれ難い。にもかかわらず，彼が着
手した検討のいくつかには見るべきものがあり，紹介と批判に値する。言い換
えると，分析には鋭いものがあるが，総合へ至る道筋に明らかな問題があるの
である。菅野の主張の検討は，『伊豆の踊子』という物語の原点とその特異な
構成とを，作者川端に則して，確認し直す作業として有用である。
　周知のように『伊豆の踊子』は，天城峠へ向けて駆け上がる一高生の描写に
始まる。麓からの雨に追われ辿り着いた茶屋で，彼は「餘りに期待がみごとに
的中し」て踊子一行に出会い，互いの距離を一気に詰めることとなった。『伊
豆の踊子』は小説としての脚色を経ており，その上，何としても峠あたりで旅
芸人に追いつきたい，との一高生の本心は，明確に記述されている。「今夜が

湯ヶ島なら，明日は天城を南に越えて湯ヶ野温泉へ行くのだろう。天城七里の山道できっと追ひつけるだろう。」(200) にもかかわらず，茶屋でのこの邂逅の背後には，大方の読者の想像を超えた，生徒川端による用意周到な準備計画があった，と菅野は言う。意外性さえ匂わせた峠の茶屋での出会いは，実はそうした計画に基づく行動の当然の帰結に他ならなかった，というのである。

　菅野によれば，具体的な計画は，一高生の湯ヶ島での宿から峠の茶屋までの旅芸人と自らの行程とを時間化したダイアグラム，出発の前夜に湯ヶ島で踊子一行が泊まった宿の特定，彼女らが峠へと向かう道筋と自分の宿との位置関係の確認，を含んでいた。しかし，その計画的行動の最たるものは，踊子たちが当日の朝，下田街道を経て天城峠に向かう姿を，一高生が自分の宿の中から直に目視・確認した上で，一定の時間後に，彼らを追うべく宿を後にした行動であった，と菅野は論じる。(『誰も知らなかった『伊豆の踊子』の深層』55ff.) 読者の多くは，『伊豆の踊子』の記述から，湯ヶ島での最後の晩の段階で，一高生が旅の目的を旅芸人一行の追跡に絞っており，そのための方途に思いを巡らせていた，と読み取るであろう。しかし，菅野が推測したほどの計画性には思い至らないのではないか。中でも，出発の朝，天城峠へ向かう踊子たちを，自身の宿から目視・確認したとの推測は，想定外であろう。この推測はしかし，菅野が作成したダイヤグラム，踊子たちの宿の位置，そこから下田街道への径路と一高生の宿の位置の確認，に基づく推論である。菅野が結論した，一高生の計画的な行動の蓋然性は相当に高い，と筆者は納得する。

　菅野のこの推論は，『伊豆の踊子』の冒頭部分の読み方に，いくつかの波及効果を及ぼす。第一に，茶屋での出会いの直後，一高生はそれまで「この踊子たちを二度見てゐる」(200) と公言しているが，実際は三度で，作者川端が一回分を意図的に「省略」した可能性である。省略した一回分は，言うまでもなく，一高生が自分の宿の中から，天城峠へ向かう踊子一行を直接に目視・確認したことである。第二に，これも菅野が自ら検討に付した個所であるが，「湯川橋の近くで出會つた」という一度目の状況の叙述の不自然な曖昧さに，新たな意味が出てくる点である。筆者が思うに作者川端は，『伊豆の踊子』を完成するにあたって，可能なら「湯川橋の……出會」と，湯ヶ島での宿からの目視・確認とを，質的に画然と異なる出来事として区別したかった。なぜなら，

もしも，菅野が推論するように，最初の出会いが，踊子たちの後ろ姿を遠くに確認した程度でしかなかった場合，最初の出会いは，天城峠への出発の朝，旅芸人一行を宿から密かに目視した行為と大差がなくなる。フィクションを前提としたとしても，後者だけを省略しておいて，「二度見てゐる」と言う根拠が，いかにも薄弱となったであろうから。他方，湯川橋での初の出会いが，互いにすれ違った如くだったのであれば，旅館から覗き見との差は歴然であり，良心の呵責もなく，後者を省略できただろうからである。創作であるとしても，「モデル小説」として広く受け入れられた『伊豆の踊子』の特性を考慮すると，二度と三度との違いはやはり無視できない。菅野が喝破した如く，「三度見た」と言ってしまえば，峠での出会いがあまりにも計画的で，ドラマ性の観点からは逆効果となったことは否めない。筆者が思うに，創作上のこうした問題点を回避し，「見てゐた」を二度に止めるためには，初回の湯川橋近くでの出会いを，実際より遥かに濃密な内容として叙述する必要があった。そのため作者川端は表現に過度の工夫を迫られ，この際のいわば無理強いが，厳密な検討の前では，露呈してしまったのではないだろうか。第三に，天城峠に近づいた頃，「雨脚が……すさまじい速さで麓から私を追つて來た。」という，冒頭の表現の新しい意味合いである。当日には，天城地方は快晴であったとの記録にもかかわらず，作者川端は天城峠へ到着の直前に，雨に追い立てられた場面を創作した。二度ではなく，三度見ていたことを前提とすると，どうして「すさまじい速さの……雨脚」の工夫の助けを必要としたか，理解しやすくなるのである。以下，個別に検討しよう。

　菅野は湯川橋での出会いの実際，及び湯ヶ島の宿からの観察という，二つの重要な事実を巧みに分析した。この点に関して，筆者は菅野の仕事に敬意を表したい。しかし，そうした二つの分析結果を，「二度」と「三度」の違いを媒介項として，関係づけようとしなかった。分析と総合の妙味は，この場合，二つの事実を関連付けて論じ，そこから，さらに大きな物語の斬新な解釈の可能性を引き出すところにあるにも拘らず，である。菅野は，湯川橋の描写に作者川端が工夫を凝らした第一の理由として，遠くからの後ろ姿の目撃だけでは，（旧制）高校生の誇りが許さなかったから，を挙げている。三度目の「見てゐた」を省略した重大な理由には，「数々の秘密工作を知られたくなかった」，を

指摘する。(『誰も知らなかった『伊豆の踊子』の深層』，29-30，61-62。) 二つの分析自体は鋭いのであるが，それぞれの分析結果を，一高生の特定の傾向性，すなわち学歴上の過大なプライドと，直情的に結びつけてしまう。その結果，二つの検討対象から距離をおいて互いを比較し，結びつけた上で，より大きな枠の中へ柔軟に位置付ける機会を，自ら失しているのではないか，と惜しまれる。

　『伊豆の踊子』は小説であり，かつ作者川端が事実の省略のあることを，公言してもいる。したがって，宿からの目視・確認を削除して問題はないわけである。しかし同じ省略であるなら，作者自身にも納得のゆく，自然な省略が望ましいであろう。さらに，三回目の「見てゐた」を是認すれば，峠の茶屋での出会いのドラマ性を損ね，かつ峠までの道のりを，「追いつき時間の実験」もどきへと転じかねない。加えて，一高生の「ストーカー性」という菅野の主張を，根拠づけることにもなったであろう。そうした陥穽を回避するため，作者川端は踊子たちとの初めての「出会い」を，おそらく不自然なまでに彫琢した。その結果生じた作者の工夫の軋みも，菅野は，別個に捕捉して分析した。それ自体は鋭い指摘である。しかし，作者川端が，初めての出会いを，どうして『伊豆の踊子』でのように描いたかは，更に別な観点から，改めて総合的に検討すべき事柄である。

　そこでまず，作者川端が初めて出会いを，どのように表現していか，見てみよう。

　　最初は私が湯ヶ島へ來る途中，修善寺へゆく彼女たちと湯川橋の近くで出會つた。その時は若い女が三人だつたが，踊子は太鼓を提げてゐた。(200)

大正11年の「湯ヶ島での思い出」でも，細部は異なるが，全体的にはやや同じであった。

　　修善寺に一夜泊まつて，下田街道を湯ヶ島に歩く途中，湯川橋を過ぎたあたりで，三人の娘旅藝人に行き遇つた。修善寺に行くのである。(『少年』目黒書店，1951年，130。)

図Ⅰにそって分析を進めよう。いずれの表現であっても，一高生は前の晩泊まった修善寺を後に湯川橋を通り，湯ヶ島へ向かう道を歩いた。三人の旅芸人が，修善寺へ行ったことも明らかであった。やや不明確なのは，三人が来た方

面であった。大仁から乃至湯ヶ島からがあり得た。但し，大仁からだと，「湯川橋の近くで」とやや矛盾し，ましてや「湯川橋を過ぎたあたり」では矛盾が過ぎた。というのも，T字路の交点から湯川橋までは，数十メートル離れており，橋の近くで出会えたとは考えられないからである。では，三人は湯ヶ島方面から来たのか。こちらの問題点は一層深刻であった。一高生が三人と出会った翌日の晩，彼女らは湯ヶ島に巡って来た。もし，湯ヶ島方面からの三人に出会っていたなら，彼女らは湯ヶ島から修善寺へ向かい，再び湯ヶ島へ戻ったことになる。これはありえない行程であった。実際には，踊子たちは大仁方面からやって来，修善寺に立ち寄って一泊した後，湯ヶ島へ移動して来たのである。*

*進藤純孝は川端の伝記の中で，一高生は湯ヶ島へ向かった途中三人に出会い，「湯ヶ島で二泊してゐるうちに，旅芸人たちはもどって来」と，あり難い説明をしているが，こうなる理由は理解できる。それほど，作者川端の初めての出会いの叙述は苦しく，入り組んでいるのである。(『伝記川端康成』六興出版，1976，84。)

だとすれば，大仁方面から来て修善寺に向かった三人と，修善寺方面から歩いてきた一高生が，無理なく顔を合わせられたのは，どこであったか。修善寺からT字路までの間，彼が右折する前のどこかではなかったろうか。この間であれば，一高生は湯ヶ島への途上，三人は大仁から修善寺へ向かっており，かつ一高生と彼女らとが正面から出会ったという条件を，満たしたであろう。それで問題がなかったはずであった。ではなぜ作者川端は，そうした個所ではなく，あえて，無理の多い「湯川橋」付近での出会いのを選んだのだろうか。

筆者が思いつくのは，出会いの場としての「橋」の特殊性である。成長したダンテとベアトリーチェが再会した聖トリニタ橋を初め，橋は文学の背景として，あるいは話の展開の場として，重要な役割を担ってきた。*修善寺からの一高生と，大仁からの踊子たちが，一本の路上で互いにすれ違った場面と，彼と三人とが，湯川橋の上ないしごく近くで「行き遇つた」場面とを，鳥瞰し比較してみよう。前者は，単に長い一直線上を，二点が別方向から互いに接近した姿として，観察されるにとどまる。他方，後者では，川で二つに隔てられた別地域から，互いの地域へと向かう二点が，橋という一点に引き寄せられ，川

図 I ：湯川橋付近

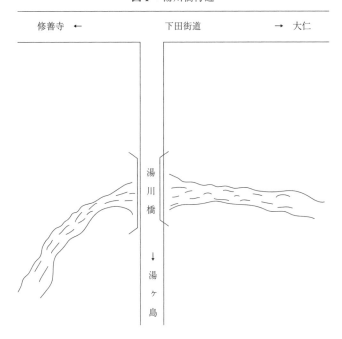

を渡るピンポイントの通過点で互いに接近する姿となる。橋の上で出会う方
が，何か見えない力に操られた，彼方からの訪問者との運命的な出会い，と印
象づけられるのではないか。詩情ある出会いと言っても良い。後に一高生が，
旅芸人たちを，海によっても隔てられた大島からの訪問者と知ったとき，彼は
「一層詩を感じ」ることとなるのである。(203) 作者川端は，湯川橋にそうし
た効果の期待を込めて，がぜん後者を選択したのではないか。そう選択すれば，
一高生は既に右折して橋に至っており，そのかなり後方を，三名の踊子が右手
の大仁から左手の修善寺へと通過するのを，振り返り眺めたことになってしま
う。その通り書いたのでは神秘的な出会いの効果が半減してしまうから，表現
上は大正 11 年の「湯川橋を過ぎたあたりで，三人の娘旅藝人に行き遇つた。」
から，大正 15 年の『伊豆の踊子』での「彼女たちと湯川橋の近くで出會つた。」
と，苦しい中，より曖昧な言い方を採用した。それであってもなお，宿の中か
ら，旅芸人たちを目視した場合と比べ，遥かに「詩的な」出会いの印象を与え

ることに成功したのではないか。実際、『伊豆の踊子』関係の資料を深く読み込んでいた土屋寛さえ、一高生は湯川橋に差し掛かろうとして、「たもとで旅芸人の女たち三人に出会った」と、受け取ったのである。(『天城路慕情』108。)** 初めての出会いを「湯川橋の近く」で、と描くことにより、川端は二つの目的を同時に達成しようとした。一方では、それを運命的で、ドラマチックな出会いとして表現することであった。他方、そうしたドラマ性は同時に、橋近くでの出会いを、宿での目視から画然と区別し、後者の省略を容易とすること、でもあった。但し、二つの目的のうち、作者川端には前者の方がより大きかった、と筆者は考える。その理由は、本書の結末までのうちに、徐々に明らかにしてゆきたい。

*実際『伊豆の踊子』でも、栄吉が一高生に自分の役者としての悔恨を告白したのも、橋の上であった。(211-12)
**西島宏は 1976 年、初回の出会いの有様が、川端の記述だけでは「やや分かりにくく」、図示してみて初めて、湯川橋付近での出会いが「不自然でなく理解できる」、と論じている。川端の工夫が功を奏した成果の一例と言えるであろう。「『伊豆の踊子』の解釈をめぐって」『長崎大学教育学部人文科学研究報告』第二五号 1976 年、8-9 参照。

　菅野の「三度見ていた」論を前提として、天城峠に一高生を追ってきた「すさまじい速さの……雨脚」を改めて見直すと、ここにも類似の二つの目的を認めることができる。すなわち一方では、旅芸人の後からふらりと茶屋に入り込むのに比して、激しい雨に追われて入り口に到達し、そこで彼らに出会す方が、遥かに劇的であろう。雨はそうした効果を生み出している。他方で、雨は同時に、菅野が主張する一高生の過度の計画性に伴う人為性、わざとらしさ、さらには恥ずかしさを、旅芸人の、そして読者の目から、巧みに隠蔽する役割も果たしたのではないか。一高生自身の緻密な計画ではなく、雨という運命的な外的要因によって、茶屋へ駆け込まされた、との印象を与えられるからである。

　冒頭部分のいろいろな読み方を可能とした菅野の貢献は、評価されるべきであろう。それを認めた上で、峠の茶屋に先立って一高生が旅芸人を「見てゐた」のが三度であったとしても、初回以降に彼が決意した伊豆旅行の根本目的は、強められこそはすれ、全く変化してはいない、と筆者は主張したい。確か

に，峠へ向かう踊子たちを，自分の宿から目視したこと（多分事実であったろう）に，小説は言及していない。しかし，湯川橋近くで踊子たちを目撃して以来，一高生が自分の予定を彼女らの旅程と連動して計画し，彼女らとの合流を伊豆旅行の根本目的と設定し，「空想し」つつ行動していたことは，明言されている。(200) 筆者は，宿からの目視の可能性という菅野の指摘を新鮮に感じた一方で，正直のところ同時に，さもありなんとも思い至った。菅野によれば，推測される綿密な計画と，目視による確認の小説からの省略とは，一高生による旅芸人の追跡が，ストーカー行為であった動かぬ証拠である，という。(菅野『前掲書』，85。) 現今のストーカーが社会問題の一部であることは，筆者も否定しない。しかし，若者自身が真価ありと認めた対象を，手段を尽くして追い求める行為は，生命のみならず，ドラマの，そして文明の一大原動力であろう。そうした行為を全く容認しない社会は，若さを失った，情熱のない社会ではないだろうか。スペイン風邪が猖獗を極めた大正中期ではあったが，しかしそこにはまだ情熱を秘めて旅した一高生が居た。そして同じ時代，にわか景気にわく日本各地を遍歴した芸人たちの中にも，一面では，差別的な待遇を物ともせず，芸人としての最低限の誇りを失わない者たちが居た。この物語の基礎単位を成したのは，自己嫌悪を抱えながら，そうした旅芸人に連れそう喜びを求めた秀才青年と，青年とは一定の距離を保ちながら，意外と世知辛くなく，むしろ「野の匂ひを失はないのんきな」旅心の中に，彼を家族の一員の如く扱うだけの懐の深さを備えた旅芸人の一家であった。繰り返すが，小説にも時代考証があって然るべきであろう。一方では，創作といえども，時代的な制約を全く無視して，内容の一方的な美化に終始する物語ならば，それは空想譚と分類されるべきである。他方，以下の章でも論じるが，西河克己監督が陥ったように，後に続く時代の旅芸人に関する経験を絶対化して，前の時代の作品を裁断するならば，本人はよりリアルな旅芸人を映像化したつもりで，実は小説のエッセンスの一部をねじ曲げてしまう結果となるであろう。菅野春雄による『伊豆の踊子』の検討も，かなり早い段階から，一方の一高生は旅芸人をつけ回す自分勝手なエリート主義者，他方の旅芸人をそうした迷惑ストーカーの被害者と決めつけてしまう。反エリート主義，自由な孤立至上主義とでも名づくべき，現代に受けそうな感覚を露骨に反映している。こうしたスタンスは，著

者菅野の意図とは無関係に，読者を小説の批判的な検討に導く以前に，偏在する曖昧な嫌悪感を『伊豆の踊子』に関してもいたずらに増幅させ，読者を作品から忌避させる結果となる，と筆者は危惧する。文化批判と文化否定の区別は微妙だが，やはり重要である。筆者は，小説の分析的な検討については，批判には不可欠な作業として，菅野の努力を評価したい。しかし，自らの議論が文化否定という陥穽に陥らないよう，以下の諸章では，慎重な分析と総合とを，常に心がけて論を進めたいと思う。

（四）　演劇をめぐる一高生と栄吉：役者の本懐と栄吉の無念

　踊子の悲劇は，突然に生じたわけではない。『伊豆の踊子』には，踊子を囲む二,三の重要人物が登場する。彼らはそれぞれの立場から，それぞれの仕方で，踊子の喜びと悲嘆とを準備した。したがって，小説の展開との関係で，彼らそれぞれの特質や役割を知っておくことは有用であろう。筆者はまず，踊子の兄について，集中的に論じてみたい。栄吉は踊子の唯一の肉親と想定されており，踊子を思う彼の愛情には並々ならないものがあった。しかし，ここでまず彼を取り上げ検討する理由は，比較的最近において二,三の論者が，『伊豆の踊子』の主題が実は，踊子と一高生との機微ではなく，兄の栄吉と一高生との（隠された）同性愛にこそある，との主張を展開したからである。こうした論者は，一種の総合的な判断を通して，そうした結論を導いた。筆者は，したがって，彼らの判断に伴う問題点を，意識的に検討してみたい。その上で，一高生と親しくなった栄吉の背景として，彼の境遇と芸への思いを，やや詳しく考究してみたい。

　『伊豆の踊子』へと結実した一高生と旅芸人との交流は，晩秋の天城峠での対面から，下田での朝の別れまで，ほぼ丸四日の間続いた。『伊豆の踊子』の題名にもかかわらず，この四日の間，一高生が二人きりの時間を圧倒的に多く過ごしたのは，踊子とではなく，彼女の兄栄吉とであった。比較的最近に出版された『伊豆の踊子』論の中で，丹尾安典『男色の景色』（新潮社，2008 年）所収の「礼装」と，既述の菅野の『誰も知らなかった「伊豆踊子」の深層』（2011 年）とは，共にこの事実から論を起こしている。いずれの著作も，同小

説の諸部分や行間，さらには作品の誕生の背景を考察した上で，『伊豆の踊子』
の主人公についてのこれまでの見方，すなわち同小説の主題そのものを，転換
する必要を強調した。特に丹尾の「礼装」は，ときにはこれまで改訂された
『伊豆の踊子』の各部分を比較し，ときには同小説の成立過程に検討を加えつ
つ，相当に綿密な考察を経て論を展開した。『伊豆の踊子』の主題が，題名に
明示された踊子と一高生との出会いではなく，ストーリーの背後に半ば隠され
た，踊子の兄栄吉と一高生との同性愛的関係の方にこそある，と結論したので
ある。

　丹尾および菅野の主張には，川端の経歴に関わる背景があったことも無視で
きない。既に言及したように，『伊豆の踊子』は大正8年の「ちよ」を祖型と
して，大正11年の夏，伊豆で書かれた未定稿「湯ヶ島での思い出」での一部
をもとに，大正15年に完成し公表された。大正11年の未定稿は原稿用紙にし
て107枚であったが，その中，前半の38枚が『伊豆の踊子』へと書き変えら
れた。後半の60数枚は，大阪の旧制中学時代の同室の後輩にあたる清野少年
との，同性愛を含む記録であった。（長谷川泉『川端康成論考』210ff.）関良一
が既に60年も前に，『伊豆の踊子』の帰京の船の中での一高生について，同性
愛的な傾向を指摘していた。すなわち，一高生が（受験生）後藤孟少年の「マ
ントの中にもぐり込み」「少年の体温に温まりながら」涙を流したのは，「湯ヶ
島での思い出」の後半，清野少年との同性愛を扱った本体への「序曲」の位置
を占めたのではなかったか，と。大正11年の作者川端にとっては，踊子との
機微ではなく，清野少年との同性愛こそが主題であった，と主張したのであっ
た。（関良一「伊豆の踊子」『国文学』昭和35年3月号，65参照。）実際，後
に川端自身が，「湯ヶ島での思い出」に記述した踊子と清野少年への愛着度を
比較した。二者のうち，「伊豆の踊子」の方が話は纏まってはいたが，しかし，
清野との思い出の方が

　　枚数も多いし，感情もこもつてゐる。旅のゆきずりの感傷よりも一年おきふ
　　しを共にした愛染の方が心深いものだつたのだ。（『少年』126。）
と解説したのである。

　では，『伊豆の踊子』は，実は同性愛をこそ主題とした作品なのであろうか。
「湯ヶ島での思い出」での順序と枚数とが示すように，本題である『少年』の

序曲に過ぎなかったのであろうか。実際，一面ではこれに類した主張は，すでに 1970 年代の初頭，林武志によって体系的に展開されていた。(『川端康成研究』桜楓社，1976 年，55-120 参照。) 林の問題提起と，それに対する筆者の立論は，後の章で改めて取り上げる。ここでは，最低限の資料をもとに，丹尾および菅野の総合的な判断への，筆者の端的な意見を述べてみたい。

　両著者ともに，栄吉と一高生との頻繁かつ長時間に及ぶ交わりという事実から出発して，同性愛という主題を導き出した。そうした判断には，上で述べた『少年』の清野との同性愛が，間接的な根拠を提供していたことは否定できない。しかも，研究者の注目さえ受けていた主題と類似する主張だったのである。けれども，そうした川端の個人史や先行研究があったとしても，類似の主題を扱って，総合的判断を下す際には，やはり慎重を期すべきであろう。優れた総合判断の長所は，説明すべき課題に関わる分析諸対象を十分に検討して，それらの複数の組み合わせ方を比較し，その中から筋の通った候補を注意深く選び出す点に由来する。速断の回避である。速断の問題点は，判断の早さそのものではなく，分析諸対象の別な組み合わせ方を，初めから排除してしまうことにあるのである。

　以上のような留意点を念頭において，栄吉と一高生の長時間にわたる交渉の原因について，別な説明がないか検討してみよう。こうした作業では，二人の人となりや，出会い前後の関心事や心理状態が重要な材料となるだろう。まず栄吉に即して，そうした材料を探ってみよう。『伊豆の踊子』での記述に即せば，栄吉はかつて新派にも所属し，演劇に深い思い込みを持つ「相当知識的な」人物であった。(211，205) ばか騒ぎに終始し，自分の芸に全く感応してくれない土地の人々を相手にして，芸を愛する彼の失望は深まるばかりであった。「妹だけにはこんなことをさせたくない」とまで思いつめていたのである。(207，212) しかも，旅芸人中で唯一の男だったことも一因で，「一行から身を離した存在」でもあった。* こうした状況から栄吉は，芸の実際と理論について，また彼の芸への思い入れについて，関心と理解とを示し，心置きなく語りあえる「知識的な」仲間との邂逅を長く欲していた，と無理なく推論できるであろう。では，一高生の方の材料はどうか。生徒川端は，旧制中学時代から俳句を雑誌に掲載するほど文芸の才に富み，一高入学時には同級生が皆，その小説家

としての才覚を認めた人物であった。コンパなどの後に友達同士で寄せ書きをするとき，川端は「決まって『芸術一路』と書いた」と言う。演劇への関心も強く，伊豆行きの前年にトルストイ作の芝居を見て，「熱情的に演劇の研究を思ひ立たされた」程であった。**

*馬場重行「『伊豆の踊子』覚え書き」原善編『川端康成『伊豆の踊子』作品論集』クレス出版，2001 年，300。
**稲垣眞美『旧制一高の文学』国書刊行会，2006 年，108；鈴木彦次郎「新思潮前後」『太陽』1972 年，八月号，102；田村充正他編『川端文学の世界 4 その背景』勉誠出版，1999 年，241。

　こうした関心を抱いた一高生が，外国語や数理，地歴の訓練に明け暮れる高等学校での日常を後にして，旅情を求め一人伊豆に向かった。旅先で，芸の理屈についても話せる「知識的な」芸人の栄吉と出会った。とすれば，出会いから下田までの数日間，二人が芸の実践と理論，その周辺をめぐる話題を語り合って，愛人関係を疑われるほど多大の時間を費やしたとしても，全く自然なことと筆者には納得できる。北野昭彦が指摘したように，一高生と栄吉とは「互いに芝居の話に興じていたのであり，一高生〈私〉は，新派劇出身のプロの芸人も認める演劇好きの青年」だったのである。（「『伊豆の踊子』の〈物乞ひ旅芸人〉の背後」『日本言語文化研究』第十号（2007 年）11。）丹尾および菅野が導入したような特別な解釈なしでも，二人の交流の理由は十分に説明できるのではないだろうか。優れた総合の効用を強調する筆者は，自らの（北野の）解釈が唯一絶対に正しいとの立場は，当面回避したい。他方，一高生と栄吉の関係に関する解釈は，これ以降，『伊豆の踊子』に関する探究を進めるにあたって有効な道具＝仮説となりうるか否かも重要である。一つの総合の価値は，それが引き続いて生み出す果実によっても，知られるからである。

　本書ではこれ以降，『伊豆の踊子』に現れた（一部は隠れた）栄吉と一高生，一高生と踊子，そして踊子と姉の千代子やおふくろの間の交流ややりとりを取り上げ，分析・総合を試みてゆく。それぞれの人となりや，一高生と彼らの交流の実態が判明するにつれ，丹尾および菅野の解釈が強化されるか，筆者（ないし北野）の解釈が補強されるか，はたまた未知の第三の解釈が登場するか，徐々に明らかになるであろう。後に述べるように筆者は，丹尾および菅野によ

る探究には，積極的な意義を認める。但し，総合的な判断には主要な分析諸対象を精査し，それらの様々な組み合わせについて，十分な検討を要する必要があろうと考える。そうでないと，直ちに思いつく速断や，ある時代の支配的な風潮に支配され，他の可能な解釈が見えなってしまう。『誰も知らなかった「伊豆の踊子」の深層』（筆者の傍点）の結論が，蓋を開けてみれば，実は誰もが一度は思いつく判断や風潮と一致していた，と判明する逆説の秘密が，そこにあるのではないか。

　分析と総合を繰り返す作業は，意外と難しい，と筆者自身も思う。乗りかけた船という訳ではないが，菅野の『伊豆の踊子』論から，更に別な具体例を取り上げて，その難しさのいくつかの側面を改めて確認してみたい。菅野の総合的な判断の最たるものは，『伊豆の踊子』の一高生は，実は自己顕示欲の強い傲慢な人物で，社会の底辺をなす旅芸人を相手に（旧制）高校生としての自分の存在感を押し付け，印象づけようとする。したがって，踊子との間に相互的な出会いと，それを通しての「浄化や反省」など生じるはずもない。せいぜいが，主人公の男芸人との交友関係が示唆された物語にすぎず，旅芸人の側からは，一高生は迷惑なストーカー的な存在であった，という解釈となる。（『誰も知らなかった……』224。）両者間のこうした関係を示す「証拠」の一つとして菅野が挙げたのが，知り合って三日目にもなって初めて，栄吉が一高生に自分の家族構成を明かした，という事実である。

　峠の茶屋の後に合流してから，一高生と栄吉とはその当日，更に共同湯での「事件」の日いっぱいと，二日にわたり多くの時間を共有した。そして，三日目，下田へと立つはずが，延期と判明したその日の朝に初めて，栄吉は家族構成の詳細を一高生に告げ知らせたのである。確かにこの告知の「遅さ」は，読者が疑問を抱いて然るべきであり，それを正面から問題にした菅野に，筆者は敬意を払う。ただし，ここでの菅野の議論には，筆者はにわかには同意できない。菅野は，三日目まで家族構成を知らなかった事実から，旅芸人と一高生との関係は，実は疎遠だったと断定する。ただし，そう結論するには，「三日目」ではいかにも遅い，との判断を裏付ける媒介項が必要である。* そこで菅野は，「何と言っても見知らぬ者同士の最大の関心事は相手の素性のはずだ」，との一般論を援用する。こうした常識に立てば，「三日目」の説明は旅芸人と

一高生の疎遠の証拠だ，という訳である。(『本音で語る「伊豆の踊子」』126-27。) しかし，「最大の関心事は相手の素性」だという論は，どんな出会いにも通用するのであろうか。一高生と栄吉とは当初から，相手を広義の旅芸人，また旧制高校生として認知していた。この二人が，互いを同じ関心事（＝演劇）を共有する仲間として発見した。しかも二人，特に栄吉は，それまでこうした関心事を自由闊達に語り合う機会を抑圧されていた。こうした二人が出会えば，大抵は，相手や自分の細かい素性など半ば忘れて，関心事を熱く語り合い続けるのではないだろうか。菅野がそうした可能性を思い描かなかったことと，二人の長時間の交流から同性愛を連想してしまったこととは，実は根が同じなのではないか。媒介項の選択を誤ると，「三日目」という分析的事実から，二人は実は疎遠であった（同性愛の関係の主張と矛盾？）という，根拠の弱い総合的な判断を導き出す結果となってしまう。事実は，正反対の意気投合であったかも知れないにもかかわらず，である。さらに付け加えれば，出会ってから直ちに，栄吉が十四歳の妹踊子を含めた一行の詳細を，一高生に紹介していたとしよう。そうなれば，共同湯での裸の踊子の目撃を含め，後の出来事が一高生に与えた驚きと感動とは大方薄められたであろう。『伊豆の踊子』は，もっとフラットな事実の継起に終わってしまったのではないだろうか。

*「三日目」それ自体では，遅すぎるとも，早すぎるとも言えない。同じ「三日目」でも，出会いから結婚の申し込みまでの時間であれば，「早すぎる」との印象が勝るであろう。

　以上のような経緯も念頭において，まずは『伊豆の踊子』の主題に関し，「遠い接近」から開始したい。最も早くから，かつ一貫して一高生と友情を温めた旅芸人の栄吉は，芸に関していかなる経験を経て，どのような信念を持っていたのか，まず検討して行きたい。それが踊子の喜びと悲嘆の理解へ至る，確実な回り道ともなると信じるからである。彼の経験と信念が窺える数少ない個所の一つが，湯ヶ野での宴会の翌朝，栄吉が一高生と交わした会話の一節である。先立つ深夜，雨音を通して，対岸の宴会場での喧騒に耳をそば立てつつ，踊子の運命に気を揉んでいた一高生は，栄吉の早朝の訪問を受け，湯船に浸かりながら，昨晩の「賑か」の様子を彼に尋ねた。関心は当然にも踊子の無事で

あったはずである。栄吉の返答は，ところが，やや意外な方角へ向かった。喧
騒が一高生にも届いたことを確認した上で，栄吉は次の如く返答した。「餘り
に何気ない風」だったので，一高生は「黙ってしまった。」

> この土地の人なんですよ。土地の人は馬鹿騒ぎをするばかりで，どうも面白
> くありません。（207）

栄吉の返答は，まずは「賑か」の原因を土地の人に帰した。彼らが馬鹿騒ぎす
るので，喧騒になったのだ，と。他方，この言い方は，自分たち旅芸人には
「賑か」の責任はなかったことを含意していた。土地の人と自分たちを区別し
て，前者が喧騒を生じたのだ，と，いわば事実関係上の判断を伝えたのである。
ところが（土地の人は）「どうも面白くありません」という後半の一節は，そ
の質が異っていた。芸人としていろいろ試みたが，相手とした土地の人々が面
白くないと感じたという，何気ない，しかし偽りのない物言いだった。面白い，
面白くないに関わる彼の価値判断だったのである。もしも，喧騒の責任を決す
る裁判で栄吉がこう証言したのであれば，裁判官は，「『面白くありません』は
証人の価値判断で，本件の事実判断には何ら関係がない」と述べ，この部分を
却下したであろう。しかし，一高生に与えたインパクトから見れば，前半と後
半の節の重要度は逆転した。喧騒の原因が土地の人にあったことは，彼にも予
想できた。他方，何気ない風に語られた「どうも面白くありません」は，栄吉
の何年かに及ぶ期待と失望とを秘めた，予想外の告白であった。一高生は栄吉
との対話でおそらく初めて，返す言葉が見つからず，「黙ってしまった」ので
ある。

　芸に関わると思われる，栄吉の告白の内容は何であったか。文言を分析して，
できるだけ正確な解釈を期してみよう。「面白くないの」の当事者は誰であっ
たか。価値判断ゆえ，この問いには二種の答えが等しく重要であった。当事者
の一方は，栄吉の基準を満たさない，土地の人であった。「あいつは面白くな
いやつだ」，という場合の「あいつ」にあたったのである。この場合，土地の
人が自分たちを面白くない，と思っていたか否かは不明であった。おそらくそ
うは思っていなかったであろう。第二に，面白くない当事者は栄吉であった。
彼は，土地の人と違って，そう思われている対象ではなかったが，自身，土地
の人を面白くないと「感じている」当事者であった。彼自身も面白くなかった

である。後に取り上げるが，面白くなかった土地の人と，面白くなかったと感じた栄吉とは，客と芸人という立場で，互いの「面白くない」を多少とも左右する関係にあった。但しここでは，当事者は二種あったが，面白いか否かの決定の基準は，いずれの場合も栄吉のそれであった，と確認しておきたい。すなわち，土地の人は栄吉の基準を満たさなかったから「面白くな」かったし，栄吉は同じ基準を充足する体験を得られなかったから，「面白くな」かったのである。

　では，芸に関して栄吉が持った，「面白い」と「面白くない」との基準は何だったのだろうか。まず彼の芸歴をみよう。二十四歳の栄吉は，かつて東京で「新派役者の群にしばらく加わっていた。」(211) 栄吉の東京滞在の頃，一例を取れば大正4年，現代劇としての新派の著名な俳優の高田実は，本郷座で，溺死した息子の父の役を演じた。彼一流の仕草を通しての親の悲嘆に，「客席は水を打ったような静けさ」となった。さらにもう一人，助けようとして溺死した息子の親友への詫びを，彼特有な演技で締めくくると，「『高田，高田』の声援が場内に涌」いたという。(劇団新派編『新派　百年への前進』大手町出版，1978年，112。) 栄吉が高田の演技を直接に鑑賞した証拠はない。しかし，別の役者の類似の場面を，あるいは客席から，あるいは舞台の袖から，何度か目撃したことであろう。こうした場面では，役者たちと客との間に，共感的な関係が生まれた。そうした関係が，伝統的な意味での共感か，それとも新時代の役者と観客の間のラポールであったか，ここでは問わない。たとえ短時間であっても，ともかくそこには芝居の世界が出現していた。河竹登志夫の指摘した如く，こうした共感的関係の成立には，客の応答的な参加が不可欠だったのである。(『近代演劇の展開』新 NHK 市民大学叢書，1982年，156-57。) 栄吉にも，こうした共感関係が，芝居の成立に不可欠な基準の一つだったであろうことは，想像に難くない。

　同じ大正4年前後には，全国の各地に，「新派の流れを汲む地方廻りの劇団が存在した」という。(『新派』，114。) 栄吉の属した旅芸人もそのミニ版だったとも言えよう。事実彼らは，「お座敷でも芝居の真似をして見」せたのであった。その主役であった栄吉は，今は旅芸人の身とはなっていても，かつて東京の新派仲間と体験した芝居の世界，役者と客との共感的な関係の成立を，

旅の先々で何がしか期待し続けていたのであろう。しかし，土地の人は馬鹿騒ぎばかりで，絶えて客としての共感的な反応を示さなかった。栄吉には，彼の基準を全く満たさない土地の人は面白くなかった。それは芸人としての彼の深い失望となっていたのであろう。

では土地の人は栄吉の芝居に，なぜ共感的な反応を示さず，馬鹿騒ぎばかりに興じていたのか。一つには，伊豆を含めた大正時代の地方は，まだまだ古い共同体の特色を残していたのであろう。そうした共同体はその成員を，共通の伝統と掟に無条件に従わせた。皆しての一時の馬鹿騒ぎには寛容であったが，しかし，相互の個性，他の成員の違いへの，肯定的な着目は一面禁句であった。伝統と掟の弱体化，ひいては共同体の崩壊を招いたからである。そうした環境の中で育った土地の人が，栄吉の芸に，彼が期待したような反応を示さなかったとしても，不思議はなかった。東京や大阪という市民社会の萌芽の中に成長した新派は，演目こそ多く日本的であったが，西欧からの影響の下，役者の個性を強調した現代劇であった。栄吉は多少ともその流れを汲む芸人であった。土地の人は確かに，旅芸人をお座敷にまねき入れはした。しかし，その目的は彼らの馬鹿騒ぎに花を添える程度で，栄吉の志す芝居での芸の鑑賞とはかけ離れていたのであろう。

以上はしかし，土地の人が「面白くない」理由の半面でしかなかった。彼らが面白くなるのを阻む原因は，共同体の規制に尽きなかった。原因の一端は，栄吉の側にもあった。芝居を面白くし，関心の薄い客からさえ共感的な反応を引き出すのは，役者の力量であり役割だったからである。かつて新派の群れにいた事実に続けて，栄吉が一高生へ向けて語った自分のその後は，次のようであった。

私は身を誤った果てに落ちぶれてしまいましたが，兄が甲府で立派に家の後目を立ててゐてくれます。だから私はまあ入らない體なんです。(211-12)

「身を誤った」とはいかなる意味だったか。まず極端を取れば，人間として役者を志すなど，悪と言われていたが，それに逆らった挙句に，やっぱり悪との意見が正しかった結果となった，栄吉はそう言いたかったのだろうか。一部はその通りかも知れないが，この解釈が最適とは思われない。第一に，役者志願それ自体が悪であったなら，そうした選択に続く希望のあるはずはなかったで

あろう。ところが，「誤った果てに落ちぶれ」るとは，その後の努力の甲斐もなく，遂に落ちぶれ状態に逢着した，と解釈されるからである。第二に，「身を誤った」が，役者志願の悪に目覚めたということであるなら，今やその誤りを認めた栄吉が，なお土地の人の面白くなさを嘆くのは，後悔した悪人が，なお「堅気」の人びとを侮蔑するのに似て，傲慢でありお門違いであった。第三に，栄吉は大正7年の現在でも，依然として旅回りの役者を実践していた。こうした三つの理由で，「身を誤った」の極端な解釈は排除すべきではないか。

　ではより妥当な解釈は何か。新派への参加の試みに対し，周囲から強い反対があったかも知れない。しかし，栄吉のいう「誤り」は，役者としての自己の能力を過信して新派に飛び込み，当然にも失敗に終わったことを，指したのではないか。もし彼が並外れて個性的な演技力を備え，新派のスターダムにのし上がっていたなら，甲府においても「出世」として認められ，生家を含めて，あちこちで「入る體」となっていたかも知れない。実際には，目立った演技力を欠いた彼には，東京はおろか地方の小都会でも，新派の役者として活躍する道は閉ざされた。ついには，現代劇への関心などほぼ皆無な地方を流す旅芸人へと，身をやつす他なかったである。そうした彼でも，なお遅咲きの演技力が発揮できれば，土地の人から多少の共感を引き出し，彼らを面白い客へと変換できた可能性は否定できなかった。しかし，「高田実」ならぬ栄吉には，そうした期待が叶うことはなかった。気まぐれな土地の客の求めるがまま，不得意な演目で時々に応じる他なかった。一高生に「変だな」と言われてしまう謡いがその一例だったし，おふくろかには「八百屋」（何でも屋）だから，仕方がないと自嘲される始末であった。栄吉は土地の人をおもしろくできない自分の力量不足，ひいては自らの境遇全体を悲嘆していた。一高生に自らの演劇歴を告白し終えた彼は，「ひどく感傷的になって泣き出しそうな顔をしながら川瀬を見つめていた」（212）のである。

（五）　大正7年の旅芸人と「土地の人」：差別と相互利用

　栄吉は踊子の兄であり，芝居に関しては文字通り旅芸人の中心人物として，大正7年の伊豆を旅していた。一高生の，唯一格好の話し相手となった。そこ

で，そうした旅芸人としての彼の自己認識を，当時の社会の現実を背景に照らして，小説内のヒントを参考に，少しく探ってみたい。多くの研究者や映画監督等が，旅芸人と一高生の付き合いを，社会階層の違いという文脈の中で，あるいは肯定的に，あるいは否定的に論じてきた。旅芸人たちの置かれた位置を，特には栄吉の心情を念頭におきつつ，当時の社会の文脈の中で考察しておくことは，『伊豆の踊子』の理解には必要であろう。加えて，戦後では特に，この作品が内包する階級性の問題が，注目されてきた。森本穫によれば，教材としての『伊豆の踊子』に批判的な教師たちの大半は，中でも主人公の「差別・・容認」を問題視してきたのである。（「文学教材としての『伊豆の踊子』」『傷痕の青春』教育出版センター，昭和51年，206-07。）ここでは主として，『伊豆の踊子』とその周辺とで，他の階層の人々が旅芸人をどのように見なしていたか，を探りたい。旅芸人の社会階層の検討には，一高生との比較も避けられない。小説の一主題の担い手だからである。そこで最初に，大正期の旧制高校生の学歴階層上の位置を概観し，次いで旅芸人の場合へと考察を進めたい。

　伊豆を旅した生徒川端は，第一高等学校に在学中の生徒であった。大正時代の学校と令和の現代の学校とは，数だけに着目しても，文字通り比較を絶する。大学を例に取れば，大正の前半，表Ⅳに見るように大学は帝国大学が全国に4校のみで，学生数は約7000名であった。校数では現代の約200分の1，学生数では約400分の1に満たなかったのである。しかし驚くのはまだ早い。当時，高等学校は8校，生徒数は約6000名であった。学校数では現代の600分の1，生徒数でも500分の1だったのである。高等学校とその生徒が，いかに希少であったかが分かる。ところがさらに不思議だったのは，大学生と高等学校生徒の数の比である。当時は高等学校も帝国大学も共に三年制であった。現代は高等学校三年制，大学は四年制が原則である。この違いを無視した上で，まず令和元年の高等学校生と大学生の数を見ると，高校生が約317万，大学生が292万となる。同一年齢層での数を見ようとすれば，大学は4学年中の3学年分が，高等学校生の数と比較すべき数となり，この場合317万対219万（292万×3/4）である。当然にも大学生が高校生より少なくなる。高校生の全員が大学進学するわけでないから，当然の数字である。ところが，表Ⅳが示すように，大正前半の時代，主として帝大進学向けの準備教育を担当していた高等学校の

表Ⅳ：大正前半の高等学校，帝国大学の数と生徒・学生数

年　度	高等学校数	本科生徒数	帝国大学数	正規学生数	生徒数・学生数比
大正　2	8	6,359	4	7,042	1：1.12
3	8	6,215	4	7,203	1：1.16
4	8	6,201	4	7,403	1：1.19
5	8	6,289	4	7,448	1：1.18
6	8	6,520	4	6,869	1：1.05

文部省『学制百年史　資料集』1972 年，の統計資料をもとに作成。

生徒数は，何と帝国大学の学生数を恒常的に下回っていた。これはやや異常な事態であった。筆者も大学史研究者の端くれとして，西欧の歴史で大学の誕生が予備教育の学校に先んじたことは知っている。しかし，日本の近代学校制度は自然発生ではなく，政府が周到に設計した制度だったのである。但し，ここでは逆転の原因の詮索が眼目ではない。注目したいのは，大正前期では，高校生が帝大生に比べ更に「稀少」だった事実，巷でも，それ自体で極めて希少であった帝大生よりも，高校生を目撃する確率が，更に低かったことである。他方，そこまで希少だったにもかかわらず，高校生の特異な存在価値は，日本の隅々に遍く知れわたっていた。何しろ，目の前に高校生がいると兄嫁に指摘された，大島定住の十四歳の踊子が，「そうでせう。それくらいのことは知ってゐます」(203)と言い放つほどだったのである。

だが，踊子は想像できただろうか。竹内洋が突き止めたように，生徒川端と旅した年から十数年を遡る明治 36 年，第一高等学校の合格点は，他の 7 校の殆どが 200 点台だったのに 442 点（文系），同じく他の殆どが 400 から 410 点台だったのに 522 点（理系）と，桁外れの一位だったことを。同じく大正 8 年，高等学校の共通入学テストでの第一高等学校の合格点が，今や 12 校へと増加した底辺の新潟高校の 472.0 点を，100 点近く上回る 570.3 点と，ダントツに終わることを。(『学歴貴族の栄光と挫折』中央公論社，1999 年，59，121。)一高への入学は，一面では，帝大へ入るより遥かに困難であった。「学歴」上の基準で見る限り，大正 7 年の一高の在学生の千百名余りは，日本社会の最上階層のそのまたトップ，帝大生さえ凌ぐエリート中のエリートであった。しかも，大多数の日本人がそう認知していた。生徒川端はそうしたエリートの一人だったのである。

　しかし，多少突き放して見れば，こうした事態はある種の社会病理と裏腹でもあった。わずか十七，八歳の「少年」が，自他ともに認める人生の絶頂を極めてしまったのであるから。入学が単に「学歴」のみでなく，「人生」の絶頂でもあった点が見逃せない。伊豆の旅と同じ大正7年に久米正雄が発表し，広く読まれた『受験生の手記』は，その辺りの事情を表現していた。地方出身の主人公は一高の入学試験に二年間にわたり失敗し，弟に先を越されてしまった。しかもその結果，彼の恋人さえ弟のもとに走ったのである。入学の失敗が，即人生そのものの敗北をも意味した。結果，主人公は自らの命を断ってしまったのである。旧制高校が象徴した戦前の学歴偏重には，ある種の不自然さ，病理に近い面が伴ったのであろう。高校生の多くは，老若男女に無条件で敬される自分（の立場）に，どこか居心地の悪さ，行き過ぎも感じたのではないか。周知のように，戦前の高校生には，庶民以下のこじきのような風采を繕う，バンカラ風が少なくなかった。学校単位でも，バカさ加減を連想させる奇行が目立った。その理由の一端は，行きすぎた（強制された）優越感（superiority complex）を解消し，心のバランスを取り戻したいという，彼らの隠れた願望に起因したのではなかったか。では他方，老若男女の側は，高校生の真価をまっとうに評価した上で，彼らを敬愛していたのだろうか。そうとばかりは言えないことは，安田武が指摘したように，後の歴史，特に軍隊で庶民出の兵隊たちが高校出身者をどうあしらったかを知れば，思い半ばに過ぎるであろう。（『学徒出陣』三省堂新書，1967年，115ff.）確かに一高は文句なく「いい」学校であった。一高生はとびきり「いい」生徒であった。日本の隅々まで，そう認められていた。しかし，その「いい」は，一高生にとっても，老若男女にとっても，しばしば屈折した意味内容を伴った。後に論じるが，下田への途上，踊子に「いい人」と言われて，一高生が心を動かされた背景には，孤児としての境遇に加え，そうした社会的な事情もあったのであろう。数日間の隔てない同行の後，踊子は自然な気持ちで飾り気もなく「いい」人，を口にした。賞賛や妬みや損得の勘定，いや特別な思いやりさえもない，ただの尋常な物言いであった。自分について初めて耳にした，その尋常な「いい」人の一言が，一高生の心の蟠りを，深い淀から開放してくれた。彼は「言ひやうなく有難」（220）かったのである。

　以上，一高生の学歴中心の社会階層上の位置と，それがはらむ心理的な不安定さの一端を，やや堅苦しく紹介した。次いで，栄吉の方へ移ろう。栄吉の場合にも，当時の伊豆の住人が彼個人について抱いた評価と，やや長い時間のスパンの中で旅芸人一般について持った評価を明確に区分するのは難しい。しかし，以下ではこの区分を幾分なりとも意識しつつ，検討を進めたい。というのも，一高生が同行をした当時の栄吉たち旅芸人を，それ以前や以後の旅芸人たちと区別することは，小説の展開の観点からしても，重要だったからである。

　まずは物語の時系列に沿って，土地の人及び旅人の，旅芸人に対する評価を見よう。一高生が踊子と初めて近づいた峠の茶屋には，中風を患う夫を気遣いつつ，客をもてなす婆さんがいた。芸人たちが出立した後，彼らに興味津津の体であった一高生に対し，婆さんは強い警告を発した。あなたは満更でもないようだが，よくよく気をつけなさい。あの芸人たちは「お客があればあり次第，どこにだつて泊まるんでございますよ。今夜の宿のあてなんぞございますものか。」(202) 宿の不定を指摘することで婆さんは，芸人たちの仕事面での節操のなさ，生活面での勝手気ままさを強調した。人間の守るべき道徳を欠く輩だ，と示唆する彼女の物言いは，一高生の反発を誘うほど，「甚だしい軽蔑を含ん」でいた。若者を前に婆さんは，若い踊子たちと旅芸人の男を，見境のない無法者として，最大限に扱き下ろしたのである。仕事の関係上，婆さんは旅芸人に一言二言の世辞を述べたし，身に付けた技能や収入面で，旅芸人を凌いでいたと思もえない。にもかかわらず彼女は定住を果たし，病気の夫を扶養しつつ，まっとうに生きているとは信じていた。婆さんは，単なる悪意の人ではなかった。実際，法外の茶代を受けたからと，出立する一高生のカバンを，不自由な足で，遠くまで懸命に運んだ。人の道を懸命に守る自分，それを事もなげに逸脱する旅芸人，この一点において自分と彼らは別世界に住む，と彼女は信じていたのである。

　第二番目に，一高生と同宿した紙屋の，旅芸人への態度を取り上げよう。彼と二人碁に興じていた晩，一高生は外に流しの気配を感じた。それとなく紙屋に注意を促すと，碁に夢中の彼は，「つまらない，あんなもの」と素っ気なく返答し，無視を決め込んだ。実際に旅芸人が来室して，一高生の関心が碁から離れると，紙屋は諦めて部屋を去った。一高生が期待できなくなったのなら，

栄吉に声をかけ，対局の意志くらい確認してもよかったであろう。しかし，それもしなかった。紙屋は，旅芸人と取り合う気が一切なかった。興味深いことに，紙屋は旅商売の身で，商いの内容こそ異なれ，旅芸人とは似た境遇であった。後に論じるが，自分と旅芸人をどう差別化したのか。また，土地の人はどのような理屈で紙屋と旅芸人を区別し，前者は受け入れ，後者は入村を拒否したのだろうか。

　第三番目に，湯ヶ野の宿のおかみさんによる一高生への忠告がある。湯ヶ野に到着してから，栄吉は毎日夕刻まで，特に二日目と三日目は朝から夕刻まで，一高生の宿で彼と話し込んでいった。それを見兼ねたのだろう，とうとう三日目に，宿のおかみさんが「あんな者に御飯を出すのは勿體ない」と，一高生に忠告した。部屋に呼んでひと時の芸を楽しむならいざ知らず，朝から晩まで仲良く交わった上に，食事まで出して旅芸人を持てなすなど何事ですか。天下の高校生たるあなたには，一番相応しくない類の相手なのですよ，と。このおかみさんもまた悪意の持ち主どころか，「純朴で親切らしい」人であった。二人が終日何を話していたのか，彼女は知る由もなかったであろう。しかし，おかみさんは一高生が紙屋と碁に興ずるのを容認した一方で，一高生が「外道」たる栄吉と交わり，「害悪」を被ることは，断じて黙認できなかった。彼女の目には，紙屋と旅芸人の栄吉とは，プラスとマイナス程に異なった人種と映っていたのである。

　以上の三例は，一高生が旅の途上，直に対面した人々が旅芸人へ与えた否定的な評価である。『伊豆の踊子』は，これらに加え，村人の旅芸人に対する集団的な意思表示を記録した。一高生と旅芸人とが通過した各地に見られた立札には，次のように書かれていた。

　「物乞ひ旅藝人村に入るべからず。」（220）

ここでは，上に取り上げた三例も視野に入れながら，土地の人の旅芸人への否定的な見方を，やや組織的に検討してみよう。立札は，「物乞ひ」と旅芸人とは，村に入ってはならない，と宣言していた。村で，どれそれの行動を取ることを禁じたのではなく，村に姿を見せること自体を許さなかったのである。立札はまた入村の拒絶対象として，「物乞ひ」と旅芸人を併記した。両者を併記

したのには，それなりの理由があったのだろう。村人にとって，「物乞ひ」と
旅芸人に共通な問題点とは何だったのだろうか。

　「物乞ひ」の入村の目的は，生活の必需品，中でも食べ物やわずかの金銭を，
村人からもらい受けることであった。通常，彼の方から村人へお返しすること
は何もなかった。村の富や資源を一方的に持ち出したのである。こうした事態
が拡大し日常化すれば，元々豊かとはいえない村は，やがて破産する可能性も
あった。「物乞ひ」は許されざる者だったのである。では旅芸人はどうか。彼
らは，村に娯楽を供する技能と道具を備え持っていた。それらを動員した奉仕
への対価として，村人の富の一部を徴取した。一方的な「物乞ひ」とは違って，
娯楽の提供と，それへの謝礼の受領，という相互取引の原則に立っていた。こ
の点からすれば旅芸人は，諸国を渡り歩く紙屋や職人と，基本的に同じ仕方で
村人と対し得たはずである。にもかかわらず村人は，取引上の原則が大いに異
なる「物乞ひ」と旅芸人を同列に置いて入村を禁じ，他方，旅芸人と類似の原
則に立つ紙屋や渡り職人は別扱いにして，入村を拒否しなかった。少なくとも
旅芸人と同一視しなかった。なぜであろうか。

　歴史的な理由もあったであろう。江戸時代の士農工商にあえて分類すれば，
渡り職人や紙屋は工と商に近く，旅芸人は番外の賤民だったのではないか。沖
浦和光によれば，近世の中期には「遊芸稼業」は「物貰い」と同等とみなされ
がちでさえあったという。(『旅芸人のいた風景』文春新書，2007 年，220）し
かし，ここでの主眼は，旅芸人一般の社会階層の歴史的起源ではない。『伊豆
の踊子』に描かれた大正 7 年頃，旅芸人が地方でどう評価されていたのか，栄
吉がどう自己評価したのか，に注目したいのである。確かに茶屋の婆さん，紙
屋そして宿のおかみさんは，一部は因襲に基づいて，旅芸人と栄吉個人を不逞
の輩と見做したようである。自分たちとは別な世界の住人と，根から信じ込ん
でいた。栄吉自身，後目を立てていた甲府の兄を意識していた以上，自分を
「道を外した」人間として自覚していた面があった。にもかかわらず，すでに
言及した如く，旅芸人としての栄吉を深く失望させた最大の原因は，階級差別
にはなかった，と筆者は思う。彼の一家は，大正 7 年に旅していた。なんと
言っても，四民平等から既に半世紀，新派の誕生からも四半世紀を経ていた。
それ以上に，大正 3 年，先進国諸国間に世界大戦が勃発して以来，日本は世界

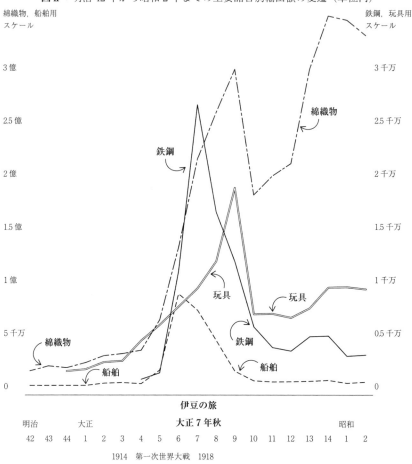

図Ⅱ：明治42年から昭和2年までの主要品目別輸出額の変遷（単位円）

に向けた工業製品の大輸出国へと躍り出ていた。大正8年に至る数年の間に，工業生産額は実に5倍に達した。工場の労働者数も倍増し，中でも全国の鉱工業の成長はめざましかった。図Ⅱが示すように，大正7年の前後（だけ），鉄鋼の輸出の増加には目を見張るものがあった。林武志が指摘した如く，そもそも「伊豆一円は鉱山の多いところで，鉱夫の出入り」も盛んであった。（『川端文学の世界1 その生成』勉誠出版，平成11年，141。）エピローグに登場する，孫三人を連れ下田から水戸へ帰郷する老婆は，下田の蓮台寺の鉱山へ働きに来

た息子夫婦と同居していたが，二人がスペイン風邪で落命したため，孫たちと取り残されたのである。大正7年前後は，「職工になった方が収入が良い」との理由で，村を捨てて都会に移る小作人の若者が目立った。いつの時代にも都会の繁華に憧れる地方青年はいるものだが，しかし「昨今のように鍬や鋤を振り捨てて大阪へ大阪へと雪崩れ込むのは，実に憂うべき現象」と大阪府の役人が述べたほどであった。（『大正ニュース事典』Ⅲ，毎日コミュニケーションズ，1987年，172。）その結果の一つとして，農村の生産力が相対的に低下，大正7年の夏には，史上最大規模の米騒動が全国に発生した。騒動は，輸出中心の工業生産の過大な成長の裏面でもあり，全体として見れば，大都市を中心に，近代的な市民社会が定着する条件が整いつつあった。そこで育まれた都会的な文化や生活志向は，地方へも徐々に波及し始めたのである。*

*井上清『日本帝国主義の形成』岩波書店，2001年，383；加瀬和俊『失業と救済の近代史』吉川弘文館，2011年，28；成田龍一『大正デモクラシー』岩波新書，2007年，62-3。

（六）「物乞ひ旅藝人村に入るべからず」：村人と旅芸人の相互事情

大正7年時点での「物乞ひ旅藝人村に入るべからず」を分析するには，以上のような状況も考慮に入れるべきであろう。遠くに蠢く近代市民社会化の噂を耳にし，また農業を捨てて都会へ脱出する若者を身近に目にした土地の人は，当時，旅芸人をどう観たのだろうか。そうした時代の伊豆を巡った栄吉は，どんな自己像を描いたのか。容易ならざる試みであることを承知の上で，そうした人々の旅芸人像を再構成してみたい。先ずは，村人の側に立って，一方では旅芸人，他方では紙屋と渡り職人への彼らの反応を比較検討しよう。「べからず」にもかかわらず，旅芸人一行が当時の村へ入ってきたと想定してみよう。村民はどのように反応したであろうか。沖浦和光の歴史研究によれば，江戸時代から各地で，旅芸人への村人の関心は極めて高かったという。明治に入り一旦廃れはしたが，しかし沖浦は出身地の近く，昭和初期の岡山県勝田郡に，芝居の一行（やや大規模）がやってきたときの村の有様を，次のように記している。

芝居の噂や掛け小屋の用意などで，村中がなんとなく浮き浮きした……みんな都会風の賑やかさに憧れている……昔は娘さんや嫁さんは昼風呂を焚いてきれいに化粧し，とっておきの着物に，重箱弁当を提げ，いそいそと出かけた。(『前掲書』114-15。)

アリストテレスではないが，模倣の生き物としての人間は，ときとところを超えて，誰もが芸や演劇へ関心を持つのであろう。大正7年の伊豆でも，村の老若男女が旅芸人に興味を惹かれたであろうことは，十分に想像できる。農村においては生産活動にも，それに従事する住人たちにも一様性が顕著で，モノトニーが支配しがちであった。とすれば，遍歴の旅芸人の非日常的な有様と振る舞いへの注目に拍車がかかったであろう。しかし，ここまではいつの時代にも当てはまる一般的な説明である。

　これらに加えて，本論での特別な関心事であるが，大正7年の前後に土地の人が旅芸人を目撃したら，どんな事柄を特に強く連想したであろうか。当時の二，三の文化上の出来事を起点に，連想された事柄を推測してみよう。先ず，大正7年11月5日，一高生と旅芸人とは伊豆の旅の終点の下田に到着したが，奇しくもこの同じ日，新劇の旗手であった島村抱月がスペイン風邪で47歳の生涯を閉じた。二ヶ月後，彼の演劇と人生のパートナーとなった女優の松井須磨子も，自死でその後を追った。抱月と須磨子は，明治末から大正の前半，イプセンの『人形の家』からトルストイの『復活』までの脚色と演技を通して，日本の近代劇を開花させた立役者であった。勿論，抱月や彼の協力者の坪内逍遥も，イプセンやシェイクスピアの翻訳者として，当時の数少ないインテリ階層であった。にもかかわらず，世界大戦の時代に抱月と須磨子が力を注いだトルストイの『復活』は，総計444回上演されて一世を風靡し，劇中歌「カチューシャの歌」のレコードは二万枚を売り上げたという。二人を中心とした演劇活動は，「日本の近代社会成立の時代の象徴」であって，西欧の自然主義文芸の影響を，広く庶民階層にまで普及した。(河竹『前掲書』，188，169。)あるいは公演や映画を通し，あるいはカチューシャの歌ないし映画(活動)を通して，その影響の一端は伊豆の地方にも達していたであろう。

　次いで，大正の6年と7年にかけて，安井曾太郎の絵画が，第4回及び第5回の二科展において展示を撤回された事件を取り上げよう。大正6年の9月，

第4回の二科展で，フランス帰りの会員の安井は，少女の裸体画の出展を試みた。しかし公開の直前，警視庁から撤回を命じられた。二科会は公開を強く希望したが，許可を得られなかった。翌大正7年の9月の第5回の二科展は，選者の言によれば，「個性のない模倣者」は全て排し（有島生馬），「技量の確かな人のみの作品を取って……去年から見れば遥かに厳選であった」（石井柏亭）。そうした宣言を盾に，安井の「少女」は再び出品されようとした。しかし，警視庁の保安課から今回も再度撤廃を命じられたのである。その理由は公表されなかったが，警察が，当該の絵は実際のモデルを使って描かれたのか否かを詰問した，という経緯に照らせば，良俗に反する創作活動とその成果の展示の嫌疑であったと見て，まず間違い無いであろう。（『大正ニュース辞典』Ⅲ，554-555。）

　最後に，伊豆の旅の直前の出版事情の一端にも触れよう。前二者に比べて，庶民階層とは更に掛け離れた分野に見えるが，一高生が伊豆に向かった前月の大正7年9月，早稲田の教員だった田中玉堂が思想書，『徹底個人主義』を出版した。田中はシカゴ大学でジョン・デューイに学んだプラグマティストであったが，日本では民主主義が個人主義の観点から論じられないことに強い不満を抱いていた。およそ西欧の近代は，文化的・政治的な遺産を，すべての社会構成員が，一個人の立場から吟味し直すことを出発点とした。二人として同じ人間のいない各個々が，その自覚のもと，最大限にユニークな貢献をなす外に，優れた社会，優れた国家が形成されるはずがなかった。その意味で「個性の充実は総べての美しきもの，善きものの基本」であると訴えた田中は，教育を中心に，日本の社会制度に浸透した集団本位の発想の根本転換を提唱したのである。* 勿論，彼の思想書の内容が直ちに地方にまで伝播したとは言えないであろう。しかし，土地の人が，そうした思想内容に潜む「危険性」に敏感となっていたことは疑えない。個人主義は，即，不動な共通価値を基礎とする，旧い共同体の解体を導いたからであった。

　*田中玉堂『徹底的個人主義』天佑社，1918年，15，393。

　以上，大正時代の二三の文化的な出来事を瞥見した。その上で，土地の人が大正7年の前後，旅芸人から何を連想したか，改めて推論を試みよう。茶屋の

婆さんや宿のおかみさんが，島村抱月と松井須磨子を何らかの形で知っていたことはありうる。少なくとも，カチューシャの歌はどこかで耳にしたであろう。彼女らが，西洋起源の近代演劇に熱中し，自身も劇中人物のごとき奔放な私生活を送った抱月や須磨子の生き様を知れば，眉を顰めたであろうことは，想像に難くない。だが，そうした反応の裏面の好奇心も，おそらく否定できなかった。村人も，同様であっただろう。旅芸人が抱月や須磨子の再現でなかったことは自明としても，大正中期の旅芸人は，そうした都会的な芸能世界を以前よりは連想させやすかったのではないか。栄吉をはじめ，新派の影響を受けた旅芸人が居たことも事実なのであるから。

　安井曾太郎の「事件」を土地の人が知ったならば，どのように反応したであろうか。最もありうるのは，ある種の冷笑であろうか。何年もフランスで過ごした挙句に，裸の少女をアトリエに立たせて描写し，その結果を展覧会で見せびらかす。一体，膨大な金を使って「洋行」した挙句，日本に何を持ち込もうというのか，と。「良俗に反する」芸術とは，決して都会のブルジョアの判断に尽きなかったであろう。土地の人に接した大正の旅芸人が，多少とも安井のトバッチリを受けた可能性は否定できない。

　前述したように，田中玉堂の著作そのものが，土地の人に読まれたとは想定し難い。しかし，土地の人はもともと個人の立場から伝来の旧習に疑問を挟むことを，最も忌み嫌った。それは即，共同体の存続を危機に陥れたからである。そうした意味で警戒された個人主義を，合衆国のプラグマティズムと民主主義の基礎の上に，「徹底主張」したとすれば，その著者田中玉堂は，土地の人にとって不倶戴天の敵でありえた。素性が不明の旅芸人が，たまたま東京や大阪で，新思想の影響を受けていれば，土地の人が彼らに対して，以前では抱かなかった類の思想上の危惧を，今や抱いたとしても，不思議はない。

　以上の諸点を踏まえて，一方で当時の旅芸人と，他方での渡り職人，紙屋を改めて比較してみよう。土地の人にとっての両者の違いは明確であった。確かに渡り職人も紙屋も，その出身地は様々で，都会出も居たことだろう。しかし彼らの生業は，村人の具体的な必要に対応した，日常的かつ実務的な仕事であった。職業柄，彼らが西洋風の文化に染まり，それを丸ごと村に伝播する可能性は僅少であった。この点，村人にとっての旅芸人は，対極的に異なってい

た。特に現代劇に親しんだ旅芸人は，西欧風の個人主義を呼吸しつつ育ち，彼らの芸を見聞きして楽しむ土地の人に，好ましからざる風潮を，広めると見做されたであろう。都会での急激な市民社会化を遠望し，近くは若者の離村を目にした土地の人にとって，これは由々しき事態であった。大正時代の地方の村は，一方の旅芸人と，他方の渡り職人や紙屋とを，以前に増して明瞭に区別し，前者を警戒する必要を実感したのではないだろうか。

　では「物乞ひ旅藝人村に入るべからず」に関わるもう一つの問い，すなわち「物乞ひ」と「旅藝人」との並列はどのように解釈すべきだろうか。両者はなぜ等しく入村を拒絶されたのか。「物乞ひ」に関する筆者の経験から，話を進めたい。筆者の育ったのは東京都の一部とは言え，60 年前には戸数が数十の純農村であった。小学生の頃，ほぼ定期的に「物乞ひ」がやって来た。髭をボサボサに生やし，身なりも極端に惨めな中年の男であった。しかし，筆者の記憶に鮮やかなのは，むしろ近隣のおばさんやお婆さんの彼への対応の方であった。普段，外から来る物売りなどには実に厳しい態度で接する彼女らが，文句もいわず，「物乞ひ」に食べ物を恵むのを，目撃し続けたのである。そうした経験の結果であろう，ずっと後に，人間には，いや動物にさえ，弱い者への哀れみの感情がある，とのルソーの主張を，筆者は自然に肯首できた。自身の帰国の直後，合衆国の別な大学院に在学したある日本人から，彼女が毎回の奨学金獲得の面接にはこじきのような服装で臨み，常に成功したとの話を聞き，小学生時代を思い出して，日本だけの特殊事情ではないのか，と苦笑した覚えがある。ルソーは哀れみこそ人類の存続を保障する強みだと主張したが，人間には確かに，弱い者を目の前にすると，つい助けの手を伸ばしてしまう「弱さ」がある。（結局は強みと弱みは裏腹の関係か。）失礼を覚悟で言えば，「物乞ひ」はその弱さに巧みに付け込んでくる。村人は，入ってきてしまった「物乞ひ」には負けたのである。旅芸人の場合も似た点があった。渡り職人や紙屋なら，用事がなければキッパリと断ることは易しかった。しかし，旅芸人には村人の誰もがふと関心を抱き，心を許しやすかった。やや「人道」に戻るとは感じながら，何となく非日常的な芸に触れてみたい，いやそういう世界に浸かってみたい，とどこかで願っていた。旅芸人はその心の隙をついてきたのである。この点で，物乞ひと旅芸人は，村人にとって等しく強敵であった。彼らを入村さ

せ，目の前にしてしまったら，もう抵抗出来なかった。村人の負けであった。勝つには，村に入れないようにする他なかったのである。

　したがって「物乞ひ旅藝人村に入るべからず」を，村人による物乞ひと旅芸人への端的な差別であった，とする解釈に筆者は与しない。入れないのだから，明らかに差別の表明ではあった。それは間違いなかったが，しかし立札には同時に，入れたら自分たちの敗北につながる，自分たちの弱みに付け込まれてはならない，との村人の自戒の念も込められていた。立札は「物乞ひ旅芸人」に向けられたと同時に，村人自身にも向けられていたのである。

　これを言い換えれば，村人の旅芸人への態度は，一方的な拒絶ではなく，むしろ愛憎半ばしており，英語の表現の ambivalence に近かった。村に入れないほど嫌っていた。入り込まれては，共同体の秩序が揺るぎ，果ては，村の存続自体が脅かされかねなかったからである。しかし同時に，村人は旅芸人をどこか歓迎していた。彼らはお座敷に，旅芸人を迎え入れた。日常を離れ，華やかな雰囲気を醸し出すには，やはり旅芸人が欠かせなかった。旅芸人を「蔑みながらもその存在を無視しない，できない世間」があったのである。（竹腰幸夫，「川端康成『伊豆の踊子』論」『常葉国文』20，1995 年，83。）報酬さえ惜しんでいなかった。大正 7 年の前後の伊豆では，特にそうであっただろう。実際一高生は，踊子がおふくろの手に，あるお座敷での謝礼の「五十銭銀貨をざらざらと落とした」場面を目撃した。栄吉と踊子三名の小一時間の出演料として多いのか少ないのか，小説には直接の言及はない。この点は，補論で検討したい。ともかく，茶屋の婆さんはそのたった一枚だけで，「こんなに戴いては勿體なうございます」と述べて，不自由な足で一高生のカバンを運んだのみならず，「今度お通りの時にお禮をいたします」と将来の約束さえしていた。五十銭銀貨の「ざらざら」は，土地の人にはそれなりの出費であり，旅芸人には相当な収入となったのではないか。（竹腰，「同論文」84-85。）こうした場面を目撃した一高生は，旅芸人の旅心について，「最初私が考えてゐた程世知辛いものではな」いことが分かって来た，と記したのである。(216)

　但し他方，土地の人は旅芸人とは一線を画し，決して一体化しようとはしなかった。お座敷には不可欠な添え物として十分に活用しながらも，旅芸人のペースに乗ることは回避し，あくまで自分たち側の馬鹿騒ぎに徹したのであっ

た。あるいは，日常と非日常とを峻別し，旅芸人と過ごす時間は非日常であり，間違っても彼らが自分たちの日常へ侵入しないよう，防護壁を堅く設けた。仮りに，一部の土地の人が，新派崩れの芸に共感する潜在力を備えていたとしても，彼らがそうした潜在力に身を委ねて旅芸人と意気投合し，土地の共同体の解体に道を開くことのないよう，厳しく自己規制して（させられて）いたのであろう。

　既に触れた栄吉の自己経歴上の告白を，異なった角度から，改めて検討してみよう。栄吉は，大島の波浮に家を構えながら，なぜなお旅芸人を続けたのであろうか。土地の人は，旅芸人に対して，一方では拒絶と，他方では「有効活用」という，二種の対応をとった。栄吉はこうした二重構造を知り尽くしていた。したがって，仮に『伊豆の踊子』が彼の言動を隠さず伝えていたとして，栄吉は一方では旅芸人への階級差別ないし排除を，一高生に対してあからさまには訴えなかった。しかし，他面では，土地の人の芸への無理解に対する深い失望を，彼に伝えていた。したがって，彼が旅芸人を続けた理由ないし動機は少なくとも二つで，土地の人の旅芸人への二重構造に対応していたとも言える。一つは，経済的な理由であった。大正7年前後の伊豆の旅芸人は，当時の例外的な好景気を背景として，かなりの現金収入を期待できたのである。こうした対価とサーヴィスの点で，旅芸人と土地の人の利害は，一致していた。好景気のお零れにも浴していた土地の人は，お座敷に旅芸人を呼びよせ，彼らの芸を交えることで初めて，非日常的なうさ晴らしとしての馬鹿騒ぎに没入できた。旅芸人に，極めて実用的な価値を認めていたのである。旅芸人の側からすれば，土地の人の要求に応じた役割を果たすことで，地元（大島）に留まった場合よりかなり高い水準の収入を期待できた。例え安宿泊まりに徹したにせよ，かなりの収入なくして，半年におよぶ伊豆の旅そのものさえ不可能だったはずである。勿論，千代子の早産を初め，いくつもの過重な負担を強いられたのも事実であったろうが，しかし一高生は，同行してみて初めて，彼らの旅が「野の匂いを失わないのんきなもの」であることを知ったのである。（216）既述のように，大正4，5年に始まる数年間は，日本の近代史上，例外的な好景気に沸いた時代であった。栄吉はその辺の事情を十分に見聞きしていた。そうした時代はかつてなかったし，再び来ることはないであろう。実際，大正7年の旅は，

栄吉とその一家にとって最後の伊豆の旅となった。一高生は，そうした極めて
特別な機会に，たまたま伊豆を訪れ，旅芸人たちと忘れ難い時を過ごしたので
ある。

（七）　パスカルと栄吉：考える葦と賭けの効用

　栄吉が旅芸人を続けたもう一つの理由があった。それは，かつては新派の役
者を目指し，芸に生き甲斐を求めた，彼の願望でありプライドであった。旅芸
人の立場でその願望を叶え，役者のプライドを保つには，芸人栄吉とお座敷の
客との間に，共感的な関係が成立する必要があった。栄吉の演技が人生のある
リアリティーを表現し，土地の人がそれに感応して受け返す，そうした交感の
中で，その場にひととき演劇の世界が出現することであった。これこそ役者の
達成であり，栄吉の生き甲斐であった。けれども，そうした状況は実現から程
遠かった。土地の人が，馬鹿騒ぎに興じるばかりで，栄吉の芸に一向に反応し
なかったからである。原因の一部は，役者としての栄吉の力量不足にあった。
同時に，「面白く」ない土地の人の側にもあった。彼らは彼らで，反応する力
量か意思を持たなかったのである。
　前節で瞥見した大正7年前後の日本と伊豆の状況に照らせば，原因は栄吉と
土地の人の双方にあったのであろう。一方で，栄吉は数年前の新派での経験を
引きずっており，古い時代の演劇よりは，近代的な意味でリアルな演技を，ど
こかで発揮したかった。他方この頃，未曾有の好景気を背景とした，都会での
近代的個人主義に対する，土地の人の警戒心は高まっていた。自らの演劇の具
体化を求めた栄吉と，旅芸人の効用を気晴らし道具に限定した土地の人の「即
物化」傾向とは，正反対の向きを指向し，両者は乖離したのではないか。栄吉
の失望は深まるばかりであった。「妹にだけはこんなことをさせたくない」と
彼が一高生に述べたとき，早産した妻千代子が被った旅の生活も彼の頭の片隅
にはあったであろう。しかし，同時に，自らの生業の虚しい現実への悔恨にも
発したのではないか。客が一方的に求めた「娯楽」の提供に終始し，何の達成
感も得られなかった栄吉は，芸人として最低限のプライドを保てない虚無感に
苛まれた。そうした「生き方」を，妹には繰り返させたくなかった。それが一

高生への告白に込めた，芸人栄吉の偽りのない心情ではなかったか。

　筆者は，栄吉の心情を，「深い失望」と受け取り，「絶望」とは解しなかった。それには訳がある。栄吉の告白に共感し始めた筆者は，直ちにパスカルの『パンセ』を連想した。栄吉の言葉を読み返す中で，その連想はますます強まった。「深い失望」と「絶望」とはどう違うのだろうか。パスカル自身の言葉がその説明となると思うので，まず『パンセ』から引用したい。二つの個所があった。一つは誰でもその題目を知る「考える葦」であり，もう一つは神の存在・非存在の賭けに関する，幾何学者パスカルの確率論であった。まず「考える葦」をみよう。『パンセ』の 347 にあたる。

　　人間は自然のうちで最も弱い一茎の葦に過ぎない。しかしそれは考える葦である。これを押しつぶすのに，宇宙全体は何も武装する必要はない。風のひと吹き，水のひと滴も，これを殺すに十分である。しかし，宇宙がこれをおしつぶすときにも，人間は，人間を殺すものよりも一そう高貴であるであろう。なぜなら，人間は，自分が死ぬことを知っており，宇宙が人間の上に優越することを知っているからである。宇宙はそれについては何も知らない。（パスカルの直筆による前半）松浪信三郎訳（『パスカル全集Ⅲ』人文書院，昭和 42 年，215。）

人間のかわりに栄吉を，宇宙のかわりに土地の人あるいは当時の日本社会を，置き換えてみよう。栄吉は弱い葦であった。土地の人や当時の日本社会がわずかに動けば，栄吉の息の根を止められたであろう。しかし，だからといって土地の人や日本の社会が，栄吉に優越していたとは言えない。もしも栄吉が，自分の演技の稚拙さとその限界とを自覚した上で，なお土地の人と社会が持つ，自分への優越に関して思考していたならば。確かに栄吉は「面白くない」と述べて土地の人へ苦言を呈した。したがって，彼がパスカルの葦であったか否かは，土地の人への栄吉の苦言が，パスカルの言う「考える」に繋がったのか，はたまたそれに悖るものであったか，で決まる。判定の基準は，栄吉の言動が批判であったのか，それとも愚痴でしかなかったか，と言い換えて良いであろう。なぜなら本来の批判が思考であることは，パスカルならずとも認めたであろう。既に何度か引用した思想家ジョン・デューイは，そもそも哲学が「批判

のそのまた批判：批判の中の批判　a criticism of criticisms」に他ならない，と述べたほどだからである。（*Experience and Nature.* Open Court, 1989, 322.）他方，愚痴を思考だと認知する思想家に，筆者はまだお目にかかったことがない。少なくともパスカルはそうは認めなかったであろう。なぜだろうか。

　一例として，社員が上司の愚痴を述べる場面を想像してみよう。上司が「理不尽」な決断を下して，自分がその実行を強制されている，とてもやる気がしない，と言った愚痴である。しばしば周囲，特に部外者からは不評を買う。なぜか。一見すると批判の如くであるが，実は初めから上司の劣等，自分側の優越を動かぬ前提にしている。上司の判断の理不尽には議論の疑問の余地がないとして，周囲には，ひたすら自分の正しさへの賛同を求める。ところが，会社での経験や地位において，優劣の立場は完全に逆である。その結果，自己の絶対的な優越を前提に，言葉の上だけで上司との地位の逆転を実現すると言う，不可能事への賛同を求めている，と見えてしまう。本来，この会社員が「批判」をするには，上司の理不尽な決断内容を，理に叶った基準に即して検討し，自分の判断の方が合理的であると，主張せねばならない。こうした判定には，独立した基準や証拠，さらには客観的な判定者を不可欠とする。こうした批判であれば，自分の側の無条件の優越を放棄せずしては，展開できない。愚痴は，自己の絶対的な優位の放棄を前提とする批判には，到底，及ばないのである。

　では，「面白くありません」と土地の人を評した栄吉は，愚痴をこぼしたのだろうか。一面では，肯定せざるをえない。芝居への反応の質の判断における，栄吉側の優越の前提を抜きにして，こうした評価はありえないからである。但し，愚痴とは多少相違する面も認められた。まず，土地の人に対する彼の評の出し方があった。栄吉が「餘りに何げない風」にそう口にしたので，一高生は「黙つてしまった」。栄吉は愚痴を述べて，賛同を求めた訳でなかった。「嘆き」が口をついて出たと言うのが，より正確であろう。加えて，客が役者について「面白くありません」と言うのと，自ら演ずる役者が客についてそう言うのでは，意味が違った。客が芝居や役者をけなす場合，そのことで，自分が批判されることはない。観劇料を支払っていれば，面白くない役者をこき下ろすのは，当然の権利でさえあるだろう。ところが，役者が観客を批判すれば，一方では「料金を支払った客に文句つけるのか」と反撃を喰らうであろう。仮に反撃が

なくとも，仕事の性質上役者は，観客が「面白くない」責任の一端を，自ら担わざるをえないのである。加えて，栄吉は身を誤り，役者として落ちぶれたことを自覚していた。新派劇の仲間や観客，そして土地の人が，役者としての自分の死命を制すること，その前で自分が非力である点に思いを巡らせていた。こうした栄吉は愚痴の人というよりも，むしろパスカルの「考える」人に近かったのではないか。茶屋の婆さんであれば商売柄，役者の愚痴にもひとときは付き合ってくれたかも知れない。しかし，一高生が愚痴の人栄吉に，数日の間，しかもときとして朝から夕方まで付き合い続けたとは，筆者には到底信じられない。長い時間を共にしたのは，まさしく栄吉が考える葦の（側面を強く持った）人物だったからであろう。天下の秀才に囲まれた一高生に，栄吉がなお「顔付も話振りも相當知識的」と映ったのである。旅芸人としての苦難にもかかわらず，栄吉が芸人としての生活に「絶望」はしていなかった，と筆者は考える。

　栄吉は旅芸人の生活に深く「失望」していても，「絶望」してはいなかった。この事態が，少なくとも大正7年まで，彼が芸の旅を続けた理由の一つであったろう。そしてここに，栄吉とその妹踊子をつなぐ，肉親関係以外の，一本の細い糸があった。その検討は，これ以降本書の二，三個所で行う。それ以前に，しかし，連想したパスカルのもう一つの断片に触れておきたい。パンセの233は，後世の確率論に影響を与えたと言われる，長い断片である。ここでパスカルは，17世紀に生きた科学者に相応しく，人は神の実在に賭けるべきか否かを，確率の観点から論じた。曲解の誇りを免れないかも知れないが，パスカルの論の一部を栄吉の場合に当て嵌めてみよう。栄吉にとって芝居を理解し，感応してくれる客との交感，すなわち芝居の世界の成立は，役者としての強い願望であった。しかし，何度かの芸の旅において，そうした願望は一度として叶えられなかった。経験的には，その成就は不可能と認めざるを得なかった。彼は賭けに直面した。選択肢の一つは，自身の過去数年の各地での旅の経験を重く受け止め，そこでの芸人としての願望の成就は不可能と判断し，継続を断念することであった。もう一つは，願望の成就に一縷の望みを託し，今後とも旅芸人を継続することであった。もし筆者の『パンセ』の理解が正しければ，栄吉の願望が本物である限り，彼は旅芸人を継続すべきであった。と言うのも，放棄

52

すれば成就の可能性はゼロと決まった。ところで，継続した旅で願望が遂に一度も叶わなかったとしても，結果は同じくゼロであった。他方，もしも万が一，願望がどこかで叶うことがあった場合，旅を続けた見返りは，放棄してしまった場合より，比較を絶して大きかったのだから。

『伊豆の踊子』は，数年の失意の遍歴の末，栄吉に幸運が訪れたことを証したのではないか。彼は自分の芝居，少なくとも芝居へ自分の思い入れに感応してくれる理解者を，遂に見出した。その理解者こそ，大正7年の10月の末，ひとり学校を後にして伊豆へ向かった一高生であった。旅芸人としての苦難にもかかわらず絶望しなかった栄吉は，ついにパスカルの賭けに勝利したのである。何年かにわたり敢行した伊豆への最後の旅，しかもその締め括りにおいて，待ち焦がれたその達成が，間接的ではあったにせよ，初めて実現を見た。そう解釈すれば，仕事以外の殆ど全ての時間を，一高生と話し込んで過ごした栄吉の気持ちが，読者には痛いほど伝わって来るではないか。芸の人としての彼は，何よりも一高生に出会って救われたのである。*

*演劇のプロとしての栄吉が一高生の演劇好きを見抜いて，波浮の正月での劇への参画を促した，との北野昭彦の指摘は正しいと思う。（「『伊豆の踊子』の〈物乞ひ旅芸人〉の背後」，12。）しかし，栄吉は，他方，落ちぶれた芸人として悲惨な体験を経ていた。一高生が，彼の苦難と心意気に対して示した理解が栄吉を救った面も，無視できないであろう。

『伊豆の踊子』は通常，孤児の一高生が伊豆で旅芸人に出会い，その孤児根性から解放された物語，と解釈される。筆者もそれに異を唱えるつもりはない。しかし，一高生の旅芸人との出会いに先駆けて，ないしは同時並行して，まず栄吉の一高生との出会いが生じていた。小説には殆ど表面化しなかったその出会いの衝撃が強かったので，既に紹介したように，丹尾および菅野が二人の同性愛を推定し，主張した。しかし，筆者の解釈は彼らと異なる。一高生の旅芸人との出会いは，彼らの一高生との出会いの，いわば照り返しとしても生じたのであって，決して一方的な思い込みではなかった。コミュニケーションは参加と分かち合いを中核とする人生最高の喜びであり，その前では宗教上の奇跡さえ色褪せる，とのデューイの言葉を思い起こす。（*Experience and Nature.* 138。）一高生の旅芸人との出会いは，彼ら，特には栄吉の一高生との出会いと

対をなし，物語は互いが響き合う中で展開して行った。このように解釈すると，『伊豆の踊子』のクライマックスについて，通説とはやや違う見方さえ可能となる。一高生を中心に据えれば，「いい人」と踊子に言われたこと，そして船中で人に見られても平気な涙を流す場面がそれにあたったのであろう。しかし，一高生と旅芸人との相互的な出会いに焦点を合わせるなら，そのクライマックスは，来たる正月に波浮の港で，一高生と旅芸人とが協力して「皆が芝居をする」と決まったとき，到達されたのである。(215) その理由に，詳細な説明はもはや不要であろう。旅芸人たちは，家族より強い絆で結ばれた，芝居をする仲間として，一高生を迎えると決めたのであるから。*

*因みに，初め発表された『伊豆の踊子』は，文芸誌上で（正）と「續」の二部に分かれており，（正）はこうした決定の直後で終わっていた。

　では一高生との邂逅は，栄吉が自身と，妹踊子の将来について抱いていた悲観を，些かでも和らげたのだろうか。筆者には，何の確答もない。ただ取り止めもなく，想像が広がるだけである。物語でも，実際にも，生徒川端が旅芸人と再び見えることはなかった。しかし，もしもあの正月に一高生が波浮を訪れ，皆で芝居をしたとしよう。生徒川端は稀に見る芸好きであった。栄吉の芝居へ志は強かった。そして踊子は……。彼らの芝居が思わぬ成功を収めたかも知れないのみか，一高生と踊子とがやがて，今は亡き島村抱月と松井須磨子の跡を継いで，それなりに名を残したとしても，荒唐無稽な話ではない。「土地の人は面白くありません」との栄吉の嘆きは影を潜め，彼は，奇跡の出会いの感に包まれつつ，余生を全うしたのではないか。しかし，想像が一人歩きをした。ここは，空想的な帰結にふける場ではなく，『伊豆の踊子』を読む入り口である。一体，栄吉の妹，踊子はどんな人だったのか。一高生は，どんな踊子に出会い，彼女のイメージはどのように変貌して，別れのときを迎えたのか。一高生と「伊豆の踊子」との出会いへと，話を進めねばならない。果たして一高生の見た栄吉の妹は，芸の人となる途上にあったのだろうか。わずか数日の同行ではあるが，踊子に即して，その軌跡を辿ってみよう。

第二章：踊子像の変貌

―願望の禁止から成就へ

（一）　二度の目撃と峠の茶屋での決心

　湯川橋近くでの出会いから下田での別れまで，一高生の目に踊子の姿はどう
映り，どう変貌したのか。太鼓を背負った踊子を見かけ，踊りを見物し，峠の
茶屋で世話を受け，共同湯での裸を目撃し，碁石を撃ち合い，本を朗読してや
り，間道を一緒に登り，下田で別れる間，一高生は踊子の何にふれ，何を発見
して見直したのか。それを小説の時系列に従って追ってみたい。但し，この作
業に先立って，演劇（芝居）と「実生活」の関係について短く触れたい。伊豆
を旅した一高生が，演劇好きとして，ものを見，行動したからである。特に，
栄吉との友情，そして踊子への特別な好意も，芸を抜きにしては語れないであ
ろう。

　演劇や芝居というと，現実の真似事，否，実態のない作り話とさえ受け取ら
れることが多い。現実を背景とした実話に対し，人工的にあつらえた舞台で役
者が展開する絵空事として，その非現実性が槍玉にあげられる。挙げ句の果て
には，『広辞苑』での「芝居」のように，「人をだますための作りごと」の意味
にさえ用いられる。これでは芝居好きは，せいぜい御し難い空想家，そのマイ
ナス面を強調して現代風に言えば，「オレオレ詐欺師」と選ぶところがない。
以上は明らかに，演劇や芝居の一面的な見方である。当然，対極的に異なる解
釈がある。すなわち，芝居こそ，巷で実生活と呼ばれる事柄より遥かに現実的
な内容を，よりリアルに体験（追体験）する仕方である，と。分かりやすい例
をとろう。一高生と旅芸人との旅から四ヶ月の後，哲学者のジョン・デューイ
が来日して，東京で連続講演を行ない，その冒頭部分で次のように論じた。未
開の部族は，動物と戦ってこれを打ち負かして後，なぜ改めて勝利の舞を舞う
のだろうか。彼によれば，過ぎ去った勝利を回顧して踊る舞の方が，実際の戦

いでの体験より，勝利をいっそう痛切かつ痛快にさえ（even more poignant）
実感させてくれるからだ，という。実際の場面においては，人は戦いの詳細や
その帰趨に気を取られて，振り回されるような体験を被るに止まる。後になっ
て初めて，戦いの諸断片が一定の流れを形成し，意味のある全体に形を整えて
ゆく。人が勝利を実感するのは，まさにそのときである，と。（デューイ，『哲
学の改造』，10。）これは芝居にも当てはまる指摘であろう。誰でも自ら被った
真に重大な経験では，相手の行動や言葉の意味を計りかねドギマギすることば
かりで，流れがよくわからないまま，全てが終わってしまった，と感じるので
はないか。しかし，後に振り返ると，生涯に忘れがたい出来事として，繰り返
し反芻する結果となる。その痛切さは時間を経て，却って昂まりさえする。一
高生を含む多くの若者の心を奪った演劇ないし芝居は，言うまでも無くこうし
た類であった。人が人生と真剣に向き合いはじめたとき，芝居に夢中になって，
半ば当然であろう。一高生たちも例外ではなかった。否，彼らこそ人並以上に
強い関心を抱いたのである。*

　*川端に先駆けて一高に在学した文人は，谷崎潤一郎，菊池寛，久米正雄，芥川龍之
　介，等枚挙に遑がない。

　既述のように菅野春雄は，峠の茶屋での出会い以前，一高生が踊子たちを二
度ではなく，三度見ていたと主張した。しかも，編中では隠蔽された三度目こ
そ，一高生のストーカーぶりを，何より雄弁に証拠立てていた，と言うのであ
る。恐らく多く読者と同じと推察するが，筆者自身も，菅野の指摘以前には，
三度目を想像したことがなかった。にもかかわらず，三度目があったとして，
一高生の「空想」と行動についてのイメージが，それで根本的に変化したとは
考えない。確かに，踊子への思い入れの強烈な点を改めて確認し，雨頼みの創
作の工夫の不可欠な点も，以前にまして納得した。そうした努力にもかかわら
ず，一高生の動作のぎこちなさが逆に露呈し，世話好きな踊子に却って好感を
持たれた様子が，一層生き生きと感ぜられた。しかし，これら変化は，小説で
のドラマ性を高めこそすれ，仕掛けの露呈と出会いの崩壊を導く類ではなかっ
たのである。筆者には，菅野による三度目の目撃の「発見」は，「誰も知らな
かった」一高生のストーカー性を暴いたとは，受け取れなかった。むしろ，既

に読者にも見え，作者本人も強く示唆していた旅芸人との同行の期待を，ますます強く印象付ける結果となったのではないか。二度か三度かは，最重要な事柄ではない。むしろ問うべきは，生徒川端が踊子を「二度」見た中で，その追跡を動かぬ目標として定めた経緯を，確と知ることであろう。

　繰り返しになるが，一度目，彼は湯川橋の近くで初めて三人の踊子たちを見かけた。そのうちの一人（踊子）が，太鼓を提げていた。振り返り眺めて，一高生は「旅情が自分の身についたと思った。」（200）彼が身についたと感じた旅情とは，一体何であったのか。その決め手は，何であったのか。広辞苑は，旅情を「たびでのしみじみとした思い」と説明している。旅にあった一高生が，「しみじみとした思い」を身につけたのは，「踊子の遍歴する旅姿」に接して，とした北野昭彦説を，筆者は取りたい。（「『伊豆の踊子』の〈物乞ひ旅芸人〉の背後」，5。）但し，一高生の旅情は，旅芸人を見れば誰でもが感じたであろう旅情よりは，いささか意味深調であった。川西政明によれば，旅出の前，生徒川端は伊豆旅行を経験した別な一高生から，湯ヶ島のことを聞き及んでいたと言う。（『昭和文壇の形成』岩波書店，2010 年，114。）この文芸部員は，当時の伊豆に多かった旅芸人たちについて，語ったかも知れない。生徒川端は中学生時代に早くも，京都の花街を夜間彷徨していたかと思えば，「五月雨や湯に通ひ行く旅役者」の句を，雑誌に発表していた，と羽鳥は言う。（『作家川端の展開』，171。）友人の鈴木彦次郎が証言したように，一高時代の川端のモットーが「芸術一路」であったのも肯ける。その彼が学校の日常を後にして向かった伊豆の非日常の中に，何よりも期待したのが旅芸人たちとの邂逅であったことは，想像に難くない。一高では不可能な，湯の街をめぐる旅芸人との接触が，彼の旅情のイメージには織り込み済みだったのであろう。*

*林武志は，「川端にとっては生涯，旅と芸人についての関心が，彼の作品の基調となった。」と言う。（『川端康成研究』，18-21。）

　一高生が目撃した踊子たちを旅芸人と確信した根拠の一つは，踊子の背負う太鼓であった。お座敷と流しとで用いたこの楽器は，彼女らが現役の旅芸人である動かぬ証拠であった。最初の出会いを回想した一高生は，「その時は若い女が三人だったが，踊子は太鼓を提げていた。」と言った。三名とも踊子と認

知していた以上，通常なら彼は「そのうちの一人は太鼓を提げていた」と説明すべきでものを，「踊子は太鼓を……」と述べた。踊子とは誰のことか，一高生にも読者にも，既に自明な固有名と作者川端が見なしていた証左であった。実際，大正11年の「湯ヶ島での思い出」での書き方では，「太鼓を提げた踊子が遠くから目立つて」（『少年』130。）おり，注目度が最初から歴然と違っていた。旅芸人一行に追いついたとき，一高生は若い三人の年齢を未だ知らなかった。にもかかわらず，栄吉の妻千代子を「上の娘」，雇いの百合子を「中の娘」と明言した彼は，「太鼓とその枠を負うていた」踊子を「下の娘」と確信していた。(203) 太鼓は最年少の旅の踊子にふさわしいシンボルでもあり，彼女自身と並んで，一高生の旅情の核心を形成したのである。*

  * 『伊豆の踊子』は，一世紀近くにわたり，国内外で出版され続け，それに伴い，多くの踊子像のイラストレイションが生み出されてきた。しかし，描かれた踊子像の多くは，成熟し切った芸人を連想させた。宴席で太鼓を打つ幼い踊子のデザインは少なかった。大人が抱く踊子像が，芸術家や専門のデザイナーの作品づくりを支配しているのだろうか。

　二度目に踊子を目撃したのは，一高生が宿泊した宿（湯本館）へ流しにきた彼女の踊りを「梯子段の中途に腰をおろして一心に見ていた」ときであった。湯本館を訪れたことのある読者にはお分かりのように，「中途」と言う一高生の位置どりは正解であった，と筆者は思う。玄関は狭く，梯子段の最上部からでは，踊子の舞を遠望するだけになってしまったであろう。下の段では近すぎて，前の客に踊りが時折遮られた可能性が高いし，それ以上に，シャイな彼は，もし踊子と近くで目があえば，踊りをじっくりと鑑賞できなくなったと想像される。一高生は，恐らくは十七，八歳と思い込んでいた踊子の舞に魂を奪われている如くであった。教師の講義に耳を傾ける旧制高校生の写真は，概して彼らの集中ぶりを窺わせるが，この階段での一高生の集中は，その比ではなかった。まさしく「一心」だったのである。しかも，篇中，明示された踊子の唯一の舞であり，生徒川端に消しがたい印象を残したのであろう。彼はちょうど一年後に，足の療養のため湯本館を再訪し，ずぶ濡れで玄関に立ったが，そこで思わず苦笑したと言う。「前の年の秋，そこで踊子が踊つてゐたのである。」（『少年』132。）

　この最初の二度の邂逅は，一高生の旅の関心を決定的に方向づけた。もとも
と芸道好きの彼が，芸を披露しつつ旅する女芸人たちを近距離で目撃し，その
演芸活動の具体にがぜん興味を惹かれた。中でも最初はその太鼓姿が目立ち，
次いで宿の板敷で優雅に舞った年若い踊子が，彼の関心の的となった。彼に
とって，湯川橋付近から以降の伊豆の旅は，目的ある旅となった。二度のめぐ
り合いが，旅の方向を決定した。芸人たちを追う以外の選択は，一高生の心中
から，跡形もなく消え去ったのである。

　そう決め切った一高生が，踊りを鑑賞した翌日，周到な計画と旅芸人の通過
の（おそらくは）目視による確認を経て，天城の峠を目指して彼らの後を追っ
た。菅野の主張の如く，彼らに何れ追いつけることは，計算済みであった。し
かし，ただ計算に基づいて追いついた茶屋で，そっと中に入るのは憚られたの
であろう。作者川端は，快晴だった当日にはあり得なかった，と推定される雨
を援用した。* 麓から追ってきた強い雨脚が，峠への最後の行程を駆け上るこ
とを一高生に強い，濡れ鼠のまま一挙に茶屋の入り口まで運ばれた状況を創作
した。結果，思いがけなく，目当ての踊子に座布団を与えられ，しかも彼女と
「眞近に向ひ合」うことさえできた。今や，旅の主目的の踊子との接近が，あ
まりに計画通り実現しかかったので，彼は却って地に足のつかない状態に陥っ
たのであろう。「どぎまぎし」たその口からは，「ありがとう」を含め，一切の
尋常な言葉が出かかるに止まった。皮肉にもその有り様が，世話好きな踊子に
は，好印象を与えた如くであった。

　*土屋『天城路慕情』126。当日が快晴であったとの発見は，フィクションとしての作
　品の工夫を際立たせる結果となり，菅野の三度目の目視の推論と同様に，『伊豆の踊
　子』の制作への理解を却って深めたのではないだろうか。水死人の如き爺さんの目撃
　と婆さんの生活の実態への接近も，雨の結果初めて可能となったのである。

　豊かな髪と凛々しい顔の美しい踊子を身近に確認した一高生は，やがて茶屋
の婆さんに別室，さらに濡れた衣服を乾かすため，居間へと招き入れられた。
そこで彼は，「山の怪奇」と言わざるを得ない，彼女の連れ合いに直面した。
長く中風を患って体も動かせず，あれこれ回復を試みても死を待つのみの，
「水死人のように全身蒼ぶくれ」した爺さんであった。老婆の方は，自身も不

自由な体で，回復の見込みのない爺さんを世話しつつ，人里離れた峠の茶屋を，人を圧倒する口数はともかく，慎ましく切り盛りしていたのである。峠を駆け上がって，ついにうら若い踊子を捉えた若い青年を，次の瞬間に待っていたのは，人生の対極を示すもう一つの現実，すなわち，死を待つばかりの老人と，その末期を見据えつつ余命に鞭打つもう一人の老女の姿であった。

　茶屋の婆さんはまた，伊豆の旅で一高生に初めて人情を感じさせた人物でもあった。面倒をかけたお礼にと残した銀貨50銭一枚を発見した彼女は，店の外まで追いかけてきて彼のカバンを抱きかかえた。感謝と謝罪の言葉を繰り返しつつ，よろよろした足取りで，「幾ら断っても」ついて来たのである。直接には高額な謝礼に起因したとしても，年寄りのこの行動に，何か真実なものを認めたのであろう，一高生は「涙がこぼれそうに感じ」た。(202) 彼女の一本気さは，高校生への諂いでは説明し尽せなかったであろう。婆さんは連れ合いの「お恥ずかしい姿をお見せ」する不首尾に「堪忍」を求めつつ，なお彼らの囲炉裏に一高生を導き入れ，雨に濡れた紺飛白を乾燥してくれたのである。

　婆さんの言動で，一高生から強い反発を引き出したのは，遍く知られた，旅芸人への口撃であった。旅芸人が先に茶屋を出発して不在となると，彼らの今日これ以降の活動や宿泊先を想像して，一高生の「空想が解き放たれた」。今晩はどんな仕事予定で，どの辺りに宿を取るのだろう。今や彼の旅の至上の目的となった旅芸人の追跡に万全を期するためにも，間違いのない見通しの下に，自分も行動しよう。茶屋の婆さんなら見当が付くではないか，念のため，確認しておきたい。お世辞半分に踊子を褒め，旅芸人を送り出して戻ってきた彼女に，一高生は尋ねた。「あの藝人は今晩どこで泊まるんでせう。」ところが，婆さんの返答は，思いがけない方向から，激烈な形で戻ってきた。

　　あんな者，どこで泊まるやら分かるもんでございますか，旦那様。お客があ
　　ればあり次第，どこにだって泊まるんでございますよ。今夜の宿のあてなん
　　ぞございますものか。(201-02)

一高生は，旅芸人は今夜，どの辺に落ち着くのだろうか，と尋ねた。これに対し，婆さんの答えは，まずは噛み合っていなかった。旅芸人には定めて泊まる宿などない。とんでもない無宿者，人の道理に反した無法者ですよ。そうした連中の宿の予定などを問う，あなたの問い方が間違っています。旅芸人につい

てのあなたの根本認識が誤っていますよ，というのが婆さんの答えだったのである。

　これにはややうぶな一高生は，面食らったのではないか。自分の問いに対する回答が，予想外であったのに加えて，自分の抱く芸人観を根っから否定されたのであるから。この直後，一高生が婆さんにまともに反論するのは難しかったであろう。少しくどいことを承知の上で，類似の，わかりやすい問答例を取り上げてみる。例えば，一高生が渡り鳥に関心があって，鳥には彼以上に詳しそうな茶屋の婆さんに聞いたとしよう。「渡り鳥Ａは，九州から台湾まで移動するとき，最初にどの島に立ち寄るのでしょうか。」婆さんが答えた。

　　ええ？あなた何にも知らないんだねえ。渡り鳥Ａというのは，渡り鳥なん
　　かじゃないんだよ。それが最初にどの島に立ち寄るかなど，聞くだけ野暮と
　　いうものさ。

こう返答された場合，一高生はいささかのショックとともに自分の無知を恥じて引き下がるか，あるいは自分の認識を固守して，婆さんには話しが通じないと判断し，対話を打ち切るかしかなかったであろう。それでも，渡り鳥問題は，事実の関係が中心であった。これに対し，旅芸人の宿泊地の問題は，婆さんからの回答の段階で，事実から，価値に関する対立へと転換していた。一高生の方は，以前から演劇や芝居，芸一般を高く評価していた。修善寺付近で，旅芸人を見かけて旅情が身につき，踊子の舞を湯本館で一心に鑑賞するに及んで，同行への期待が決定的に膨らんだ。旅芸人の追跡を，心深くに決意した。加えて，ほんのわずか前，他ならぬここで，意中の旅芸人，中でも踊子と，ものの見事に出会った。しかも踊子は，雨に濡れた，面識もない一高生に，躊躇なく座布団を与え，どぎまぎした彼に煙草盆さえ用意してくれた。全うなお礼さえ返せない中，一高生は踊子の好意を心に刻んだ。旅芸人を追い続けたいとの彼の願望は，今や不動のものとなった。そうした彼の心の動きを知ってか知らずか，婆さんは旅芸人を，人道に戻る輩として頭から否定し，彼らには金輪際近づかないよう，面と向かって一高生に諭したのである。

　いずれにせよ，一高生は賢明にも婆さんとの表立った対決を避けた。彼女の「甚だしい軽蔑」に対する彼の強い反動は内向して，自身の中で激しく運動し，一つの強い決意に凝縮した。「それならば，踊子を今夜は私の部屋に泊まらせ

るのだ」（202）と。もともと近づきになりたいという一高生の願望は，婆さん
の激しい軽蔑に煽られて，踊子との同衾の行動計画にまで一気に跳ね上がった。
一体この計画決意の内実は何であったのか。それは，婆さんが表明した激しい
軽蔑とどう繋がっていたのか。これらの問いは注意深い検討に値する。という
のもこの決意の特質が，一高生を中心としたストーリーのこれ以降の展開を左
右したからである。実際，踊子たちを追う彼の行動は，一段と緊迫の度を強め
た。彼らを見失うことがないよう，一刻も早く追跡を開始して追いつきたい，
との願望は激しさを増した。一高生は，ノロノロと不自由な足でカバンを運ん
だ婆さんの好意を感謝しつつも，とんでもないありがた迷惑と感じたのである。

　（二）　踊子の女と芸：彼女を泊まらせるのは何のため

　茶屋の婆さんによる雑言への反動として，一高生にどのような決意が湧き上
がったか。この問いに対して，研究者の間で相対立する二つの解釈が出されて
きた。一方は，長谷川泉が定式化した，オーソドックスな解釈で，『伊豆の踊
子』の成立史の丹念な追跡をもとに組み立てられ，これまでの多くの研究者に
モデルを提供してきた。もう一方は，長谷川に批判的な立場で，最近では最も
浩瀚な川端康成研究を公刊した，森本穫の見方である。長谷川と同様，注意深
い事実の検討に基づくが，森本の論は，一連の出来事の間の整合性に着目する
点に特徴があった。
　長谷川は，作品の成立の文脈を丁寧にたどる中で論を立てる。自らの『著作
選』の第5巻に収録された彼の「伊豆の踊子」論は，優に100ページを超える
大作であるが，『伊豆の踊子』を直接に論じた部分はその数分の一に止まる。
殆どのページは，川端の別な作品と『伊豆の踊子』との関連，彼の文学の中で
のこの作品の位置付けの検討に充てられている。長谷川は何よりも，生徒川端
が伊豆へ旅行した翌大正8年，一高の『校友会雑誌』に発表した最初期の作品
「ちよ」に注目する。というのも，踊子との出会いからわずか半年後のこのと
き，彼は『伊豆の踊子』の原型を，そこで明かしていたからである。「ちよ」
は，主人公が巡り合う人物（主に女性）の名がことごとく「ちよ」であり，そ
の呪縛を気味悪く思う，という変わった筋書きであるが，その一人が伊豆で出

会った踊子と記されていた。大島育ちのこの可愛い娘も，一行の者から「ち
よ」と呼ばれていたのである。そこで「私は」，

　　ちょっと変な気がしました。で，はじめて見た時の汚い考は，きれいにすて
　　て　―その上，その娘は僅か十四でした―　一行の者と，子供のように仲良
　　しに，心易い旅をつづけました。(『川端康成初恋小説集』，297。)

ここに踊子をはじめて見たときの「汚い考」が明記されていた。「汚い考」と
は，踊子の肉体を所有したい，という考と見て間違いないであろう。茶屋の婆
さんの軽蔑的な言辞への反発としての，「それならば，踊子を今夜は私の部屋
に泊まらせるのだ」の決意内容は，この「汚い考」の伏線の上に解釈すべきだ，
と長谷川は主張する。勿論，「ちよ」での「汚い考」が，完成・発表はまだ数
年の先の『伊豆の踊子』に，そのまま持ち込まれたのではない。この間に川端
自身，恋愛上の紆余曲折も経た。さらに上記の「ちよ」の引用箇所でも，踊子
の名が「ちよ」と知った以降は，そうした考は「きれいにすて」た，と明記し
ている。実際，長谷川自身，生徒川端にとって，伊豆で過ごした数日間は，
「その瞬間においては……踊子との純情な出会い」そのものであった，と認め
ている。にもかかわらず後に回顧され，小説の形をとったとき，「汚い考」が
兆した。体験の断片がつなぎ合わされストーリーとなったとき，茶屋の婆さん
の口撃に対して，「それならば，踊子を今夜は私の部屋に泊まらせるのだ」と
の内語が勃起し，小説の一部として記載され，「わずかばかりの汚れた翳り」
が残された。但し，その個所は同時に，一高生の踊子像が純化する傾斜を示す
効果を計算したかのように，構成上も工夫されていたのだ，と。(『長谷川泉著
作選5』明治書院，1991 年，221，260。)

　さて，長谷川に対抗するもう一方の解釈は，森本穫が昭和 49 年と同 51 年に
発表した二つの論文で展開した。森本の論の特徴の一つは，『伊豆の踊子』を
構成するエピソードの間の整合性を鋭く検証する点にある。したがって，十全
な紹介には，小主題をつなぎ合わせつつ，説明するのが筋であるが，しかしこ
こでは，あえて該当個所だけを切り離さねばならない。森本の論は，後に，別
な文脈の中で再び取り上げる。森本は，茶屋の婆さんに煽られた一高生が，
「それならば，踊子を今夜は私の部屋に泊まらせるのだ」と決意したのは，長
谷川のいう「汚い考」とはいささかも関係がない，と主張する。旅芸人が茶屋

を出立する以前に，一高生の踊子への思慕はますます深められていた。「稗史的な娘の絵姿」*のようにさえ感じていたのである。婆さんの旅芸人への口撃は，一高生のそうした心象を文字通り逆撫でした。強く反発した一高生は，もし婆さんのいう通りであるなら，すなわち

> 客の意思によって自由にされるような哀れな存在であるならば，今夜は何としても自分の部屋に泊まらせる，そして踊子の今夜を汚れから守ってやるのだ，自分はそうして踊子との美しい感情の交流を深めるのだ—およそこのような考えではなかったろうか。(『孤児漂泊』，林道舎，1990 年，37-38。)
> *稗史的な娘とは，当時，日本で広く流行していた竹久夢二の絵から連想しているのではないかとの指摘がある。(羽鳥『作家川端の展開』，163-65。)

　長谷川とは逆な，一高生のこのような反応を森本が推論する根拠は何か。一つは，婆さんの口撃に直面するまで，彼による踊子の美化，踊子への思慕の情はますます深められており，「不純な考えは毫も見られなかった」(『前掲書』，37。)ことである。またもう一つは中村光夫が指摘したように，若き日の川端に顕著だった，社会から疎外された職業や個人（それも主として女性）に対する「共感あるいは同類意識」であった。(『《論考》川端康成』筑摩書房，1978 年，77。)婆さんの旅芸人への口撃に直面して，直近の出会いでますます美化された踊子への思慕と，潜在していた孤児としてのコンプレックスないし「貧しかった」生徒川端の社会への反抗心が，一気に表面化かつ結合した。*その結果，踊子を自分の部屋へ泊まらせ，保護するという考えに一高生を導いたというのである。(森本『前掲書』38-39。)

> *旧制高校生一般が，比較的に言って豊かな家庭からの者であったことは間違いない。但し，全員が一様に豊かなわけではなかった。(『河合栄治郎全集』第十七巻，社会思想社，1968 年，12-13。)

　森本説に対する筆者の評価は，旅芸人に関する婆さん対一高生の意見対立の個所で，すでに大方下されている。婆さんの口撃に先立つ二,三日，一高生は踊子の美しさへの憧れの念を着実に深め，茶屋に到着してからは，踊子の好意とその稗史的な姿に心を動かされていた。旅芸人が茶屋を去ると，彼らがこの

先どこへ赴いてどんな芸を披露し，どこに落ち着くのか，空想の翼を広げたのであろう。したがって，婆さんの軽蔑的な言辞に激しく反発しこそすれ，その雑言に便乗して，踊子を自分の部屋で買い上げよう，というようなサーカスまがいの逆転発想を持ち込む余地は，極めて少なかった。（羽鳥『前掲書』177。）この点で，筆者は森本の解釈を支持する。但し，疑問も残る。森本はなぜに，踊子への思慕の念に加え，差別され排除された同類への共感という，もう一つの理由を援用するのだろうか。踊子への思慕の念のみでは，彼女の保護の為という根拠がやや弱いからではないか。しかし，弱者の保護を強調するのであれば，少なくとも若い三人の踊子たち全員を保護すべきではなかったか。三人は等しく「客の意思によって自由にされるような哀れな存在」であった，と想像されたから。仮に特別な感情は踊子だけに抱いていたとしても，三人を泊まらせる決意をしたのであれば，筆者は森本説に大方賛成する。しかし，一高生が「踊子」一人を特定している以上，長谷川説にも耳を傾ける余地が残るのではないだろうか。多くの場合にそうであるように，ここでの解釈もあれか，これかでは収まらない，と筆者は考える。

　そこで以下では，長谷川説および森本説の優れた部分を両立させ，かつ『伊豆の踊子』のテキストとも矛盾が少ない解釈を目指す。筆者が注目するのは，一高生が，学校での勉学や寮生活と対比して，芸人の活動に予め強い関心を抱いていた事実である。既述のように，大阪での中学生時代，川端は既に京都の舞妓の街を夜中まで「あくがれ歩いた」ほどであった。（「文学的自伝」『川端康成集』筑摩書房，1975年，456。）他方，踊子と出会った大正の中期，伊豆にも遍歴する旅芸人たちが多かったことは推測に難くない。既に言及したが，演劇好きの生徒川端は，そうした事実を，伊豆に即して，事前に知っていたのではないか。一高の後輩の文人仲間，深田久弥は，自らの高校時代を次のように回顧をしている。深田によれば当時は，

　　休暇が終って寮に戻って来ると，友人の誰かがきっと伊豆旅行の話をした。その話の中に，天城山や，その谷々にある鄙びた温泉の名がしきりに出た。おそらくその時代，伊豆旅行は学生の間の一つの流行であった。名作『伊豆の踊子』の作者川端康成氏などもその一人だったのだろう。（『日本百名山』新潮社，1991年，310。）

生徒川端が旅芸人との邂逅を微かに期待はしていたことは，十分想定できる。その期待は，修禅寺付近の湯川橋で，早くも現実化し始めた。都会の高等女学校の生徒とは対照的な，旅する踊子たちを身近に目撃した。湯ヶ島では，玄関での踊子の舞を，一心に見入ることができた。がさつな一高の仲間とは好対照をなす，うら若い踊子の舞に時間を忘れ，快哉を心に叫んだに違いない。学校での日常からの脱出と，芸への憧れを見事に充足するこうしたときこそ，一高生が旅に求めた願望だったからである。

　伊豆の旅への期待をこのように再確認した上で，一高生の茶屋の婆さんへの反発を改めて解釈しよう。「甚だしい軽蔑」を含んだ言葉に，彼はなぜ瞬時に反発したのか。筆者はその理由を，芸を生業として遍歴する者たちへの軽蔑であったから，と解釈する。ただ差別扱いされたのではなく，芸を生業とする故に，という点を強調したい。このときの一高生には，演劇や舞は，他の何にも優先する関心事であった。一高生はまた，「橋の彼方」からやってきた（と信じたかった）芸人たちに，詩を感じていた。後に，彼らが海を超えた大島から来たのだと知ると，「一層詩を感じ」たのである。(203) 婆さんが一高生の眼前で旅芸人をこき下ろしたとき，例え故意にではなかったにせよ，彼女は同時に，芸を喜びの源とした一高生の価値観を踏みにじり，また「橋の彼方」の世界からの芸人に彼が感じた詩心を，足蹴にしたのである。「それならば，踊子を今夜は私の部屋に泊まらせるのだ」，と生徒川端が決意したのは，踊子をどうするか，に加えて，伊豆で全開しかかった芝居や舞踊への関心と，芸人への詩心の発露を，いきなり堰き止められたことへの反感でもあった。「踊子を私の部屋に泊まらせる」ことで一高生は，一人の旅芸人の少女を囲うのみならず，甚だしく侮蔑された自身の根本的心情を，固く防衛しようとしたのではないだろうか。

　茶屋の婆さんの口撃に直面するまでの段階で，一高生の中では，旅芸人中の最年少の少女と「踊子」とは，不可分一体の実在となっていた。この状態は篇中で，彼女の名が「薫」と判明した後も，物語の最後まで続いた。人は通常，最愛の人間をその固有名で呼ぶ。伊豆の旅での一高生にとって，踊子は最愛の人となった。しかし，彼はその名を知った後も，一貫して彼女を「踊子」と呼び続けた。なぜだろうか。この矛盾を解消する有力な説明は，彼にとって「踊

子」は愛する少女個人と不可分一体の名称で，いわば固有名詞を超えた固有名詞としての普通名詞だったと，解釈することだろう。一高生にとって，詩を感じる人としての彼女と，彼女の芸（踊）とは，出会った早くから，それほどに不可分一体のものだったのではないか。『伊豆の踊子』の読者の間で，作者川端が「薫」と知りつつ踊子と呼び続けるのは，彼女の人格を認めていない証拠だ，との論を時折目にする。筆者は，上述した理由で，そうした論には与しない。端的に言って，『伊豆の踊子』を通して，作者川端は名の知れた途端から，千代子は千代子，百合子は百合子と固有名詞を用いているが，しかし，彼が千代子や百合子の人格を踊子よりも認めている証拠は，些かも見られない。事実は，正反対と言うべきであろう。*

＊例えば作家の奥泉光は，一高生が「薫」を，踊子と呼び続けることは，彼女をこの世に唯一の「人格」として認めない証拠だと主張する。確かに，固有名の不使用は，用いる者と用いられる者の間に，他の場合とは異なった関係を示唆するが，原因まで特定するわけではない。特定できる唯一の例外は，固有名詞を用いない場合が即人格無視と，遍く証明できる場合である。私見では，こうした証明は不可能である。筆者が学んだ（奥泉の場合と同じ）新設大学の創立期の総長（湯浅八郎）は，学生個々に対し，彼と話をする場合は，立川という苗字ではなく，固有名も含めた「立川明」で自己紹介するよう，常に求めた。北米での経歴の長かった彼は，この世に二つとない自分の，そして他人のフ・ル・ネ・イ・ムの使用こそ人格尊重の基礎だ，と諭したのである。しかし，あれから半世紀を経た現在，筆者は固有人名＝人格尊重の図式を，妄信しなくなった。「山田美香さん」「高橋一雄君」ではなく，「山田さん」「高橋君」と呼ぶことで，日本人が相手の人格を軽視する，とはもはや信じない。日本式と北米式とは，文化的な慣習上の違いに過ぎず，近代では特に，実質において寸分の差もない，とさえ考える。したがって，「薫」を用いない＝人格無視，は筆者には納得できない。勿論，苗字と固有名，踊子と「薫」との関係が，同一次元の論でないことは承知の上である。ここでは，固有名不使用＝人格無視という発想は，再考を要する点だけを指摘しておきたい。（奥泉光，いとうせいこう。「川端康成『伊豆の踊子』を読む」（『文芸漫談コレクション』），2010 年（Kindle）。

　長谷川説の問題点は，婆さんの悪口雑言に煽られて，一高生が「自分の部屋に泊まらせる」と決心する対象が，突然にただの女に変貌しまう点である。長谷川の説明は実際にはもう少しデリケートで，例えば，あまりに激しい悪口雑

言に煽られて，潜在意識がつい顕在化した，という具合に語られる。しかし，どうしても「踊子」の中の女の部分に，焦点が当てられがちである。森本はまさにこの点をつく。長谷川のような説明では，前後の話の展開との関連で，辻褄が合わなくなる。長谷川説は，重要な説明要因を見落とす，ないし無視しているのではないか。そこで森本は一高生による，踊子の防衛・保護説を提出する。しかも，それだけでは，二十歳の一高生による決意の根拠としては，やや子供染みていると考えてか，踊子と自己とを同じ被差別の同類と見做し，差別者に抵抗する社会批判的な要因をその動機に付加するのである。筆者は，長谷川に欠けた動機を指摘した森本の立場に賛成する。しかも，その欠けた動機が，相当に強力である点についても同意する。しかし，差別・卑下される者を匿うという動機には，多少無理があると考える。三人の踊子すべてが等しく庇護を必要とするのに，踊子一人だけでは筋が通らない。また一高生の孤児は事実としても，それが被差別者と同一の立場であるとは，にわかには賛同できない。一高生が意固地となり，人と世界とに素直に接しられなかったのは事実で，それからの解放がこの小説の主題（メイン・テーマ）を形成することは，多くが認めるところであろう。しかし，それは被差別とはやや違った事態であり，伴う感情にも違いがあるのではないか。その解放の有り様については，後の部分で改めて論じたい。

他方，長谷川説には擁護されるべき面がある。それは踊子一人を自分の部屋に泊めたいと願う二十歳の高校生が，単純に友情を深めるためでは説明が足りない，と認識している点である。すでに述べたように，森本も足りないという認識では一致している。川端の差別批判という動機に，あえて言及する所以である。長谷川の説明は肯首すべき面を持つにもかかわらず，それが物語の文脈を離れてやや常識に化するため，作品の意図と展開を重視する森本の批判を招くのではないだろうか。筆者は，長谷川の解釈の半分を肯定した上で，なお一高生が婆さんに激しく反発し，踊子を自分の部屋に泊めようとした動機として，芸に関わる自分の価値観，伊豆旅行の自分なりの目的，自分自身の人生観を守ろうという，自己防衛の動機をつけ加えた。それは踊子の保護の願望にもつながるのであるが，しかし差別された者の権利の擁護に比べて，かなり自己本位の理由でもあった。社会正義のための行動とは異なっている。しかし，自身の

信念，自身の行動の根拠の防衛という意味では，愛する者への軽蔑に対抗する
場合と類似した側面も有していた。強い反発や決意を引き出す基ともなった。
踊子への甚だしい軽蔑は却って，彼の中に，自身が深くに温めた芸への愛着感
の高揚を引き起こす結果となった。一高生にとって，踊子を泊まらせることは，
好ましい芸人との同衾の期待にとどまらず，自身の芸への愛着を抱きしめて護
り通す目的をも，同時に意味したのではないか。茶屋の婆さんには，一高生か
らこうした反発を買うことは，完全に想定の外であった。旅芸人の「現実」に
うぶな学生に対し，後の祭りとなる前に，「真実」を知らせておいてあげたい，
の一念だったのであろう。

（三）　一高生の願望を折ったおふくろの啖呵：同行への通過儀礼

　茶屋の婆さんに別れを告げた一高生は，天城トンネルを通り抜けて，やがて
旅芸人に追いつき，彼らに合流した。この過程でいくつかの出来事が起こった。
一高生は踊子やおふくろと言葉を交わすことになった。彼らが大島から来てお
り，半年の旅を終えて，そろそろ島へ戻ること，また踊り子のやや勝気なしか
し，それゆえか，多少トンチンカンな性格なども判明した。しかし，ストー
リーの展開上から見て，重要な出来事は一高生にとってやや想定外の事柄で
あった。彼は何よりもまず，踊子に追いつきたかった。しかし，いよいよ一行
に近づいたとき，気恥ずかしさも働き，無関心を装って，彼女たちを「冷淡な
風に……追い越してしまった。」そのまま行きすぎてしまったら，旅芸人を追
跡する旅は取り返しの付かない結果となっていただろう。幸にも，先頭を一人
で歩いていた男が声をかけてくれた。「私はほっとして男と並んで歩き始めた。」
間一髪，旅芸人の一行に加わる機会を捉えることができたのである。一高生の
関心の中心は，あくまで踊子であった。ところが，これ以降思いがけないこと
に，一行での唯一の男栄吉と一高生とは，急激に接近した。二人は「絶えず話
し續けて，すっかり親しくなった」(204)のである。
　二人の接近が重要であったのは，一高生の旅芸人との関係の質と深まりが大
きく変化する端緒だったからである。一高生は最初，踊子の舞に惹きつけられ
た。勿論，その関心は継続した。しかし，栄吉との接近の結果，一高生の芝居

へのかねての関心が，彼と旅芸人とを結ぶ一大中心となったのである。数日の
同行の末，一高生と旅芸人一行とは擬似家族の水準をさえ超えた，親しい仲に
まで登りつめた。計画の段階でしかなかったにせよ，大島で共に芝居を企画・
実行する仲間と見なし合うようになった。これは一高生と旅芸人たちとの「異
常接近」であった。この接近に栄吉の果たした役割は，絶大であった。一部の
研究者から，同性愛を疑われるほどに，二人は意気投合したのである。

　合流した一高生と旅芸人は，三里余りの道を下って湯ヶ野の木賃宿にたどり
着いた。到着時には同じ宿に腰を落ち着かせた一高生に，踊子は階下から運ん
だ茶を出そうとしたが，顔色を真っ赤にして手を震わせた挙句，こぼしてし
まった。これを見た四十女のおふくろが，すぐさま叱った。それを聞いた一高
生が，内言語で反応を示した。このおふくろの発言と一高生の反応との対応関
係に関し，前節で言及した長谷川と森本が，再び対照的な解釈を出している。
まず当該箇所を転記しよう。踊り子の粗相を目の前にしたおふくろが声をあげ
た。

　　まあ！厭らしい。この子は色氣づいたんだよ。あれあれ……。と，四十女が
　　呆れ果てたといふ風に眉をひそめて手拭きを投げた……（204）
一高生は，このおふくろの出方に，心中，次のように対応した。

　　この意外な言葉で，私はふと自分を省みた。峠の婆さんに煽り立てられた空
　　想がぽきんと折れるのを感じた。（204-5）
長谷川と森本のそれぞれの解釈に入る前に，筆者はこの場面での，一高生の関
係者への直截なスタンスに着目したい。一高生の関心は当初は，彼に茶を出そ
うとした踊子に向いていた。彼女は彼の前で，「眞紅になりながら手をブルブ
ル顫はせるので茶碗が茶托から落ちか」かった。挙げ句の果てに「茶をこぼし
てしまった。」どう見ても，優雅に舞う踊子の動作からは，想像もつかない粗
相であった。読者の多くは，一高生が踊子に抱いていたイメージが，この場面
で大転換したのでは，と思うのではないか。しかし作者川端は，踊子の粗相そ
のものへ一高生がどう反応したか，一切記さなかった。一高生は予想外の出来
事に「あっけにとられ」て，何とも考えられず，判断の空白状況を招来したか
の如くだったのである。そこへおふくろの辛辣な言葉が，朗々と響き入り，一
高生を含めたその場を支配した。彼の関心も一瞬，おふくろの言葉に引き寄せ

られたのである。

　こうした前言を述べた上で，一高生がおふくろの言葉をどう受け止めたのか
に関する，長谷川と森本の解釈を比較し検討してみよう。両者の解釈は当然に
も，茶屋の婆さんへの一高生の反応についての議論を，それぞれ引き継いでい
る。長谷川の解釈では，一高生はそれまで，踊子を大人に近い女性と思い込ん
でいた。ところがおふくろが，「厭らしい。この子は色氣づいたんだよ」と
言ったものだから，踊子がつい直前まで，身近な者の目には，純真で色氣など
皆無の子どもと見られていた，と初めて驚き知った。茶屋の婆さんの悪口雑言
に煽られて，一高生は踊子を部屋に泊めようと一度は決意した。ところが，大
人と誤認していた以上，自分の決意も空ごとであったと悟り，そうした空想が
消滅するに任せたのだ，と。（『川端康成　横光利一集』角川書店，1971 年，
92-93 の長谷川の注釈。）これに対して，森本の解釈は，相当に異なっている。
おふくろの言葉を聞いたときまで，一高生は踊子をますます美化していた。こ
の事実に照らしてみると，彼に「意外」だったのは，「厭らしい」や「色氣付
いた」といった，おふくろの醜悪な言葉であった。ふと省みたのは，婆さんに
煽られたときの自分の踊子への感情にも，醜悪な思いが混入していたのでは，
との疑念であった。その結果，彼のプラトニックな淡い思いが，汚されてし
まったと感じたのだ，と。森本は更に，一高生がこの時点で踊子をまだ子供な
のだと発見した，とする長谷川の理解に異論を唱えた。もしそうであったなら，
その晩，向かいのお座敷に呼ばれた踊子が汚されないか，一高生が煩悶する根
拠がなくなり，さらには翌朝，裸の踊子を目撃し，子供であると確信して狂喜
する理由が全く失われてしまう，と主張したのである。（『孤児漂泊』，40。）

　森本の主張する如く，長谷川の解釈では確かに，その夜，子供が汚されると
の懸念や，裸の幼い踊子に一高生が狂喜する理由が消滅してしまうであろう。
この点で，森本の解釈は，一高生による踊子の美化とプラトニック・ラブとを，
おふくろの汚い言葉とを単に対比し，踊子を子供と断定したわけでないので，
続く出来事との繋がりを，スムーズに説明出来る。では森本の解釈が正しく，
長谷川は誤りであろうか。そうは断定できない，と筆者は考える。長谷川の解
釈では，成人の女を前提にした一高生の空想が，子どもと知った途端，「ぽき
んと折れ」てしまったことが，自然に理解できる。但し，そう理解できるだけ

に，今度は，一高生が，間違いなく子供と知った踊子の夜の汚れの可能性を，なぜ心配し煩悶するのか，また翌朝，裸の踊子を目撃して子供だと狂喜するのか，説明できなくなってしまうのである。対照的に，森本の解釈では，おふくろの汚い言葉にもかかわらず，女としての踊り子への思慕が変わらず継続するので，その夜の煩悶も翌朝の子供の発見の喜びも，無理なく説明できる。他方，「ぽきんと折れる」が表現する切断を，分かりやすく解説できない。純粋で美しい夢が，おふくろの醜悪な言葉によって「傷つけられた」という表現は，「ぽきんと折れる」が含意する瞬間的な切断と，馴染まないのである。

　以上，長谷川と森本の解釈を検討して，木賃宿でのおふくろの言葉と，それへの一高生の反応に関する解釈につき，次の三点を無理なく充足せねばならないことを，確認した。第一に，おふくろの言葉が，一高生にとって「意外」であり，それが彼に自らを省みさせた訳を，明瞭に説明できること。第二に，その時まで一高生が抱いていた空想の突然の切断を，無理なく解説できること。第三に，これ以降の話の主要な展開との，整合的なつながりを，説明できること，である。長谷川，森本いずれの解釈も，第一点はクリアする，と見受けられる。しかし，森本説は，第二点に関し説得力を欠く。他方，長谷川説は，第三点を満たせていない。したがって，いずれも完璧に納得のゆく解釈ではない。上記三点の条件を全て充足するのは，筆者が知る限り，木幡瑞枝の解釈ただ一つである。以下は，木幡の解釈を敷衍し，擁護する議論に尽きることを，あらかじめ断っておきたい。

　まず木幡の実に短く，茶目っけさえ感じられるが，しかし洞察力の豊かな一文を，引用したい。おふくろの「厭らしい。この子は色氣づいたんだよ」の言葉に対して，一高生が形成した内語を，木幡は次の一行に要約する。曰く，

　　おや，この口やかましい監督ぶりは，とても私の部屋へ泊まらせるなんて出来っこない──（『川端康成　作品論』勁草書房，1992年，27。）

この一文は，一高生の心中の反応に関わる木幡の解釈である，と筆者は理解する。第一に，おふくろの言葉の「意外」性はどこにあったのか。長谷川や森本を含む研究者の多くは，「意外」とは，おふくろが踊子の有様を形容した内容と，一高生の抱く踊子像との，思いも寄らない乖離に由来する，との前提で考察を展開している。ところが，木幡はこうした先入主から完全に自由である。

一高生にとっての「意外」とは，実は，茶こぼしのような場面でおふくろが当然にも発するであろう言葉と，実際におふくろの発した言葉の間の，大きなギャップにこそ起因した，と木幡は理解する。貴賓の如き一高生の前で，踊子が彼のための茶をこぼしたのである。おふくろは常識的には，「おやおやこれは大変，おまえ，書生さんの着物を濡らさなかったかい。ごめんなさいね，書生さん。さあ，これでお拭きよ。」と言って，彼に気遣って謝り，踊子を叱りかつ嗜めるのが筋ではないか。これであったら一高生に，意外のあったはずがない。ところがおふくろは「意外」にも，「まあ！厭らしい。この子は色氣づいたんだよ。」などと声をあげた。相当なサディストでない限り，十四歳の義理の娘に対してこんな「意外」な言葉を，しかも若い男の面前で，言い放つわけがないのである。

　では誰に対して，何のためにそうしたのだろうか。答えは明瞭ではないか。一高生その人に対して，まず何より，踊子に変な野心を持つことは許さないよ，この子の隣に寝て見たいといった夢など，きっぱりと諦めることが同行の条件だからね，と明白に釘を刺したのである。お袋の鋭い言葉の効果を，誰よりも一高生自身が疑問の余地なく証言した。

　　この意外な言葉で，私はふと自分を省みた。峠の婆さんに煽り立てられた空
　　想がぽきんと折れるのを感じた。

効果覿面の咳呵ではなかったか。踊子のお茶の粗相を巧みに利用した，婉曲かつ辛辣なおふくろの警告伝達上の辣腕が，一方にあった。他方では，他の人が面白半分や辛辣に放った言葉を，自分に即して受け取り，ふと自分を省みる一高生の，人一倍強い性癖があった。* これら二つが相まって，茶こぼし事件は，一高生が旅芸人に加わるための，この上ないイニシエーション（通過儀礼）として機能したのである。

　*大正12年に発表した「葬式の名人」に，『伊豆の踊子』のこの箇所と全く同じ表現が用いられている。「葬式の名人と笑ひまじりに言った従兄の言葉で私はふと自分を顧みた。」（『川端康成全集』第一巻，新潮社，昭和44年，70。）川端は他者の言葉から，ふと自省する傾向が強かったのであろう。

　しかし，流石におふくろは義理も人情もない人物ではなかった。そうした

「意外」な言葉で一高生を脅したあと，しっかりと彼に詫びを入れ，近づきの言葉を振舞うことも忘れなかった。常識的には，彼の着物が茶で濡れなかったか，気遣うのがおふくろの何よりの役割のはずであった。それを忘れていたのではない，と言わんばかりに，おふくろはやがて一高生の紺飛白を「ほんとにいいねえ」と褒めそやす。しかも，甲府に残した自分の息子も，尋常小学校生ではあるが，同じような柄の飛白を着ていると告げて，一高生と自分たちとの繋がり，親しみの情を強調したのである。後に見るように，おふくろは単なる監視役ではなかった。彼女は同時に，旅芸人の長老として，人と人とを結ぶ条件にも，またその方法にも，深い知恵を身につけた，思慮に長けた人物でもあったのである。

　筆者が敷衍した木幡の解釈を，上記の三点のそれぞれと照合し，改めて検討してみよう。第一点は，おふくろの言葉の「意外」と，一高生による自省の関連である。長谷川及び森本に比して，木幡の「意外」の説明はまさに「意外」であるが，その切れ味は前二者のそれに勝る，と筆者は思う。何よりも，「意外」な言葉と一高生の自省との関連を，見事に説明する。男女問題については，おそらく百戦錬磨のおふくろから，一高生は自分の本心のど真ん中に響く警告を発せられた。踊子には興味津々だが，うぶな二十歳の彼は，ほぼ反射的に茶屋での自身の「決意」に思い至り，自らを顧みたのであろう。そして第二点として，踊子を泊めてみたいとの彼の空想は，おふくろの禁止警告の前に，一瞬にしてぽきんと折れた。彼にとって，おふくろが与えた以上に端的な「だめ！」は，なかったであろう。最後に，続く出来事との関連という，第三点がある。木幡の説明は，この点も見事にクリアする。長谷川は，おふくろの「意外」な言葉で，踊子のイメージが，成人の女から子供へ変化した，と論じる。森本は，一高生が美化していた踊子像が，汚い言葉で汚された，と主張する。両者とも，おふくろの言葉を踊子像の変化に結びつける結果，後の展開との繋がりに，無理が生じる。木幡は，「意外」は踊子像とは基本的に無関係と見なすから，この茶こぼし事件で，一高生の踊子の見方がどう変わったかを，一切問題にする必要がない。実際，彼の踊子との関係への期待は大きく萎んだが，踊子のイメージ自体は，おふくろの言葉を経て，彼の中で何ら変化していない。あえて言えば，茶をこぼす踊子を目前に見て，彼女の自分へのやや特別な思いを感じ

取ったことはあったであろう。かく考えれば，踊子がその夜，宴席かその後に汚されるのではないか，と一高生が苦悶のときを過ごすのは自然である。そして翌朝，まだ子供らしい踊子の裸身を見て，狂喜するのも至極納得がゆく。茶こぼし事件の意義の解釈として，筆者は躊躇なく，木幡説を最有力と断定したい。

　勿論，長谷川及び森本の解釈が，無効と言うことはないであろう。実際，筆者自身，木幡説に出会うまでは，両者を参照しつつ，その中間に回答を求め続けていた。茶こぼしを境に，一高生の踊子像が，美しい髪を揺らし優雅に舞う踊り娘から，男相手にはうぶな少女へと，幾分なりとも移ったことは，想定して不自然でない。また踊り娘の理想的な形姿と，おふくろの表現とが，かけ離れていたことも，否定できない。しかし，いずれの解釈も，中心の論点として打ち出すなら，乗り越えがたい障害に直面するであろう。木幡説は，それぞれの解釈の限界を明瞭に示唆している。加えて，その後の物語のさらなる展開に光を当てる効果を持つ，と筆者には思える。以下にその二,三を紹介し，検討に付したい。

　まず，茶こぼしの直後について考えてみよう。一高生が旅芸人と同行を希望した最大の理由は，踊子との近づきの期待であったろう。木賃宿へ到着の後，全員はそこで「一時間程休ん」だ。篇中，この間の踊子と一高生の交渉が，言葉のやりとりを含めて，一切言及がない。これでは一高生は一体何のために，一行の仲間に加わったのだろうか。しかし，木幡の解釈に基づけば，直ちに回答を得る。一高生は，冒頭に踊子との交わりを，おふくろに禁止されたのである。それが旅芸人への参加の条件であった以上，まずは踊子との交渉を自粛することが，至上命令であった。一時間の間，目立ったやりとりがなくて当然だったのである。

　次いで，一高生の別宿の件が続く。一高生は「藝人達と同じ木賃宿に泊ることとばかり思つてゐた。」（205）踊子と近づきたかったのだから，当然の期待だったであろう。ところが，一行中の男は彼を別の温泉宿へ案内した。多くの研究者や映画監督は，旅芸人と一高生の社会階層の差が，両者に異なった水準の宿の宿泊を必然とした，と解釈してきた。これはどこまで正確な解釈であろうか。一高生が同じ木賃宿を所望したことは間違いなかった。別な宿に決めた

のは旅芸人側であった。二つの希望の間の調整交渉は，あり得なかったのか。ここで直ちに思いつくのは，再びおふくろの禁止命令である。彼女は，踊子と一高生とが同じ宿に泊まることを，許さなかったであろう。一行の中の男も，その禁止の判断を尊重せざるを得なかった。こうして一高生は，「橋」で隔てられた，向こうの宿へ追いやられたのである。すでに紹介した生徒川端時代の一高生たちの多くが，休みを利用して，伊豆の温泉を旅したとき，等しく「高級な」宿を利用したのか否かは，実証すべき事柄である。利用者の社会階層が宿の選定基準として働いたであろうことは，後の下田の甲州屋の実態を見ても，想像できる。にもかかわらず，木賃宿を希望した一高生が，川向こうの温泉宿に落ち着い（かされ）た理由として，おふくろの意向も強く利いていたことは，無視できないであろう。木幡説の副産物である。

　木幡説の更にもう一つの副産物は，一高生に生じた踊子を観察する余裕への示唆である。もしおふくろの鋭い咳呵がなかったとしたら，同行の後一高生が，踊子へいわば早々とのめり込んで，前後の見境を失った可能性も否定できなかった。おふくろによる「禁止」命令の結果，一高生は踊子とやや距離を取らざるを得なくなり，そのため却って，多少の余裕をもって彼女を観察できるようになった。彼には，単なる踊娘以上の踊子，就中，他ならぬ役者栄吉の妹としての踊子の役者らしい仕草を後に見る目が，多少は開かれたのではないだろうか。木幡のおふくろの警告への着目は，もっぱら一高生の視点を基礎とする『伊豆の踊子』，特にその後半での二人の二，三の場面を，作者川端がそうした彼の目を通して，鋭くかつデリケートに記述できた秘密を，垣間見させてくれる如くである。

　最後に，作者川端にとっての伊豆旅行の思い出に関わる問いがある。昭和8年，初の映画化に際して，踊子をめぐる記憶を振り返った川端は，ただ一つ，「なによりあざやかに浮かぶのは，寝顔の目尻にさしていた，古風な紅」であった，と回想した。(『全集』三三巻，210。) 共同湯から飛び出した裸の姿でも，下田の別れで白いものを振っていた姿でもなかったのである。寝顔とは，他でもない，湯ヶ野から下田へ立つはずだった朝，木賃宿の二階で，一高生が期せずして目撃した踊子のそれであった。彼は自分の足元近くに，目の当たりにした「踊子の情緒的な寝姿」に，「胸を染め」たのである。この出来事は，

おふくろの言葉で一度は断念した踊子との同衾に匹敵する，願望の一部の予期せざる成就であり，伊豆の旅での記憶に残る一大ピークを画した。おふくろによる禁止を抜きにして，一高生のこの願望成就の感激は理解できないであろう。彼女の「意外」な言葉は，寝姿の踊子との出会いへの，強力な伏線ともなったのである。

（四）　裸の踊子の効用：栄吉・千代子の企み

　木賃宿での暫くの休憩の後，一高生は自身の期待に反し，栄吉に先導され別の宿の二階に落ち着いた。栄吉と一高生とは，風呂の中を含め，長い時間にわたり話し込んだ。二十四歳の栄吉自身について，また旅の途上，妻との子を流産や早産で失ったことを，一高生は聞き知った。帰りがけの栄吉に，「柿でもおあがりなさい」と一高生は「金包を投げた。」宿の手配へのお礼だったのだろうが，投げた理由は不明であった。面と向かってでは断られると判断したのか，あるいは芸人への金銭の授受の方法を真似たのか。いずれにせよ，この場面では栄吉が，「こんなことをなさつちやいけません。」と，一高生の行為を諫めた。二人は互いに芸への思いを語る対等な友でありたい，と伝えたのであろう。実際，これ以降二人は，毎日の大半を費やして語り合ったのである。
　夕刻から雨が降り，旅芸人たちは川を挟んだお座敷に呼ばれた様子であった。おふくろの「意外な」言葉で，踊子への接触に歯止めがかかった一高生の関心は，いきおい彼女の動静に関する空想に向かった。今や，雨越しの音が伝えるお座敷の様子に，彼の想像力は焦点化した。酒宴はやがて女の金切り声や，追いかけなどの乱れた足音の場へと変わった。その音の一つ一つが，彼の神経を強く刺激した。全ての変化が，踊子の動静を連想させ，彼女の運命への危機感を募らせた。身は動きながらも，おふくろから釘も刺されていた彼は，何もできない金縛り状態であった。踊子を想う彼は，苦悶の一夜を強いられたのである。
　悪夢のような一晩の翌朝，早くも九時過ぎに栄吉が訪ねてきた。早速に風呂を共にした一高生は，平静を保ったふりで，昨晩の様子を確認した。栄吉の返答については，前の章ですでに詳論した。栄吉は土地の人が喧騒の原因だが，

その芸への反応が面白くないと，嘆いて見せた。直後に，『伊豆の踊子』で最も有名な場面，すなわち踊子が共同湯から真っ裸で飛び出して川岸に立ち，一高生と栄吉に何かを叫ぶシーンが出現した。一晩の苦悶を経た一高生にとって，これほど眩いシーンは篇中，他にはなかったと言えよう。となれば，このシーンそのものは，まずは分析の対象として容易でない。少なくとも，有効な分析を阻むほど，原初的な美しさを持っていたのである。そこで分析は，当面，この共同湯での出来事の背景の方に向かわざるを得ない。

　外的にも確認可能な諸事実の検討から出発し，次いで一高生に生成された出来事の認識へと論を進めて行きたい。小説中，この共同湯での出来事の明示的な当事者は三人，すなわち踊子，一高生，そして栄吉あった。しかし，栄吉の「あいつら」が示すように，踊子一人で共同湯にいたのではないから，おふくろと姉の千代子，雇いの百合子も，入浴していたに違いない。この出来事の記述者は誰で，場面中で，実際に声を発生した者は，誰だったのであろうか。踊子自身は，大声で何か叫んだとされている。その内容は，しかし，不明のままであった。栄吉は，川向こうの共同湯の芸人達に，一高生の注意を喚起した。「向こうのお湯にあいつらが來でゐます」，と。踊子を正面から見たのは，一高生と栄吉であった。その直後，周知のように一高生は，「ことことと笑ひ續けた。」以上は全て，作者川端が，一高生の「私」の目から見て，観察した事柄の記録である。

　当然ながら，踊子が共同湯を飛び出した動機は，彼女の側から書かれていない。「私達を見つけた喜び」でそうした，とは，あくまで一高生が下した，彼の側の判断だったのである。そこで筆者は，間接の当事者の役割も想像せざるを得ない。例えば，一緒に入浴していた千代子が，踊子を何か唆したことはなかったのか，と。しかし，そうした立ち入った推測は後に回して，次いで，この共同湯の出来事の枠組みを検討しておこう。その上で，直接，間接の当事者の果たした役割を，改めて推論し検討したい。

　すでに何度か参照した菅野春雄の着眼点は，この共同湯の場面についても，専門の研究者に劣らず鋭い，と筆者は思う。彼が注目したのは，この出来事は偶然の重なりのように見えて，実は仕組まれた必然が見えがくれした点である。栄吉は，共同湯に踊子たちが居ること，こちらに気がついていることに，一高

生の注意を促した。しかし，いくらフィクションとは言え，この説明には無理がある。「湯氣の中に七八人の裸體がぽんやり浮んでゐた。」こうした姿だけから，間違いなく自分の連れ合いたち，ましてや笑っている彼女らと，栄吉に見分けがついたものだろうか。しかも，踊子は「仄暗い湯殿の奥」だったのである。栄吉の目が人並み外れて鋭くなかった限り，分からなかったのではないか，と。(『本音で語る『伊豆の踊子』』，96。) 筆者も同感である。* とすれば，栄吉は連れ合い達がそこにいると，事前に知っていた，と想定するのが自然である。それどころか，菅野によれば，栄吉を含む旅芸人たちがその朝，揃って木賃宿を出て共同湯までやって来，そこから皆は湯殿へ，栄吉一人だけが橋をわたり，向かいの一高生の宿へやって来たはずなのである。では，どうして彼一人だけ別行動を取ったのか。皆と共同湯に浸かった後，橋を渡っても全く問題はなかったのではないか。

　　*英訳からもヒントが得られる。すなわち，J. Martin Holman は「湯氣の中に七八人の裸體がぽんやり浮んでゐた」の一文を，"I could distinguish seven or eight bodies through the steam" (13.) また，Edward Seidensticker は同じ文を，"seven or eight naked figures showed through the steam" (135.) と，湯気を通してとしながらも，しかし可視性の方を強調している。訳者たちは，直前に栄吉が家族がいると主張しているのだから見えて当然と，「合理的に」判断したのだろう。しかし，could distinguish や showed through が，作者川端の「ぽんやり浮かんでゐた」に対応するとは，筆者には信じられない。川端は，反対に，区別がつきにくいことを主張したのであろう。すでに栄吉側の作為性を，作者川端本人が滲ませていた如くである。Translated by J. Martin Holman. Yasunari Kawabata: *The Dancing Girl of Izu and Other Stories.* Counterpoint, 1997 (これ以降 Holman ページ数で表示)，および translated by Edward Seidensticker. "The Izu Dancer." In Theodore W. Goossen, ed. *The Oxford Book of Japanese Short Stories.* Oxford U. P., 1997 (これ以降 Seiden. ページ数で表示。)

　菅野の解釈は，一高生の宿の部屋と，共同湯への入り口は，橋を挟んで相対する位置にあったから，彼が部屋から入り口付近の栄吉を手招きし，宿に呼んだのではないか，というものである。一高生は先ずは，昨晩の宴会での踊子の様子を栄吉から直に確かめたかったのであろう。こう捉えれば，栄吉が朝一番に一高生の宿に来たこと，連れ合いたちが共同湯に入っていると知っていた理由が，明瞭になる。筆者は，一高生が昨晩の様子を確認したかった点について

は同意する。しかし，それ以外には異論がある。菅野の一連の解釈では，そもそも一高生が栄吉を手招きしたのは，すでに同性愛の下心があったのだとも言う。踊子が子供で，相手にする条件を全く備えていないと知ると，彼の関心はますます栄吉に移って行った，と説明するのである。(菅野『前掲書』96-100，115-16。)一高生と栄吉の間に，同性愛を強調することの不毛については，すでに以前の章で論じた。加えて，菅野は，自身が認めるように，「色気づいた娘」としての踊子がどうして飛び出したのか，その理由に事欠いてしまう。そこで，何分にも「大らかな時代だし地域性もあるから」，裸をあまり気にしなくて良いのでは，と話を納めてしまうのである。(『同書』102。)

　栄吉は，他の全員と共同湯までやって来て，一人だけ橋を渡り，一高生の宿を訪れた。ここまでは，菅野の説明は間違いない。しかし，一高生が宿から，共同湯の入り口の栄吉を手招きした，とは考え難い。仮にそうしていたなら，女たちの共同湯行きが，この時点で一高生にも知れ，栄吉が後に，「あいつらが来てゐます」などと，彼に注意するのは，全く不自然かつ余計なことと化す。筆者が，菅野に賛成しかねる根本的な理由は同性愛問題で，これについてはあえて再論しない。もう一つの意見の不一致は，踊子が裸で飛び出した経緯の解釈に関わる。菅野は，この難題を時空の相違で，大方片付けようとする。筆者はもう少し，当事者の意図や感受性に寄り添いつつ，解釈を広げたい。以下は物語のテキストから相当に離れた推測を含むが，出来事の整合性の追求の一環として，仮説的な説明として提出してみたい。

　この段階で筆者は，栄吉の意図や，共同湯の出来事の間接的な当事者の役割に触れざるを得ない。踊子は，自分一個の判断で飛び出したのだろうか。菅野も指摘するように，一方で，十四歳の「色気づいた娘」踊子が，裸で飛び出るのを躊躇して不思議はない。しかし，他方でこの年頃の娘が，限られた人間に対しては，大人が想像する以上に大胆に振る舞うことも，十分ありうるであろう。いずれにせよ，こうした娘が，具体的な行動に踏み切るには，誰か別な人からの小さな後押し，いわば嗾けが極めて有効であったろう。もしあったとすれば，では誰がその役割を果たしたか。義理の姉千代子であった，と筆者は思う。千代子は，峠の茶屋の後の場面で，踊子の注意を初めて一高生に向けた当人であり，鶴田欣也も指摘する如く，後には，踊子を使者として，一高生を風

呂に誘った位コケティッシュな女性であった。（『川端康成の藝術』明治書院，1981，17-18。）対岸の一高生と栄吉を確認した上で，千代子が共同湯の中で踊子を密かに嗾しかけ，飛び出させたとしても不思議ではない。一体何のために。この問いについては，すぐ後に検討しよう。

　共同湯の中に居たもう一人の間接当事者は，おふくろであった。飛び出しに対し，彼女が何か積極的な役割を果たしたとは，考えられない。千代子や踊子の監督者として，おふくろは飛び出してゆく彼女を，湯の中から大声で，「これ，何をするんだい！」と諫めたかも知れない。何しろ男が踊子の肩にちょっと触れただけで，きつく警告するほどであるから。しかし，他方，おふくろは意外にも黙って見逃した可能性もあった。一高生が，踊子の体の幼さを直接目にしたら，おかしな空想をきっぱりと放棄してくれるだろう，と期待したかもしれないのである。いずれにしても，分かりにくいのは，千代子による後押しの方である。そうしたと仮定して，一体，千代子はどういう理由で，踊子を嗾しかけたのか。しかも，見事なタイミングで。筆者の想像を最大限に逞ましくすれば，次のようである。

　栄吉と千代子は，天城峠で出会いから湯ヶ野までの一高生の一部始終を目撃して，彼の踊子への思いの強さを知った。栄吉にとっては，彼は互いに心を許す，特別な人物となった。当然にも，湯ヶ野での初めての夜，向かい側でのお座敷での踊子の運命について，一高生が激しく気を揉んだであろうことを，彼らには十分に想像できた。特に栄吉は，踊子と同じ木賃宿を強く希望した一高生を，おふくろの意向も忖度して，橋向こうの別宿へ引き離す手筈をした当人だったのである。夫婦は相談の上，一計を案じた，と考えてはどうだろうか。二人は協力して翌朝，栄吉は一高生と共同湯が容易に見通せる位置に同行し，千代子は踊子を川向こうの宿から容易に見える位置に，幼さの残る裸のまま，飛び出させる手助けをしたのではないか。そうすることで今後は，一高生が座敷の踊子を心配して，夜な夜な苦悶する必要がなくなり，安心して同行できることを，（踊子の）身を以て伝えたのではないだろうか。栄吉は本物の，千代子も半ばは，役者だったのである。当事者の踊子は，飛び出しを拒絶しなかったどころか，楽しんでさえいたようであった。子供らしい振る舞いには，踊子の照れ隠しもあったと想像されるが。肝心の一高生はと言えば，栄吉と千代子

の予想を遥かに超えて，安堵と狂おしいまでの喜びを，全身全霊に感じ，確と
その身に受け止めたのである。

　上記の想像は，全く根拠のない空事ないし深読みではない。共同湯での出来
事を無理なく説明できると言った形式的な利点にとどまらず，小説の記述の中
にも，間接的な根拠を求めることができる。共同湯の出来事の直後，一高生の
宿への橋を挟んで，千代子と踊子とおふくろとが，象徴的な位置どりを示した。
千代子はさっさと橋を渡り，宿の庭に来ていた。「共犯者」の栄吉と，一高生
のための「企て」の成果を，近くで早速に確認するが如くに。おふくろは橋の
向こう，共同湯の外からこちらを伺っていた。踊子は両者の間，橋の中程で千
代子を追い，一高生と栄吉のもとへ来ようとしていた。しかし，共同湯の出口
のおふくろに気づき，足早に引き返した。（208）この位置関係は，一高生に踊
子の幼い裸姿を見せようと，栄吉と共に積極的に動いた千代子，千代子に唆さ
れて一高生に恥ずかしい裸体を喜びつつ晒した踊子，一高生と踊子の距離に依
然として警戒も怠らなかったおふくろの関係を，目に見える形で正確に表して
いたのである。*

　*鶴田は，『伊豆の踊子』全編を通して，栄吉が一高生と踊子の引付役で，おふくろが
　引き離し役と，両者を対照している。（『川端康成の藝術』19。）筆者はこの主張に，
　やや訂正を加えたい。千代子も引付役であった。合流の時，踊子の注意を一高生に促
　してから後，一貫して踊子の理解者であり，二人を近づけようと心を砕いた。他方，
　おふくろは端的な引き離し役ではなかった。後に論じるように，短い旅の中で，一高
　生に対しても，スタンスの変化を見せたのである。いずれにしても，共同湯事件で栄
　吉・千代子間で，綿密な計画に基づく「企て」があった，と言うのが筆者の主眼では
　ない。そう想定してもおかしく無いような思いの一致が，彼女ら二人は言うに及ばず，
　事によるとおふくろを含めた三人の間にさえあったかも知れない，という蓋然性を指
　摘したいのが本意である。

　しかも，この場面でおふくろが一高生に向けて放った言葉は，一面，意外で
あった。橋を隔てた向こうへ追いやったはずの一高生に対し，共同湯の入り口
から，「お遊びにいらっしゃいまし。」と木賃宿への来訪を促したのである。不
思議なことに直後，千代子も宿の下から，全く同じ「お遊びにいらっしゃいま
し。」を言い放った。（208）小説のこの箇所には，誤植を疑いたくなるほど，

別人による全く同じ誘いの言葉が二行，並んだのである。ことによるとこのセリフの併立は，一高生へのスタンスに関し，今やおふくろと千代子の間に，ある種の一致が生まれたこと（への期待）を，作者川端が象徴的に示唆したのかも知れない。いずれにせよ，共同湯での出来事は，一高生に予想外の驚きと歓喜をもたらすとともに，旅芸人側にも，一時的にせよ，ある種の問題解決を意味したのではなかったか。

　次いで，この事件において，一高生に生起し形成された認識の検討に移ろう。栄吉の指差す方向を見ると，程なくして踊子が裸のまま飛び出して来た。これが出来事であったが，それ以降の記述は，全て一高生による観察と自身の反応の記録であった。したがって，全ては彼が見，彼が反応し，彼が考えたことだったのである。『伊豆の踊子』全体がそもそもそうした書き方で一貫しているのであるが，この場面では，とびきりの主役にあたる踊子の言葉が全く残されなかった。もしも，彼自身が観察し，反応した内容のみが重要で，他の事柄は全て無視して良いのであれば，特別な検討を加える必要はないであろう。しかし，読者の立場からしても，彼が見，反応し，考えたことが，この出来事を尽くしている，とは実感できないのではないか。そこで一高生が記述した事柄のうち，裸の踊子に関わる彼の認識を，改めて検討して見たい。

　湯殿の奥から若い女が走り出して来た，川に接する淵に立って何か叫んだ，彼女は真っ裸だった，それが踊子であった，といった事柄は，その場にいて踊子を知る他の人間，例えば栄吉には，一高生とほぼ同様に確認が可能な事実であったろう。「若桐のように足のよく伸びた白い裸身」という描写となると，人により裸身のどこに注目するかは異なっており，単純に確認できる事実からはやや遠ざかったかも知れない。しかし，例えばそのシーンの写真を，繰り返して見直せば，彼女の身体の特徴として，複数の人の間でもかなりの程度の合意には至ったであろう。これとは対照的に，踊子の裸身を目撃して，心の中に何を感じたかは，人によって相当に異なったことだろう。今，一高生と碁に興じた紙屋が，この出来事を同じ内湯から目撃したと仮定して，「心に清水を感じ，ほうっと深い息を吐いてから，ことことと笑」ったであろうか。「頭が拭われたように澄んで」きただろうか。「微笑がいつまでもとまらな」かったであろうか。おそらく全て否であったろう。理由の一端は，一高生と紙屋とでは，

年齢からくる感受性，女性の経験，仕事で培った（狭小化した？）ものの見方等における違いが大きかった，点にも求められただろう。しかし，紙屋と一高生の反応を隔てた最大の条件は，言うまでもなく，それまでの踊子との関係であった。紙屋にとって，踊子は初めて正視した，何の変哲もない若い普通の旅芸人に過ぎなかった。対して一高生は，踊子に深く思い入れしていた。過る数日，踊子は彼の関心の中心を占め続け，彼はこの間，心の振幅の大きな個人史を辿って来た。その個人史の最先端で，踊子の裸身に出会ったのである。

　個人史の厳しい頂点を画したのが，先立つ晩，踊子のお座敷での運命を想像して被った苦悶であった。踊子が本人の意思に反して，客に汚される危惧をひしひしと実感したのである。一高生のそうした苦悶は，翌朝，やや遠くに裸体の踊子と対面して，根本から解消した。解消したのは，踊子が子ども以外ではあり得ない，と彼自身が確認できたからあった。それには二つの根拠があった。一つは踊子の体つきであった。成熟した女とは対照的に，踊子は若桐を連想させる足の，いかにも少女らしい，ほっそりした体つきだったのである。第二に，子どもらしい身の振り方があった。「私達を見つけた喜びで眞裸のまま日の光の中に飛び出し，爪先で背一ぱいに伸び上る程」だったのである。（208）向こう岸に二人を見つけると，嬉しくて自分の裸も忘れて湯船から飛び出し，思い切り伸び上がって見せた。これが子供の仕草でなくてなんであろうか，と。

　当然にも，以上のような発見は一高生の踊子像を変貌させ，彼に固有の反応を引き起こした。多少の紆余曲折はあったにせよ，湯川橋付近での出会いから共同湯の朝まで，彼は踊子を十七，八歳の女性と信じ続けていた。ところが今や，彼の認識は突然に根本的な変化を迫られた。優雅な，色気さえ備えた舞い手と見えた踊子は，年齢こそ不詳だが，おそらく十三，四歳の少女でしかないと判明した。彼はそれまで，「とんでもないお思ひ違ひをしてゐたのだ。」通常の男にも，類似の経験は皆無とは言えないであろう。しかし，一高生は通常の男とは正反対の反応を示した。踊子像の変貌に直面して，彼は喜べる限りの喜びを全身で味わったのである。通常のラブ・ストーリーを期待する読者，特に男の読者には，物語は全く予想外の展開を辿った。彼らには，ここまでの物語は，湯川橋近くでの出会いや湯ヶ島での舞の鑑賞と言うクライマックスに始まり，裸の踊子（子供）の出来事と言う，アンティ・クライマックスに終わった，

すなわち完全な竜頭蛇尾となったはずであった。ところが，一高生本人にとって，結果は真逆であった。踊り子を子供と知った彼にとっては，共同湯の出来事がクライマックスを画した，蛇頭龍尾の物語となったのである。

　筆者を含む男一般には，竜頭蛇尾と映るここまでの話の展開を，作者川端はなぜ蛇頭龍尾としたのか，不思議ではないだろうか。鶴田欣也は，ジャンルの観点からこの矛盾の解消を模索した。すなわち通常の読者は，『伊豆の踊子』に男女の出会いの物語を期待する。英語流の表現ではボーイ・ミーツ・ガール・ストーリーである。しかしこの小説はそうした物語ではなく，ボーイ・ミーツ・チャイルド物語なのである。だから，最初は素晴らしい男女の出会い（の如き）に始まり，最後はただの子供の発見で終わるように見えながら，それが立派な物語となっているのだ，と。（『川端康成の藝術』5-8。）しかし，ジャンルとしての説明にはなっていても，この説明を聞いて，それは素晴らしいと感激して納得する読者が多数とは，筆者には到底思われない。なぜか。

　筆者は次のような比喩を用いて，説明してみたい。登山は平地から山の頂点を目指すスポーツである。低地から山頂を目指す点で，人間の成長や物語の展開と似た構造を持つ。これに対して，「下山」というスポーツを構想してみよう。例えば，大きなクレータの淵から徐々に下って行って，穴の底を最終ゴールとするのである。鶴田の主張を言い換えると，『伊豆の踊子』は本来「下山」の物語である。それを登山の構造を下敷きにして読むから，納得できないのである。ボーイ・ミーツ・チャイルドは，「下山」スポーツと同類だと見做すべきなのだ，と。しかし登山は，重力に逆らって低地から頂上を目指し，そこに征服感が伴うから素晴らしいのではないか。とすれば，「下山」スポーツにも，下ってのゴールへの到達が，山登りに匹敵ないし，それを凌ぐ「よさ」ないし「価値」が必要ということになる。そうして初めて，「下山」は，登山に比肩し得るであろう。

　顰蹙を覚悟で，この比喩を，鶴田の『伊豆の踊子』の解釈へ当てはめてみよう。ボーイ・ミーツ・チャイルドとは，青年の一高生が十四歳の少女に出会って，歓喜したと言うことである。十七，八歳と思っていた娘が，十四歳の少女へと急激に若年化した，とは，クレーターの高い淵から底へ下降した如くであった。それに歓喜した一高生は，十四歳の少女と出会ったことに，十七，八

歳の娘との出会いを凌ぐ「よさ」を，実感したはずであろう。その「よさ」とは一体何だったのだろうか。これこそ『伊豆の踊子』の主題そのものである。

(五)　二人だけの社会：ルソーが見る初恋の踊子

　ここで改めて，一高生が共同湯での踊子の目撃をどのように捉えていたか，問うべきであろう。作者川端の描写がドラマチックかつ見事であるので，一高生の実感は表現された通りであったろうと，筆者も納得する。但し，忘れてならないのは，ここでの表現はあくまで一高生の心象のそれであり，対象，いな相手としての踊子自身の判断や意図は，何ら言及されていない点である。観察された事実に関する一高生の判断が一方的に展開されていて，踊子側からの裏付け，ないし反論は何もなかった。一高生の受け取り方には，踊子から見れば誤解に当たる内容はなかったのか。

　第一に，体つきの判断について。一高生は裸の踊子を見て，子供の体と，何の疑いもなく判断した。しかし，踊子自身は果たしてそう言われて，納得しただろうか。彼女が自分の体を女の体と自覚していた可能性はないのか。筆者は十分にあったと考える。前日，彼に茶を出そうとして，甚だしくはにかみ，手が震えてこぼしさえしたのである。正確な判断を下せたのは，おふくろであったあろう。彼女は踊子の体の成長過程を知り尽くしていた。その上で，踊子の肩を「軽く叩いた」鳥屋に怒り，「……觸つておくれでないよ。生娘なんだからね。」と言い放つであろう。おふくろは，踊子が明らかな子供ではなく，すでに「娘」である，と判断していたのである。*

　　*1992年映像製作の，小田茜と萩原聖人の主演の『伊豆の踊子』では，一高生に子供扱いされた踊子が，彼に向かって「私は大人よ。立派な女です。」と反論し，直後に恥ずかしそうに下を向く場面がある。この場面自体は踊子の「大人」を証しないが，こうしたセリフを踊子に言わしめたくなる文脈が，『伊豆の踊子』にはある，と筆者も感じる。『スペシャルドラマ　伊豆の踊子』決定稿，東宝株式会社，TBS, n. d., 63.

　第二に，踊子の飛び出しの動機について。作者川端の書き方では，一高生の目に映ったままの踊子は，徹頭徹尾，子供らしさの故に，二人を認めて飛び出してきたのである。一高生の狂喜の理由もまさにそこにあった。しかし，菅野

や筆者，そして読者の多くも，この麗しい解釈を丸呑みにするのを躊躇するであろう。踊子は前日，異性を前にしての過剰な自意識を，皆の眼前に晒していた。一度でもそうした自意識に目覚めた娘が，翌日に突然ただの子供に逆戻りするものであろうか。

　以上のように検討を進めると，共同湯の場面での踊子の行動について，相互に関連する二つの主要な問いが焦点化されてくる。第一に，十四歳の「色気づいた娘」踊子は，なぜ裸での飛び出しを躊躇しなかったのであろうか。第二に，そうした行動を見せた十四歳の踊子に一高生が確と認めた「よさ」，他方，十七，八歳には相対的に求め難かった「よさ」とは何だったのであろうか。まず鶴田のボーイ・ミーツ・チャイルド説の問題点を指摘し，消去法によって，この説を退けておきたい。鶴田は，第一の問いには，ほぼ回答を与えている。踊子は，自分を意識しない子供のようであったから，と。「ほぼ」と言うのは，鶴田の説明には，欠損部分があると，筆者が感じるからである。第二の問いへの彼の回答は苦しい。何よりも，相手が子供と判明すれば，ボーイ・ミーツ・ガールの場合とは異なり，子供の踊子はかなり素早く，一高生の視野から消え去ってゆくはずである。鶴田曰く，

　　物語が終わる時点では，この子供は主人公によって忘れ去られ，主人公の気
　　分だけが重要な存在となる……女は男にある気持ちの変化をもたらしたあと，
　　背景の一部として消えてゆくのである。(『川端康成の藝術』，8-9。)

鶴田のボーイ・ミーツ・チャイルド説を真に受ければ，一高生にとって，踊子との恋愛は共同湯において終着点に至ったことになる。否，『伊豆の踊子』の物語自体が，共同湯での出来事を以て完結して，当然ではないだろうか。ところが実際には，件の出来事は全体の七章のうち，三章で起こっている。物語は子供踊子を中心として，まだまだ続いてゆく。しかも，これ以降，一高生の踊子への注目度は低下せず，踊子が一高生に与える影響も，強まりこそすれ，決して弱まっていない。なぜなのであろうか。

　鶴田のガール・チャイルド二分法の難点は，大雑把すぎることに起因する，と筆者は思う。ここでの問いとの関連では，鶴田は十三，四歳の少女に特徴的な「よさ」の探究を，初めから行っていない。それ以前の子供にも，それ以降の女性にも多くを期待しにくいが，十三，四歳の少女には顕著な「よさ」があ

るとの想定に立ち，それに注目し，検討することを試みていない。その結果，
踊子の子供らしさで説明のつく部分では，彼の論は説得力を持つ。しかし，子
供としての発見の後，なぜ一高生が踊子への関心を強め，彼女が一高生への関
心を深め，結果として作者川端の記憶にも長く止まるかの説明においては，半
ば頓挫してしまうのである。

　では，作者川端が篇中にこれとは述べなかったが，一高生が認め実感した
十三，四歳の少女の特有の「よさ」とは，何であったのか。その具体例は，続
く諸章で取り上げる，共同湯以降の湯ヶ野での滞在中，さらには下田への旅で，
顕在化するであろう。しかし，この段階で多少とも予備的な考察を加えておく
ことは有用である，と筆者は考える。踊子はなぜ裸で飛び出したのか。この
年齢の少女の「よさ」とは何か，と言う二つの問いを並べるとき，筆者がまず
思いつくのは，ジャン＝ジャック・ルソーの『人間不平等起原論』と『エミー
ル』，特にその「第五編」での主張である。以下はルソーの論の正確な解釈で
はない。上の二つの問いを具体化するにあたって，ルソーの人間論，特には少
女論から，やや自由に借用し，問題の明確化に役立てるのが主眼である。

　ルソーは，1753 年の『人間不平等起原論』で，自然人と社会に生きる文明
人とを対比し，後者について一種の「原罪論」を展開した。話を単純化して，
自然人を子供，文明人を大人に置き換えよう。子供が大人になると，どのよう
に堕落するかを，彼は問題にした。子供は生理的に欲しいものだけを欲しがり，
手に入れば喜び，失敗すれば悔しがるだけである。しかし，大人はそれだけで
はすまない。成功すれば他人に羨ましがられ，失敗すれば他人に侮辱される，
と感じる。子供と違って，自分の生理的な欲求の合計としての「自己」に加え
て，他人の目に映った自分という新たな「自己」を獲得する。有るがままの自
分と，他人の目に映る自分とが分裂して，後者が肥大する。その結果として，
他人が二種に見えることになる。一方は自分以下しか成功せず，軽蔑の対象と
なる者たち。他方は自分以上の成功を収め，妬みの対象と化す者たち。ここに
おいて大人は，他の全ての大人と，最悪の意味でのライヴァル関係に入る。そ
の帰結として，大人は人を「人間的」にする唯一の資質，すなわち不幸な者へ
の自然な「憐み」の情を失ってしまうのである。これが「原罪」でなくて，何
であろうか。(『人間不平等起原論』岩波文庫，1972 年，101-03，181。)

　以上の，大人論＝社会的自己論に続けて，ルソーは教育論『エミール』
(1762) の「第五編」で，女性論を展開した。若者エミールの結婚相手として
ふさわしい娘ソフィーの，諸側面を検討したのである。その論が現代のフェミ
ニストには大方不評であることは，筆者も承知している。そのはずで，『起原
論』で主張した「社会的人間」の問題点は，一面，女性の方がより顕著である，
と論じているが如くだからである。ルソー曰く，

　　……小さい女の子でも，身を飾るものを好む。かわいらしい子であるだけで
　　は満足しないで，かわいらしい子だと思われたいと思う。(『エミール』下，
　　岩波文庫，1964 年，22。)

成人に近いソフィーについて，ルソーの言い方は，やや慇懃となる。しかし，
内容は小さい女の子についてと，基本的に同じである。エミールに対して，彼
の教師が，ソフィーとエミール自身とでは，他人の噂が持つ意味が全く違うの
だと，警告を発する。

　　男性の名誉になることを女性の名誉になることと考えてはいけない。両者に
　　はまったく違った原則があるのだ……あなたの名誉はあなたひとりのうちに
　　あるが，あのひとの名誉はほかの人によって左右される。(『同書』下，
　　137。)

男性に比べて，女性の方が，自分の意志や判断よりも，自分が人の目にどう映
るか，を基準とすることが多く，しかも早期にそうした体制に順応する，とル
ソーは言う。『起原論』の枠組みに即せば，こうした主張の意味合いが，女性
により厳しいことは否めない。*

　*ルソーも愛読した『旧約聖書』は，その冒頭で，女性のエヴァが最初に禁断の実を
　食べて夫アダムが続き，楽園を追われた両者の息子たち，カインとアベルは，互いに
　ライヴァル関係に陥り，カインがアベルを殺したことを記している。

　しかし，ルソーの論じた自然人は，自らの生理的欲求の総計から，他人の評
判に生きる文明人へと，一挙に変貌するのだろうか。そもそも自然人は，どん
な動機に基づいて，文明人＝社会的人間へと移行するのか。ルソーは少なくと
も，一つ重要なヒントを与えている。孤立した自然人が，他の人々と近くに定
住すると，事物の比較にも慣れ，共生の中で「一種の優しい甘い感情が精神の

中に忍び込」む。「各人は他人に注目し，自分も注目されたいと思い始め，こうして公の尊敬を受けることが，一つの価値を持つようになった。」（『人間不平等起原論』，93。）自然人が社会的人間＝文明人へ移行した動機は，既に文明人化してしまった人間の反応からも，微かに伺うことが出来る。峠の茶屋の婆さんは，おふくろに対して，踊子が「いい娘になつて，お前さんも結構だよ」，と羨み半分の褒め言葉をかけた。完璧なお世辞と分かっていても，おふくろの気分も多少は緩み，わずかであっても，二人の間の潤滑油として，機能したのである。茶こぼしの場面で一高生は，おふくろからの禁止で，自己反省と自粛に追い込まれてしまった。しかし，直後に自分の「紺飛白はほんとにいいねえ。」と褒められると，悪い気はしなかったのだろう，両者の会話は続いたのである。

ルソーの論に照らすと，踊子は子供でもあり，同時に大人でもあった。踊子は，一高生に茶を出そうとしてふるえ，こぼしてしまった。踊子は生まれて初めて，異性を意識した。それまでの自己は，生理的な欲求が圧倒的に優勢であった。しかし，今や自分の眼前に，自分が関心を持つ異性が居た。異性への関心であったから，当然にも，相手の自分への関心の有無に，気を取られた。異性の目に映る自己を，強く意識した。自らの行動の司令塔には，これまでの自己に加え，異性の目に映る自己が新たに出現した。二つの自己が競合して，踊子は行動の十分な統御が不可能になった。体がふるえ，茶をこぼしたのである。

こうした踊子の姿は，確かに大人への第一歩ではあった。しかし，まだ第一歩でしかなかった。踊子が大人＝文明人になるには，彼女は様々な男，金持ちや地位の高い男，ハンサムや逞しい男，またそれらとは逆の者たちを含む，多くの男のいることを知る必要があった。他方では，それら男一般に自分がどう映るのか，自覚する段階を経ねばならなかった。更に結婚や出産等を経て，自己の範囲が拡大すれば，そうした自己が他人の目にどう映るか，一層気を配ることにもなろう。彼女は社会的自己としての，大人の道を登り続けるだろう。

こうして大人となった踊子と，一高生の面前で茶をこぼした踊子とはどこが違っていたか。確かに，両者は，生理的な欲求の総体としての自己と，他人の目に映る自己とを，共に持っていた。しかし，両者を隔てた最大の違いは，い

わば意識した相手の数にあった。大人となった踊子は，姉の千代子に似て，結婚相手をはじめ，成年に達するまでのいろいろな種類の多数の男たちに接し，彼らを比較した一方で，それぞれの目に映った自己を，あるいは濃くあるいは薄く，自覚してきたであろう。茶をこぼした踊子は，人の目に映った自分を意識したとは言っても，相手は人生で初めての，たった一人の人物であった。他のあらゆる人間，特に若い男一般が，類似の状況で意識されたことはなかったのである。ある意味では，この世界で自分の父や母しか特別な意識に入ってこない子供と，近かったのではないか。子供の時代は，狭い肉親たちとの世界に自己をアイデンティファイしていた娘は，やがて，父親や母親を／から，特別視する／される，事態を嫌うようになる。文明社会で大人になるとは，そうした特別な関係からの解放を意味するからである。

　茶こぼし時点での踊子は，一高生の目に映った自己を強く意識し始めた。彼女には，「やさしい，甘い感情」が実感されたのであろう。おふくろの「色気づいたんだよ。」はそうした事態の指摘であった。しかし，この場面でのおふくろの指摘は，踊子の上にいわば成熟の如く自然に生じた現象を言い表したのではなく，一高生が彼女の目の前に居たが故に生じた事態，を念頭に発せられた。すでに論じたごとく，言葉はむしろ彼に向けられていたのである。「色気づいた」瞬間を，茶こぼしの出来事の中で捉えたのであって，彼女が，多くの男に接し，その特定のあしらい方を身につけた，という意味ではなかった。一高生を，特別な異性として初めて意識し，その彼に見られている自分を意識した，という内容の指摘であった，と捉えてよいであろう。

　茶こぼしでの踊子の有様を以上のように把握した上で，改めて共同湯の場面を確認しよう。作者川端は，踊子が飛び出してきた動機を，「私達を見つけた喜びで」と書き記した。一高生の目からは，飛び出しの様子，叫び方，両手を伸ばしたさま等々から，そう見えたのである。「私達を見つけた喜び」以外は，踊子の動機についての詮索は一切なかった。そこをあえて詮索してみよう。「私達」とは，栄吉と一高生のことであった。十四歳の踊子が入浴中に，二十四歳の兄を見つけて，喜んで飛び出す理由があっただろうか。まず，なかったというべきであろう。何年かぶりの再会ならいざ知らず，つい先ほどまでは一緒だった兄だったのである。とすれば，「私たち」とは誤解で，踊子は

私，すなわち一高生を見つけて飛び出したのだろう。*「私」の意味を更に限定しよう。宿へ渡る橋の上に，二，三人の若者が共同湯の方角を眺めていたとして，踊子は飛び出しただろうか。おそらく否であったろう。菅野が，「色気づいた娘」踊子がどうして飛び出したのか，疑問に思ったのは，このような若い男一般を想定していたからである。いくら何でも，この歳の娘が，そんなことをするだろうか，と。しかし，相手が昨日茶をこぼした原因の人であった場合は，条件がかなり違っていた。踊子に羞恥心はあっただろう。しかし同時に，生まれて初めて異性を意識した男に，自分の裸身を晒したいとの願望が，十四歳の踊子に生じたとしても不思議ではない。必要としたのは，ただ姉千代子からの一押しであった。しかもこうした飛び出しは，ルソーの言う，見られる自己を初めて強烈に意識した，強い喜びが伴っていたであろう。外から観察すれば，子供の喜びそのものと映って，当然ではなかったろうか。一高生は，踊子の生涯に初でただ一度だけの，異性への「素直な露出」に接したのである。

*原文は「私達を見つけた喜び」であるが，それを承知の上でホールマンは at finding *me*（Holman, 14.），サイデンステイッカーは at seeing *a friend*（Seiden., 135.）と，いずれも栄吉を除外して訳し，オスカー・ベンルだけが *uns* entdeckt zu haben（16.）と原文に忠実であった。Translated by Oscar Benl. Yasunari Kawabata: *Die Tänzerin von Izu*. Reclam, 1968（これ以降 Benl ページ数で表示。）二人の英訳者は，不注意で誤訳したのではなく，原文の「私達」では，踊子の真意への洞察を欠くとして，納得できなかったのであろう。川端は，「私達」によって，アングロ・サクソン流の個人中心を弱め，かつ踊子の子供らしさを，いきおい強調する効果を狙ったのであろうか。筆者自身は，両英訳者の判断に近い解釈を取りたい。

踊子にとって異性としての一高生は，確かに自己に特別な感応を引き起こす人であった。しかし，他の異性との比較の上で，選び取った相手ではなかった。丁度，子供が自分の好みに基づいて，父親と母親とを，判断の上選び取ったのではなかったと同じように。とすれば，相手の目に映る自分を意識しつつも，その行動が相手にとっては，子供のごとく映じたとしても，決して不思議ではない。父や母への特別な親しみと信頼とで，子供が無条件に身を任せてくるとき，親は無上の喜びを感じるであろう。その喜びは，どこか一高生の喜びと通じる。筆者は，共同湯での出来事の作者川端の叙述に加えたり，差し引いたり

すべき何物も感じない。ただ，一高生の特有な反応の背後に，叙述には明示されていないいくつかの要因を指摘して，望むらくは，読者の理解を，多少とも容易にしたいと願う。

　ルソーには多少は無理強いをしたことは認めたい。しかし，共同湯での踊子の行動を以上のように理解すれば，どうして彼女が裸で飛び出したのか，比較的無理なく説明できるのではないだろうか。では，もう一つの問い，一高生にとって，十三，四歳の踊子に特有な「よさ」とは何だったのであろうか。この問いへの答えも，すでにこれまでの議論で何度か接近した。ルソー流に言えば，それは彼女が，初めて異性に見られる自分を意識しながら，しかし女として異性一般に見られる自己には遥かに到達していなかった，からであろう。もしも，そうした意識を異性に抑え難く持つ以前の段階であれば，やさしく甘い関係は生じ難い。しかし，姉の千代子のように，多くの多様な異性を，それぞれの特質に応じて比較した上で，異性の認知と相互関係に入り込んでしまっていれば，子供に特有な専心性はもはや期待できないであろう。踊子の年齢は，二つの事態の狭間にあたる，極めて短い期間の中に収まっていた。一高生はそうした類まれなときの踊子に接し，彼女に子供の如き，かつ同時に異性としての愛情を感じることができたのではないか。

　以上はしかし，命のない後追い的な説明に過ぎない。にもかかわらず，共同湯での裸の踊子の目撃の場面をもって，『伊豆の踊子』がボーイ・ミーツ・チャイルド・ストーリーとして終わりを迎えることがない，との納得を引き出すことはできたであろう。踊子は単なるチャイルドではなかった。あるいは，チャイルドではなくなりつつあった。一高生はこの後も，未知の踊子に出会うであろう。共同湯の出来事は，物語の終わりではなく，新たな始まりを画したのではないだろうか。

（六）　旅の願望の実現：踊子の寝姿の目撃へ

　紙屋の旅芸人への態度を検討した際にも言及したが，共同湯の出来事の夜，一高生が彼と碁を打っていると，流しの終わりに栄吉と踊子たちが宿に立ち寄った。手招きで彼らを部屋に入れるや，一高生の関心は完全に碁から離れ，

紙屋は諦めて退散，栄吉と三人の踊子たちは深夜過ぎまで遊んで行った。彼らがこの機会を楽しんだことは，「嬉しいね，嬉しいね」との踊子の言葉に明らかであった。遊びについては，「五目並べなど」以外，特に一高生と旅芸人とのやりとりは，一切記されていない。しかし，碁盤についていようと，離れていようと，踊子の一つ一つの動きは，終始一高生の関心の先にあった。踊子もその視線を微妙に，しかも確実に感じて，何らかの反応を示したはずである。栄吉と千代子，百合子と同じ部屋を分かちながら，なお一高生と踊子とは，二人の時間を共有していた如くだったのである。やがて皆が辞去して木賃宿へと戻って行った。しかし一高生にとって，帰って行ったのは「踊子」であった。* 「踊子が歸った後は，とても眠れそうもなく頭が冴えて」いたので，再び紙屋を碁に誘いたくなるほどであった。同じ夜の空間を共に過ごし，傍から去った踊子が，過ぐる日のおふくろの「意外な言葉」でぽきんと折れた「空想」を，再び強く蘇らせたのであろう。その空想の一部は，翌日の早朝，思いがけない形で，しかし決定的に実現することになる。

　*今回は，訳者はすべからく「踊子」を ”they”（Seiden.），”the entertainers”（Holman），
　 ”die Mädchen”（Benl）と複数に翻訳している。しかし，川端はこの場面でも複数に
　 は「女達」「娘たち」「娘達」と必ず「達」をつけている。とすれば「踊子」は単数を
　 指すはずで，一高生の意識の中ではいなくなったのは「踊子」一人ということであろ
　 う。本書の補論２も参照。

　翌日，一高生と旅芸人とは下田へ出発するはずであった。この日の「朝八時（の）出立の約束」（210）に従って，一高生は木賃宿を訪れた。二階の障子の開いていることを外から確認した上で，彼らの部屋へ登って行くと，何と旅芸人は皆，まだ布団の中であった。就寝中だったのには理由があった。おふくろの説明では，今晩もう一つお座敷が掛かったので一日滞在を伸ばし，次の日に出発すると決めた。もし自分たちより先に出発するつもりなら，下田の自分たちの宿は決まっているから，そこで改めて再会してはどうだろうか，と。一高生は「突っ放されたように感じた。」というのも，この日の旅からは，制帽をカバンにしまい込み，共同湯の近くで買った鳥打ち帽をかぶる予定であった。* 一高生としてのアイデンティティー（制帽）を当面放擲して，在籍先を持たない普通の人（浪人）として，下田まで旅芸人たちと同行しようと決めて

いたのである。

　　＊この頃，旧制高校の卒業生数は，帝大の定員を超えていたわけではないが，東京帝
　　大への希望集中の結果，高校卒業の後，直ちに進学先が決まらなかった者が少なく
　　かった。彼らには制帽がなく，鳥打ち帽を被っていたので，「鳥打ち帽」と呼ばれた。
　　後の「浪人」の謂である。（竹内洋『立志・苦学・出世』講談社現代新書，1991 年，
　　72。）

　この朝の出来事から，一高生と旅芸人の双方に，一見して，いくつかの不都
合が帰結した。もし彼が一人旅を選択すれば，踊子との同行が丸一日もふいに
なっただろう。伊豆の旅の「主目的」の放棄に等しかった。他方，もしも，
湯ヶ野の滞在を一日延ばしたら，たった今立った宿に，再度の滞在を申し込ま
ねばならなかった。旅芸人側は，自分たちの私生活を一高生に，赤裸々に晒す
こととなった。お座敷の予約を受けるに際しては，例え名目的であっても，一
高生への影響も調整せねばならず，不自由を託つこととなった。こうして生じ
た不首尾に注目した菅野春雄は，出立の約束自体に何か不備があったのではな
いか，と推察するに至る。中でも，この朝の場面では明らかに能動的だった一
高生側に，出発の約束についての誤解があったのではないか，すなわち一高生
が，本来は曖昧だった話を，確固たる約束と勝手に思い込んでしまったのでは，
と推論する。確かに，約束は双務的な重大事であるにもかかわらず，篇中では，
一高生自身による「次の朝八時が湯ヶ野出立の約束だった」の一行を除いて，
一切触れられていなかったのである。

　菅野によれば，この朝に関する一高生の一方的な思い込みこそ，これまで研
究者の関心こそ引かなかったが，彼の「その後の行動を左右する大事件」を引
き起す原因だったのである。なぜだろうか。菅野の分析では，そもそも当日の
朝の出発について，一高生と旅芸人との間に，明確な約束があったかどうか，
疑わしかった。あったと仮定しよう。この場合，前夜遅くまで一高生と過ごし
た栄吉と三人の踊り子たちが，翌朝の予定変更を，彼に告げたはずであった。
だが，実際にはそうしなかった。彼らはその時点では，予定の変更を知らな
かったのかも知れない。四人が留守の間，木賃宿に留まったおふくろが，翌日
のお座敷の依頼を受け，出発延期を決定していたと推定できる。栄吉たちは，
深夜に木賃宿に戻って初めて，その変更を知ったのかも知れない。だがもしも

明確な「約束」があったのなら，時間的には切迫していようと，翌朝の早くに一高生に延期を告げるべきであった。しかし，誰もそれをしなかった。そうした齟齬から推論して菅野は，一高生側の落ち度を結論する。一高生は，実はありもしない約束を旅芸人が自分と結んだはずだ，と決め付けていた。そうした約束を，何の事前の通知もなく，一方的に破棄したのは許せなかった。私を一体誰だと思っていたのだ。「エリートたる『私』を蔑ろにするなどということはあってはならない。」この事件こそ，一高生が伊豆の旅で味わった「最初の屈辱」であったと言うのである。こうした「大事件」が生じた裏面として，栄吉を含む旅芸人は，そうした「約束」まで結んだとは，誰も考えていなかったからだ，と。(『誰も知らなかった「伊豆の踊子」の深層』，178。)

　ここでも菅野を取り上げたのには，理由がある。この朝の出来事が，これまで注目されなかったにもかかわらず，一高生にとっては「大事件」であった，こと。そうした「大事件」を導いた原因が，約束をめぐる曖昧さにあった，こと。これらの二点に関して筆者は，菅野のような主張を，管見にして他に知らず，かつ「大事件」があったこと，その原因が約束の「曖昧さ」に起因したことついては，彼の主張に同意するからである。但し，「大事件」の実体，および「曖昧さ」が事件に果たした役割に関する筆者の解釈は，菅野の場合と根本的に異なる。

　菅野が主張した「大事件」とは，何であったか。「屈辱」が示唆するように，大事件の前提は，一高生が抱いていた傲慢なまでのエリート意識と，それに基づいた，旅芸人たちの彼への一方的な服従の願望であった。一高生の権威主義的な期待と行動が，旅芸人たちの反乱に直面して危機に瀕したこと，それが菅野のいう「大事件」の実体であった。筆者には，件の日の朝，一高生が制帽をしまって鳥打ち帽に変えた事実と，彼の傲慢とがどう繋がるのか理解できないが，しかし，一高生が旅芸人との間に大きな階層差を意識していた，との解釈はあって当然とは思う。実際，現代の読者の間では，一高生の特権者意識が目立つ，との受け取り方は，ますます広く共有されつつある，と筆者も実感している。にもかかわらず，菅野が想定する一高生の旅芸人への権威主義的な支配願望は，筆者の理解を超えている。差別の意識ならば，峠の茶屋の婆さんや宿のおかみさんの方が，遥かに強かったであろう。一高生の「権威主義」は，も

しあったとすれば，類似の学校，類似の生徒との間でこそ，強く発揮されたのではないか。木賃宿に到着の直後，おふくろが「國に學校行きの子供を殘してある」と述べると，一高生は透かさず，「どこの學校です。」と問い返した。その学校が一高以外の七つの高等学校の一つではあり難いとしても，せめて，当時は三百数十校あった旧制中学校のいずれかの名称を，答えに期待したのではないか。旧制中学なら自ら先年まで学んでいたし，一高での仲間の誰かの出身中学であったかも知れなかった。ところが，おふくろの返答で，当時二万数千を数えた尋常小学校の一校に学ぶ五年生と判明した。「へえ，尋常五年とはどうも……」，と応答した一高生は，それ以上の話題に事欠き，彼の関心は一気に萎んでしまったのである。(205)

　では菅野のいう，一高生が被った「屈辱」としての「大事件」は，その後どのような展開を見せたのか。読者も容易に判断がつくように，この朝以降，一高生が学歴上の優位を利用して，旅芸人たちの隷従を強いる，と言ったことは一切認められなかった。むしろ芸人たちからの信頼を深め，正月に大島で挙行する芝居の仲間として招かれさえしたのである。実際，菅野自身が，「大事件」と銘打った違約の件は，これ以降，小説に再び姿を現すことはない，一高生には「不都合な事実」だから隠したのだ，と説明するのである。(『前掲書』，127。) 全く影を潜めてしまうのは，実は違約の件が，一高生にとってもともと大事件ではなかったからであろう。では筆者が主張する，下田への出立予定日に起こった大事件とは，何だったのか。

　それは，一高生が思いもかけずに，踊子の寝姿を間近に目撃したことであった。あの朝，彼は八時の出発を信じ，木賃宿に向かった。皆の出立の用意は既にできているもの判断し，彼は他意もなく二階へ上がって行った。予想を全く裏切って，芸人たちは皆床の中であった。一高生は「面喰つて廊下に突つ立つてゐた」。だが，である。「面喰つて……突つ立つ」ていた彼は，目のやり場に困るどころか，その瞬間から，視線を一個所に集中した。中の娘百合子と一緒に，彼の足下の床にいた踊子の寝顔であった。彼が二階で真っ先に刻んだ印象は，昨夜から残った踊子の化粧の跡，中でも唇と眦に少しにじんだ紅であった。「この情緒的な寝姿が私の胸を染めた」のである。(210) 踊子の方は，直ちに一高生の視線を感じたのであろう，「真っ赤になりながら両の掌ではたと顔を

抑えてしまった。」しかし，その直後に，ただ一人，寝返りして，顔を隠した
まま布団から出ると，彼の前に座り，昨晩のお礼を述べて，「綺麗なお辞儀を
し」たのである。一高生はまごつかされた。何かして踊子に応えねばとは分か
りながら，二十歳の一高生が，十四歳の少女の一連の動作に圧倒されてしまっ
た。踊子は一高生の想像を凌ぐ役者であった。彼女の姿が，それだけ彼の胸深
くに食い込んだのであろう。実際，既述のように川端は，伊豆旅行から十数年
を経た昭和8年，「思ひ出に何よりあざやかに浮ぶのは，寝顔の目尻にさして
ゐた，古風な紅である。」と記した。（『全集』三三巻，81。）湯ヶ島の宿の玄関
で舞った踊子よりも，共同湯から飛び出した裸の踊子よりも，なおこの朝の踊
子の寝顔があざやかな記憶として残った，と言ったのである。踊子の寝姿のこ
の目撃こそ，峠の茶屋での婆さんによる「甚だしい軽蔑」への反発から一高生
の心に湧き上がり，おふくろの啖呵の前に一度はぽきんと折れながらも，伊豆
の旅を通して，胸の深奥に持続した最大の願望──踊子を自分の部屋に泊まら
せたいとの願望──の，思いもよらぬ，部分的な成就に他ならなかったのであ
る。

　以上のように，踊子の寝姿の目撃こそが，出発予定日の朝，一高生に起こっ
た大事件であった，としよう。そうすると，菅野の指摘する「約束の曖昧さ」
の効果に関わる評価は，筆者には全く受け入れ難くなる。なぜなら，作者川端
が，一高生が当日の朝に旅芸人たちの寝込みを襲う結果となっても不自然でな
い，ギリギリの条件を巧みに書き記したことが，がぜん明瞭になるからである。
「約束」の内容が，あれ以上でも，あれ以下であっても，踊子の寝姿を偶然に
目撃し，その後のストーリーの展開を導く条件は，満たされなかったであろう。
仮に「約束」の内容が，法律上の契約のように，「何月何日の出立が不可能と
なったとき，甲は乙に遅滞なく伝えること」，のようであったとしよう。この
場合は，おそらく栄吉が当日の朝早くに一高生の宿を訪れ，延期を伝えたであ
ろう。双方の不都合は事前に回避されたはずである。しかしながら，一高生が
木賃宿の二階で踊子の寝姿を目撃して胸深くに印象を刻む機会は，永久に失せ
てしまったであろう。他方，旅芸人たちの側からして，当日の朝，一緒に下田
へ立つ明瞭な約束など，結んだ覚えが全くなかったとしよう。この場合は，当
日の朝，一高生が旅芸人の寝込みを襲う正当な理由は何もなくなる。彼は不当

にも就寝中の旅芸人たちの寝所に踏み込み，彼らの意思に反して，その私生活
を犯したことになったであろう。一高生は，とんでもないストーカーとして激
しい反発を食い，それ以降の同行など，全く望めなくなったに違いない。両極
端のいずれでもない中間に「約束」の話を設定した所に，作者川端の小説家と
しての非凡さがあった，と筆者は解釈する。

　菅野は，出立の「約束」に関わる不明瞭な記述こそ，『伊豆の踊子』のアキ
レス腱にあたった，と指摘した。と言うのも，外見上は首尾よく運んでいたよ
うに映った一高生による旅芸人の権威的な支配が，彼らの思わぬ約束破りに
よって，その綻びを読者に晒すことになってしまったからである，と。(菅野
『前掲書』118ff.) 筆者の判断は，それとは正反対である。適度に曖昧な約束は，
一高生と旅芸人との関係が深まり，物語がスリルさえ伴って展開してゆく，最
上のスプリングボードとなったのである，と。一高生が踊子の寝顔を目撃して，
伊豆の旅の至上の目的を，部分的であっても，思いがけずに達成したことは，
すでに詳述した。加えて，旅芸人たちのプライヴァシーに踏み込んでしまった
直後，一高生は散歩に誘われ，栄吉から彼らの名前や年齢，夫婦，親子，兄弟
関係の詳細，中でも旅芸人としての彼の深刻な悩みを，期せずして知ることと
なった。新派での経歴に活路を見出せず失敗して落ちぶれたことへの悔恨，妹
の踊子だけには同じ轍を踏ませたくないとの苦しい胸の内を，栄吉は包み隠さ
ず打ち明けたのである。一高生は旅芸人としての栄吉の悩みへの理解を深め，
踊子の将来への憂慮を共有することとなった。栄吉の告白を聞いて木賃宿に
戻った直後，一高生は，「遊びにいらつしやい」と，大胆にも踊子を直接自分
の宿に誘った。今や踊子の寝姿に接し，妹を思いやる栄吉の告白を受けて，彼
女と二人して語りたいとの願望が，おふくろの警告を押し除けるほど，強まっ
たのだろう。「ええ，でも一人では……。」と踊子はやや躊躇を表した。一高生
は空かさず，「だから兄さんと。」と，場に相応しい条件を出して促した。「直
ぐに行きます。」(212) と踊子は応じた。実際には栄吉に遅れ，他の二人と共
に到着した。しかしこれからのこの日，一高生と踊子とは，二度にわたり異常
接近を経験することになるのである。

（七）　二度の異常接近：役者を生きる踊子

　既に述べたように，共同湯の出来事の直後には，一高生の宿への橋を挟んで，千代子と踊子とおふくろが象徴的な位置どりを示した。この位置関係は，一高生と踊子の距離を縮めようとした千代子，千代子に導かれて一高生に近づきたかった踊子，出来事の直後，一高生と踊子の距離になお警戒を緩めなかったおふくろの関係を，目に見える形で正確に表していた。にもかかわらず，この場面で更に重要なのは，踊子の仕草であった。彼女は「きゆつと肩をづめめながら，叱られるから歸ります，といふ風に笑って見せた。」(208)一高生が湯川橋付近で見かけて以来初めて，踊子は彼に向けて演技らしい身のこなしを披露して見せたのである。千代子とおふくろの二人から，一高生の方こそ木賃宿へ出向くように誘われたが，彼はこの後も栄吉と夕方まで話し込んでしまった。

　下田への出発予定を遅らせた朝も，一高生が自ら招待した踊子，そして姉たちも，おふくろから稽古をつけられたのか，その日のお座敷の手はずを確認されたのか，栄吉よりはかなり遅れて宿へ来訪した。程なく芸人たちは，一高生を強く誘った上で，宿の内湯へ入った。彼が躊躇していると，しばらくして踊子が千代子からの再度の風呂への誘いを伝えにきた。二人だけの時間を作ってやろうとの，千代子の配慮であったのかも知れない。誘いには応じないまま，一高生は踊子と「五目を竝べた。」歳では最年少だった踊子は，しかし，栄吉や千代子たちより，強い相手であった。彼は力を込めて相手をし，気持ち良い勝負を楽しんだ。勿論のこと，彼の最大の関心は勝負よりも踊子，中でもその黒髪にあった。彼はその美しい髪に終始気を取られていた。踊り子はよい勝負に夢中になり，初めは離れていた一高生との距離も自然，縮まってきた。やがて「我を忘れて一心に碁盤の上へ覆ひかぶさって來た」ため，黒髪はついに彼の胸に触れそうになった。と，その瞬間，踊子は共同湯の前に立つおふくろを認め，「御免なさい。叱られる。」(213)，と飛び出して行ったのである。

　しかし，福田家と共同湯の地形を知る読者は，ここでの一高生の観察に疑問を抱かないだろうか。最初は彼と距離をとっていた踊子は，次第に我を忘れ，一心に碁盤に覆いかぶさって来たという。黒髪が彼の胸に触れそうになった，その一心忘我の頂点で，部屋から廊下を隔て，更に川向こうに位置する共同湯

に立つ人の姿が，果たして踊子の目に入ったであろうか。まず否であろう。目
の前の一高生のことさえ忘れかけていた，との想定だからである。考えられる
合理的な説明は，一心の中にも，踊子は黒髪が一高生に触れる瞬間を意識して
いた。その禁断の期待を達しようとした直前，誰か，特に監視者が居ないこと
を確認しようと，半ば無意識に，一瞬チラッと外に目をやった。その視線の先
に，おふくろの小さな姿を認めて，気が動転した。それで「石を投げ出したま
ま飛び出して行つた」のではなかったか。踊子の驚愕は想像に余りあった。半
ば自分で企図した，とんでもない場面を，他ならぬおふくろに目撃されてし
まったのであるから。

　筆者が抱いた疑問は些細ではあるが，踊子の行動の解釈には重要である。そ
こで，わずらわしさを厭わず，疑問の正当性を，この場面の映画化や脚色化を
試みた別な人々のいくつかの仕事を参照して，根拠づけてみよう。この場面は，
彼らの多くに難題を突きつけ，容易でない処理を迫ったようである。例えば，
ひばり版の野村芳太郎監督は，髪が触れそうになった瞬間，踊子自身が反射的
に碁盤を離れ，辞去するように描いた。おふくろは一切登場させていない。
1967年，TBSで芥川隆行の〈東西傑作文学〉の一環としてラジオ放送された
台本では，踊子がただ「紅くなって……とび出して行った」で終わっている。
何の説明も添えられていない。（第7回，10月30日放送分。）西河克己監督が
作成した百恵版では，髪が一高生に触れそうになった瞬間，障子が紙屋の手で
矢庭に開けられ，踊子が咄嗟に身を引くように描写されている。一方，同じ西
河監督の小百合版では，髪が触れんばかりになった踊子は，ひばり版と同じく，
突如，自ら身を引いて詫びる。それから程なく，何とおふくろが最初に風呂か
ら上がって，部屋に戻ってくる。彼女は当然にも，踊子の行動には何の直接の
影響も与えていない。恩地日出夫監督の内藤洋子版及び早瀬美里TVドラマ版
は，いずれも西河監督の小百合版の碁盤の場面を踏襲している。以上の全ての
場合と対照的に，作者川端は，踊子が驚愕して飛び去った理由を，「共同湯の
前におふくろが立っていたのである」，と明確に説明しているのである。

　上記の監督や脚本家たちは，作者川端の原作を読み，碁盤から飛び帰った踊
子を，一度は文字通りに表現しようと試みたに違いない。けれども，一高生を
前にしての踊子の碁盤への集中，共同湯前のおふくろの姿の目撃，そして飛び

帰り，この一連の動きを自然な形でシナリオに，映像に再現するのは，極めて難しかったのであろう。その結果，ほとんどの場合おふくろを完全に省略し，踊子自身が「不適切な行為」に突如気づいて，自ら飛び帰ったように表現してしまった。仮にその場面の直後，おふくろが姿を現した場合でも，踊子の飛び帰りとは何の関係もないままであった。このおふくろの「省略」ないし「不在」は，この場面の表現にどのような結果をもたらしたか。

　いずれの脚本や映像も，踊子が自分の突然の判断で飛び出したか，ないし紙屋のように全く別な人物が原因で身を引いた，と表現した。小説でのように「おふくろ」が原因とはならなかった。あえて小説でのような役割を彼女に負わせるためには，紙屋と同じように，おふくろが二人の部屋の障子を突然に開けた，ように描く他はなかったであろう。それではあまりに露骨なので，脚本家や監督はこの場面のおふくろを無視する決断をしたと推測される。ことそれほどに，おふくろの踊子への影響関係を，作者川端は，非現実的と見える状況の中に，書き込んだのである。まさしく，二階のベッドの中の病人が，手鏡を通して階下の庭の人物の動きを，具に観察する場面を描くが如くに。

　作者川端は，なぜそのような書き方をしたのだろうか。おふくろが省略されてしまうと，この場面の意義が，どのように変化してしまうのか。伊豆旅行での一高生自身がどれほど自覚的であったかはともかく，七年を隔てて，作者川端は自分で書き方を意識的に選択したのだろう，と筆者は考える。渦中の一高生自身は，気づいていなかったかも知れない。しかし，七年後の作者川端は十分に自覚的であった。この場面で，彼が書きたかったのは，監視者おふくろの姿ではなかった。彼女を目撃した踊子の方であった。もっと厳密には，碁盤の上で石の配置に専心している中で，廊下と橋を挟む向こう側の人物に，一瞬であったにせよ，視線を向けざるを得なかった，踊子の心理状態そのものであった。踊子は，碁盤へ集中の動作の中で，部分的であっても，しかし確実に，自分の髪を意識的に一高生に近づけようとした。触れさせようと，自覚的に演技していた。髪が触れんとしたその刹那に，彼女が彼方のおふくろへ目線向けた，という通常ではあり得ない状況を書き込むことで，作者川端は，踊子自身による自覚的な演技があったことを，踊子自身の言葉に訴えることなしに，辛くも示唆したのである。この事態を，映像で再現することは，まず不可能であった

ろう。その点で筆者は，脚本家や監督たちに同情を禁じ得ない。しかし彼らは
おふくろを外し，その必然的な結果として，碁盤への一意専心に隠された，踊
子の自身による意図的かつ微妙な演技の表現をも，同時に放棄せざるを得な
かったのである。

　この場面の解釈は，色々な議論へ発展する可能性を持つ。しかし，筆者はこ
こでは，作者川端が，この場面での一高生の期待や反応，続く行動をどのよう
に描いたかを検討したい。一高生は，碁の「勝繼」に一意専心した手強い踊子
の動きを，確と観察していた。にもかかわらず，彼の観察は，踊子側の動機の
半分には届いていなかった。作者川端の判断では，踊子は「勝繼」の最初から，
ないし途中から，半ば，碁石への集中を演じる決心をしていた。碁盤に覆いか
ぶさった彼女の迫真の演技は，一高生の見る目を欺くには十分であった。しか
し，踊子自身を欺く事はできなかった。演技者としての踊り子は，誰かに監視
されていることへの警戒心を，完全に捨て去る事はできず，意識の片隅に，監
視者おふくろの姿を残存させていた。それが一瞬，現実の悪夢となってしまっ
た。一高生は，半ば自分の胸に届いていた黒髪に目を奪われて，踊子の隠され
た意図など，思いもよらなかったであろう。まさに触れようとした刹那，踊子
が，青天の霹靂の如く，「石を投げ出したまま飛び出し」たのであった。一高
生は面食らったであろう。踊子の去った方角を見ると，彼もまたそこにおふく
ろの姿を確認したのである。

　ここまでを見れば，一高生は受け身だったように見える。しかも二十歳のう
ぶな青年らしく，踊子の隠された演技を見抜けていなかった。しかしながら，
彼は決して終始受け身だった訳ではない。その日の朝，木賃宿の外で一人犬の
世話をしていた踊子を，「遊びにいらっしゃい。」と，自分の宿に誘ったのでは
なかったか。皆がやってきて，内湯に入っている間，彼は湯への再度の誘いを
伝えにきた踊子を，帰させることなく，共に「五目を竝べた」のではなかった
か。朝には期せずして，その寝姿を間近に目にした踊子は，今や，誰に邪魔さ
れることもないこの部屋で，一高生の私と向き合っていた。確かにときは真昼
であった。にもかかわらず，「踊子を今夜は私の部屋に泊まらせるのだ」との
願望は，朝に続いて，その実現の姿を再度覗かせ始めた。その半歩手前で，実
現は突然に阻まれた。再び，監視役おふくろが現れたのであった。踊子から見

れば，共同湯の出来事を経て初めて二人だけとなった場面で，彼女は役者の片
鱗を本格的に見せたのではないだろうか。筆者は，演技という表現で，それら
しく見せるという側面を強調する意図は毛頭ない。ここでの演技は踊子にとっ
て，目の前に一高生を意識しつつ，自分の望むままの生を真剣に全うしようと
する，幼いが真剣な決断の謂に他ならなかったからである。そうした願望の実
現への企図の只中で，踊子は監視するおふくろを目撃せざるを得ず，文字通り
パニックを来たしたのである。

　踊子が単に五目並べが大好きで，我を忘れたのではなかったこと，彼女が一
部は一高生に触れたくて演技をしていたことの確認は，後の展開との関連でも
重要である。翌日，下田への途上で間道を登る際に，一高生と踊子は誰からも
監視されない二人きりとなったが，このとき彼女は，一間の距離を保って，彼
への接近を一貫して避けた。もし五目並べが好きなだけであの日偶然に近付い
ただけなら，間道の場合は碁石がなかったから，踊子は通常の行動を守り通し
たのだ，との説明で済んでしまうであろう。ところが演技が入っていたとの認
識に立てば，踊子は機会さえあれば一高生に触れることを期待したはずだと，
想定できる。とすると，五目並べの翌日には，一高生の働きかけにもかかわら
ず，一向に触れてこなかった踊子の対応は，不可思議となる。なぜそうなった
のか，説明が必要となってくる。このわずか一日の間に何があったのか。誰の
どのような働きかけの結果，踊子は同じ一高生への同じ思いを，全く別様な行
動で表現するようになったのか。この経緯は後の章で検討したい。

　おふくろは共同湯の出来事の直後にも，千代子と踊子を見張っていた。その
位置も今回とほぼ同じであったろう。しかし，前回のおふくろは，踊子を呼び
戻した直後，「お遊びにいらつしやいまし。」と，かなり丁寧な招待の言葉を一
高生にかけた。今回は，何の言葉もなかった。加えて，入浴中だった千代子と
百合子も，「あわてて湯から上がると……逃げ帰つた。」(213) おふくろの険悪
な雰囲気を漂わせた記述である。一高生は，こうした事態の後，直ちにおふく
ろと顔を合わせるのを躊躇したのでは，と想像される。ところが，続く彼の行
動はまさに予想外であった。彼は旅芸人と知り合って初めて，彼らの仕事の基
地にあたる木賃宿を，彼の側から敢えて訪問したのである。しかも，夜に。

　何が彼をこの時点で，木賃宿へと向かわせたのであろうか。おふくろからの

警告で一旦はぽきんと折れ，抑圧されたとはいえ，一高生にとって，伊豆の旅の最大の願望は，いぜんとして「踊子を今夜は私の部屋に泊まらせる」ことであった。この日の一連の出来事は，ジグソー・パズルの主要な片が，願望の全体像を鮮やかに蘇らせる如くであった。朝には，踊子の印象的な寝姿を目撃し，直後には綺麗なお辞儀でまごつかされた。昼には，自分の部屋で踊子と二人だけで相対し，彼女の黒髪が触れんばかりに近づいた。演技は見抜けなかったとしても，一高生は踊子の一途な感情を身に実感した。願望の完成に残された彼の行動は，おふくろの下で働く踊子の人生を自らの意思で抱擁すべく，夜の木賃宿へ敢えて出向くことであった。峠の茶屋の婆さんの甚だしい軽蔑の言葉が，踊子を泊まらせる願望を，最初に煽り立てた。この夜，木賃宿へ向かう彼の決断を最終的に後押ししたのも，直前に耳にした宿のおかみさんの同様な言葉であった。「あんな者に御飯を出すのは勿體ない…。」(213)

　踊子はおふくろから三味線を習っていた。声変わりの声を注意するよう，何度も指摘されていた。監督役としてのおふくろは，一高生には，踊子が声変わりにあると，面と向かって念を押した。同時に，踊子の肩に手を触れた鳥屋に対し，「生娘」の彼女の扱いに強く注意を促すことも忘れなかった。その鳥屋に代わって，「水戸黄門漫遊記」を踊子のために朗読する機会が一高生に巡って来た。朗読しながら，踊子の真顔を間近に観察する機会を得た。彼女の「美しく光る黒目がちの大きい眼」は，その「一番美しい持ちもの」であった。峠の茶屋の爺さんの「瞳まで黄色く腐ったような眼」とは，対極をなす魅力的な眼であった。踊子はまた「花のやうに笑ふ」のだった。前の日の朝，一高生の宿への橋で見せた笑いと同じ笑いであったろうが，踊子はそのようにしか形容しようのない笑いを，今や夜の仕事の合間に，彼の眼前で見せたのである。木賃宿に到着した日，はにかんで茶をこぼした踊子は，一体どこへ行ったのだろう。今日一日の踊子は，「清々しい生命感」(鶴田欣也)の代名詞そのものであった。「私の部屋に泊まらせた」かった踊子，その人だったのである。

　もう一つ，この訪問の夜，おふくろと一高生とは初めて，同じ側に立って踊子の太鼓や栄吉の演技に注目する機会を持った。向かい座敷に呼ばれた踊子は，こちらに背を向けてきちんと座り，太鼓を打っていた。煩悶しつつ耳をそば立てた二日前の晩とは一変して，安堵の中で踊子の後ろ姿に見入ると，太鼓の音

は彼の「心を晴れやかに踊らせた。」このとき，近くにいたおふくろもまた，「太鼓が入るとお座敷が浮き立ちますね」と，一高生に語りかけ，彼と同じ向こうを見たのである。おふくろと彼とはこのとき，それまでの監視し，監視されるという立場から，向かい屋敷の踊子の芸を，同じ側から共に鑑賞する立場へと移行した。栄吉の方は，不得意な謡を求められ，披露していた。一高生がその手際に疑問を呈すと，おふくろは，「八百屋だから」何でもするのだ，と自嘲気味に弁明するほどであった。(214) おふくろと一高生とは，踊子と栄吉の芸を介して，このとき互いに最も距離を詰めた。おふくろの言葉とスタンスには，単なる監視者，叱責者を超えた，年長者のある種の余裕と度量の広ささえ感じられた，と筆者には思える。

　訪問の最後の成果として，一高生への特別な好意が，旅芸人たちの総意として示された。皆の間であれこれ検討し合った挙句に，一高生は彼らの客として，波浮に招かれることとなった。しかも来たる正月には，彼らを助け，皆で挙行する予定の芝居の一員に指定された。これは格別の栄誉であり，ある意味では家族の一人として以上の歓待であった。彼らが持つ二軒の家屋のうちの一軒を住居として提供するという，具体案も含んでいた。滞在の期限も付けないと言われたのである。出発延期のトラブルに始まった湯ヶ野の最後の一日は，旅芸人たちと一高生の双方にとり，伊豆の旅の中で，疑いなく最も喜ばしく，かつ充実した日として幕を下ろした。しかも一高生は，「踊子を私の部屋に泊めたい」との願望の，幾つものスリリングな断片を，この一日のうちに実現する幸運に恵まれたのである。彼の踊子への思い入れと共感とは頂点を画した。帰りの下駄を揃えてくれた踊子は，それに応えるかの如く，心のうちを役者風の，リズミカルな言葉に託した。

　ああ，お月さま。──明日は下田，嬉しいな。赤坊の四十九日をして，おつかさんに櫛を買つて貰つて，それからいろんなことがありますのよ。活動へ連れて行つて下さいましね。(216)

続く一高生の解説は，彼女の心情へ深い共感を以てして初めて書かれ得た，彼には未知の町の断定的な叙述と解釈するべきであろうか。それとも，彼はその港を旅芸人たちと強く結びつけることで，芸人たちと自分との，埋めがたい相

違を，それとなく示唆したのだろうか。一高生は自身には未知の下田について，
どうして「である」と断定したのか。町なので「あろう」と，推定形を用いな
かったのだろうか。

　下田の港は，伊豆相模の温泉場などを流して歩く旅藝人が，旅の空での故郷
　として懐かしがるような空氣の漂った町なのである。(216)

第三章：十四歳の踊子

―「おふくろの諭し」から「いい人はいいね」へ

（一） 間道の踊子：娼婦と聖女の間

　湯ヶ野を立って下田までは，五里の長旅であった。この間，一高生の記憶に長く残るいくつかの出来事が生起した。その端緒は，途中で「少し険しい……山越えの間道」を選んで，近道したことであった。選んだとは，一高生がそうしたので，なぜ「勿論近道を選んだのか」，現在の研究者の間でも議論がある。都会人の自分が足手まといに見なされるなど，まっぴら御免と即断して，強がりを見せたという解釈が一つ。他方では，体力の回復していない千代子や，年取ったおふくろ，重い荷を背負った他の者たちへの配慮を欠いた，無思慮な選択だと，批判する意見も強い。筆者は，いずれの見方が妥当か，十分な根拠を見出せない。但し，間道を取ったことで何が結果したかは，犯人探しの場合に似て，重要と考える。間道の上りとその頂上とで，一高生は踊子と二人きりとなったのである。* 犬を抱いた，踊子の監視役おふくろが一番遅れた。まだ体のしっかりしていない千代子と，重い荷物を背負った栄吉も，遅れがちであった。健脚の一高生と若い踊子とが二人きりになれることは，十分に予想できたのであろう。

*中村邦生「川端康成『伊豆の踊子』」千葉・芳川編『名作はこのように始まるⅠ』ミネルヴァ書房，2008年，37。間道を登り切った踊子は，「どうしてあんなに早くお歩きになりますの」と問うが，これは特定の答え期待したものとも取れる。もし一高生が，「君と二人だけになりたいからだよ」と答えれば，それは踊子への愛の告白ともなるからである。

　だが，険しい間道を登る中で，一高生は踊子のやや意外な反応に直面した。踊子は約一間（1.8メートル）の距離を保ちつつ，彼が話しかけようが，立ち止まろうが，一向に間隔を詰めようとはしなかった。いわばソーシャル・ディ

スタンスを頑なに守ったのである。それにしても，この間道での上りは，一高生と踊子とが，誰の目も気にせず，二人きりの時間を過ごせた，ただ一度の機会であった。そうした場面において踊子は，一高生には意外な対応を貫き通した。第二章でも論じたように，わずか一日前，五目並べの踊子が演技を通して一高生への接近を図ったとの前提に立てば，間道での踊子の対応はいよいよ不可解であった。このときの彼女の対応の所以を素通りしては，『伊豆の踊子』の解釈に大きな穴が開いてしまうだろう。多少とも強引となるのを覚悟の上で，踊子側の事情を，筆者なりに推論してみたい。彼女はなぜ頑なに距離を保ったのだろうか。

　まずは，おふくろが踊子に何らかのルール与えた可能性があろう。彼女は，踊子が木賃宿で茶をこぼし，共同湯から裸で飛び出し，碁盤の上で一高生と触れ合いそうになった，それら全てを遠近から目撃した。おふくろは，一高生と二人となったときは，近づき過ぎてはいけないと，いつかの時点で，踊子に厳しく言い渡したのではないか。再三の叱責の際に，言い渡されたそうした戒めを，間道の上りで，踊子が堅く守って行動した。その結果，一間の距離を頑なに守り通した，という解釈。ルール遵守説である。

　この遵守説にはいくつかの難点がある。第一に，踊子はこれまで，禁止されていたと目される行為を，二度にわたり敢行した。一度目は共同湯からの飛び出し，二度目は碁盤上での一高生への異常接近であった。踊子は，伝統的な行動規範に縛られつつも，その行動は「あけっぴろげで自然で」あった，と近藤裕子は言う。(「『伊豆の踊子』論（中）」『川端康成作品論集成』第一巻，171。)しかも間道の上りでは，おふくろは言うまでもなく，栄吉や千代子さえずっと後方に離れてしまった。完全に二人だけになってしまった踊子が，一高生に近づき，その黒眼がちの眼と花のような笑いを，一人だけに与えたとしても，誰も咎めようがなかったのである。しかもこれこそ，間道を選んだ一高生が期待した，ただ一つのことだった。にもかかわらず，踊子は頑として距離を詰めようとしなかった。一高生には今ひとつ納得が行かなかった。読者にも，何か不思議の感覚が残ったのではないだろうか。

　ルール遵守説は，当時の「堅気」の人たちの旅芸人像とも衝突した。茶屋の婆さんは，旅芸人は人道にも戻る輩で，人間の道徳など物ともしないのです，

あんな連中に騙されては絶対に駄目です，と悪口雑言を尽くして一高生を諭した。「あんな者に御飯を出すのは勿體ない」と忠告した宿のおかみさんも，類似の旅芸人観を持っていた。ところがどうだろう。間道を共に登った踊子の行動は，そうした旅芸人観を根本から覆すものではなかったか。当時の「堅気」の娘であっても，類似の条件の下，一高生と二人間道を登ったら，互いにもっと近づき，手ぐらいは握り合ったに違いない。踊子の行動は，堅気の娘のより遥かに「道徳的」だったことになる。茶屋の婆さんも，宿屋のおかみさんも，旅芸人を根本から見誤っていたことになる。彼女らの目は節穴で，二人ともただただ偏見の塊だったのだろうか。筆者にはそうは思われない。茶屋の婆さんや宿のおかみさんの旅芸人観は，誇張されていたとしても，それなりに否定できない事実をもとに作られていた。踊子モデルを追った北條誠から，大林宣彦監督によるインタヴューに答えた「福田家」の女主人までが，踊子の周辺の事実として，証言している如くである。（森本穫，『魔界の住人川端康成』上，勉誠出版，2014年，160；NHK「名作をポケットに：川端康成『伊豆の踊子』」。）

　となれば，間道での踊子の行動は，ますます不可解である。彼女は，旅芸人の娘とは思えない，否，良家の子女を遥かに凌駕する「道徳的な」距離を，なぜ一貫して保ったのか。鶴田欣也なら，それは踊子が「純粋だった」からと説明したかも知れない。しかし，純粋な人間はしばしば凡ゆるルールを認めず，感情こそ全てだとの信念から，行動に走るのではないだろうか。この点に関して筆者は，鶴田の変奏の如き竹腰幸夫の説明の方に，より深い含蓄とリアリティーを感じる。いわく，旅芸人という「特殊な生活者がその境遇にもかかわらず，人間としてより純粋なひた向きな心の持ち主の一人である」（傍点筆者）という解釈である。（「川端康成『伊豆の踊子』論」『常葉国文』，90。）

　そこで筆者は，以上に述べた難点を出来る限り解消し，同時に，小説の物語の流れをリアルに理解できるような仮説を，以下，大胆に提出してみたい。まず外的な事実から出発しよう。既述のように，峠の茶屋から下田に至るまで，一高生と栄吉は多くの時間を共有した。お座敷や流しの仕事のない昼間は，毎日，朝から夕方まで二人で話し込んでいた，と言って過言でない。では同じ時間，踊子は何をして過ごしていたのだろうか。おふくろと千代子，百合子と一緒におり，中でも，その大部分を，一高生が目撃した通り，おふくろから様々

な指導を受けて過ごしていたはずである。共同湯から裸で飛び出した後，また碁盤の上で一高生と異常接近した後，おふくろには踊子を叱る十二分な時間があったであろう。以上が第一の点。次いで，おふくろの人柄を検討しよう。竹腰が指摘したように，彼女はかなり思いやりの深い人物でもあった。「娘千代子の嬰児を悼み……その身代わりのようにして拾った子犬を抱いて旅して」いたのである。何か「贖罪しているかのような感じすら」受けたのである。（竹腰「前掲論文」，89；西島宏，「『伊豆の踊子』の解釈をめぐって」，10。）おふくろはまた，芸人の卵としての踊子の声や太鼓を打つ手を思いやっていた。とすれば，彼女による監督が，単なる叱責に止まらず，踊子の将来への理解に基づく諭しをも含んでいたと仮定して，おかしくはないであろう。問題はその中身が何であったかである。

　以上の前提に立って以下では，踊子を中心とする篇中の登場人物の言動や出来事等から，「おふくろの諭し」として無理なく推定できる，と筆者が考える内容を提示したい。そうした内容を，直接に裏付ける証拠がないことは，あらかじめお断りしておく。「諭し」が与えられたタイミングとしては，碁盤上での異常接近の後のいつか，と想定するのが自然であろう。何度かに分けて与えられた可能性もある。諭しの概要は，以下のようではなかったか。

　私（おふくろ）はお前（踊子）が一高生に好意を寄せているのを知っている。彼もおそらく同じだろう。お前たちがそうした年頃であることは私にもよく理解できる。だからそのことを悪いと否定するつもりはない。けれどもお前に分かって欲しいことがある。それは同じように好意を持つとしても，お前は，世間の女の子と同じような仕方で，その好意を表せないということ。難しいかも知れないけれど，分かって欲しい。世間の女の子は，ある男に好意を持ったなら，その男に近づけばいい。他の誰よりも近い距離を取ればいい。その男と近づくことで，その男だけと好意ある関係を続けることもできる。他の全ての男を遠ざけ，彼だけを残せば上等と，世間も認めているのだから。けれどお前は違う。鳥屋が鳥釜をご馳走してくれた上で，お前の肩を触れただろう。これから先，それが好きでも嫌いでも，多くの男がお前に近づいてくる。お前の好き嫌いに関係なく，近づかされる。誰であっても遠ざけられない。世間もそれを半ば認めている。今の仕事を続ける限り，そういう関係

を結ぶ他ないのだ。お前が一高生に好意を持っていることは知っている。でも分るかい。もし，お前が彼に近づいて，距離のない関係となれば，彼はお前にとって，他の全ての男たちと同じただの男の一人になってしまうんだよ。区別がつかなくなる。お前はそれでいいのかい。もし，お前が一高生を特別な好意を持つただ一人の人にしたいなら，世間の女の子とは反対のやり方をするしかない。彼の近くにいても一定の距離を保ち，絶対にそれ以上近づかないようにすることだ。そうすることによってだけ，お前はその男を，特別な好意を持つただ一人の相手と心から思い続けることができる。なぜかって，そうした距離を保つ男は，他に誰一人としていないのだから。一高生と距離を取りなさい。今のお前に，彼こそただ一人であるならば……

　正直のところ，筆者自身，こうした大仰な「おふくろの諭し」論を展開して，やや気恥ずかしい。しかし，「諭し」を想定し，踊子が何らかの意味でそれに信頼を寄せたとすると，前記の二, 三の主要な難点が解消する。まず間道の上り，一高生に意外だったのは，踊子が懸命に「とつとつ」とついて来た一方で，一間の距離を執拗に縮めなかった訳が，彼女の内心の理由から容易に説明できる。彼女は一高生に特別な好意を持っていたが故に，急峻な道を必死に追いながら，しかし決して一間以上は近づかない様になったのであろう。そうした行動が，堅気の人びとの旅芸人観と矛盾しないことも説明できる。堅気の人々が，間道を登ったときの踊子の行動を見たら，こんなことがあり得るはずはない，と，まずは我が目を疑ったことであろう。踊子が，世間の娘より，遥かに「道徳的」に立ち回ったのでは，自分たちの旅芸人観が根本から覆されてしまうから。けれども，堅気の人たちの旅芸人観が全く誤っていたわけではない。踊子は一見，世間の娘より遥かに「人道的」に振る舞っている如くであった。しかし，それは彼女が本質的に道徳的だったからではなく，好意を抱く人への表現が，世間の娘の場合とは逆の形を取らざるを得ない立場に置かれていたからである。世間の娘なら近づくことによって表現した同じ愛情を，踊子は距離を保つことによって表現するしかない宿命だったのである。

　以上のような説明の試みを，作者川端にも関わるいくつかの背景の中で検討することで，多少でも独断の誹りから免れたい。勿論であるが，「おふくろの

論し」で全てが首尾よく説明できるわけではない。加えて，おふくろには極め
て便宜的な目的，中でも，二人を当面必要以上に近づけない，といった目論見
があったかも知れない。さらに加えて，おふくろ自身，踊子に即して，「論し」
の帰結を十全に見通せていなかった可能性も否定できない。しかし，まずはこ
の「論し」に，踊子を，そして読者を納得させる裏付けを試みよう。何と言っ
てもおふくろは旅芸人の現実，そして踊子の未来について，一行の中では，最
も正確に理解していた。旅芸人の仕事の一部として，売春婦まがいの行為が不
可避であることを承知していた。そうした境遇が，踊子の将来の男関係，そし
て人を愛するということに，どういう心理的影響を及ぼすか，知っていた。そ
うした影響の一部は，作者川端自身が，『伊豆の踊子』に先立ち，小品「港」
の中で，すでに示唆していた。「港」は，船で寄港する男たちと，かなり長期
的な娼婦契約を次々と結ぶ女の話である。近藤裕子は，この女を「個性を持た
ない抽象的な存在」と形容した。自分の関心や状況と無関係に男たちに次々と
奉仕したわけであるから，そうした存在となって不思議はなかった。（原善編
『川端康成「伊豆の踊子」作品論集』，105。）おふくろが近未来の踊子に特徴的
な男女関係，特に踊子側に生じる心理状態として指摘した内容が，ここですで
に先取り説明されていた。もし一高生が彼女に近づくだけであったら，彼は特
徴のない男の一人となり，踊子もまた「個性を持たない抽象的な存在」となっ
てしまうであろう。それが踊子の望みなのか。もしも彼を特別な人として覚え
たいのなら，将来踊子に近づく男たちとは違った仕方で，彼と接すべきだ。近
づき過ぎてはいけない。必ず一定の距離を保ちながら交わり，彼を知るよう努
めるのだ，と。こうした主張は，ジャンジャック・ルソーが論じた，男の立場
からする恋愛論にも，展開されていた。その論旨は明快そのものであるので，
引用だけに留めたい。

　恋においては，独占的でない好意は侮辱と感じられる。感じやすい男なら，
　自分ひとりが手荒くとりあつかわれたほうが，ほかのみんなと同じように甘
　い言葉をかけられるよりも，はるかにましだと思うだろうし，かれにとって
　起こりうる最悪のことは，ほかの男と区別されないことだ。（『エミール』
　（下），63。）

おふくろは恐らく，「愛する男」の心理を熟知していた。一高生が「感じやすい男」と見えたことにも，疑問の余地はなかったのであろう。

　おふくろによる監督は，踊子のみならず，千代子や百合子にも及んでいた。しかし，最も微妙な年齢の踊子は，一際「諭し」の必要な存在だったはずである。踊子はといえば，おふくろの「諭し」に素直に従ったのではないか。一高生への好意を頭から否定されたわけではなく，むしろ，本当の好意を貫くための秘訣を教わった如くにさえ感じたのかも知れない。皆に先んじて間道を二人で登ったとき，踊子は徹底して一間の距離を保った。そのままの状態であれこれ問いを発し，また自分の背景や希望を語った。ほんの昨日，碁盤を挟んでとはいえ，その黒髪を自分の胸近くまで迫らせた踊子であってみれば，一高生には距離を保った彼女の反応は，やや意外だったであろう。踊子との心理的な距離が開いてしまう，とさえ感じたのではないだろうか。

　しかし，この間，踊子の心に醸成された感情こそは，一高生にとっては真に意外なものであった。疎遠化への彼の虞とは正反対の感情の動きが，踊子の中で広がっていた。距離を保ちながら言葉を交わす中で，踊子は一高生の人となりに熱く触れ，彼を愛する心を益々深めたのである。碁盤の上で接近しても，「水戸黄門漫遊記」を聞くため顔を近づけても，生じなかった類の発展であった。踊子は一高生のよさを，おふくろでさえ予測できなかった程，心深くに実感するようになったのである。こうした事態が踊子に，ないし踊子と一高生の間に生じた理由を，どのように理解すべきであろうか。十分条件とは言えなくとも，おふくろからの「諭し」がなければ，やはり起こり難かったであろう。だとすれば，おふくろの「諭し」の背景は，検討に値する。筆者は「諭し」の背後に，彼女個人の意見や体験を超えた，歴史的とさえ言える事情を感じざるを得ないのである。

　自身が成人して以来，多分に歴史や文学からの影響の下で，筆者は娼婦と愛情の問題を長く関心事の一つとしたため，ときとして顰蹙をかった。読者の中にはご存知の方もおられようが，新約聖書で，イエス・キリストに最も近い女性は，マグダラのマリアであった。その背景は不明とは言え，彼女はしばしば娼婦の出身と擬せられていた。イエスと娼婦出身者との組み合わせが意外で，筆者の関心を引いたのである。しかし，もっと新しい時代にも，印象的な娼婦

の具体例は多い。まず思い出すのは，川端も愛読したドストエフスキーの『罪と罰』に登場するソーニャである。若い頃『罪と罰』を初めて読んだとき，特異なインテリのラスコーリニコフと娼婦ソーニャの組み合わせに，多少の違和感を覚えた。しかし，あれから数十年を経て，多くの男と無差別に交わったソーニャにして初めて，ラスコーリニコフという一人の人間の人となりを鋭くも見染め，それに徹底的に賭けることのできた女でありえたのはないか，と納得するようになった。娼婦に特有な，強制された男への奉仕の習性の結果，などといった説明では，到底納得できなくなった。遂に地に平伏して殺人を後悔したラスコーリニコフを遠くから見守っていたソーニャ，そしてシベリアの地で彼が心を開いて泣きながらその両膝を抱えたソーニャに，人を愛する通常の女を超えた何かを，筆者は感じざるを得なくなったのである。

　地理的にも時代的にもより近い作品に，倉田百三の『出家とその弟子』がある。生徒川端が伊豆で旅芸人に出会った前年の大正6年に出版された，まさしく彼と同時代の小説であった。その主人公の一人，親鸞の愛弟子である若き唯円が愛した女性が，娼婦のかえでであった。親鸞が信頼した他の弟子たちは，唯円のそうした交際を憂慮し，自分達の進退をかけて，親鸞に唯円の行動の否認を求めた。彼らは唯円の女性関係と妻帯とに反対したのではなく，そのようにするのなら，相手は「良家の淑女」であるべきで，断じて「遊女」であってはならないと主張したのである。（第五幕第一場）物語では，かえでは唯円と結ばれてその優れた妻となり，親鸞の最後の見取りを取り仕切りさえしたのである。

　ところで『出家とその弟子』のもう一人の主人公の親鸞その人は，この唯円─かえで問題で，彼一流の恋愛問題観を披瀝した。それは恋愛と差別に関わって，親鸞が唯円に与えた注意であった。唯円の行動に処罰を迫った弟子たちに対し，親鸞は唯円─かえでの件を，弟子が恋慕した遊女を尼にすることで難問を解決した釈迦の例を挙げ，仏縁を人間の立場から批判してはならない，と逆に諫めた。しかし他方，親鸞は唯円を一方的には庇わなかった。他の弟子を諫めたのと同じ論法で，彼に警告を発した。かえでという一人の女を恋することが，不可避的に，唯円その人による排外的な行為を導く点を指摘したのである。

　多くの恋する人は他人を排することによって，二人の間を密接にしようとす

るものだ。「彼のような人は嫌いです」というと「あなたは好きです」ということを，ひそかに，けれども一層つよく表現することになる……（第五幕第二場）

人が恋するとき，多くの人々を差別することが不可避的に伴う。これは結婚という制度にさえ，そのまま当てはまる事情である。そこで親鸞は，愛の成就を含めた全てが，個々人の努力ではなく，仏のゆるしによってだけ展開してゆくことを理解し，それに身を委ね，ひたすら祈りを捧げることを条件に，唯円を放免したのである。

　人を愛することが，即，別な人々を差別することにつながる，との議論は思いの外現代的な主題である。現代人が気づいてはいながら，ひたすら避けて通りたいと願う議論である。個人の自由な選択という現代の最大の価値が，ここでは，他人への差別という最大のタブーと裏腹の関係にある。この事実をひたすら直視すると，現代人の根本的な価値観の一つが崩壊してしまうのである。筆者のここでの主要な関心は，しかし，男の人となりについての，娼婦による特異な認識の可能性に関わっている。この点で，親鸞があげた釈迦の弟子の恋慕の相手は甚だ興味深い。遊女である彼女は，尼になったのである。社会の常識では，女のこの二つのあり方は殆ど正反対の位置を占める。一方はふしだらで，他方は半ば神聖と見做されるように。しかし，遊女と尼には共通点がある。* 一方は，「本物」の遊女であれば，財産や，イケメンあるいは体の逞しさ等で差別せず，全ての男を「平等に」近づける。他方は，神や仏に真に帰依する限りにおいて，財産や，イケメンあるいは体の逞しさ等で差別せず，全ての男を「平等に」遠ざける。ここでは金持ちと貧乏人，イケメンと醜男，逞しい男か力なしか，を峻別して対応するような娼婦は，問題外として，初めから除外する。そうして見直すと，ソーニャやかえでが，どこか尼に似た聖女の如くに見えても不思議でない。実際，『出家とその弟子』の最終部でのかえで（今や勝信）は，親鸞の臨終にあたって最も近くで世話をし，親鸞とその「不肖」の子善鸞や，弟子たちを取りもつ役割さえ果たしたのである。また，『罪と罰』のソーニャも，ラスコーリニコフのシベリアの流刑地で，囚人たちの皆に等しく好かれた。小柄で痩せた娘だったにもかかわらず，「あんたはおれたちのおっかさんだ，やさしい，思いやりのあるおふくろだよ！」と言われたのであ

る。(『罪と罰』下，岩波文庫，395。)

＊福田淳子「川端康成における"舞踊"」，『川端文学の世界４その背景』勉誠出版，1999年，235-36。

　平均的な現代人は，自由であると自認しても，女であれば男を，金持ちか貧乏人か，イケメンか醜男か，逞しい男か力なしか，大卒か否か，等で区別しているのが現実であろう。それを公然と認められているとも言える。そうした判断力を極力活用し，それに基づき，誰にも妨げられることなく行動するのが自由の謂である，と教えられている。筆者もそう信じる一人であることは，否定しようがない。しかし，そうした区別が眼中になく，あらゆる男を無差別に相手とした（せざるを得なかった）娼婦が居たと仮定して，その女にラスコーリニコフや唯円のような男がどのように映ったか，それは現代人にとって決して容易に理解できる事柄ではない。事によると，「自由な」現代人にはもはや不可能な仕方で，彼女らの目にはラスコーリニコフや唯円の「よさ」が，確と印象付けられたのかも知れない。彼女らの経歴上，男の財産の多寡，イケメンか否か，あるいは逞しいか否か，等はもはや男を見る際の主要関心ではなかった可能性を，否定できないからである。だからと言って，筆者は女たるもの須く本物の娼婦を経験すべき，などと主張する気持ちは毛頭無い。現代人の多くは，そんな試みに乗り出しても，自分の好みの赴くまま放縦に振る舞って，「自由」な生き方の実践者と豪語しながら，実際には自分の好き嫌いの奴隷に成り下がるのがオチだろう，と思うからである。（男女に等しく当てはまる。）そうなるくらいなら，良家の子女らしく，もっと型にはまった生活スタイルを選択する方が，遥かに人間らしいのではないだろうか。

　以上の経緯が踊子にそのまま当てはまるとは，筆者は勿論考えていない。一高生の出会った伊豆の踊子は，かえででもなければソーニャでもなかった。年齢だけをとっても，踊子はかえでやソーニャよりは若く，娼婦の経験も皆無であった。だとすれば，かえでやソーニャとの比較にどんな意義があるか，問題にされて然るべきかも知れない。この問題に対しては，おふくろの「諭し」は，やはり娼婦まがいの仕事を含む旅芸人の経験を反映しており，ソーニャやかえでの男の見方と繋がりがある，とだけ筆者は答えたい。踊子はいわば「未経

験」のうちに，ソーニャやかえでに共通する男の人となりを知る方法をおふくろから諭され，それを半ば無意識にせよ，実行したのではないか。間道越えを経て，その「成果」は早くも現れた。踊子は一高生を「いい人」と確信するようになったのである。

（二）　踊子，千代子，ダーウィン

　間道での踊子のスタンスは，一高生にも予期せぬ結果をもたらした。踊子のとった距離はやがて，一高生に不満ではなくて，却って「親しい氣持」を醸成して行った。下田へと向かう平坦な道な道で，彼は何を耳にしても自然に聴こうと思う気持ちになったのである。(220) 後方を並び歩いていた千代子と踊子との会話で，彼にまず届いたのは容貌の話題であった。年長の千代子が，彼の歯並びの悪さを指摘した。それに対して，幼さを残す踊子が反論した。「それは，抜いて金歯を入れさえすればなんでもないわ。」，と。現代の日本人は，千代子と踊子の年齢の逆転を疑いたくなるのではないか。近時の母娘を例にとれば，さしずめ，次のような会話となるだろう。母「ねえお前，Kさんは性格も良さそうだし，経歴も立派な方よ，お前の相手にふさわしいと思うんだけど……」，娘「でも私，あの人の整っていない顔つき，どうしても好きになれないわ，歯並びも悪いし」，母「そんなこと，少し整形でもすればなんでもないわよ」，と。但し，踊子とこの母とが同じ基準から，評価を下したとは断定できない。二人の類似点は恐らく，踊子は適齢期には早く，母はとっくに過ぎていて，いずれも男を差し迫った結婚相手と考える立場にないことであろう。他方，既婚か未婚かにかかわらず，ここでの娘と千代子とが共に適齢期にあり，かつ男についての着眼点が類似していることである。千代子を含む適齢期の女性が相手のルックスを問題にし，幼い踊子が別の何かを重視したのである。やがて踊子が，千代子に対し攻勢に出た，
　「いい人ね。」
　「それはさう，いい人らしい。」
　「ほんとにいい人ね。いい人はいいね。」
おふくろに諭されて距離を保った踊子少女の感性は，一高生の人となりの感受

へと傾注されていった。感受は，いい人の確認へと収斂していった。彼女は感じたままを，半ば姉の顔貌観への反論として口にした。千代子もそれに同意せざるを得なかった。但し，「らしい」，と見かけ上の肯定ではあった。対して踊子は，「ほんとにいい人ね」と，改めて無条件に畳み掛けた。おふくろの諭しに従った，幼い踊子であったが故に実感し，発することのできたメッセージであった。唐突に現れた言葉ではなかったのである。*

*石川則夫，『文学言語の探究』笠間書院，2010 年，267 と比較のこと。

　しかし，以上の議論では，週刊誌上での異性判定論と大差がない。少し時空を拡大した文脈の中で論じるとどうなるか。千代子と踊子の間の，また上記の娘と母親との間の，異性への反応の違いについて，進化論の大成者チャールズ・ダーウィン（Charles Darwin）が，重要な示唆を与えている。彼の主著の一つ *The Descent of Man.*（1871 年）は，性を通しての淘汰の観点から，人間という種の誕生を解釈した大著であるが，その結論部分で結婚に関わる人間の行動形態について，次のように述べている。

　Man scans with scrupulous care the character and pedigree of his horses, cattle, and dogs before he matches them; but when he comes to his own marriage he rarely, or never, takes any such care. He is impelled by nearly the same motives as are the lower animals when left to their own free choice, though he is in so far superior to them that he highly values mental charms and virtues. On the other hand he is strongly attracted by mere wealth or rank. Yet he might by selection do something not only for the bodily constitution and frame of his offspring, but for their intellectual and moral qualities. (Princeton U. P., 1981, 402-03.)

　人間は，彼の所有する馬や家畜，犬などの場合は，交配相手の性格や血統を実に綿密に調べ尽くした上でないと，それらを交配することはない。しかし，自分自身の結婚の場合には，同様な注意を払うことなど滅多に，否，全くない。この場合に人間の行動を駆り立てる動機は，下等動物が選択自由な条件下で行動する場合と，ほとんど選ぶところがない。人間は下等動物よりはる

かに上等であるがゆえに，他人の気質の美点や長所を高く評価するにもかか
わらず，である。そうした一方で，人間は財産や社会的地位があるというだ
けで，無抵抗なまでに魅惑されてしまう。だが，いずれの選択を通じてにせ
よ，子孫の丈夫な肉体や背格のみならず，知的及び道徳的な資質の確保の上
でも，重要な方向付けをしているかも知れないのである。（拙訳：he を男で
はなく人間と訳した）

ダーウィンは，世界中の様々な動物や人間の行動の具体例を参照した上で，以
上のような結論に至ったことを，まず断っておきたい。彼によれば人間は，家
畜等の交配に先立って，実に徹底的な調査や検討を行う。馬であれば，相手の
オス馬がどんな特質や血統の持ち主か，根掘り葉掘り調べ尽くす。そうした後
でなければ，決して交配に踏み切ろうとはしない。ところがどうだろう。そん
な冷徹で慎重な人間が，自分の結婚問題となると，たちまち豹変する。恋は盲
目というが，自分の相手を決め込む有様は，気ままな野鳥が相手を選ぶ場合と
ほとんど変わらない。人間は他方で，結婚相手の財産や社会的な地位には，容
易に取り憑かれてしまう。ところが，人間は他の動物に比べ目立って高等であ
る結果，他人の気質の美点や長所を実際に高く評価するにもかかわらず，（生
涯の交わりに関わる重大な）結婚相手の選択となると，途端に，そうした方面
を省みなくなるのである。実に不思議ではないか。
　ダーウィンの論を援用したのは，他でもない，異性としての一高生に対する，
千代子と踊子との着眼点を区別する根拠とするためである。一見，逆ではない
かと思わせるが，大人の女千代子は，一方では動物が自由に相手を選択する場
合と共通な判断基準を重視した。一高生がイケメンか否かを，無視できなかっ
たのである。この点で，踊子の立場が異なっていたことは，既に言及した。他
方，千代子は，一高生の社会的地位に敏感に反応した。「高等學校の學生さん
よ」と，進んで踊子の関心を喚起したのである。成人女性一般には反感を買い
そうな解釈かも知れないが，この点は後に再論したい。いずれにせよ，ダー
ウィンの『人間の起源』は 150 年も前の著作であるから，やや旧式の文明論と
して，一部は割り引いて読まれるべきであろう。
　にもかかわらず，踊子の反応に注目すると，問題はにわかに深刻な相貌を見

せる。ダーウィンには意外だったことに、通常の成人の男女は、婚姻に関わる場面において、相手の「気質上の美点や長所　mental charms and virtues」には思いの外無関心で、一方では下等動物と類似の判断基準を、他方では社会常識を偏重してきた。ところで『伊豆の踊子』において、そうした人間社会の実際上の傾向から一人超絶したのが、正しく十四歳の踊子少女その人であった。彼女は「いい人はいいね」、と誰はばかることなく言い放った。年長の千代子を尻目に、一高生の歯並びの悪さを軽視し、その「人となりのよさ」を、堂々と擁護したのである。全くの仮想ではあるが、たまたまダーウィンが伊豆の旅に同行したとするなら、他の全てには無関心であったとしても、踊子のこの一言だけには、一瞥を投げたに違いない。言い換えると、踊子の言葉は『伊豆の踊子』や川端の少女趣味といった境界を超え、近代を代表する生物学者が取り組んだ文明論にも、一石を投じる意味合いを持っていたのである。

　ダーウィンが提起した問いを、改めて『伊豆の踊子』に適用すると、次のように整理できるであろう。もし知的にも体力的にも成熟した大人が婚姻上の判断に依拠する基準が、一方では動物と選ぶことなく、他方では社会の尋常な常識でしかないとしよう。成人であれば、人間の長期的な交わりに不可欠な、人の「気質上の美点や長所」に配慮せざるを得ないはずであった。ところが、そうした「美点や長所」を無条件に指摘したのが、知的にも社会経験でも劣るはずの十四歳の踊子だったことを、どう説明すれば良いのか。筆者が中学校の教師として生涯を送ったか、あるいは青年心理学者であったならば、自らの経験ないし学識を動員して、回答を試みたであろう。しかし、実際には何れでもなかった。加えて、そうした試みに深入りすれば、『伊豆の踊子』を読む、という本書の方向から、いささか逸脱する虞もある。そこで、ここでは、代表的な『伊豆の踊子』論から、上記の問いと関連する三つの具体例を取り上げて分析を深め、「ダーウィンの問い」に、少しでも肉薄して見たい。

　三つの論とは、以前の章で既にその一部を検討した鶴田欣也の「『伊豆の踊子』論」(1981) に加えて、林武志が構築した「伊豆の踊子＜清野少年, 重複」論 (1976) および川嶋至が提起した、「伊豆の踊子＝伊藤初代」論 (1969) である。いずれも踊子とその少女性（中性）、ないしは彼女の年齢に関わる主題と取り組んでいる。しかし同時に、いずれも関係する人物の年齢を十分に検討

し尽くしていない憾みがある，と筆者は思う。以下では，従って，三つの論の
利点以上に，問題点に焦点を合わせることを，予め断っておきたい。

　まず，林武志の「伊豆の踊子＜清野少年，重複」論から取り上げよう。不等
号で二人の人物を結んだこの図式は，林本人のものではなく，筆者が林の論を
簡潔に表現しようとした試みである。1976年に林がまとめた『伊豆の踊子』
論は，「いい人はいいね」が一高性＝生徒川端に与えた解放は，実は踊子から
由来したのではなく，中学校時代，寄宿舎の同室で寝起きを共にし，同性愛に
近い関係にあった清野少年こそが，若き川端の精神的な解放の主役を果たした，
と主張したのである。大正11年に川端が起草した「湯ヶ島での思い出」では，
原「伊豆の踊子」が序曲の位置を占め，「清野少年」との同性愛的な思い出が，
本体の如くそれに続いていた。このうち「序曲」が，書き加えを経て大正15
年，「伊豆の踊子」（正・續）として出版され，「清野少年」の部分は漸く昭和
20年代，『少年』として公表された。二つの作品のうち，『伊豆の踊子』の方
が初期の代表作として注目を浴び，かつ若き川端の個人史の鏡のように扱われ
てきたのである。

　しかし，『伊豆の踊子』を精読すれば，そこには「湯ヶ島での思い出」の序
曲だけでなく，その構想の全体が，この作品に貫徹していることが知れる，と
林は言う。『伊豆の踊子』だけでは，踊子こそが一高生を孤児根性から解放し
たような印象を与える。けれども，共同湯での裸体の目撃以降，一高生には踊
子はもはや女ではなく，中性ないし普通の人間となった。したがって，それ以
降に踊子の発した「いい人」が，〈恋〉を媒介とした女による特別な表現と捉
えられるはずはなかった。（例えば八代亜紀の「雨雨降れ……私のいい人連れ
てこい」のような意味で。―筆者―。）「いい人」を発した踊子が中性に近かっ
た以上，彼女は今や「清野少年」と重複し，女の形姿をとった清野と大差な
かった。一高生の解放の原動力は，中学時代に寝起きを共にした「清野」であ
り，踊子ではなかった，と言うのである。林の論は，一高生が経験した二つの
カタルシスを，巧みに結びつける中で，踊子の役割を批判的に評価している。
一高生が踊子を「子供」だと知った第一のカタルシスで，踊子は異性性を喪失
した。そうした踊子が引き起こした第二のカタルシス，「いい人はいいね」で
は，女としての踊子は後退し，「清野少年」の代役になり切ってしまった。清

野少年との経験を主題とした「湯ヶ島での思い出」の全体の構想が，そのまま『伊豆の踊子』に再現された所以だ，と林はいうのである。(『川端康成研究』，55-120。)

　筆者は，しかし，林の論に異を呈したい。共同湯での出来事に於いて，一高生には，踊子がそのとき女から，中性の存在となった，というのは誤認ではないか。筆者は，一高生が踊子を，処女の少女（生徒川端には「子供」）だと「発見」したのだと考える。「私はとんでもない思ひ違いをしてゐたのだ。」との告白は，通常，相手にしたい年頃の娘だと思い込んでいたが，そうした期待が全く叶わない子供だったという，大間違いを指す，と解釈される。筆者も，部分的には，そうした解釈を支持する。しかし，生徒川端の場合，年頃だと目して狙った女が，子供だったと発見したナンパ男の思い違い場合の反応とは，微妙に違うのではないだろうか。まず，常識的に，ナンパ男であっても，十七，八歳と目していた相手が十四歳だと判明して，「これは，少し当てが外れた。」くらい口外するかも知れない。しかし，「とんでもない思ひ違ひをしてゐた」とまでは言わないのではないか。

　まず，一般常識の点から検討するなら，戦前の民法は脇に置くとして，江戸時代後期の東北では，女性の初婚年齢が，低い村では平均十四・三歳であったという。* 十七，八歳が十四歳と判明して，それほど驚くべきことであろうか。第二に，「とんでもない思ひ違い」は，相当に強烈な表現である。筆者は，セミナーで何度か『伊豆の踊子』をテキストの一部に用いた。そのあるとき，「とんでもない思ひ違い」とは具体的には何を指すのだろうか，との筆者の問いに，一人の女子学生が，「踊子を少女と思い込んでいたが，裸を見たら実は男の子だったことでは」と回答したことがあった。さすがに参加者の賛同は得られなかったが，そのような回答が出てもおかしくないほど，「とんでもない思ひ違い」は強烈な表現なのだ，と筆者は納得した。そうした経緯も念頭に筆者は，作者川端が無意識のうちに心底から同行を希求していた対象，共同湯で嫌というほど意識化させられた希求対象は，実は「年頃の」娘ではなく，処女の少女ではなかったのか，適齢期のプロの芸人と思い込んでいた踊子が，まさかの「少女」と判明し，全く喜ばしい誤算に，実に「とんでもない思ひ違い」だったと，一高生は反応したのではないだろうか，と解釈するのが順当と考え

るようになった。結果論ではあるが，作者川端が圧倒的に「女」を感じたのは，千代子のような成熟した女でもなく，小さな女児でもなく，丁度その中間の少女ではなかったか。こうした意味で筆者は，新潮文庫の『伊豆の踊子』に解説を寄せた三島由紀夫を支持したい。（特に190。）もし，共同湯での目撃以降，踊子が中性化してしまったなら，例えば，下田へ出発するはずだった朝に宿を訪れ，はしなくも目にした彼女の「寝姿が私の胸を染めた」（210）など，決してあり得なかったであろう。＊＊

＊鬼頭宏『人口から読む日本の歴史』講談社学術文庫，2015，第四章の2を参照。
＊＊三上智央「『伊豆の踊子』論」原善編『川端康成『伊豆の踊子』作品論集』，375。

「ちよ」を著した大正8年の生徒川端は，前年に「大島育ちの可愛らしい踊り娘」と出会ったこと，その娘が「僅か十四歳」であったことを記録していた。しかし，『伊豆の踊子』では一大転換点となる，共同湯での裸の踊子の目撃には全く触れなかった。大正11年以降の作者川端は，身体上は幼ささえ残す少女のどこに，何者にも替えがたい「よさ」を認めた（発見した）のだろうか。この核心的な問いへ回答の試みは，既に第二章でも多少言及したし，後にも改めて論じたい。この個所ではまず，形式的な回答を述べよう。大正十一年以降の作者川端には，誰にもまして，そのときのその人を一心に追懐することが彼の心を満たす限られた人物の一人として，踊子少女が改めてクローズ・アップされた。二十歳の生徒川端は，身体や仕草に幼さを残していた踊子の裸体を直視して初めて，女への彼の関心の特質を強烈に自覚したのであろう。＊ こうした特別な相手としての踊子に「いい人」と言われたからこそ，一高生は心的な解放を実感したのであろう。林武志の主張するように，下田街道で「いい人はいいね」と言った踊子を清野少年と重ねること，ましてや彼と入れ替えることは，基本的に不可能であった，と筆者は考える。一高生は，共同湯において発見した自己の願望を体した踊子「少女」の言葉であったればこそ，「いい人はいいね」に心を動かされた。二つのカタルシスは，第一，（中性や普通の人間ではなく）処女であると発見して大喜びした踊子に，第二，「いい人はいいね」と言われて解放された，と言う連関の中で継起したのではないか。『伊豆の踊子』は大正15年，もはや「湯ヶ島での思い出」の全体構想に回収できない，

独自の存在意義を有する作品として，登場したのである。

> ＊「湯ヶ島での思い出」を書いた大正十一年以降の川端は，みち子（初代）との前年
> までの二年余の曲折を経て，十四歳の少女と，十六，七歳の女性との違いに，特に敏
> 感となっていた。彼にとってそうした少女と女性は，二つの世界の住人ほど異なって
> 感じられたのだろう。次節で論じるように，大仰と思われる表現は，一部はそうした
> 事情を反映していた，と筆者は考える。

（三）　十四歳の「年齢小説」としての『伊豆の踊子』：第二の仮説

　林武志と同じく，鶴田欣也もまた，共同湯での踊子の裸の目撃以降，一高生
の関心対象が〈恋愛の対象〉としての女から，中性の存在あるいは子供へと変
容したと主張する。しかも，一高生による相手の選択対象という観点から，女
と子供を明確に区別する。すなわち，彼は〈恋愛〉の対象として，「成熟し，
意識化された女性ではなく，個としての意思を持たぬ「もの」として成長した
人間の中間である子供を選んだ」というのである。（『川端康成の藝術』，8。）
子供踊子の資質として鶴田は，清純な美しさ，エゴの未成立，礼儀の生真面目
な遵守を認めた。他方，よく気が利き世話好きな，母親的特質，さらに一高生
との結びつきを強化した舞や太鼓の芸をあげた。二人を引き離した「活動」行
きの失敗にもかかわらず，気持ちを表した踊子の無言は，二人の距離を却って
近づけた。共同湯でリセットされた踊子は，いわば聖母マリアの特徴を備えて
再生し，一高生の魂の救済を齎した，というのである。

　ボーイ・ミーツ・ガールからボーイ・ミーツ・チャイルド物語へと枠組みを
転換して，『伊豆の踊子』を読み直す鶴田の試みには，学ぶべき点がある。に
もかかわらず筆者は，彼の解釈にいくつかの疑問を禁じ得ない。例えば，踊り
子が，「エゴが成立しておらず，礼儀を生真面目に守」って生きている，と鶴
田は言う。そうした具体例は確かにあるが，しかし，この小説では転換点と
なった下田での夕刻，「おふくろに縋りついて活動に行かせてくれ」とせがん
だ踊子，また見送りの朝，兄栄吉や一高生に一切言葉では返答しなかった踊子
には，エゴの未成立や生真面目な礼儀の遵守が，果たして当てはまるのか。筆
者は疑う。但し，踊子を責める気は毛頭ない。むしろ踊子のそうした反応は，

言葉と論理（ロゴス）への不信の結果である，と主張したい。踊子は，ダーウィンが共感を示した他者の「気質の美点や長所」の感受を貫徹して，行動したのではないか。鶴田は，『伊豆の踊子』が全体として，「生命の否定から肯定の方向へ……疎外から融合」に向かう，と主張する。（『同書』12-13。）一高生の観点からは，その通りであろう。しかし，踊子に即せば，活動行きの拒否を起点に，物語は逆方向，すなわち生命の肯定から否定へ，融合から疎外へ向ったのではないか。

　もう一つの疑問点として，大人の女と子供との対比を挙げよう。鶴田は，大人が「成熟し，意識化された」人間である一方で，子供は相対的に「個としての意思を持たぬ」存在だと規定する。しかし，千代子と踊子の会話を聞き取れば，大人と子供への鶴田の資質配分が，逆ではなかったかと疑われる。すなわち，大人の千代子が，一高生の顔貌や社会的地位について高い関心度を示し，そうした関心が相対的に低かった踊子は，一高生の人となりに注目し，その判断を「いい人はいいね」へと総括した。「成熟し，意識化された」千代子が，種（species）や社会集団の基準への高い同調を示し，「個としての意志」が乏しいはずの踊子が経験に依拠して，一高生に固有な人となりを突き止めた。鶴田はテキストに記された，こうした逆転の事実を，なぜ見逃してしまうのか。筆者が思うに，単純明快でわかりやすい，「大人―子供，girl-child」への二分化が，実は大雑把すぎるのがその原因ではないか。確かに作者川端は，踊子が「子供なんだ」と狂喜した一高生を描いた。しかし，「子供なんだ」とは，大人になっていないの謂であって，大人と対比される子供ではなく，「少女」であったという意味だった，とも解釈できるであろう。単純化すれば，一方では十六，七歳以上の女性，他方では十二歳以下の子供との間に挟まれた十三，四歳前後の踊子少女だけを，作者川端は物語の主人公として相応しいと判断した。* その理由は，この年齢の少女に顕著に発現しうる人を見る目，人の「気質上の美点や長所　mental charms and virtues」への感受性を，川端が信じ，強調したかったからであろう。千代子の年齢では，そうした感受性は消滅しないとしても，種（species）としての判断や社会通念としての基準へと，その座を大幅に明け渡してしまう，と考えたのではないか。こうした事態こそ「ダーウィンの問い」への，仮の答えである。かつ筆者が『伊豆の踊子』に関

して提出する第二の仮説ともなる。すなわち,

　『伊豆の踊子』は十四歳の少女に焦点を合わせた,「年齢小説」である:仮説Ⅱ

　『伊豆の踊子』は十四歳の少女を主人公とし, それ以降の年齢の女性と一高生の交渉をあえて遮断する物語として構想された。「おふくろの諭し」が, そうした少女による, 一高生への特異な感受の発揮に拍車をかけたことは, 十分に想定できる, と筆者は考える。

　*十四歳と十六歳の年齢の相違に注意を払い,『伊豆の踊子』を論じた代表例として:藤森重紀「川端康成研序説」解釈学会編『川端康成の文学』(その一), 教育出版センター, 昭和 48 年, 30-43。

　「湯ヶ島での思い出」, 特にその前半を書き上げた大正 11 年までには, 川端の中で, 十四歳の少女と十六歳以上の「女」を区別する, 何か特別な動機が形成されたのだろうか。川嶋至の「伊豆の踊子=伊藤初代」論は, こうした問いと密接な関連を有する。川嶋の論の検討に入る前に, 川端とその初恋の人伊藤初代との関連のあらましを, まず紹介しておきたい。伊豆の旅の翌年の大正 8 年, 生徒川端は親友の三明永無から, あるカフェーで働く少女を紹介され, 彼女に「心を傾けた」。(長谷川『川端康成論考』, 484;水原園博『川端康成と伊藤初代』求龍堂, 2016 年。)伊藤初代(ちよ=みち子)は, 東北の小学校で子使だった父親に半ば見捨てられた, 当時十四歳の薄幸な少女であった。知り合って以来の彼女は, 少女の愛らしさに憧れた川端の心を, 喜びで満たしたようである。十四歳だった初代は, 足の病の湯治から帰京した川端に, 「もう足はおよろしいですか」, と気遣ってくれたのである。(『少年』134;岩田光子『川端文学の諸相』桜楓社, 1983, 110。)二年余りを経た大正 10 年, 川端は, 今や訳あって岐阜の寺の養女となった十六歳の初代に, 友人三明の助けを借り, 正式に結婚を申し込んだ。友人たちに伴われて, 東北の小学校に父親を訪ね, 結婚の許可もとった。首尾よく運んだかに見えた二人の結婚は, しかし, 初代による「約束」の反故で儚く潰えた。

　川嶋至は,『伊豆の踊子』の創作時における川端の意識の上で, 破談を突きつけた初代と踊子とが密接に連続していた, と主張した。既述のように川端は,

大正の11年、「湯ヶ島での思い出」を執筆したが、これに先立つ大正10年までの二年余り、彼は十四歳から十六歳へと成長した初代を巡り、やや一方的な恋愛から結婚の破談に至る振幅の大きな体験を被っていた。最愛の婚約者を失った川端は、心の痛手を癒すため、かつて巡りあった踊子を初代の身代わりに仕立て、『伊豆の踊子』の草稿を書き上げた。すなわち、この小説での踊子は、「古風な髪を結い、旅芸人に身をやつした、みち子（初代）に他ならなかった」と、川嶋は論じたのである。（『川端康成の世界』講談社、1969年、98。）

　この主張に対し、川端本人は、川嶋の踊子と初代との重複論を言下に否定した。彼が草稿を執筆したとき、踊子およびみち子（初代）それぞれの「面影を重ねることなど、まったく作者の意識にはなかった。」と、川嶋説をほぼ全面的に否認したのである。（『全集』、三三巻、245-46。）川嶋はこの反応に対して、四十年前のことを断言できるとは、「不思議に思えた」と川端の対応に疑念を表明したが、筆者にはこの疑念はやや根拠が弱いと思える。その理由の一つは次のようである。「湯ヶ島での思い出」を草した当時、川端の脳裏にあった初代は、婚約に漕ぎ着けながら、破談を突きつけた十六歳の彼女だったであろう。これに対し、作者川端の回想した踊子は、十四歳であった。「湯ヶ島での思い出」を執筆したときの川端には、知り初めの十四歳の初代と、結婚を拒否した十六歳以降の初代とは、異なる世界に住む別な人物とさえ映ったに違いない。当時の川端の意識の中では、十四歳の踊子と十六歳のみち子（初代）とは、一面では対極的に異なる位置を占めており、二人が重複したはずがないのである。* 言い方を変えれば、当時の川端に重要だったのは、人物の違いよりは、むしろ年齢の差の方だったのである。

　*この点では、多くの研究者の意見が一致している。近藤裕子「『伊豆の踊子』論」（上）、『東京女子大学日本文学』昭和53年、20-212；長谷川泉「『伊豆の踊子』の創作動機」『傷痕の青春』教育出版センター、昭和51年、97；林武志『川端康成研究』112；藤森重紀「新解釈『伊豆の踊子』」『川端康成の文学』（その一）、99、等。

　川嶋は、当時の川端の初代への執着と、踊子への連想とを示す、決定的な証拠として、大正11年1月14日の川端の日記を引用した。この日、彼は友人と

ある映画館の絵看板を見て，愕然としたと言う。そこに描かれた女優が，みち子（初代）そっくりだったからである。

> みち子（初代）の他の誰なるや見当つかず。それに動かされ，伊豆の踊子を思ひ，強ひて石浜を入らしむ。みち子に似し，娘旅芸人は栗島すみ子なり。十四五歳に作り，顔，胸，姿，動作，みち子としか思えず…（川嶋，『前掲書』98 に引用。）

伊豆の踊子が，初代の連想と併記されていることを以って，川嶋は二人が川端の「脳裏に連繋して想起された」ことの「明らかな裏づけ」，と主張した。川端は，看板からの想起の途中に伊豆の踊子を挟み，最後にこの旅芸人の身なりの女優が初代以外ではあり得ない，と結論していた。数カ月の後，「湯ヶ島での思い出」を書き上げた川端の中で，踊子と初代とが「連繋して想起された」ことに疑問の余地もない，と。しかし，日記の記述には別様な解釈も可能だ，と筆者は考える。絵看板から，初代と踊り子とが連続的に連想されたのは，確かである。但し，栗島すみ子の娘旅芸人の装いが，伊豆の踊子を思い出させたことは，容易に想像できる。もしもカフェの女給の姿であったなら，踊子の想起はなかったであろう。一層重要な点は，女優が「十四五歳につくり」と，川端が年齢に言及したことである。婚約を破棄されても，川端の愛着がなお強かった初代は十六歳，看板を目撃した大正11年には十七歳となるはずであった。生きたままの初代（みち子）に日々執着していたのなら，川端はなぜ，女優栗島すみ子（当時二十一歳に近かった）が「十六，七歳に作り」，と書き記さなかったのか。筆者が思いつく唯一の説明は，当時の川端が心底で追い求めていたのは，破談以後の愛憎半ばした初代ではなく，それ以前の「純情」な，十四，五歳のときの彼女の方であった，というものである。その結果，「十四五歳につくり」がつい出てしまったのではないだろうか。

　伊豆で別れた踊子は，十四歳であった。川端が看板から連想した踊子も十四歳の彼女であり，それは破談より遥か前の初代の年齢でもあった。もしも踊子と若かった十四歳のみち子（初代）とが，『伊豆の踊子』の制作過程で，順接的に「連繋」していたとすれば，それは記憶の中の二人が年齢上は近接していたという，一旦は抽象化された共通点を通してであっただろう。記憶に生々し

い十六, 七歳の初代と, やや理想化されて想起された十四歳の踊子とは, 互い
に反発し, 打ち消し合うような逆説的な「連繫」の関係にあった。川嶋の主張
するように, 記憶に新しい初代の代わりを, 踊子が果たすような順接的な関係
には, なかったであろう。そうした意味で, 伊豆の踊子を, 「旅芸人姿に身を
やつした, みち子」にほかならなかった, と断定した川嶋の立論を川端が即座
に否定したのは, 筆者には十分に納得がゆく。川端に肉体面での貧弱や生活力
の不足を思い知らせる結果となった十六歳の初代に対して, 十四歳の踊子は,
彼の顔貌の弱点をものともせず, その人となり, 人の「よさ」を感受し, ある
がままに「いい人はいいね」と表出した少女だったのである。

　『伊豆の踊子』は, そうした年齢の踊子少女と, 二十歳の青年との間の出会
い以外では, 生じにくかった特異な展開を形象化したものであった。作者は,
主人公としての踊子について, 十二, 三歳以下の年齢も, また特には十六歳以
上の年齢も, 積極的に排除したのではないだろうか。そうした排除を決意させ
た主因は, 伊豆旅行の翌年から始まり, 大正10年に婚約が破談に至った, 伊
藤初代（ちよ）との「恋愛事件」の顛末であった。この約二年間, 川端は十四
歳から十六歳の初代との紆余曲折の中で, 彼女の「変貌」を痛いほど実感した。
誤解を恐れずに言えばこの間, 川端が注視した初代（ちよ）は, 踊子から姉の
千代子へと変貌したのでは無いか。* この初代の変貌の中で, 若かった川端は,
至福から地獄にまでにわたる経験を生きたのである。

　　*文脈は多少異なるが, ちよと千代子とのつながりは, 藤森重紀「新解釈『伊豆の踊
　　子』」『川端康成の文学』（その1）教育出版センター, 1973年, 100；任健「川端康成
　　と『伊豆の踊子』」『横浜商大論集』34（2）, 2000年, 189, 等に指摘されている。

　やや冷静となった川端の立場からすれば, 初代との破綻は, おそらく類似の
誰とでも生じ得た出来事だったのであろう。踊子とて例外ではなかった。例え
ば大正10年, 今や十七歳に「成長」した踊子を川端が大島に尋ねたとして,
彼女がかつてと同じように, 「いい人」として彼を迎えてくれただろうか。初
代との深刻な経験が, それは「あり得ない」と川端に教えた。十七歳の踊子は,
三年前の姉千代子に似て, 「いい人ね」と誰かが指摘すれば, 「それはそう, い
い人らしい」と, 同意くらいは表したかも知れない。しかし, おふくろにすが

りついて一緒の活動行きをせがんだような情熱は，もはや彼女から期待出来なかったであろう。何よりも彼女は，かつて塞ぎ込みがちだった孤児育ちの一高生を，強い感受性を以って広い世界へと解放した，あの暖かな心の火を，再び灯してくれることはないであろう。

　初代との破談に至る実体験と，踊子についての根拠ある推測とに直面した大正11年，湯ヶ島での川端は，「ちよ」時代にあり得た『伊豆の踊子』構想に変更を加え，現在我々が知る『伊豆の踊子』を書き上げる決心をしたと思われる。天城峠から下田までに生起した，十四歳の踊子との愛情あふれたいくつもの出来事は，変更することなく肯定的に書き残した。しかし，大正11年以降の川端は，踊子の一高生への愛着の深化が，程なく彼女の悲嘆を導く，という筋道を構想した。彼との活動行きを懇願し，そうした願望の実現を許されなかった踊子は，幼い実存を全面否定され，その衝撃で論理と言葉（ロゴス）への根本不信へと落ち込んだ。幼い喜びの絶頂から，現実のどん底へと突き落とされた彼女は，これ以降，何も語らなくなった，とする別れのストーリーを，やや強引に，展開したのである。

　かくして，『伊豆の踊子』では，主な登場人物の年齢が重要であった。中でも，一高生が数えの二十歳，踊子が同じく十四歳，その義姉の千代子が同じく十九歳，しかもこの三名の年齢の関係も微妙であった。千代子は栄吉の妻で既婚者ではあったが，一歳年上の一高生を結婚相手と想定しても自然な年齢上の位置を占めていた。そうしたスタンスから，一高生の強みも弱みも，見通しであった。やんわりとした形ではあったが，千代子は，川端に破談を突きつけた以降の初代が見せた「成人」女性としての特徴を，全て備えた年齢だったのである。他方，千代子は踊子を，単なる子供と違う少女であると認めていた。しかも，自身の少女時代も記憶に留めていた。踊子の年齢は，千代子との対比において把握されるとき，初めてその意義が明確となる年齢だったのである。ダーウィンの表現を再度借りれば，踊子は，若い一高生の「気質の美点と良さmental charms and virtues」を十分に感得できるまれな年齢であった。強かった感得力の裏面は，彼女にはまだ千代子の場合のような，相手のルックスと社会的地位・財産への関心が，弱かったことであった。加えて，もし筆者の推測が正しければ，「旅芸人の踊子」に対するおふくろの「諭し」――筆者の嫌い

な表現であるが，踊子の「宿命」と言い換えてもよい――が，この感得の力を，常人の少女より，強めたであろう。要するに，踊子は千代子の年齢に至っていない十四歳の少女であった。この点が，『伊豆の踊子』では決定的に重要であった。『伊豆の踊子』は，二十歳の一高生の目と心に映り，その心を印象的に駆け抜けた，十四歳の踊子少女の物語だったのである。(仮説Ⅱの変形)

（四）　座りの良くない看板のフレーズ：「いい人はいいね」

　踊子が一高生との距離を縮めなかった原因よりも，そこから生じた帰結の方が一層重要であった。間道越えから暫くして，『伊豆の踊子』で断トツに有名な踊子の言葉，「いい人はいいね。」が続いた。この言葉が，一高生の顔貌の欠点の話を追って発せられたことは，既に言及した。更に，想定した「おふくろの論し」を加味すると，「いい人はいいね」の意義は殊の外重かったのではないか。「感情の傾きをぽいと幼く投げ出して見せた」という表現にもかかわらず，このときの踊子には「感情の傾き」が，こぼれ出るまでに形成され切っていた。踊子がこの言葉を発した「とき」には，必然性があったのである。次いで，「いい人はいいね」という言葉の「希少性」，誤解を恐れずに言えば，「座りの悪さ」がある。筆者もかつては，「いい人はいいね」は誰の口にも上りそうな，ありふれた言葉だと信じていた。実際，若かった留学時代にも，He is nice! She is so nice! の言葉を何度耳にしたことだろう。やや，辟易気味ですらあった。しかし，改めて振り返ると，「いい人はいいね」は，日本語で頻繁に用いられる表現ではない。筆者は，物心ついてからの数十年間，事によると，『伊豆の踊子』関係以外では，一度も耳にしたことがないかも知れない，と思い至った。

　「座りの悪さ」と言ったが，例えば，これまで制作された映画版は，この看板的な物言いをストレートに取り入れなかったのみか，回避さえしてきた。昭和8年の田中絹代版は，踊子の兄と，鉱山の権利をめぐる関係者との確執を軸とした話へ改変されたこともあり，小説の文脈での「いい人はいいね」の出番はなかった。唯一踊子が，大島へ来る学生たちの長髪のむさくるしさに比して，一高生は身なりも「さっぱりしていいわね」，と言った個所があっただけであ

る。(『キネマ旬報』，昭和41年2月号，161。）戦後の美空ひばり版も，絹代版
と同じ伏見晁の脚本を元にしていたことから，踊子による「いい人はいいね」
を省略した。あえて挙げれば，一高生とは別な，踊子の将来の連れ合い候補に
ついて，兄の栄吉が，彼は「いい人だよ」と一度だけ言及していた。（野村芳
太郎監督『伊豆の踊子』。）西河克己監督は二度の映画化，吉永小百合版と山口
百恵版では，小説の文脈における「いい人はいいね」を，意図的に省いた。そ
の理由を，西河は次のよう説明した。

> あのセリフは，小説の会話として成立しているもので，役者の口から出ると，
> 浮いてくるんですよ。生きたセリフにならないんです。それに小説に書かれ
> た学生の孤児根性と言うコンプレックスがきちんと描かれていない限り，学
> 生にはねかえってくるそのセリフの効果は生まれないんです。*

役者の口から出ると浮いてくる，とは，そうしたセリフが自然に出てくるよう
な原体験を役者には期待し難い，という意味であろうか。そうした原体験が，
おふくろの「諭し」を前提とせずしては不可能な類だとすれば，特に若い役者
に期待し難いことは，筆者にも理解がゆく。但し，「小説の会話として成立し
ている」とはどういう意味か，やや分かりにくい。孤児根性と言うコンプレッ
クスが何を指すか，あらかじめ「きちんと描かれていない限り」，「いい人はい
いね」のセリフが効果を発揮しえない，との論には同感である。しかし，西河
はそうした事情が，映画の場合にのみ該当する，と主張するのだろうか。とい
うのも，小説には孤児根性を述べた個所はあるが，その二三行は全く唐突に出
現する。全編中，どこにも孤児根性が「きちんと描かれていない」のである。
そうである以上，映画と同じく，小説でも「いい人はいいね」を省略すべきだ
と，西河は含意するのだろうか。

*西河克己『「伊豆の踊子」物語』フィルムアート社，1994年，200-01。西河は，
1963年の「小百合版」では「いい人はいいね」に拒否反応が強く省略したが，1974
年の「百恵版」に至り「精神状態が違って」きて，同じセリフを復活したと語ってい
る。しかし，これは西河の記憶違いか。いずれの版でも，「いい人」など何人いても
どうしようもないことがある，というおふくろのセリフ以外，用いられていない。『西
河克己映画修行』ワイズ出版，1993年，273；『西河克己監督作品選集』ワールド・

フォト・プレス，所収「伊豆の踊子」1974. 9. 17, 84-85。

　西河が「いい人はいいね」を省いた一層重要な理由は，如上の説明とは別な
所にあったのではないか。筆者自身が試みた挿入と同じく，西河の場合も，浪
花千栄子と一の宮あつ子演ずる「おふくろ」たちの口を通して，小説自体には
見出せない議論を，スクリーン上で強力に展開した。すなわち，（「理想的な社
会機構」が成立しない限り，）「この世の中にはいい人が何百人居ても，どうし
ようもないことがある」という主張である。「いい人」の文言自体は，確かに
小百合版と百恵版の両方で出てくるが，それは通常マルクス主義が宗教を「阿
片」とみなすに近い，否定的な意味合いに於いてなのである。（『「伊豆の踊子」
物語』200。）西河は，「社会科学」の観点から，『伊豆の踊子』という物語がそ
の上に展開する，いわば「下部構造」にこそ光を当てようとした。「下部構造」
の堅固さへの確信と，その上での「いい人」の存在意義への懐疑こそが，西河
による省略の主な理由だったのではないだろうか。
　西河が，小説を含めて，そもそも「いい人はいいね」自体に批判的であった，
と想定しよう。そうすると，自身出演の映画版で，「いい人はいいね」が省略
されたことに対する吉永小百合の不満には，通常とは異なった見方も可能とな
る。確かに，彼女は中学生時代に「とても感動」したそのセリフの省略を，川
端康成本人に哀訴した。しかし，彼女は同時に，現代のダンサー（吉永の二
役）を目撃した老教授の回想として物語を始めるという，映画の構成の仕方自
体にも不満を持っていた。勿論，当時18歳の女優として，映画制作の根本方
針について監督に「直訴する…勇気は持ち合わせて」いなかったのである。
「いい人はいいね」の省略へのプロテストは，吉永の中学時代の好みを超えて，
西河監督の『伊豆の踊子』の解釈自体への批判を内包していた。川端は一面，
うら若い吉永小百合が持った，文学への感受性を確と受け止めたのだ，と筆者
は考える。*

*吉永小百合『夢一途』主婦と生活社，1988年，74-75。川端は，西河監督の迷惑を
　も顧みず，二度にわたり，伊豆のロケ地に小百合を訪れて励ました。結果，映画の完
　成公開の遅れをさえ招いた。嬉々として小百合と話に興じた川端を，「サユリスト・
　クラブの名誉会長だな，あの人は」と西河は揶揄した。（『修行』270。）広く普及した

　小百合版及び百恵版の『伊豆の踊子』が，共に西河監督の下に製作されたのは，この小説にとって，幸運と共に，やや不運な部分もあった，との思いを筆者は禁じ得ない。

　「いい人はいいね」は，恩地日出夫監督による内藤洋子版及び同じく早瀬美里の TV 版では，ほぼ原型の言い回しで挿入された。但し，そのいずれにおいても，小説とは異なって，踊子は姉の千代子にではなく，おふくろを相手にこの言葉を語った。恩地監督がこのセリフを用いたのは，踊子の一高生への思慕の特異性や，それが一高性へ与えた影響を表現するためではなかった。そうではなく，踊子の一高生への惚れ込み具合を，下田到着に先駆けて，おふくろに周知せしめるための方策として，であった。この点については第四章で再論する。以上を要するに，「いい人はいいね」と言う『伊豆の踊子』の看板フレーズを正面から受け止め，その映像化を試みた映画作品を，筆者は一つとして知らない。* そうした事態にはやはり然るべき理由があったのだろうか。
　*小説に最も近い表現を採用したのは 1967 年の TBS ラジオ芥川隆行の〈東西傑作文学〉「伊豆の踊子」である。

　ちなみに，吉永小百合は，踊子の「思いが全て込められている」，と思ったこの一言が，脚本から外された理由が納得できず，「ひどくがっかりし…た。」と言う。(吉永『夢一途』，74。) 川端ならずとも，こうした告白を耳（眼）にすれば，彼女が並の女優ではないと実感したであろう。筆者も，人後に落ちず，若き彼女の感受性に感服する。しかし，「いい人はいいね」，と心を込めて呟く吉永小百合（や山口百恵）の画面があったら，それを正視できたかどうか，筆者にはいま一つ自信がない。あえて言えば，同じ言葉が，ソーニャやかえでの口から発せられたのなら，筆者を含めた視聴者の多くは，素直に目を向け，耳を傾けられたではないか。画面上で起こりうるこうした不足や逸脱は，もはや女優の演技力に帰すべきものではなく，監督の力量のなさにさえ由来するのではない，というべきだろうか。この点で筆者は，大林宣彦監督を改めて見直した。小説の終結部に，船中で，東京へ受験に向かう少年が，「何か御不幸でもおありになつたのですか。」と問い，一高生が，「いいえ，今人に別れて來たんです。」と答える場面がある。大林は，もし自ら映画化する場合には，この二

つの言葉だけは「俳優さんには喋らせない，」「字幕に……書かれた言葉で表現
しよう」，と決めていたという。(NHK「名作をポケットに：伊豆の踊子」。)
俳優によるセリフの表現の限界を心得ていることも，優れた監督の資質の一部
であろう，と納得したのである。

（五）「いい人はいいね」と目の微かな痛み：解放は非日常世界の出来事か

　ところで，踊子の言葉「いい人はいいね」は，一高生にどのような変化を引
き起こしたのだろうか。注意深く読み取ってみたい，と思う。というのも，こ
の言葉による一高生の孤児根性の解放については，本小説の中心テーマとして，
これまで多くの研究者・読者が論じてきた。しかし，踊子のこの言葉が，一高
生にまずは端的に引き起こした変化は何であったか，は意外と検討されてこな
かった。筆者が目を通した限り，これまで少なくない研究者や読者が，踊子の
この言葉を耳にして，一高生が直ちに「涙を浮かべ」た，と理解してきたよう
である。しかもその根拠を，「瞼が微かに痛んだ」に求めているように見受け
られた。* 筆者も，時間のスパンをわずかに拡大すれば，彼女の言葉が一高生
の涙を齎した，と書かれていることを疑わない。しかし，「いい人はいいね」
が一高生にまず引き起こしたのは，涙とは別な生理的な現象だったのではない
か。その言葉で，彼はまず「晴れ晴れと眼を上げて明るい山々を眺めた。」そ
の結果，「瞼の裏が微かに痛んだ」のではないだろうか。

　*前田角蔵「踊子の〈闇〉への封印」原善編『川端康成「伊豆の踊子」作品論集』，
　252；高田瑞穂「伊豆の踊子」『國文學』第十五巻　第三号，73；小澤正明『川端康成
　文芸の世界』桜楓社，1987，123-25 等。例外の一人が久保田晴次である。彼はやや韻
　文的に，解放の結果一高生には「……山見れば山が，海見れば海が，より明るく目に
　染みてきた」と書いている。『孤独の文学』桜楓社，1972 年，108。

　筆者がそう解釈する切っ掛けを得たのは，19 世紀アメリカの植物研究家，
アルミラ H・リンカン（Almira H. Lincoln）の *Familiar Lectures on Botany.*
(F. J. Huntington,1832) の一節からであった。リンカンは，合衆国における
ピューリタニズムの伝統の箍の緩みを誰もが実感し始めた 19 世紀の前半，若
い女性（近未来の母）に自然科学を学ばせることで，世界の秩序感覚を社会的

規模で再構築しようとした人物であった。女性が学ぶべき分野の候補として，天文学と動物学と植物学を比較した上で，植物学が最適と判断する理由を，リンカンは次のように説明したのである。

> The *vegetable world* offers a boundless field of inquiry, which may be explored with the most pure and delightful emotions. Here the Almighty seems to manifest himself to us with less of that dazzling sublimity which is almost painful to behold in His more magnificent creations; and it might almost appear, that accommodating the vegetable world to our capacities, He had especially designed it for our investigation and amusement. (16)

> ・・・・・・
> 植物の世界には，極めて純粋で喜ばしい思いをもって探究できる研究のフィールドが，果てしなく広がっているのです。全能の神が，このフィールドにおいて，ご自身を私どもにお示しくださる仕方には，ご自身によるもっと壮大な創造物の場合のように，拝見するだけで目が痛みを感じるような，眩しいばかりの荘厳さは際立っておりません。私が想像いたしますに，神は植物の世界を私ども（女性）の視力に按配することで，私どもによる探査とその喜びにぴったりの世界として，特別に設計してくださったのではないでしょうか。（拙訳）

マッターホルンやナイアガラのような壮大な被造物は，瞼の痛みなしに拝むことはできないが，植物の世界ならば，心安らかに探究し楽しむことができる，というのがアルミラ・リンカンの言いたかったことであろう。ここには，一高生の瞼の裏の痛みに通じる主張がある。一高生はこれまで，自分の視力が耐えられる世界に頑なに閉じこもり，光溢れる外の世界に目を閉ざしていた。踊子の言葉が，そうした世界へ彼の目を初めて，しかも決定的に開かせてくれた。このとき，彼の瞼の裏はかすかに痛んだである。リンカンはいわば同じことをそれとは逆方向に論じた。人は自然界の中で眩いばかりの対象，荘厳な山脈や瀑布に目を奪われがちである。しかし，われわれを囲む自然界の相当な部分は，観察に目の痛みなど全く伴うことない，植物の世界から構成されている。女性に相応しい（今日から見ればジェンダー拘束的な）そうした世界が目の前に溢

れている。目の痛みを伴う世界から，目にやさしい世界の観察へ，リンカンは若い女性たちを誘ったのである。これに対して一高生は，目には優しい閉じこもりの世界から，瞼の裏の痛みを微かに感じつつ，いわば光の溢れる世界へ移行した。まずは明るい山々を，初めて正面から見据えることができた。そして，彼の目はまた，これまで十分に注意を向けなかった伊豆の社会の差別の現実にまで，確と届くようにもなった。

　　──物乞ひ旅藝人村に入るべからず。

踊子の言葉が直ちに一高生の涙を齎したのであるとすると，彼の視野は曇ってしまい，立札はおろか，明るい山々の姿さえぼやけたのではないか。実際には，正反対のことが生じたのである。日本語の表現では，「瞼の裏が痛む」が「涙を浮かべる」を自動的に連想させるのか否か，寡聞にして筆者は知らない。デリケートな表現に富む川端であるから，「涙を浮かべる」とは異なった生理現象を，巧みな表現で表したもの，と受け取りたいのである。
　確かに，「いい人はいいね」に対し，一高生が涙で反応したことを示唆する記録は見出される。伊豆旅行の当時，既に親しい文芸の友となっていた鈴木彦次郎は，当時の川端の口から出た話として，「いい人ねえ……僕はそのことばを耳にして，涙の出るほど嬉しかったよ」と書き記している。（『太陽』1972年8月号，100。）直近の人物の証言として，尊重されるべきであろう。但し，何分に五十数年前の出来事の想起であるので，その正確さについては，多少割り引く必要はあるかも知れない。「いい人はいいね」が，一高生に涙を流させたことは間違いない。但し，ここでの表現が，ことばを聞いて直ちに，の意味か，踊子が見せてくれた全体的な好意を象徴した言葉への感謝の念で，の意味か，は検討の余地がある。また，表現に拘泥すれば，「涙の出るほど嬉しかった」というのは，出る場合とほぼ同じように，であって，かろうじて出てはいないとも受け取れるのではないか。いずれにしても，鈴木の証言は，「いい人」→「涙を浮かべる」の因果関係に有力な証拠を与えている。しかし，「瞼のうらが微かに痛む」が即「涙を浮かべる」を疑問の余地なく証している，とはいえないであろう。
　以上の問題に関して，欧米の訳者の解釈は有力なヒントを与える，と筆者は

140

思う。ここでも，ホールマンの英訳とオスカー・ベンルによる独訳，そしてサイデンステッカーによる英訳文を，比較しながら検討を進めたい。上記の問題関心から見れば，ホールマンとベンルの訳には共通点が顕著で，サイデンステッカーの訳はやや踏み込んだ解釈を示している。まずホールマンとベンルの訳文は以下の如くである。

Refreshed, I lifted my eyes and surveyed the brilliant mountains. I felt a vague pain behind my eyelids.（Holman, 27.）
Ich öffnete ganz hell und klar die Augen und sah zu den sonnen-überglänzten Bergen auf. Hinter meinen Augenlidern brannte es leise.（Benl, 31.）

両者ともに，原文に忠実である，と表現しても良いだろうが，ここでは二点に注目したい。まず，両訳とも，「山々を眺めた」と「瞼の裏が…痛んだ」を原文通り，二つの文章に分けていること。次いで，両訳とも「山々を眺めた」と「瞼の裏が…痛んだ」を半ば独立した行為ないし出来事として表現し，両者の間の因果関係を露骨には主張していない。これらの点に関して，サイデンステッカー訳は対照的とさえ言える。

I looked up anew at the mountains, so bright that they made my eyes ache a little.（Seiden.144.）

この訳は，原文の二つの文章を一つにまとめ，その不可分一体性を強調している。より重要な点は，明るすぎる山々（they）こそが，私の両目をわずかに痛めた，と，「瞼の裏（の）痛（み）」の原因を「明るい山々」と特定していることである。サイデンステッカー訳が明示しているのは，踊子の「いい人」の言葉が，直接に，「瞼の裏（の）痛（み）」を引き起こしたのではない，ということ，及び「瞼の裏（の）痛（み）」とは涙ではない，ということである。そうではなくて，踊子の言葉はまずは一高生に目をあげて明るい山々に向かわせた，その結果山々の眩しさで瞼の裏が痛んだのである。筆者はサイデンステッカーの踏み込んだ翻訳を支持したい。既述の如く，踊子の言葉が直接に涙をもたらしたわけではない。もし直ちに涙を流したのなら，一高生の視野は多少とも霞

んでしまって，「——物乞ひ旅藝人村に入るべからず」はいうに及ばず，山々の姿さえでぼやけてしまったではないか。踊子の「いい人が」一高生に直截に引き起こした変化は，瞼の痛みを伴いつつ，眩しいまでの山々を見据えられるようにしたことであった。三十年以上を隔て出版した『少年』の中でなお，川端は，「日光の殘つている天城を南に仰ぐと……必ず踊子を思ひ出」した，と記述していた。(『少年』137。)下田街道での踊子こそ，生涯初めて，彼の目をまずは輝く山々に開かせてくれた恩人だったからである。

　勿論のことながら，一高生には踊子の「いい人」は「言ひやうなく有難」かった。それを言われたのは，彼の伊豆の旅の一大頂点を画した出来事であった。したがって，下田の夜の窓敷居で，また帰りの船中で，彼が涙を流した主因ともなったのであろう。にもかかわらず，そうした事情の無原則な拡大解釈は，「いい人」が直ちに一高生の涙を齎したのではないという事実によって，抑制されねばならない，と筆者は考える。第一に，1969年の佐藤勝論文をはじめとして，一高生の踊子との旅は，「反生活・反日常」の出来事であり，生活・日常との繋がりが極めて希薄であるとする『伊豆の踊子』論が，一つの流れを形成して，今日に及んでいる。しかし，小説のこの部分に記述されたままの出来事は，一例として，彼の体験が，踊子の言葉→感激の涙と言った連関より，遥かに物理的で現実的な出来事，生活・日常と密接な出来事でもあったことを，語っていないだろうか。『伊豆の踊子』を構成する重要事は，決してトンネルの向こうの南伊豆という，「別世界」の出来事に尽きないのである。第二に，近年，『伊豆の踊子』とは，踊子の「いい人はいいね」を耳にして，一高生が一方的に有頂天となり，勝手に自己解放を遂げた気分になっている物語，すなわち御し難い自己陶酔の物語以外の何者でもない，との批判的な論調が少なくないようである。こうした主張には，一方では踊子の言葉は，実は何の具体的な影響も及ぼしていないのに，ただ一高生が独り相撲をとっている，と解釈するものもあり，他方では，踊子の言葉が一高生に，直截で過剰な感情的な反応を引き起こし，一高生が自己喪失状態に陥っていると判断する論もあるようである。上に述べた「瞼の裏が微かに痛んだ」の見方は，「いい人」が与えた影響について，極端な解釈を抑制する作用を持つであろう。実際には，何ら影響していない，から，途端に大感激を与えた，という両極端のどこか中間に

こそ，「いい人はいいね」の実際の効用があったと想定し，それを突き止める
べきではないか，と筆者は考えたい。
　では踊子の「いい人はいいね」を，彼はどのように受け止めたのだろうか。
一高生は以下の通り書き表した。

　　二十歳の私は自分の性質が孤児根性で歪んでゐると厳しい反省を重ね，その
　　息苦しい憂鬱に堪へきれないで伊豆の旅に出て來てゐるのだつた。だから，
　　世間尋常の意味で自分がいい人に見えることは，言ひやうなく有難いのだつ
　　た。(220)

一高生の告白の内容の真偽，特に「孤児根性……（への）厳しい反省」に関し
ては，川端自身，後に一部疑問の余地のあることを認めた。ここでは，しかし，
踊子の「いい人はいいね」が，彼を苦しめた憂鬱を実際に幾分なりとも軽減し
た，と書かれていると想定したい。彼女の言葉が，広い，光に溢れた世界へと，
彼の眼を開いてくれた。そして，有り難いことに，自分を「いい人」と思うこ
ともできた。では，そうした解放はいかにして齎されたか。「世間尋常の意味
で自分がいい人に見え」た，と実感させてもらったから，という。しかし一高
生をいい人と見たのは，まずは踊子であり，次いで千代子がそれに同意を示し
たのであった。踊子も千代子も，旅芸人の一員であった。旅芸人は，茶屋の婆
さんや宿のおかみさんが表白したように，およそ「世間尋常」からは隔たった
存在ではなかったのか。だとすれば，一高生はどうして，踊子の発した言葉を
「世間尋常の意味」と，受け取ることができたのだろうか。この矛盾はどう解
消したら良いのだろうか。

　（六）　世間尋常の二つの意味：「いい学校」から「いい人」へ

　作者川端が踊子の言葉に認めた，「世間尋常」の内実を説明するにあたって，
筆者は「世間尋常」の意味を，予め検討しておきたい。この場合に検討とは，
「世間尋常」を単一の意味へ収斂させる方法を退け，むしろその意味内容とし
て，二つの極を設定することを目指したい。二つの極の一方では，「世間尋常」
とは人が無批判に信じ込んだ世間知に依存し切って，物事を判断する仕方と結

び付けたい。これを便宜上「世間知依存型」と名付ける。もう一つの極では，「世間尋常」とは人が誰もと同じように，自分の素朴な感覚のみに基づいて，物事を判断する仕方を指す形容詞と見做す。こちらは「素朴感覚型」と呼んでおきたい。「世間尋常」は実際には，この両極端の間にも分布しているかも知れないが，通常，両極端のいずれかの形の判断が多いこと，またここでの「世間尋常」の検討では，両極端とその相違とに焦点を合わせることを，断っておきたい。こうした検討の端緒として，まずは『伊豆の踊子』の中から，具体例を取り出してみよう。

　この小説との関連で「いい人」が論じられるとき，その対象はほぼ百パーセント，踊子が下田街道で発した言葉である。しかし，その同じ言葉を反復した姉の千代子を除いて，この短編の中で，「いい」を形容詞として言葉を発した人物が少なくとも四名いた。第一に，それは何と茶屋の婆さんで，他ならぬ踊子のことを，「いい娘」と形容したのである。(201) 第二は栄吉で，初めて一高生と並んで歩いたとき，「いい塩梅に晴れました」と言葉をかけた。(203) 第三はおふくろで，「書生さんの紺飛白はほんとにいいねえ。」と，到着した木賃宿で，一高生の着衣を褒めた。(205) 最後に，下田の桟橋で，土方風の男が，一高生を絶好の依頼相手と認めて，「お婆さん，この人がいいや。」と断定した。(224) これら四つの「いい」の中で，「いい人」に近い言葉はどれか。「いい」と「人」とが組んでいるという意味では最後の「この人がいいや」であり，また茶屋の婆さんによる「いい娘」であろう。他方，「いい塩梅」と「紺飛白は……いいねえ」は共に人間以外のものを形容している点で，「いい人」の場合とやや異質である。しかし，上記の「世間知依存型」，「素朴感覚型」の「世間尋常」の判断の観点から比較する場合は，どちらに近いか。「いい娘」「いい塩梅」「いい……紺飛白」「いい……この人」のいずれも，自分の素朴な感覚に基づく「世間尋常」に近いのではないか。いずれの場合も，第三者になぜ「いい」と思うのかと問い詰められたら，「理屈ではないよ，ともかく自分にはそう感じられるから」との回答が，帰ってくるであろう。土方風の男の「この人がいいや」には，制帽を被った高校生に対する世間知への信頼度が反映していて，世間的にも「適任」である，との意味が強いかも知れない。それでも，「いい」の根拠を尋ねられたら，目の前の一高生についての率直な印象，素朴

な感覚も，回答に含めたに違いない。

　そうなると，まずは「素朴感覚型」の「世間尋常」の具体例として，茶屋の婆さんの「いい娘」を取り上げ，やや詳しく検討するのが順当であろう。人間についての「いい」であり，かつ土方風の男より，「世間知」への依存度が低そうに見えるからである。旅芸人を不逞の輩とこき下ろしたあの婆さんであったから，ここには建前と本音の二重構造も，見てとれた。旅芸人のおふくろに向けて，以前見た同じ子が「いい娘になって，お前さんも結構だよ」，と羨んだのは，お客を前にした建前，「お世辞」であった。他方，「あんな者」とこき下したときは，本音を披露したのである。にもかかわらず，こうした二重構造は，別な角度から解釈することもできた。一方で，茶屋の婆さんが目の前の踊子の姿を素直に見たとき，彼女はいわば自然に「いい娘」と映った。自分の素朴な感覚のみに基づいたら，世間の大方の婆さんの場合と同じく，彼女もやはりそうした判断となった。（一高生もこの点では，完全に同意したろう！）だから「いい娘」になって，と言った。「素朴感覚型」の判断であった。しかし，他方，世間知に依存し切った判断に生きる自分へと立ち戻った途端，「あんな旅芸人の娘！」と評価が一変した。婆さんはやはり，「世間知依存型」の「世間尋常」の住人でもあったのである。

　合衆国での数十年前のある逸話も，上の場合とは逆にも見えるが，やはり「素朴感覚型」と「世間知依存型」の二つの「世間尋常」の存在を証明していると，筆者は思う。ある豪邸の女主人が，近くの農場から，卵を届けに来てくれていたタブダブズボンの老人を見て，なんと風采の上がらない爺さんだろうと，半ば蔑んだ目で見ていた。ところがある日，近所に居住した北米最大の哲学者ジョン・デューイを招いたとき，目を丸くして驚いた。何と「卵や」の爺さん，その人だったからである。茶屋の婆さんによる「いい娘」と，女主人による「風采の上がらない爺さん」とは，共に世間に広く通用する「素朴感覚型」の判断であった。「あんな旅芸人の娘！」と軽蔑した婆さんの判断も，「卵や」の爺さんが北米最大の哲学者と知って驚いた女主人の後付け的な判断も，共に誰でもがとりうる「世間知依存型」の常識的な反応であった。前者二つの反応と，後者の二つの反応は，対極的に異なる二種類であった。誰であっても，黒目がちの，花のように笑う踊子を素朴な目で見れば，「いい娘」と感じたろ

うし，同じようにダブダブズボンの卵やの爺さんを見かければ，素直に，風采が上がらない人，と思ったであろう。他方では，茶屋の婆さんを含む世間の「堅気の」人たちは旅芸人をこき下ろしたろうし，平均的な北米人ならばジョン・デューイと判明した「卵や」の爺さんに目を丸くしたであろう。両者の違いは，「いい娘」や「風采の上がらない爺さん」とした判断では，見る者の側は自分の自然な印象に頼った，「素朴感覚型」の意味で世間尋常の判断を下したのに対し，「あんな旅芸人の娘！」や「北米最大の哲学者」の場合は，皆がそう言っているからという「世間知依存型」の世間尋常に倣ったのである。「素朴感覚型」と「世間知依存型」という二つの「世間尋常」が，スペクトラムの両極端に位置するのは不思議，とも感ぜられるかもしれない。しかし，筆者自身を含めた世間の人々は，大概は，記憶と世間常識に支配されっぱなしのまま反応するか，目前の印象に素朴に頼って判断するか，のいずれかではないか。目の前の素朴な印象，ないし世間知のいずれにも，一方的に支配されない中間の位置をあえて取るという事態は，実際には頻繁に起こることではない。

　第一章で，大正時代を含む戦前には，第一高等学校がとびきり「いい」学校であった事実を紹介した。そこでの「いい」が，世間尋常の意味であるなら，それは主として，誰でもそう言っているから，新聞や受験雑誌にそう書いてあるから，という事態を指したであろう。これは，「世間知依存型」の「世間尋常」の判断にあたった。大正の日本では，高等学校，特に第一高等学校は，この意味で，揺るぐことのない「いい」学校であった。その生徒は「いい」身分であった。踊子と出会った一高生は，その前でも後でも，東京でも地方でも，若者にも年寄りにも，何度も「いい」学校に在学した，「いい」身分の生徒だと判断され続けていたに違いない。そこに制帽の威力もあったわけであり，実際一高生自身も，旅芸人と下田へ立つはずだった日まで，被り通していたのである。しかし，「いい」学校だと判断した人たちが，一度，その根拠を正面から問われると，大部分の場合，世間でそう言われているから，受験雑誌にそう書いているから，以上の答えはまず返ってこなかったであろう。彼らの判断は，「世間知依存型」の「世間尋常」に基づいていたからである。筆者はここで，世間知を軽蔑し，専門的な人々の知を偏重しているわけではない。アメリカの大学史を研究してきた関係もあって，筆者はかつて合衆国のいくつかの大学で，

大学院生として，また客員の研究員として，それぞれ複数年の期間に渡って在
籍した。それぞれを「いい」大学と今でも考えてはいる。しかし，もし誰かか
ら何を根拠に，そうした大学を「いい」と考えているのか，と問われたら，極
めて限られた事柄以外については，正直のところ，自信をもって答えることが
出来ない。実際には専門家でさえ，そうした判断では，思いの外「世間知依存
型」であることを，告白しておきたい。

　踊子が一高生について，「いい人はいいね」と述べたとき，彼女は世間に通
用する学歴や財力を根拠にそう言ったのではなかった。それどころか，彼に固
有な容貌，すなわちイケメンか否か，をさえ問題にしていなかった。彼女は自
分の素直な感性を最大限に動員し，結果として，一高生の人となりを感知し，
「いい人はいいね」と言ったのである。この判断と発言とは，明らかに「素朴
感覚型」の世間尋常を元にしていた。一高生もまた，踊子の言葉をそのような
意味で受け取ったのであろう。彼女の物言いが，「素朴感覚型」の世間尋常で
あって，「世間知依存型」ではなかった点を確認することで，前節の最後に述
べた矛盾は大方解消する，と筆者は考える。作者川端が「世間尋常」の意味と
言ったとき，彼は茶屋の婆さんにも認められる「素朴感覚型」の世間尋常を念
頭に置いたのであって，「世間知依存型」の世間尋常を言ったのではなかった。
従って「世間尋常」の意味について，旅芸人の判断か，「堅気」の者の判断か
の区別は，もはや無意味だったのである。＊

　＊後に川端は，「伊豆の思ひ出（二）」の中で，「世間尋常」の意味を，「平俗」な意味
　と言い直している。（『伊豆の旅』中公文庫，1981，250。）以上の議論は，基本的には
　「平俗」についても，等しく当てはまると，筆者は考える。

　加えて，踊子は「いい人」と言った。「いい生徒」や「いい学校の生徒」な
ら，どの位よいのかよくないのか，あえて決める客観的な根拠もあった。学校
内での席次や，入学試験での合格点などであった。しかし，よい人か，そうで
ない人か，を決める客観的な根拠を得るのは難しかった（今でもそうである）。
しばしば，その人の人となりを観察・経験し，自分の感覚を信じて判断する他
なかった。しかも，そうした判断を下して伝えること，中でも，誰かからか下
され伝えられること，これは，ルソーが社会に生きる文明人について厳しい文

脈で指摘したように，いかなる人間にとっても重要な事柄であった。踊子にとっても，そして一高生にとっても。しかし，繰り返しになるが，踊子に「いい人」と言われて心の解放を体験した一高生には，「世間知依存型」の世間尋常ではなく，「素朴感覚型」の世間尋常の意味であったから喜ばしかったのである。一高生たる彼は，「いい」学校の生徒として，何度羨ましがられたことだろうか。自分でも，一高の制帽に，誇りを持っていたであろう。しかし，そうした「いい」の指摘では与えられなかった喜びと解放とが，踊子の「素朴感覚型」の世間尋常の判断で，ついに遂げられた。

　「いい人」は，「いい学校」や「いい学校の生徒」とは，劃然と異なった意味合いをもって，受け取られたのである。もう一つ，同意を与えた千代子は置くとして，自ら深い愛着を抱いた踊子その人に，そう断定された喜びがあった。世間一般の人々誰にでも「よい人」と言われれば，一高生は，ルソーのいう社会的人間の堕落に近づいたかも知れない。しかし，この場面で「よい人」と評したのは，まずは意識した異性としての踊子ただ一人であった。一高生を見とめて喜び，裸で飛び出した子供らしい踊子に似て，彼もまた踊子一人からの言葉を，親を見つけた子供のように，喜び歓迎した。共に初めて意識したただ一人の異性に認められた，初々しさを伴った反応だったのではないだろうか。

第四章：十四歳の踊子の記憶

―「活動」行きの破綻から無言の別れ

（一）　「活動」行き：お願いから祈りへ

　「いい人はいいね」と言った踊子は，全編の中でも際立った役者であったと，筆者は思う。但し，役者にどのような意味を込めているかを直ちに説明しないと，誤った印象を与えるのではと虞れる。筆者のイメージする理想的な役者は，舞台の上で，最も分かりやすい言葉や動作を用い，あるいは共演者に，時には自らに向けて，人間である限りの人間に訴えるメッセージを発し，たとえ一瞬であっても，観客との間に深い共感的な連関を打ち立てる者である。研究者の多くが指摘し，大多数の読者が実感したであろう如く，「いい人はいいね」ほどわかりやすい表現はない。踊子は尋常小学校の二年間の教育が十分に包摂できる語彙で，一高生を深く動かした。生徒川端が在籍した第一高等学校は，前後の時代と同じく，日本を代表する秀才を集めていた。そうした者たちにも，なおこじ開けられなかった生徒川端の心の重い扉を，踊子の言葉は開くことができた。そうした意味において，踊子は際立った役者として描かれている，と筆者は思う。

　けれども，「ああ，お月さま。――明日は下田，嬉しいな。……」に始まり，「いい人はいいね」に極まる踊子の詩的なセリフは，物語が結末に近づくや，完全に影を潜めてしまった。下田での活動行きが果たせなくなってから，翌朝の一高生との別れまで，踊子はついに一つの言葉も発しなくなったのである。一体どうしたのか。作者川端はこの時点で，役者としての踊子の命運は尽きたとの枠組みを設定し，筆を運んだのであろうか。踊子の変化の直接の原因は，間違いなく活動行き問題であった。したがって，ここではまず踊子と一高生の間で交わされた，三度の「活動」行きに関わるやりとりを，時系列に沿って検討してみよう。その際特に作者川端が，それぞれのやりとりを，二人にとって，

どのような性格のものと描いたのか，注意深く検討しかつ推論してゆきたい。

「活動」に関わる二人のやりとりは全て，最後の滞在先であり，「活動」行きの予定地であった下田との関連で生じた。三度のうち，一度目と三度目とは，宿へ帰る一高生の履物を踊子が整える，という同じ状況の下，彼女が発した言葉であり，二度目は，間道の上りでの話題の一つであった。一度目は，湯ヶ野での最後の夜，木賃宿を訪れた一高生が退去し，明朝は下田への出発という場面であった。目の前の一高生，さらには同じく見送りの姉たち二人も意識しつつ，下田で行う赤ん坊の四十九日や櫛の買い物を，嬉しげに述べた踊子は，「活動へ連れて行つて下さいましね。」と，自身の願いを一高生に伝えた。(216)下田での待ち遠しい一連の予定の，いわばフィナーレに「活動」行きを据え，一高生からの当然の了解を確認する如くであった。その願いに対して，彼は「わかった，必ず連れて行くから」といった返答を，言葉で返したわけではなかった。しかし，無言でも確たる同意は表したのであろう。下田の港が踊子には喜びのあふれた町である，と肯定的に書くことで，自然な受諾を示唆しているからである。「活動」行きが二度目に話題となったのは，下田への途上，二人で間道を登ったときであった。踊子は，一高生の東京の住まいや父親について等，いくつも質問し，兄夫婦の「死んだ赤坊のこと」などを語った他に，「下田へ着けば活動を見る」ことに言い及んだ。ここでは，約束の確認があったか否かは，不明であった。しかし，踊子の意識の中では，死んだ赤坊の四十九日と並んで，「活動」行きが，下田での重大関心事であったことを窺わせた。三度目は，到着時に同行した下田での旅芸人の宿から，一高生が自分の宿へ移るときであった。踊子は彼の下駄を揃えながら，「活動につれて行つて下さいね。」と口にした。但し，踊子は「またひとり言のように呟いた。」のであった。

筆者は以下で，一度目と三度目の願いの場面を取り上げて，その異同を注意深く比較したい。その理由はいくつかある。第一に，この二度の願いは，いずれも踊子が宿を去る一高生を送り出すという，類似した状況で発せられたこと。第二に，一度目は下田へ立つ前の晩に，三度目は間道越えを含めた下田街道行の後に発せられたこと。第三に，「ひとり言のように呟いた」と形容されたように，三度目の踊子の願いの調子が，一度目とはかなり異なって表現されたこ

と，である。

　まず注目したいのは，三度目の願い方のどこが，一度目との対比において，特徴的に表現されているか，である。それに続けて，一度目と三度目を比較してみよう。正攻法ではないかも知れないが，ここでは当該個所の原文と，翻訳文とを並べるところから，議論を始めよう。原文は以下のようである。

　　私が甲州屋を出ようとすると，踊子が玄關に先廻りしてゐて下駄を揃へてくれながら，「活動に連れて行つてくださいね。」と，またひとり言のように呟いた。（221）

ホールマンおよびサイデンステッカーによる，同じ個所の英訳は次のようである。

　　When I stood up to leave Koshuya, the dancing girl hurried down ahead of
　　me to the entryway and set my clogs out for me.
　　"Please be sure to take me to a movie," she whispered, as though to herself.
　　（Holman, 28.）

　　When I started to leave, she ran to arrange my sandals for me.
　　'You will take me to a movie, won't you?' she whispered, almost to herself.
　　（Seiden., 145.）

細かい文言は別として，二つの訳文が原文と等しく異なる点が二つある。まず第一点。原文では全体が一文となっていて，下駄を揃える踊子の仕草と，「活動」行きの願いの表明とは，同時並行的な行為として表現されている。これに対し，二つの訳文では，「下駄を揃えてくれ」た，と，「活動」行きの願いを表明した，とは，継起した形で，二つの文章に表現されている。あえて推論すれば，両者とも冒頭の When に，繋ぎの役割を期待しているのではあろうか。第二の相違点として，両訳文とも原文にある，「またひとり言……」の「また」を無視している。

　ベンルによる独訳も原文を二つに切っている点は同じである。その後半のみを以下に転記してみよう。

≫ Nehmen Sie mich einmal ins Kino mit? ≪ fragte sie dabei ganz leise, als spräche mit sich selbst. — （Benl, 32.)

二つの英訳が共に，文章後半での踊子が「ひとり言のように呟いた。」を，whispered と一つの動詞で置き換えているのに対し，独訳は fragte dabei ganz leise, als spräche mit sich selbst. とあるように，fragen と sprechen の二つの動詞を用いている。英訳では，踊子は自分の言葉をただ呟いただけとなる。独訳では，踊子はその言葉で，確かに願いを乞うたのだが，しかし，その際，声があまりにかすかであったので，自分自身と話したかのようであった，とかなり説明的となっている。こうなったのには背景がある。後に論じるような理由で，実はベンルは踊子が湯ヶ野での最後の晩，一高生に一度目に「活動」行きを頼んだセリフを削除してしまっているのである。したがって，独訳版の読者は，下田でのこの場面で初めて，踊子が一高生に「活動」行きを願う場面と接することになり，ベンルは動詞の fragen も用いて，やや詳しく状況を説明せざるを得なかったである。二つの英訳の方は，一回目の依頼の言葉をそのまま収録しているから，読者は whispered だけで，その場の状況を比較的容易に推し量れる。ベンルのような工夫を要しないのである。

　当面そのように断定しておいて，二度目という文脈においては，英訳でも独訳でも無視された，原作の「またひとり言のやうに呟いた」に立ち戻ろう。訳文から日本文へ反訳したらほぼ確実に抜け落ちるであろう，二度目の文脈での「また」を，作者川端はどういう理由で挿入したのであろうか。まず「また」を副詞と見なした上で，彼が『伊豆の踊子』を出版した大正末に近い時代の国語辞典から，その意味を確認しよう。筆者の手元でこの条件を一番満たすのは，三省堂が大正14年に初版を発行した『廣辭林』の新訂版（昭和13年）である。ここでは「また」には，「さらに」，「かさねて」，「ふたたび」，の三つの意味があげられている。これらのうち，作者川端が意図したのは，どれであったろうか。「ふたたび」は，小説と照らして検討が最も容易な選択肢である。踊子はすでに一度，同じ願いを表していた。まる一日を遡る湯ヶ野での最後の晩，木賃宿から一高生を見送った踊子は，次のような言葉を発していた。「明日は下田，嬉しいな……いろんなことがありますのよ。活動へ連れて行つて下さいま

しね。」それでは，これを初として，上記の「また」は「ふたたび」，すなわち踊子の二度目の同じ願いであることを示す表現だったのであろうか。願いの内容は，ぴったりと一致していた。「活動」に連れて行って欲しい，と。しかし，踊子の願いの様態については，両者には開きがあった，と筆者は考える。初回では，踊子の気分は高揚していた。お願いも，明確に一高生に向けられ，千代子も百合子も居合わせた場で，明るい言葉で発せられたように見受けられた。それに対して，下田の宿での願いは，一人で下駄を揃えながら，呟くような小声で，しかも踊子自身に向けられた如くであった。相手に確と伝え，確認するという意思が希薄のように見えたのである。読者の多くは，お願いとは，本来，相手を正面に見据えて，もう少し明瞭な声で頼むものだ，と想定するのではないだろうか。

　踊子によるお願いの言葉自体にも，そうした様態の違いが微妙に反映している。すなわち，一度目は，上にも引用したように，「活動へ連れて行つて下さいましね。」であった。下田での二度目では，「活動につれて行つて下さいね。」となった。一回目にはあった，願望の強さを示す「まし」が，今回は省略され，言葉がやや簡易になったのである。以上のような検討を経ると，作者川端のこの箇所での「また」は，踊子による完全に同じことの繰り返しを指示したのだ，と無条件には断定できなくなるであろう。お願いの単純な繰り返しの意味なら，三種の訳文にも，その旨が文言の形で反映したはずである。実際には繰り返しの表現としては省略されている。むしろ，ここでの「また」は，願いの内容面では繰り返しだが，しかし願いの様態は異なる点を含意していて，「かさねて」ないしは「付帯的に」位の意味と取ることも，出来るのではないか。* こうした微妙なニュアンスが，訳者たちに「また」への戸惑いを与え，結局は二度目という意味では，その省略を導いたのではないだろうか。

　　*「付帯的とは」は，一方で下駄を揃えつつ，それと「並行して」の意味合いもありうるのでは，と筆者は推論した。あえて推論すれば，ベンルの dabei は意図的か否かを別として，「また」を「その際に」と付帯的な状況説明に用いたのかも知れない。そうなれば，二度目の意味ではないから，踊子の一度目のお願いを消去してしまった方が論理的だったのであろうか。

　三種の翻訳とも，二度目の意味での「また」を省略した結果のしわ寄せの痕

跡を示している。ホールマンも，サイデンステッカーも，一回目のお願いを，Would you take me to see a movie?（Holman, 22.）および Will you take me to a movie?（Seiden., 141.）と訳している。ところが，二回目の訳は，それぞれ Please be sure to take me to a movie,（Holman, 28.）および You will take me to a movie, won't you?（Seiden., 145.）と，それぞれ一回目の文より長く，かつ相手の意思をより強く確認する言い方になっている。* これは，二回目の方が簡略化されている作者川端の原文の場合と逆で，やや矛盾している。さらには，二つの訳は，後に論じるように，二度目の言い方に作者川端が込めた踊子の願いの様態を，誤解に導く虞がある，と筆者は考える。ベンルは，ドイツ人らしく生真面目に「また」のニュアンスを測ったのではないだろうか。「また」を文字通り「ふたたび」とすれば，踊子は一回目と同じ願いを，今回も繰り返したことになる。二度の言葉は確かに似ているが，しかし「また」は「ひとり言のように呟いた」にかかる表現である。ところで，踊子は一回目には，自分に向けて小声で呟いてはいない。とすると，単純に「ふたたび」では，ベンルには納得が行かなかったのではないか。そこで，そうした意味での「また」を無視した。しかし，「また」を省略しても，他をそのままにしておけば，踊子のお願いの言葉は，篇中，二度出てくることになる。「また」の処理にひとたび悩んだベンルとしては，この状態をそのまま放置するのは耐えられなかった。そうした不整合を回避して，ドイツ人らしく，訳業上の論理の一貫性を守るためであろう，驚くべきことに，一回目の踊子のお願いの言葉を，独訳では削除してしまった。（S. 26 参照。）そうすれば，「ふたたび」の悪夢から解放されるからである。いずれにせよ，「また」の分かり難さとその省略とは，三名の訳者にそれなりの負荷をかけた，と想像されるのである。

*筆者はここではあくまで両訳者の文章としての訳文を問題にしている。語られた言葉であれば，短くても強い願いを，長くても弱々しい願いを表現することは，可能である。

上で紹介したように，ホールマンとサイデンステッカーの訳文では，二度目の踊子の願いの訳文が共に，Please be sure……とか won't you? のように，一度目に比べて，強く相手に確認を求める内容になった。ところがこの二度目で

の踊子は，相手に向けてではなく，あたかも自分自身に向けて呟いた如くだっ
たのである。一度目と二度目のお願いの英訳文は，本来逆で然るべきであった。
ベンルの独訳は，恐れ多くも一度目を削除してしまっているので，比較するす
べがない。原文と訳文との開き，特に両者のある種の逆転は，踊子の「活動」
行きに対する熱意や態度の変化を探る場合の，一つの取っ掛かりを与えている。
一体，一回目と二回目の願いの間で，すなわち湯ヶ野から下田までの一日の旅
を経て，踊子の「活動」行きの願望は，強まったのか，はたまた弱まったのか。
こうした問いに即して，改めて二つの英訳文と，作者川端の原文を比較してみ
よう。いずれの英訳文も，踊子の願望は強まりこそすれ，決して弱まっていな
い様子を表現している。二度目のお願いでは，相手の意思を再確認しているか
らである。これに対して，作者川端の原文では，一見すると，踊子の願望は弱
まっている。一高生に向けて軽やかに放たれた一回目のお願いとは対照的に，
下田での踊子は，下駄を揃えつつ，同じお願いをではあるが，「ひとり言のよ
うに呟いた。」下を向いて，一高生にも辛うじて届いた弱々しい声で，呟いた
のである。ふたつの訳文と原文とが正反対を指向している，と筆者が考えるの
は，このような意味合いにおいてである。

　では作者川端は，踊子の「活動」行きの願望が弱まったことを，書き表そう
としたのだろうか。湯ヶ野の最後の夜から翌日の下田への到着の間に，踊子の
積極的な願いは，何らかの理由で，相対的に萎えてしまった，というのであろ
うか。嬉々としてのお願いから，小声の独り言にまで，トーンダウンしてし
まったのだから。作者川端は，弱まったとは書かなかった。むしろ逆に強まっ
た，と描きたかったのではないか，と筆者は考える。

　しかし，そうした主張を展開する前に二点だけ，踊子の希望が急激に萎む可
能性の可否を，あらかじめ検討しておきたい。第一点は，彼女が一高生を下田
の甲州屋から送り出す直前に，いわば非公式におふくろに「活動」行きの可能
性を打診し，頭から否定されていた場合のことである。あくまで仮定であるが，
そうした可能性もありうるし，そうなれば踊子の願望の表明が，急激にトーン
ダウンしても不思議ではないからである。しかし，この可能性は極めて低い，
と筆者は思う。第一に，下田の旅芸人の宿に到着後，共にした短い時間の間に，
一高生は踊子に太鼓の重さへの驚きを伝えたが，このとき彼女は笑って答えた。

それ以降甲州屋を後にするまで，彼は終始，踊子の近くにいたから，打診と否定があれば気づいたはずである。第二に，もし踊子が打診を試みて，おふくろに頭から否定されていたとすれば，その後に，いかなる調子であれ，踊子が「活動につれて行つて下さいね。」と述べることは，最早あり得なかったであろう。作者川端は，否定された瞬間から，踊子がショックのあまり，言葉を失ったように描いたはずである。ショックにもかかわらず，踊子がなお「つれて行つて下さい」のような言葉を発し続けるようであったなら，『伊豆の踊子』と言う物語を，一高生の踊子との今生の別れとして収拾する方途を，作者川端は見失うことになっていたであろう。したがって，事前の打診説はまず否定される，と筆者は思う。

　次いで第二点として，一高生が甲州屋を出るに先立ち，明くる日には彼が帰京する意向であると，踊子をはじめとして，皆が知ったことの検討が必要である。彼女に取っても一大事であった赤ん坊の四十九日に，一高生が出られないとの期待外れの結果に，踊子はややショックを受けたとも考えられる。「活動」行きを正面切って頼みにくくなった，と感じたのであろうか。しかし，下田での一旦の別れは既定の事実だったはずであった。加えて，踊子は帰京を知った後の夕刻，以前なら考えられないほど強く，「活動」行きの許可をおふくろに迫ったのである。一高生の帰京予定の判明が，踊子の活動行きの願望を弱めたとは，考えにくいと筆者は思う。

　では，作者川端が，「活動」行きの願いが踊子にはむしろ強まったように描いたのだ，との議論へ立ち戻ろう。一見して，事実とは逆ではないかと思われるこの解釈は，どのような背景や論を以て正当化できるのか。そもそも正当化できるのか。筆者は，できると考える。背景としては，何よりも下田街道での踊子の有名な言葉，一高生の人となりについての，「ほんとにいい人ね。いい人はいいね。」に注目すべきであろう。この表現は通常，それが一高生の心的解放に与えた影響という観点から吟味される。しかし，踊子の「活動」行き願望との関連では，彼女が一高生に改めて抱いた印象，彼女に強く形成された一高生像を証する内容としてこそ，メスを入れる価値があり，またその必要がある。踊子の目線からする「いい人はいいね」は，彼女にとって，そもそもどのような心象を与え，どのような反応を引き起こしたのだろうか。この観点から

は，サイデンステッカーおよびホールマンの英訳から学ぶ点が多々ある。両者は「いい人はいいね」を，それぞれ It's nice having someone so nice. (Seiden., 144.) および It's good to have such a nice person around. (Holman, 27.) と訳している。「こんないい人が一緒にいてくれて嬉しい」，「こんないい人が身近にいるなんて素敵ね」，といった意味であろうか。「いい」の単なる繰り返しではなく，言った踊子の感激を汲み取っている点に，両訳者の読み込みが感じられる。もし彼らの翻訳が踊子の心情を正確に反映したとすれば，下田への途上，踊子が一高生との活動行きの願望をがぜん強めた，と無理なく想定できるであろう。

　もう一つ，踊子の願望の強化を示唆するのは，検討対象としている叙述そのものである。

　「活動につれて行つてくださいね。」と，またひとり言のように呟いた。(221)

既述のように，この一行は前の二行と繋がっており，文章の全体の説明では，踊子は一高生の退去の先廻りをし，甲州屋の出口で彼の「下駄をそろえてくれながら」，上記のお願いの言葉を呟いた。しかも，「ひとり言のやうに」であった。ところで，たとえ相手が自分よりも数歳の年上の二十歳の若者でしかなかったとしても，「活動」行きの頼み事をする際に，下駄を直しながら，相手の顔も正面から見ず，小さな声でひとりごとのように呟くことが容認され得ようか。立場を変えて，二十歳の高校生が十四歳の踊子に，船で食べるものや煙草の調達を依頼したとした場合でも，この疑問は等しく該当するのではないだろうか。およそ人が誰かに頼み事をする場合は，たとえ自分の部下であっても，相手を確と見て，相手に届く声で内容を伝えるのが基本中の基本ではないだろうか。そうした基準に照らすとき，踊子の一高生への二回目の頼み方は，あまりに異例づくしではなかったか。ここからして，踊子の活動行きの希望の本気度を疑うことも可能である。踊子は今や，何らかの理由で，「活動」行きの願望を，大幅に弱めてしまったのではないか，と。しかし，作者川端はやはり，それとは正反対の踊子の態様を描いたのだ，と筆者は考えたい。踊子は確かに，お願いを伝える態度としては，常軌を逸していた。しかし，彼女の言動の様態に一貫性がなかったわけではない。踊子は，一高生に面と向かわなかった。下

駄を直しながら，言葉を発した。言葉は呟きで，自らに向けられた如くに窺えた。これらを貫いていた踊子の行為は何処に向けて集約されていたのか。おそらく一高生への単純なお願いへ，ではなかったであろう。そうではなく，間道を登って語り合い，下田街道を経たことで，彼女が形成した一つの根本的な願望，一高生と一緒の「活動」行きの実現を，今を生きる自分の喜びとさせて欲しい，との願いに向けられていたのではなかったか。それはもはや，一高生へのお願いではなくて，踊子の心の底から湧き上がってきた，いわば祈りに近いものであった。祈りであったから，一高生と正面から向き合う必要も，明瞭な声を発する必要もなかった。自分に向けた呟きに見えて，なんら差し支えなかったのである。しかし，それは森有正が，「膨大精緻な神学」と対比した，「一介の田舎娘の素朴な祈り」に似て，十四歳の踊子の命に秘めた，外部の力や権威では犯しがたい祈りであった。（『バビロンの流れのほとりにて』筑摩書房，1968年，352。）そうしたものとして，作者川端は，このときの踊子の活動行きの希望を，何よりも純粋でかつ強いものとして描いたのであろう。それは少女踊子の実存の声であり，呟く声ではありつつも，彼女の根源的な期待の表出の一瞬ではなかったか。ホールマンとサイデンステッカーは，一高生へのお願いが，一回目よりも二回目で強くなった，と伺わせる翻訳を行なった。彼らが見落としたのは，事実は，相手へのお願いの表現が強まったのではなく，願いが祈りへと質的に変貌して深まった，と言う点だったのであろう。ではその変貌を翻訳上どのように反映させれば良いか，と逆に問われたら，筆者には当面，説得力のある回答は見出せないのであるが……

（二）　「活動」に行けなかった最大の理由

　甲州屋を出ようとすると，下駄を直してくれた踊子が，「活動に連れて行ってくださいね。」と呟いた。これが二人きりのとき，踊子から一高生が聞くことの出来た最後の言葉となった。「活動」行きの祈りの破綻は踊子を絶望に突き落とし，彼女は無言となってしまうのである。踊子は活動行きを楽しみにしていた。しかも，一高生に連れて行ってもらいたいとの願望は，下田への途上で，一層強められたのであろう。踊子には，活動行きそのものが，大きな楽し

みであった。したがって，例えば姉と百合子も含め，四名で行けたとすれば，満足であっただろう。しかし加えて，踊子が「活動」行きに関し，予め伏線を敷いていた，と邪推できないこともなかった。下田街道での踊子は，義姉千代子に向けて，「いい人はいいね」と念を押した。少し深読みすれば，このとき踊子は，よき理解者である姉に対して，「私，一高生との時間が心底から楽しくなったの，できれば二人きりで活動に行けるよう助けてくれない」，との願望を暗に伝えたとも解釈できる。千代子は実際，一高生からの活動行きの誘いを「あんなに歩くと弱ってしまって」と断り，踊子の願いの実現へのお膳立てを試みた如くであった。

　けれども，ではそうした願望の実現に関し，踊子自身はどんな見通しを持っていたのだろうか。特に，二人しての「活動」行きに，おふくろの許可が出る，と思っていたのだろうか。おふくろには，一高生の前で茶をこぼした際，厭らしい，色気づいたのだ，と呆れられ，朝の共同湯から裸で飛び出して（恐らくは）叱られ，真っ昼間に一高生と碁盤上で接近したことで，（恐らくは）厳しく注意されていたはずである。それにもかかわらず，旅芸人の気もそぞろとなる下田で，しかも夜間，一高生との活動行きが許可されるとでも，期待していたのだろうか。筆者にはそうだとは，遽には信じ難い。読者の多くも同じ思いではないだろうか。しかし実際には，いくら何でも実現不可能と感ぜられる二人きりの「活動」行きを，踊子は「おふくろに縋りついて……せがん」だのである。（222）踊子のこの行動の動機については，後に改めて考察しよう。

　他方，一高生は「活動」行きについてどう考え，行動したのか。当日の夕方，彼はまず千代子と百合子に声をかけた。その後には，当然，踊子を加えるつもりだったであろう。本来，約束を交わしたのは，彼女とだったのであるから。千代子たちの都合をまず確認したのは，恐らく特別の意図からではなかった。三人の踊子たちを，活動に誘おうと試みたが，しかし二人には断られ，踊子一人だけと行く可能性が残された。既に言及したように，千代子が踊子の期待実現のお膳立てを助けた可能性もあった。彼女には，一高生と踊子とが二人して「活動」を楽しむことに，何の文句もあろう筈はなかったのである。しかし，踊子の祈りにも似た願望は，千代子と栄吉の後押しにもかかわらず，おふくろの反対で，二人の活動行きは実現しなかった。「なぜ一人ではいけないのか，

160

私は實に不思議だつた」と一高生は半ば自問した。羽鳥徹哉によれば，「實に
不思議だつた」という表現は，いくらなんでも少々書きすぎだという。（『前掲
書』，218。）出会いから下田までの踊子と一高生との間の紆余曲折を，おふく
ろを視野に入れつつ辿れば，羽鳥の判断には説得力がある。にもかかわらず，
一高生が「實に不思議だつた」と訝ったのには，いくつかの理由があった，と
筆者は推測する。

　第一に，共同湯で踊子の裸体と彼女の仕草を具に目撃して，一高生は踊子が
まだ子供なのだという根本的な事実を確信し，心から喜んでいた。そうした子
供と二人して活動に行くことに，どんな危険がありうるというのか。互いに子
供に帰って活動のひとときを楽しめれば，どんなにか喜ばしいではないか。も
し，それが許されないというならば，およそ世の中の喜ばしいことは，全て許
されないことになる。そんな理屈がまかりとうるとは「實に不思議」だ，と。
但し，一高生も踊子が大人でないとしても，少女であったことは認めたであろ
うが。第二に，旅も終わりに近付いた湯ヶ野での最後の晩，旅芸人の一行は一
高生を，こともあろうに，正月の波浮で芝居を挙行する仲間として迎え入れた。
これは家族の一員として招待される以上の厚遇であった。踊子と一高生が，互
いに家族以上の仲と公認されていたなら，活動へ一緒に行くのが何の問題とな
り得よう。おふくろが拒む理由が全く理解できない。第三に，下田への途上，
踊子の「いい人はいいね」の言葉は，一高生を閉ざされた内向的な世界から，
ひろい自然の世界，そして差別をふくむ社会の現実の認識へと，解放してくれ
た。彼女は今や彼の魂の救世主でさえあった。そうした彼女と活動に同行した
として，普通の男女間に起こりがちな問題が，生じるはずがないではないか。
最後に，しかし，「實に不思議」と一高生が判断した最大の理由は，踊子から
「活動」行きの許可を迫られたおふくろが，それを否認した際に見せた対応を，
彼が直接に目撃したことに起因した，と筆者は推論したい。多少の距離はあっ
たにしても彼は，活動行きについて，踊子とおふくろがやりとりした現場に居
合わせた。小説はその詳細に触れていないが，一高生は彼女らのやりとりの一
部始終を具に目撃したはずである。その上で，おふくろの理不尽な対応に，納
得が行かないと感じたのではないか。そうした判断に至った経緯は，踊子とお
ふくろのやりとりの有様を，特にはおふくろと踊子の間の事情にまで立ち行っ

て検討しない限り，理解が不可能であろう，と筆者は考える。したがって，次いで，「活動」行きに関わる，おふくろ側の事情を，大胆な推論を交えて，検討したい。

　おふくろはどういう理由に基づいて，一高生にとっては「實に不思議」と感ぜられた動きに出たのだろうか。彼女はどうして，二人の活動行きを許可しなかったのか。以下の前半では，小説にも直接ないし間接に言及がある事柄を整理して説明にまとめ，後半では，第三章で「おふくろによる諭し」として紹介した大胆な推論を，活動問題に応用する形で，説明を試みたい。特に後者での主眼は，どこに動かぬ証拠を求めるかにではなく，おふくろや踊子の，一見しては納得し難い言動を，いかにして理解できる形に持ち来らすか，に置かれている点を，再度強調しておきたい。筆者自身に納得できるような説明を探る努力そのもの，というのが偽らざる所である。まず前半であるが，第一に，自身かつて少女であり，娘を育てた経験も持つおふくろは，踊子が，一高生が見做したような意味での子供では決してはない，と知っていた。思春期の十四歳の踊子が，複雑で予測不可能な存在であることを，確信していたのではないか。「子供なんだ」とことことと笑い続けた一高生の反応を，仮に栄吉から聞き及んだ上で，彼の反応にある真実を認めたとしても，そうした一高生の反応があくまで一面的でしかない，と確信していた。二人の活動行きを拒んだ理由の一つは，そこにあったのであろう。第二に，旅芸人たちは確かに一高生を芝居の仲間として迎え入れた。しかし迎え入れた中心人物は，一高生と演劇方面での関心で十全に心を通わせた栄吉であり，必ずしもおふくろではなかった。更に，一高生は翌日に控えた彼女の孫の四十九日へ参列できない旨を，「活動」行きに関わる出来事に先がけて，芸人たちに公言していた。もし家族の一員以上であるなら，あれほど皆で強調してきたこの行事に出てくれて当然だとの思いが，おふくろの脳裏には働いたのではないか。第三に，「いい人はいいね」から生じた一高生の態度変容は，彼の内奥に生じた事柄であり，おふくろはおろか，踊子でさえも確とは感知し得ない事柄であった。一高生本人にはいかに重大であっても，その意義を他者に説明し，活動行きの判断の根拠に採用してもらうのは，不可能であったろう。いずれにしても，しかし，これらの理由は，おふくろの立場からは最重要ではなかったであろう。これ以降は説明の後半に入る

162

が，「活動」行きをおふくろが拒絶した最大の理由は，筆者が想定した，彼女
の踊子への「諭し」から結果した一連の出来事にあった，と考える。「諭し」
の前提は，二人の仲に関するおふくろの理解であった。茶こぼし事件から共同
湯での飛び出し，さらに碁盤上での異常接近を全て目撃したおふくろは，踊子
の一高生への思い入れを，十分に理解していた。理解していたとは，踊子への
単なる禁止だけでは，もはや事は容易には収まらないだろうと知っていた，と
いうことであった。湯ヶ野での最終日までには，おふくろ自身も，一高生にあ
る種の好感を抱くようにさえなっていたのである。一方で，踊子と一高生二人
の将来について，おふくろは栄吉や千代子よりも，かなり現実的な見通しを
持っていた。仮に二人が深い仲になれば，実際には困難の方が遥かに勝るであ
ろう，と。そこで，踊子の感情にも配慮しつつ，決定的な隘路を回避する方策
を模索した。しかも，巷の芸人として歩む可能性の高い踊子には，愛する男と
の芸人特有の付き合い方を，早晩，教えねばならなかったのであろう。それが，
そうした男とだけは常に一定の距離を保て，との「おふくろの諭し」だったの
ではないか。但し，その「諭し」が踊子にもたらした帰結は，おふくろの見通
しを，遥かに超えていた。おふくろの「諭し」を守りつつ下田へ旅した踊子は，
一高生を心底から「いい人」と思い込んでしまったのである。今や恐れを知ら
ぬ踊子に，二人しての「活動」行きをせがまれて，おふくろは返す言葉に窮し
た。拒絶したにはしたが，その対応はしどろもどろだったに違いない。その場
に居合わせた者だけが，彼女の狼狽ぶりを，実感できたのであろう。おそらく
一高生は，「實に不思議」としか受け取りようがなかったのである。

　栄吉は活動行きに関して，何を知り，どのように捉えていたのか。栄吉は，
妹踊子に寄せる一高生の思いを，近くから知る立場にあった。一高生が裸の踊
子を目撃して，ことことと笑い続けていたときも，彼の隣にいたのである。一
高生の踊子への思いが，単なる好ましい娘への関心を超えて，子供らしい，天
真爛漫な芸人への深い愛着であると知っていた。一高生こそ，芸の世界に生き
る兄妹に，深い理解と共感とを抱いた，若い特別な友であると認知していたの
である。踊子が下田での活動行きを心待ちにしていたことを，栄吉は十二分に
承知していた。しかも，下田への途上で，踊子が「いい人はいいね」を口にし
て千代子の同意を求めたとき，一高生と歩いていた彼も，一連の会話を耳にし

たであろう。栄吉は，踊子の一高生への思いの質を，確と受け止めていたはずである。翌朝の餞別の一つに「カオール」（薫）を選んだのも，そうした妹を覚えていてやって欲しい，との兄としての願いからであったろう。一高生と踊子とが活動へ行けるよう，栄吉は力を尽くして，おふくろを説得した。しかし，「相当知識的な」兄が話し込んでも，ついに埒が明かなかったのである。

　二人の「活動」行きに関する一高生，おふくろ，栄吉それぞれの思いを検討した後で，再び踊子の場合に立ち戻ろう。踊子は，下田での一高生との活動行きを，おふくろに許される勝算を想定していたのだろうか。今回ばかりは，しっかりと説明した上で懇願すれば，許されるかも知れない，と。しかし，わずか一日を遡る日の真昼間，碁盤の上で自分の髪が一高生に触れそうになっただけで，「御免なさい。叱られる。」と，おふくろのもとへ飛び帰った踊子である。この間，おふくろの判断を翻らせる魔法の事由を手に入れたとでも，確信したのであろうか。一高生を見かけた踊子は，「おふくろに縋りついて活動に行かせてくれとせがん」だという。これまでの経緯を知る誰が見ても，成就するとは思えない，踊子の懇願であった。実際にも，成就しないまま踊子は「顔を失ったようにぼんやり」となり，これ以降，完全に言葉を失った。翌朝，一言の声すら発することなく，一高生と港で別れる他なかったのである。

　一体，踊子はどういう心算でおふくろに活動行きの許可を求めたのか。無謀な願いと分っていて，あえてせがんだのだろうか。しかし，本人が無謀と知っていた願望が叶えられなかったとき，人は言葉を失うだろうか。選挙で自他共に泡沫と認めた候補が落選したとき，彼は言葉を失うだろうか。まず，却って饒舌になるのがオチであろう。もし失うようであったら，彼は何万人に一人の天才である。必ずや，他の道で人が驚く大成を果たす素質の持ち主である。他方，本人を含め，誰もが当選を確実視した現職候補が，大差の敗戦を喫したとすれば，その人は言葉を失うであろう。少なくともしばらくの間は。踊子の行動についての謎は深まるばかりである。筆者は，踊子の沈黙は，無謀な願望が叶わなかったからでは，説明がつかないと考える。彼女の沈黙には，もう少し深刻な理由があったのではないか。半ば詩人のような役者が，言葉を失ったのだから。

　踊子はどうして，おふくろに一高生との活動行きの許可を懇願したのであろ

うか。筆者には，以前に仮の想定として提示した，おふくろの踊子への「論し」と，そこから帰結した踊子側の予想外の変化との関連で論じる以外に，納得の行く説明が思い浮かばない。第三章での論の要点を，再確認しておこう。一高生との接近を繰り返した踊子に対しておふくろは，もし一高生に特別な好意を抱くなら，彼と常に一定の距離を取るよう，と論した。将来はどんな男とでも距離を取れない宿命のお前には，そうすることによってしか，一高生を特別な人として，他の男たちと区別する方法がないのだから，と。実際，二人だけとなった下田への間道の上りで，踊子はおふくろの忠告を頑なにまもり，距離を取りながら，一高生と語り合いの時間を持った。そして，それに続く下田への途上，「いい人はいいね」の同意を千代子からも取り付けたのである。活動行きの許可をおふくろに懇願した踊子の心中を，筆者は次のように推察する。彼女がたとえ，おふくろにそうと明確に言ってはいないとしても。

　おかあさん（おふくろのこと），今日，間道を二人で登ったとき，私は生まれて初めて，自分からすすんであなたの忠告に従いました。あなたはそばに居なかったけれど，言われた通り最初から最後まで，距離をとって彼と話したんです。そして，私の彼への好意が間違っていなかったとわかった。あなたの言われる通りにしたことで，彼が本当にいい人だと心底分かったんです。いい人と近くにいることが，ほんとうにいいことだとわかりました。だから，一生のお願いです。どうか今晩だけは，彼と活動に行かせてください。

仮にこうした言葉の断片だけでも耳に届いたら，おふくろは返す言葉に窮したはずである。踊子は彼女の忠告を言われた通り守ったのだし，その結果，一高生を特別な人と実感し続けるであろうことさえ，おふくろには多少ともは想像できていた。しかし，その結果として，それまで自分には従順だった踊子が，一高生との活動行きを大胆に懇願するまで，彼への思いを強めるとは，予想外だったのではないか。踊子の願いを叶えれば，おふくろが彼女への「論し」に込めた期待は水泡と帰し，全く予想の不可能な展開が生じるかも知れない。予想を超えた事態に，おふくろは，動揺したであろう。動揺を示す直接の証拠はない。しかし，間接的なヒントはいくつかある。一つは，直に場面を目撃した一高生の判断がある。通常の感覚では，二人だけで行くのをおふくろが許さなくて当然だ，と結論されようが，その拒絶を「實に不思議だ」と言いきったの

は，一高生がよほど厚顔無恥だったか，ないし，その場に居合わせた者のみが知る状況や雰囲気の所以か，のいずれかであったろう。筆者は，後者の可能性が高いと考える。次に，一高生の帰京の朝，おふくろ以下の三名は見送りに来なかったが，しかし彼女たちが加わって，一向に不思議ではなかったであろう。現に，昭和8年の映画版用の伏見晁のシナリオでは，踊子・栄吉に遅れてではあるが，おふくろや千代子も，餞別の柿を携えて，一高生を見送りに来ているのである。（『日本シナリオ古典全集　第二巻』「キネマ旬報別冊」昭和41年2月号，167。）原作では，彼女らは来なかった。来なかった理由の一つは，一高生の「實に不思議」の感と対をなして，おふくろ側には彼に，そして踊子にも，当面あわせる顔がなかったのではないだろうか。最後に，恩地日出夫・井出俊郎の脚本にも，間接的ではあるが，おふくろの動揺の可能性を示唆する個所がある。内藤洋子主演の映画版，早瀬美里主演のTV版のいずれでも，踊子が「いい人はいいね」を語る相手を，原作のように義姉の千代子ではなく，わざわざおふくろへと変更している。もしも，下田到着時での踊子の一高生に対する思い入れの程度を，おふくろが十分に心得ていなければ，踊子に活動行きをせがまれて，理路整然と反対理由を述べる（彼らの映画・TV版のいずれでも，西河版と同じく，そうしている）余裕のあるはずがない。ここは一つおふくろが，踊子本人の言葉と口ぶりとから，一高生への愛着を相当に深めた事実を，事前によく承知していたことにしておこう。そうでないと，（シナリオ上の）話が自然につながらない，と恩地・井出の両者が判断したのであろう。彼らには，小説通りの進行では，活動行きをせがまれた段階で，おふくろが動揺をきたしかねない事態が，予見できたのである。

　理屈もままならないまま，おふくろはひたすら拒否の態度を貫いたに違いない。他に仕様がなかったのであろう。*　その結果，踊子には活動に行けない理由，自分の願望が叶わない根拠を納得する術（すべ）がなかった。反論の手がかりさえなかった。踊子は，自分の実感も道理も全てが否定された，と心底から感じたであろう。彼女には唯一の抵抗として，無言を通し，言葉と論理（ロゴス）への根本的な不信を貫く道が残された。踊子は語らなくなった。一高生に対してさえも。

　*西河・恩地両監督の計4本の映画作品では，おふくろが弁舌爽やか，かつ理路整然

と理由を述べ，活動行きを拒否している。筆者には，「物のわかった」大人の社会解説のように映り，おふくろと踊子の関係のリアリティーが感じられない。

　一高生は一人活動へ行った。そこでは，「女辯士が豆洋燈で說明を讀んでゐた。」（筆者の強調。）例え短時間であったにせよ，彼もまた踊子の，「言葉と論理」への不信を共有したに違いない。一高生には活動に留まる理由がなく，直ちに自分の宿へと戻った。今や彼が一人窓敷居に佇む空間は，言葉と論理が無力な，「夜の町」であった。「暗い町だつた。」ただ一つ，踊子の命の鼓動であろう，遠くから「絶えず微かに太鼓の音が聞こえて來るような氣がした。」このとき，天下の一高で（言葉と論理を）学ぶ彼に，「わけもなく涙がぽたぽた落ちた。」昼間，二人にとって喜びと解放に満ちた一日は，悲嘆の夜に終わろうとしていた。しかも，翌朝は旅芸人との別離のときだったのである。作者川端は，旅の最後の夜をそう描いたのではないだろうか。

　（三）　永遠の別れに向けて：「ちよ」から『伊豆の踊子』へ

　既に言及したように，長谷川泉の『伊豆の踊子』論は，川端康成の最も初期の創作である「ちよ」を重視した。というのも，関連する文章が全二十数行の短文ながら，第一高等学校の『校友會雜誌』に出たのが大正8年の6月と，一高生の伊豆旅行からわずか数カ月の後であり，かつ後の『伊豆の踊子』のあらすじ（シノプシス）を，早くも先取りしていたからである。しかし，両著作を比較すると，踊子の固有名は別にして，踊子との下田での別れを描いた最終部分で懸隔が目立つ，と筆者は考える。再度「ちよ」から該当部分を転写してみよう。

　　着いた翌る朝，船で東京に発ちました。小娘は，はしけで船まで送って，船
　　で食うものや，煙草なんか買ってきて，よく気をつけて，名残を惜しんでく
　　れました。（『川端康成初恋小説集』298。）

『伊豆の踊子』と根本的に違って，「ちよ」では二人の別れが，寂しさも含みながら，全体として，和気藹々として，微笑ましくさえ感じられた。何しろ十四歳の踊子が，二十歳の一高生に船中での食べ物にとどまらず，煙草まで買って

与えたのである。おそらく踊子は，あたかも一高生の姉か母のように，彼の身なりや，船旅に関する注意まで，事細かに指示したのではないだろうか。二人は，一時の別れに伴う，ちょっぴり悲しい思いも含めて，あれこれ言葉を交わし合ったのであろう。『伊豆の踊子』では，事態は一変した。「ちよ」での踊子の役割の一切は，栄吉が肩代わりした。彼は一高生のために柿や煙草，そして妹の名前に似た口中清涼剤「カオール」まで購入した。栄吉がそうした仕事を負ったのは，他でもない，これらの品を一高生に与え，船旅での注意を告げるに必要な如何なる言葉も，今や踊子の口からは期待できなかったからである。作者川端は，下田での踊子との別れをそう構成した。栄吉と一高生が，乗船場近くでうずくまる踊子を見つけ，栄吉が他の者たちについて尋ねたが，彼女は首を縦か横に振るだけであった。切符を買う栄吉が場を離れ，二人だけとなって一高生が問いかけても，踊子は自分を納得させるが如く頷くだけで，一切返答しなかった。はしけから一高生が船に乗り移る際にも，「さよなら」の言葉さえ発しなかった。ただ一つ，船がずっと遠ざかってから，永遠の別れのシグナルであろう，踊子は「白いもの」を「振り始めた」のである。＊

＊川端の作品に登場する芸の女には死がつきまとっている，という。（林武志，『川端康成研究』21。）考えてみると，言葉を失った踊子は既に半分死んでいる，少なくとも役者としては。

　だが，不謹慎を承知で問いたい。そもそも言葉一つ発しなかった踊子は，なぜ乗船場まで来たのだろうか。「ちよ」での別れであったら，誰しも踊子による見送りを，十二分に納得したであろう。しかし，本書で見てきたように，『伊豆の踊子』での別れは，幼いながら心底から湧き上がった願望の拒絶に遭って，言葉と論理への不信に打ちひしがれ，不条理に抗して無言となった少女と，そうした背景を知り尽くしながら，なす術のなかった若者との，別れであった。深く沈んだ，有り得難い別れであった。そうした経緯を誰よりも知っていた兄の栄吉は，踊子が見送りにくることはないと想定した。だからこそ，自ら煙草や柿，そして妹の名を連想させる「カオール」を一高生のために買い，船旅での注意も伝えたのである。当初，栄吉の他に女たちがいない様子に，「素早く寂しさを感じた」一高生も，栄吉に劣らずこの間の事情を知り尽くし

ていた以上，踊子不在の船出を半ば納得せざるを得なかったであろう。けれども，二人が乗船場に着くと，踊子は「うづくまつて……じつと」待っていたのである。

　踊子が見送りに来た理由を問うには，最低でも二つの仕方があるだろう。いずれの場合も，この見送りのエピソードが部分的には創作であることは，前提とすべきである。まず，踊子自身の見送りの理由を問いたい。彼女はなぜ見送りに来たのだろうか。別れの場面は，理由を示唆する何の具体的な叙述も含んでいなかった。NHKの「名作をポケットに」の「伊豆の踊子」が解説したように「互いに見つめ合」った形跡も，鶴田が主張したように「橋なしで川を跳」（『川端康成の藝術』24。）んだ形跡も，共に無かった。一高生がどう働きかけようと，踊子は終始「唇をきつと閉じたまま一方を見つめていた。」あえて言えば，己自身と向き合っていた如くだったのである。確かに，彼女は過ぐる日，一高生を「ほんとにいい人ね」と確信した。その思いが，見送りに来た一因ではあったとは，推測できる。しかし，十四歳の踊子が，一高生をどのように「いい人と」感じたのか，何が，他の女たちを差し置いて，彼女一人を早朝の乗船場に向かわせたのか，筆者はもとよりその動機を確と知る由も無い。最終的には「分からない」と，白状する他はないのである。

　もう一つの問いは，作者川端が篇中で，一高生の出発の朝，踊子を乗船場に向かわせた理由に関わる。この問いを少し変形するなら，川端にとって，「ちよ」での別れを，『伊豆の踊子』での重苦しい別れへと書き直した理由は，一体，何であったのか。「ちよ」での二人の別れは，後に検討する佐藤勝も主張したように，誰でもが生涯に何度かは体験する類の，尋常な別れであった。これに対して，『伊豆の踊子』での別離は，今生の別れを色濃く滲ませた。そうしたトーンは，船出への踊子の立ち合いを待って，初めて十全に裏書きされ得たのではないか。踊子が来なかった場合と，来た場合とを比較してみよう。来なかった場合，一高生の踊子との最後の接触は，「活動」行きが叶わぬと判明し，踊子が顔をあげる気力もなく，「犬の頭を撫でていた」，下田での木賃宿の夜だったことになる。この場面では二人は，互いのその後の約束はおろか，挨拶さえ交わさなかった。他方，翌朝，おふくろを含めた旅芸人たちの皆は，栄吉を介して，冬の大島への来島を「お待ちしてゐるから是非」との招待を伝え

て来た。踊子による見送りのないまま，栄吉と一高生とが乗船場で別れていれ
ば，一高生と旅芸人たちとの将来の関係は，かなり曖昧となったであろう。一
方で，形式上，彼は客として歓迎を約束された。しかし，肝心の踊子との意思
疎通は，儘ならぬままであった。一高生の大島行きには，期待と共に，それな
りのリスクが見込まれたであろう。では，踊子が送りに来た結果として，何が
生じたか。まず判明したのは，「活動」行きの挫折の体験から一夜を経て，踊
子の「失語」状態が解消されていなかった，という事実であった。乗船場で彼
女の姿を発見してから，はしけを経て船へ乗り移るまで，何度かの話しかけに，
踊子はついに最後まで，一つの言葉を以てさえ応じなかった。完全な言語不通
状態であった。一体，今後二人の間に，どのようなコミュニケーションの可能
性が展望できたというのか。加えて，一高生の船がついに下田を後にしたとき，
踊子は「白いもの」を振り始めた。彼女は，自らの意思で，二人の永遠の別れ
を認めたのである。踊子のそうした見送りを書き込むことを通して，作者川端
は一高生と十四歳の踊子との永久の別れに，いわば駄目を押した。後に説明す
るようにこれ以降，作者川端は，十六，七歳の踊子に接し，彼女を学び直すこ
とで十四歳の踊子を忘却する危険から，完全に守られるであろう。十四歳の踊
子は作者川端の中に，今を生き続ける過去として，永久に命を保ち続けること
となったのである。

　大正8年の「ちよ」と同15年の『伊豆の踊子』では，一高生と踊子の別れ
の様子が大きく異なる点を，早くに指摘したのは佐藤勝であった。彼によれば，
「ちよ」での別離は，旅を共にした後の二人の「普通の意味での」別れであっ
た。これに対し，『伊豆の踊子』では，別れに先立ち，一高生は「いい人はい
いね」を頂点とする，踊子からの好意の結果，喜ばしい「自己解放」を遂げて
いた。この解放は，しかし，踊子と共に旅した非日常の只中でのみ実現したも
のであって，解放された一高生が，そのまま日常世界へ立ち戻る道は閉ざされ
ていた。一高生は今や，解放された非日常の世界での人格と，日常的世界へ帰
還する，中身のない，もう一つの「空虚」な人格へと，分裂してしまっていた。
日常世界へ戻る船の中での一高生の有様が，そうした事態を如実に語っていた，
と佐藤は主張した。非日常下での彼の「自己解放」と，結果として生じた人格
の分裂という特異な事由の故に，『伊豆の踊子』での別れは，「ちよ」での尋常

な別れとは，大きく違ったのである，と。一面，迫真の解釈であると，筆者は考える。* 以下では，佐藤が指摘した「二つの別れ」論を筆者なりに批判する中で，大正 11 年および 15 年以降，作者川端が『伊豆の踊子』の結末に，「ちよ」とはかけ離れた別れを挿入した理由を，改めて探ってみよう。

* 「『伊豆の踊子』論」長谷川泉編『増補　川端康成作品研究』八木書店，1969，65-
83。但し，佐藤の論点は実際にはさらに複雑で，かつ，この小説での「美学の誕生」
の解明を目指していた点は，指摘しておきたい。

　この検討を進めるにあたって筆者は，『伊豆の踊子』に，もう一つ大正 8 年前後の仮想『伊豆の踊子』版を導入し，その二つを比較するという手続きを取りたい。すなわち，比較の一方は，大正 11 年に「湯ヶ島での思い出」として書き起こされ，大正 15 年に発表された，現在の『伊豆の踊子』であって，これを「実際の『伊豆の踊子』」と呼ぶ。他方の比較対象としては，もし仮に，「ちよ」を発表した大正 8 年前後，生徒川端が，「ちよ」でのわずか二十数行の素描（シノプシス）を拡大し，『伊豆の踊子』のような大きさの作品に仕上げていたら，大雑把に言って，どのような構成になっていたか，想像上の『伊豆の踊子』を描いてみる。これを「「ちよ」時代の『伊豆の踊子』」と仮称したい。「実際の『伊豆の踊子』」と，現実には存在しなかった作品との比較など，一般的には無意味だとも思えるが，佐藤の論の検討という限られた目的に照らせば，そうとばかりは言い切れない。加えて，「「ちよ」時代の『伊豆の踊子』」は，ある程度の確度を以て想像可能である。一つには，大正 8 年の「ちよ」が，短いなりに，後の『伊豆の踊子』の粗筋を記していること。また，もう一つには，生徒川端が大正 7 年の伊豆旅行で経験した出来事，また彼のその直後の変貌ぶりの一部について，当時を回顧した友人の記録が残されていることである。

　では「実際の『伊豆の踊子』」に比べ，その長さでは，約二十五分の一程度しかない「ちよ」での記述を，残された記録を参考にしつつ膨らませれば，どのような「「ちよ」時代の『伊豆の踊子』」になったであろうか。この場合，最初から最後まで，細部にわたる想像上の再現は不可能であるし，またその必要もない。重要なのは，佐藤が既述の論を立てたとき，その前提としたような違いが，果たして「「ちよ」時代の『伊豆の踊子』」と，「実際の『伊豆の踊子』」

との間にあったか，否かである。というのも佐藤によれば，書かれたままの「ちよ」は，一高生と踊子および旅芸人との旅情以上の内容は持たず（「一行と下田に発った時分には，まるで友達になっていました」（『初恋小説集』297。），その自然な延長として，下田での二人の別れも，尋常な別れであった。これに対し，「実際の『伊豆の踊子』」では，別離に臨んだ一高生の自己は，日常と非日常の世界の間で引き裂かれてしまって，日常的自己だけが，非日常的な自己を置き去りに，空く日常へ復帰するという，極めて異常な状況下での別れであった。なぜそうなったかと言えば，非日常的な旅芸人の世界の踊子による好意のもとで初めて，一高生は孤児感情から解放され，新たな自己に目覚めたからである。こうして佐藤は，「ちよ」での別れと『伊豆の踊子』での別れが，一方は尋常な，他方は極めて特異なものとして，大きく隔たっていた理由を説明したのである。

　佐藤の説明を念頭に，ここで再び，「「ちよ」時代の『伊豆の踊子』」の検討へ立ち戻ろう。結論から言って，もし大正８年前後に，生徒川端が，「「ちよ」時代の『伊豆の踊子』」を制作していたとしたら，踊子の「いい人はいいね」による一高生の孤児感情からの解放のエピソードを，ほぼ間違いなくそこに収載していたろう。というのも，伊豆旅行から帰った直後，生徒川端は一高の友人たちに，次のように語っていたからである。

　　……ぼくは，あの踊子にめぐりあったことが，この上もなくありがたい感じなんだ……その踊子が兄嫁との会話で，あの書生さん，いい人ねえ，ほんとにいいひとだわ，……と言ってくれたんだ。ぼくは，そのことばを耳にして，涙の出るほどうれしかったよ。その意味で，こんどの伊豆の旅は，ぼくを救ってくれたといってもいい……（鈴木彦次郎『太陽』1972年８月号，100。）

言い換えれば，「ちよ」でのわずか二十数行の伊豆の踊子との旅の部分を，当時，生徒川端が仮に二十倍に膨らませていたとしたら，大正８年の「「ちよ」時代の『伊豆の踊子』」は，「実際の『伊豆の踊子』」と相当に近づいた内容になっていたであろう。少なくとも，踊子による一高生の孤児感情からの解放のエピソードは，まず確実に入っていたであろう。その上で，別れの有様は「ちよ」と同じように叙述されていたはずである。かくも短く，省略だらけの「ち

よ」でのシノプシスで，比較的に言って具体的な，別れの部分だけがわざわざ創作された話であったとは，とても考えられないからである。これを要するに，佐藤が論じたように，一方では「ちよ」を旅情だけの仲良し旅，他方，『伊豆の踊子』を非日常的な世界での一高生の解放を伴う旅と区別して，こうした違いを根拠に二つの別れの違いを説明するのは，「現実的」でも正確でもないのではないか。確かに佐藤は，形式上は，実在の作品「ちよ」と，実在の作品『伊豆の踊子』を比較分析してはいる。しかし，実際には，「ちよ」は『伊豆の踊子』との比較対象としては，はりこの虎でしかなかった。比較対象としての「ちよ」を過信すると，一方で「ちよ」のモデルとなった「仲良し旅」があり，他方では，『伊豆の踊子』のモデルとなったもう一つの「非日常的な旅」があった，すなわち二度の伊豆の旅があったような，空想に逢着しかねない。実際には，「ちよ」で言及された，伊豆の旅の短いエピソードは，「ちよ」という特異な話の一挿話を主目的として生徒川端が用いたもので，もし独立した伊豆の旅の話として制作していたら，当時でも，踊子による孤児根性からの解放を，当然にも含んでいたであろう。そして同時に，その話の結末の別れは，「ちよ」とほぼ同じであったろう。したがって，佐藤が『伊豆の踊子』の現実的な比較対象として選ぶべきであったのは，「ちよ」ではなく，仮想上の「「ちよ」時代の『伊豆の踊子』」の方であった。ところが，もし，そうしていたら「「ちよ」時代の『伊豆の踊子』」には，解放が入っている以上，「ちよ」と『伊豆の踊子』の別れの違いの彼の説明根拠は，消滅してしまう。同じ解放の叙述を含みながら，「「ちよ」時代の『伊豆の踊子』」は微笑ましい別れに終わり，「実際の『伊豆の踊子』」では悲劇的な別れに終わった。佐藤の論は，成立しなくなってしまうのである。さらに加えるなら，非日常下で解放を経験した一高生の人格が，日常性へは立ち戻れない，という佐藤の主張にも，筆者は疑問を感じる。というのも，伊豆旅行から戻って後，生徒川端は「教室でも寮でも，見ちがえるほど，ひとりぼっちじゃない彼に変身した」からである。（『太陽』，101。）

「ちよ」と『伊豆の踊子』での別れの有様の違いは，改めて，佐藤とは別な理由に求めねばならない。すなわち，「「ちよ」時代の『伊豆の踊子』」も，「実際の『伊豆の踊子』」も，同じように孤児感情の解放を含んでいながら，なぜ前者では別れは和気藹々とさえしていて，後者では悲劇的に沈み込んだ別れに

なってしまったのか。作者川端は，大正8年前後と，大正11年から15年とでは，なぜ別れの有様の叙述を根本的に変更したのだろうか。第三章で論じたように，筆者はその理由を，大正8年から同10年にかけて作者川端が被った伊藤初代との恋愛・婚約破談の体験の影響に求めるべきである，と考える。作者川端は，そうとは明確に自覚しなかったにせよ，ダーウィン的な問い，すなわち十四歳の初代（ちよ）も踊子も共に，十六, 七歳へと歳を重ねる中で，なぜ人の「気質の美点や良さ」（mental charms and virtues）への感受性を等しく，しかも不可避に，相対化してゆくのか，という問いに直面した。そうした自問を繰り返す中で，かつての踊子との喜ばしい数日間の体験にも，複雑でかつ深刻な変化が生じたのでないか。一方で，作者川端の中では，一高生（生徒川端）の容貌の欠点を物ともせず，その人柄を感知して「いい人」と認めてくれた踊子への感謝の記憶を，がぜん強く回顧するようになった。他方では初代と同じく，踊子も十六, 七歳へと成長し，伊豆旅行の当時の姉千代子の年齢に近づけば，かつての初々しい好意に替えて，厳しい目を自分の欠点に向けるであろう，と否応なく理解したのではないか。ここに生じた認識の変化の結果として，作者川端は踊子との別れを，和気藹々とした尋常の別れから，永遠の別離を連想させる，悲劇的に沈んだものへと書き換えた。その変更を通して，踊子との別れを恒久化して成長した彼女との接触を回避し，逆に，十四歳の彼女の仕草と言葉，すなわちこのときの彼女の命を，作品の中に不朽化したのだ，と。作者川端が採用したこうした対応の効果については，後に検討したい。

（四）　作者川端自身の別れの解説：その問題点

　踊子との別れの有様が，「ちよ」から『伊豆の踊子』へと書き換えられた経緯の核心は，以上のような事情にあった，と筆者は推測する。但し，ここまではこうした論点を中心に，いささか先を急ぎ過ぎた恨みもある。以上で，下田での永久の別れの仮説の検討が尽くされたとは，筆者は考えていない。中でも本書ではこれまで，作者川端その人自身が提出した別れの解説について，殆ど触れてこなかった。一体，彼は「ちよ」での別れ，そして何よりも大正15年の『伊豆の踊子』での別れを，どのような性格のものとして理解していたのだ

ろうか。あらかじめ断っておくなら，以下に取り上げる川端自身の証言が，文字通りに正確で支持に値した場合には，筆者の下田での永久の別れ仮説は，難関に行く手を阻まれる如くである。最晩年の著述の一つ，「『伊豆の踊子』の作者」において作者川端は，下田での踊子との別れ前後の一高生（生徒川端）の状況と期待とについて，二つの個所で言及している。昭和42年から43年にかけて記されたこれら二つの言及が，別れの時点での一高生（生徒川端）の状況と期待とを，等しく正確に表していたとすれば，筆者の二つの仮説は成り立たなくなる。それら言及の検討に先立って，この点を率直に認めておきたい。川端による二個所の言及は，新潮社版の『全集』第三十三巻の210ページおよび242-43で，それぞれなされている。以下では，これら二個所を，特に慎重に分析し比較して行こう。

　第一番目の言及は，昭和8年の田中絹代主演の映画化に関し，自身が著したかつての文章を説明した個所に登場した。伊豆の旅の直後，踊子の兄と交わした葉書と関連させつつ，下田での別れの前後の生徒川端の思いを次のように解説したものである。

　　兄のはがきには波浮の家への誘ひがあった。伊豆の旅でも，旅から歸つてからも，私は大島の旅藝人の家へ行くことに決めてゐたし，向うも來るものときめてゐてくれたのに，固い約束が果たせなかつたのは，ただ私に旅費の工面がつかぬからだつた……私はいまだに大島へ渡つたことはない。（『全集』三三巻，210。）*

　*大島行きを果たさなかった経済的な理由は，すでに昭和24年の『獨影自命』で，次のように述べていた。「向こうでも私が大島へ來るものと信じ切つてゐて，正月に芝居をするから手傳つてほしいなどと書いてあつた。下田で別れる時は私も冬休みには大島へ行つて再會出來るものと信じ切つてゐた。しかし金がなくて行かなかつた。なんとかすれば行けたのだろう。そのなんとかをしなかつた。」（『全集』三三巻，394。）：ところが，わずか二年後の昭和26年，川端は三笠文庫の『伊豆の踊子』への「あとがき」で，旅芸人のその後にもふれ，「私はなぜ大島へ渡つてみなかつたのか，自分でも分からない。」と書いた。一体理由は何だったのか。一高生の大島行きの経済問題については，付論1「旅芸人の経済事情」で検討した。

上記の個所で作者川端は，伊豆の旅の最中および直後に，生徒川端（一高生）

が，旅芸人との将来の交際に，どのような進展があったか（なかったか），将来についてはどう考えていたかを，説明した。大正 15 年『伊豆の踊子』を発表したはるか以前の事態の回想，大正 7 年の体験の余韻が残った内容であった。この時点で，生徒川端は近未来の大島行きと踊子との交際の継続を当然視していた。大正 7 年直後のことであったから，主に過去形で書かれた。最後の一文だけが，昭和 40 年代の「現在」までの状態を示す現在形（英語の現在完了？）で書かれている。こうした言明は，筆者の「永久の別れ」の仮説と何ら矛盾しない。後の初代（ちよ）体験を経て初めて，踊子との永久の別れと，十四歳の彼女の記憶のみを書き留める決意とを，作者川端が固めた，というのが二つの仮説だからである。

　ところが，第二番目の言及個所では，事情が一変した。第一番目から約一年の後に出た昭和 43 年の掲載分で，作者川端は，大正 15 年発表の現行の『伊豆の踊子』の該当個所を直接に参照しつつ，一高生の別れの場面の状況，直後の彼の期待について解説した。伊豆の旅の直後の「ちよ」時代ではなく，七年間を隔てた大正 15 年に発表した『伊豆の踊子』の中で，生徒川端（一高生）の状況や期待がどんなものであったか，説明したのである。この個所では川端は，タクシーの運転手を含めた一般の人々の間で，『伊豆の踊子』がなぜかくも愛読され続けてきたのか，その理由を自問した。その上で，この小説が感謝の気持ちを素直に表しており，それが「甘えにまでなってゐる」からだ，と自らの見方を開陳した。『伊豆の踊子』からの引用も含めた，該当個所の主要部分を以下に転写する。

　「……少年が竹の皮包を開いてくれた。私はそれが人の物であることを忘れたかのやうに海苔巻きのすしなどを食つた。そして少年の學生マントの中にもぐり込んだ。私はどんなに親切にされても，それを大變自然に受け入れられるやうな美しい空虚な氣持だつた。（中略）……眞暗ななかで少年の體溫に溫まりながら，私は涙を出委せにしてゐた。」

　見ず知らずと言つていい人に，このやうに甘えてゐられるのは，幸福な時であらう。この「私」はかなしみにあまえ，しあわせにあまえてゐる。踊子と別れて來たのをかなしんでゐるにしても，この時の私は，やがて大島の波浮の港へいつてまた會ふつもりでゐるから，永久の別れとは感じてゐない。一

176

時のあまい別れである。別離よりもむしろ再會を思つてゐる。しかし，私は
その時下田の港で踊子と別れた切りになつてしまつた。(『全集』三三巻，
242-43。)

昭和43年のこの文章は，先に検討した第一の文とは対照的に，「しかし」に始
まる最後の一文だけが過去形で，それに先立つ文章は，全て現在形で書かれて
いる。もし過去形で通せば，一番目の言及と同じく，実際にあった過去そのも
のへの言及，と受け取られがちとなるだろう。ここではあくまで，大正15年
の『伊豆の踊子』という「小説」を論じたのだから，そうした印象を避けるた
めの現在形だったのであろうか。ところが，最後の文章だけは過去形を用いて
おり，あの「実際の」別れから今日までの作者に関わる歴史的な事実を回顧し
たような印象を与える。しかるに，ここでの川端の主張はあくまで，『伊豆の
踊子』での別れにおいて，一高生（生徒川端）は踊子との再会を思っていた，
だから別れは一時的なあまいものに過ぎず，半ば以上，幸福な中にあった，し
たがって，誰からの親切にも実に自然に応じたのだ，という内容であった。
「この時の私」の，この時がいつのことを指し示すのか，あるいは，「しかし」
以下の歴史的な事実は省いてしまった方が良かったのでは，等の問いをまずは
忘れて，作者川端の文章を素直に読もう。そうすると『伊豆の踊子』について
の彼の主張は，下田での踊子との永久の別れを前提に『伊豆の踊子』を構成し
た，という筆者の仮説を，ほぼ全面的に否定する結果となっている如くである。
もしも，ここでの川端の言及が，大正15年の発表作品における，一高生（生
徒川端）の別れの状況と期待を正確に表現していたとすれば，彼の下田での踊
子との別れの状況と期待とは，七年を隔てた「ちよ」時代と『伊豆の踊子』時
代とで，全く同じ性格のものだったことになるからである。

　筆者は当然ながら，川端の言及を鵜呑みにして，おめおめと引き下がるわけ
にはいかない。二つの言及を，一方は生徒川端の体験への，他方は文学作品へ
の言及として，区別すべきだとの解釈もあろう。しかし，『伊豆の踊子』に独
自な出自が，そうした明瞭な二分化を許さない。したがって，筆者はむしろ，
作者川端の主張の組み立て方に，受け入れがたい錯誤を見出すという方向で，
検討を進めたい。錯誤については後に説明するが，ここではまず，川端自身が，
以上の第二番目の言及が実は「偏向」していることを示唆する，別な主張を述

べているので，それを参照しよう。川端は，同じ「『伊豆の踊子』の作者」の
別の個所で，大正 15 年の下田での別れを，一高生（生徒川端）に即して，上
記とはほぼ正反対に性格づけたのである。確かに，『伊豆の踊子』での船中で
の一高生は，一面，充足感に浸っている如くに描かれている。しかし，これを
発表した大正 15 年，作者川端は決して心穏やかではなかったようである。そ
れを示唆したのが，川嶋至による昭和 42 年のある指摘に対する，川端の反応
であった。既に紹介したが，『伊豆の踊子』での踊子こそ，旅芸人に身をやつ
した伊藤初代（ちよ）その人ではなかったか，との川嶋の主張については，川
端は憶測であるとして，これを半ば無視した。ところが，川嶋のもう一つの指
摘には「愕然」とした，と川端はその意義を率直に認めたのである。すなわち，
『伊豆の踊子』での帰京の船中で，一高生に好意を示し親切にしてくれた受験
生の姿が，ほぼ同じ形で，実は大正 13 年の彼の作品「非常」に，既に描かれ
ていた，という川嶋の指摘であった。川端によれば，

　　二つをならべて見せられて，私はこれほど驚いた批評もめづらしいが，それ
　　よりもさらに，これは二つとも事實あつた通りなので，いはば人生の「非
　　常」の時に，二度，偶然の乗合客の受験生が，私をいたはつてくれたのは，
　　いつたいどういふことなのだらうか……（『全集』三三巻，247。傍点筆者。）
　　二度の「人生の『非常』の時」と川端が言ったうちの一つは，突然に破談を
宣告してきた初代（ちよ）のいる岐阜へ向かう汽車の中のこと，もう一つは
『伊豆の踊子』での帰京の船中のことであった。ここで筆者が問題にしたいの
は，そうした偶然の重複について川端が抱いた驚きの念の方ではない。注目し
たいのは，彼が作品「非常」での汽車の中の出来事と，『伊豆の踊子』の船中
の一高生を取り囲んだ状況を，共に人生の「非常」として同一視したことであ
る。前者が「人生の『非常』」であったのは当然であろう。自身も心から待ち
望み，友人・知人たちにも周知された婚約相手の初代（ちよ）が，青天の霹靂，
永久に別れたいとの手紙を送りつけて来た。直後，取るものも取り敢えず，川
端が飛び乗った岐阜行きの夜行列車の中のことであったから。（水原『川端康
成と伊藤初代』，第二章，第三章。）しかし，もう一方の『伊豆の踊子』での帰
京の船中は，「人生の『非常』」に当たったであろうか。「「ちよ」時代の『伊豆
の踊子』」であれば，決して当たらなかったであろう。相手が，どんなに世話

好きで，可愛らしい踊子であっても，程なくしての大島での再会を期した別れ
が，「人生の『非常』」であったはずがない。上記の第二回目の言及では，『伊
豆の踊子』での別れは，「幸福な時」であったので，「見ず知らずと言つていい
人に」，「甘えてゐられ」た，と主張していた。ところが，川嶋至の指摘への反
応の中では，船中の一高生（生徒川端）の場合も，列車の中でと同じく，「い
はば人生の「非常」の時に，二度，偶然の乗合客の受験生が，私（一高生）を
いたはつてくれた」のである。（『全集』三三巻，247。）「人生の『非常』の時
に……私をいたわつてくれた」という表現から，見ず知らずの人が，幸福な私
を甘えさせてくれた，という状況を連想することは，不可能であろう。受験生
が，「非常」事態にあった一高生の不幸な様子を見るに見兼ねて，いたわって
くれた，と読み取る方が，はるかに自然ではないか。「何か御不幸でもおあり
になつたのですか。」(225) こうして，『伊豆の踊子』の船中での一高生が幸福
で一方的にあまえていた，という解釈と，いや彼は人生の「非常」にあたる不
幸の直中にあって，見ず知らずの他人からさえいたわりの手を差し伸べても
らった，という，相対立する二つの解釈を，作者川端が，ほぼ同じ時期，同じ
連載の中で，展開していたことになる。

　川端自身による相対立する解釈を，どう理解すれば良いか。以下では，そう
した眼目から，川端の主張を，特には第二の言及を，慎重に検討したい。しか
しそれに先立ち，予断を覚悟で，彼の「幸福」と「あまえ」の主張について，
やや自由に論評しておきたいと思う。仮に，大正15年の『伊豆の踊子』での
一高生が，幸福の中で受験生にあまえていた，との解説が，川端の正直な「本
心」の吐露だったとしよう。この場合，『伊豆の踊子』の読者のうちの半数近
くが，怒りに近い感情を抱くのではないだろうか。本書の最終部で詳論するが，
これまでも『伊豆の踊子』は，十六，七，八歳へと女子高校生が成長する間，急
激に彼女らを読者として失ってゆく傾向を示していた。一高生の，踊子への思
い入れの性格が理解不能だというのが，彼女らの有力な理由であった。もしも，
口も利けなくなった踊子を下田に残した一高生が，船中，「幸福」な気分で受
験生にあまえていただけであったとしたら，あまりに理不尽ではなかったろう
か。別れとは，二人の間の出来事である。ところが，この解説では相手の踊子
の境遇への配慮が極端に不在であった。筆者は，フェミニストではない。しか

し，これでは，あまりに男中心の一方的な話ではないか，と反発する女子高校
生たちの側に，がぜん立ちたいと思う。この作品を論じる意欲も，正直のとこ
ろ，半ば失せてしまう。『伊豆の踊子』の命運はもはや尽きつつある，と言う
他はなくなってしまうだろう。こうした結論になってしまっては元も子もない
ので，下田での別れに関する川端自身の説明を，改めて検討の俎上に載せてみ
たいと思う。

　結論から言って，川端が，大正15年の『伊豆の踊子』での別れの状況と一
高生の期待を説明した仕方には，本人も十分には意識していない，過誤がある
と筆者は考える。しかし，過誤は彼の主張の組み立てに関わるので，その主張
の批判的な検討には，やや込み入った手続きを必要とする。そのためにまず三
つの時間を区別し，それぞれに関係する事柄や生徒川端，作者川端の状況を把
握しておく必要がある。次のように表示しておきたい。

　大正7年晩秋　一高生（生徒川端）伊豆で旅芸人と同行　　　　川端満19歳
　大正15年初頭　「伊豆の踊子」（正，續）を発表　　　　　　　川端満26歳
　昭和42-3年　「『伊豆の踊子』の作者」で自作を解説　　　　　川端満69歳

　まず最初に，作者川端が上記の昭和42-3年にかけて，下田での別れの状況
と一高生の期待を，二度にわたって言及したことを，再確認しておく。一度目
の言及では，伊豆の旅の直後の状況と期待を述べた。旅の直後には，生徒川端
が大島行きと旅芸人との交流の継続とを当然視していた，だが現在まで大島行
きは果たせていない，と言及したのである。大正7年直後の状況と期待とに関
する昭和42年での回想として，何の問題点もない，と筆者は考える。慎重な
検討を要するのは，昭和43年の二度目の言及にある。すなわち作者川端は，
この個所では，旅から七年を経た大正15年，『伊豆の踊子』を発表した段階で，
主人公である一高生の状況と期待を証するが如く説明した。再会を前提とした
一時の別れだから，実は「幸福」の中で，受験生にあまえていたのだ，と述べ
たのである。既述の如く，件の個所の大部分は現在形で記述された。歴史的な
事実というよりも，小説の中の一高生（生徒川端）の状況と期待を述べたもの
であった。そうした説明としては，現在形は自然であった。筆者の判断では，
最後に過去形で書かれた一文は，省略してしまってもよかったように思える。

ところが川端は，「しかし，私はその時下田の港で踊子と別れた切りになつて
しまつた。」と，書かずもがなの，過去形の一文を書き加えた。なぜだろうか。
その直近の理由は，容易に理解できた。第二の言及における「幸福」と「あま
え」の根拠は，全て「波浮の港へいつてまた會ふつもり」と「再會を思つてい
る」に，掛かっていたからである。再會の予定と期待があったればこそ，『伊
豆の踊子』の一高生は，一見悲しげに感ぜられる別れを，「一時のあまい別れ」，
「幸福」とさえ実感できたのだ，という説明であった。例え一部は創作の話で
あることを前提としても，こうした因果関係こそが，「あまさ」や「幸福」に
リアリティーを付与できたのである。大島行きと再会とは，別れの「あまさ」
と「幸福」の源であり要であった。第二の言及を読む者は，小説とは知りつつ
も（実際には『伊豆の踊子』は自伝に近い！），ではかくも重要な「大島行き
はどうなったのだ。」と疑問を抱かざるを得ないであろう。昭和43年の川端自
身は言うまでもなく，少し物好きな読者の多くも，彼が大正7年の直後はおろ
か，それから七年を経た大正15年に至るまで，大島になど行っていないと
知っていた。大正15年に身を置いてこの事実をストレートに認めてしまえば，
第二の言及の大方の論拠は消滅してしまう。困惑の中で川端は，事実は，大正
7年が踊子との永久の別れになってしまった，と認めざるを得なかった。但し，
ここばかりは歴史を物語る如く，過去形を用いた。現在形の諸個所と，最後の
過去形の文章とを，せめて別次元の事柄として，区別しておきたかったのであ
ろう。小説の世界の事柄の根拠に言及する責を果たし，かつこちら側では自身
の歴史的事実にも目をつぶらない配慮を見せて，窮状を脱しようと試みたので
はないだろうか。半ばフィクションの中での状況や期待の根拠とは言いながら，
大正15年に及んで，そうした根拠の実態は，時効ないし賞味期限切れで，も
はや役に立たなくなってしまっていた。七年がたち，大島行きや再会など全く
非現実になってしまっていた。一つの期待を根拠とする別の期待は，前者が行
動による不成立で霧散してしまえば，文字通り同じく霧散してしまっていたの
である。いずれにせよ，「『伊豆の踊子』の作者」での二度の言及から，大正7
年の体験と，大正15年の『伊豆の踊子』とにおける別れが，一高生の状況お
よび期待の点で，同じであったとの証拠を，引き出すことはできない。佐藤勝
その他の人々が実感しているように，「ちよ」ないし「「ちよ」時代の『伊豆の

踊子』」での別れと，大正15年の『伊豆の踊子』でのそれとは，劃然と異なる
のである。したがって，川端の第二の言及は，『伊豆の踊子』の下田での永久
の別れという，筆者の仮説を否定する論拠とはなり得ない，と結論したい。

　下田での別れの一高生（生徒川端）の状況と期待とは，本書のメイン・テー
マを成す。したがって筆者は，この主題に関する作者川端の批判および理解に
ついては，特に慎重でありたい。したがってここではまず，多少の重複は厭わ
ず，川端の説明を擁護する二つの解釈をあえて想定して，それぞれの問題点を
指摘する仕方で，彼の二番目の論究の問題点を，改めて確認したい。ついで，
彼の主張する「幸福」や「非常」の意味内容を解釈し直してみたい。こうした
再解釈を通して，「幸福」と「非常」が，別れの場面で両立できないものか，
検討してみたいと考えるのである。

　川端の犯した無理な説明の意味内容を一層明確にするために，あえて川端に
よる解説が擁護できる二つの解釈を想定し，それぞれに批判的な考察を加えて
みよう。まず一つ目は，仮に生徒川端が大正7年の伊豆旅行の直後に，『伊豆
の踊子』を書いていた，と想定する場合である。もし，仮にそうであったなら，
例えば「半年前の伊豆の旅での別れの状況や期待」がこれこれであったから，
と直截と述べて，書きたての『伊豆の踊子』での一高生のあまえや幸福の理由
を自然に説明できたであろう。すなわち「「ちよ」時代の『伊豆の踊子』」の一
高生についてであったならば，実際の旅の直後だから，大島での再会も当然の
予定の内だし，かなしみにもよろこびにもあまえることが出来る，と述べて何
ら矛盾のない説明となったであろう。さらに，「『伊豆の踊子』の作者」が，大
正8年に出版されていたら，一層好都合であったろう。当時なら，「また會ふ
つもりでゐるから」などの言明は，極めて臨場感を備えていたであろうから。
説明は，しかし，昭和43年でも無理なく可能であったろう。この時からはる
か昔を振り返って，旅行直後の小説の一高生（私）が，「こう感じていた，こ
ういうつもりであった」と書くことは一向に構わなかったはずである。但し，
この際には，「あまえてゐた」，「會ふつもりでゐた」のように，言明は全て過
去形を用いることが望まれたであろう。にもかかわらず，伊豆の旅が大正7年，
『伊豆の踊子』の発表が大正15年という事実は，やはり動かしようがない。し
たがって，あり得ない仮定に立つこの第一番目の擁護論はやはり成り立たない，

と筆者は思う。批判の単純な繰り返しに見えるかもしれないが，昭和43年の川端による『伊豆の踊子』の別れの説明のどこが無理であったか，一層明確になっただろう，とは信じたい。

　川端の言及を擁護する二番目の立場に移ろう。この立場は，一方で川端が『伊豆の踊子』の別れに関する説明で用いた「あまえ」や「幸福」が，全て大正7年の伊豆の旅での生徒川端，つまり作者本人の体験そのものから由来したこと，を認める。加えて，『伊豆の踊子』がその旅から七年以上を経て発表された小説であること，も認める。その上で，大正15年の『伊豆の踊子』は，大正7年の一高生（生徒川端）の旅芸人との伊豆の旅を，いわば七年間を平行移動させて，そっくりそのまま再現した作品である，と想定する。（既述のように，作者川端自身が，「『伊豆の踊子』はすべて書いた通りであった。事実そのままで虚構はない。」と証言している如く。（『全集』三三巻，243。＊）そうであれば，仮令七年間が両者を隔てるとしても，大正7年の体験は一言一言，一挙手一頭足に至るまで，大正15年の『伊豆の踊子』に対応していることになろう。経過した時間とは無関係に，大正7年の旅行体験のあらゆる要素は，大正15年の『伊豆の踊子』での対応するあらゆる一高生の状況や期待の説明に，無条件に使用可能となる。旅行体験で，別れにあたり実は，「かなしみにあまえ，しあわせにあまえて」いたなら，「波浮の港へ行つてまた會ふつもり」でいたなら，『伊豆の踊子』での「私」（一高生）の状況や期待の説明に用いて，何ら問題がないわけである。臨場感を高めるために，過去形の代わりに，現在形を用いても十分に許容範囲と見做されるであろう。現に，川端は現在形を用いたのである。かくして，昭和43年の川端の説明には全く瑕疵はなく，そのまま承認されるべきである，と。

　＊但し，昭和23年の『獨影自命』（『全集』三三巻，295。）では，『伊豆の踊子』を，「十六歳の日記」「葬式の名人」等と並んで，「事實に近い小説」の一つとし，昭和28年の「作家に聞く」（『同』，554。）では，同小説を「ある程度事實に近いところはある。」と述べた。いずれも，「『伊豆の踊子』の作者」での主張とは，やや隔たりがあったと言うべきか。

　しかし，この第二の擁護論には，決定的な問題点がある。この論の大前提は，大正7年の伊豆旅行と，大正15年の『伊豆の踊子』との完璧な対応関係であ

る。確かに，対応する部分はかなり多いであろう。それは，作者川端自身も主張している通りである。しかし，大正7年の生徒川端の体験と，大正15年の『伊豆の踊子』とは，決して完璧な対応関係を示していない。伊豆旅行の直後，唯一，別れの場面を描いた，「ちよ」での別れを，大正7年の伊豆体験での別れと想定しよう。(現時点では，ほぼ唯一の可能性である)。これと他方の，『伊豆の踊子』での（七節）別れの場面を比較してみよう。これまで再三指摘したように，両者は「完璧な対応関係」からは程遠い。尋常な別れと，人生における「非常」の別れほどに，隔たっているのである。大正7年の体験と『伊豆の踊子』との完璧な対応関係論は，成り立たない。しかも，「『伊豆の踊子』の作者」で，作者川端が伊豆の旅の体験に依拠し，『伊豆の踊子』の一高生（私）の状況と期待とを解説しているのは，まさしくこの別れの場面についてなのである。これを要するに，「『伊豆の踊子』の作者」で展開したような主張をもってしては，『伊豆の踊子』での一高生（生徒川端）が，作者川端が解説したような状況と期待の中にいたとは論じられない。すなわち一高生にとって，別れはそのような性格の別れであった，と説得的に証することはできなかったのではないか。大正7年の体験と，同15年の『伊豆の踊子』での別れが，基本的に同じ性格であった，すなわち『伊豆の踊子』の下田での別れも，ごく一時的なものであり，作者川端も，彼が描いた一高生も，大島での再会を当然のことと期待した別れであった，との証拠を何ら提示しなかったに等しい，と筆者は結論したい。したがって，下田での永遠の別れという筆者の仮説は，転覆を免れている。

　但し，筆者は作者川端の昭和43年の説明との関係で，別れが一時的か，はたまた永遠のものと構想されたのかについて，白黒のように明確な決着がついたとは思わない。上で論じたように，波浮で再会するつもりでいるから，永久の別れとは思っていない，というのは，『伊豆の踊子』での一高生（生徒川端）の状況と期待の説明としては，無理がある。その当然の系として，再会を前提としているから，「かなしみにあまえ，しあわせにあまえてゐる」という帰結を，引き出すことも不可能であろう。しかしながら，『伊豆の踊子』において，一高生（生徒川端）が実際に「かなしみにあまえ，しあわせにあまえてゐ」いた可能性までは否定できないであろう。否定できない場合でも，筆者の永久の

別れの仮説と矛盾しない。というのも，大正７年の伊豆での一高生が，自分の孤児根性やエリートのこだわりを忘れさせてくれた踊子と，旅を共にした喜びを心から実感したと想定して，極めて自然であろう。こうした喜びは再会の期待から生じる喜びとは異質なもので，永久に再会できなくとも，否むしろ，永久に再会できないからこそ，より痛切に感じ，一高生を陶酔に浸らせたとしても不思議ではない。『伊豆の踊子』での生徒川端は，そうした踊子との永久の別れという「人生の『非常』」の直中で，同時に，生涯に二度と訪れないであろう体験を得た「幸せを嚙みしめ」（羽鳥『作家川端の展開』，168。）ていたかも知れないのである。無関心や無感動と対比されるとき，深い悲しみと深い喜びとは，思いのほか，互いに矛盾しない，同根の感情なのであろうか。下田での船出に，『伊豆の踊子』の一高生は形容し難い「幸福」感の中に，踊子との今生の別れを心深くに覚悟して臨んだ。再会の見込みはないと知りつつ，帰京の船に身を託したことになる。そうした場面であったから，「人生の『非常』」と呼ぶにふさわしかった。「実際の『伊豆の踊子』」の結末は，踊子にとって悲劇であったと同時に，一高生と作者川端にとっても，一面，人生の「非常」として幕を閉じたのである。

（五）　別れと生き生きとした記憶：『されどわれらが日々―』との比較

　では作者川端は，どのような構想ないし目論見の下に，「ちよ」時代の和気藹々とした別れを，『伊豆の踊子』における「人生の『非常』」の中での別れへと，変更する選択をしたのか。もとより，ただ一つの説明があるとは思われない。ことによると，作者川端自身が，そうした問いへの回答など，拒絶することもあり得る。けれども，『伊豆の踊子』を，自身の能力の及ぶ限界まで理解したいと念じる筆者としては，困難とは感じつつも，そうした問いを立て，少なくとも部分的には，納得のゆく答えを求めたい希望である。そこで本章の終わりに，筆者の学生時代にあたる 1960 年代の後半，大学生を中心に広く読まれた，柴田翔の『されどわれらが日々―』（文藝春秋，1964 年）を取り上げ，『伊豆の踊子』との比較を試みたい。柴田翔の小説の主人公の決断と，一高生に仮託した作者川端の踊子との別離の決断とを比較検討して，人生における生

きた記憶とは何か，特に人を生かす記憶とは何か，という観点から『伊豆の踊
子』の主題構成に迫ってみようと思う。

　そうした作業に先立って，筆者が上記の主人公たちの比較を思いついた経緯
を，簡単に述べておきたい。広義の教育活動に携わった者たちにとって，学習，
平たくいって，人が何事かを学ぶという働きは，終始それなりの関心事であっ
たはずである。学問としての教育学にとって，学習とは何か，それをいかなる
方法で成立させるかは，時代や社会体制の違いを超えて，一大テーマであった。
にもかかわらず，教育の学科に所属していた筆者にとって，学習論は血湧き肉
躍る関心事とはなりにくかった。その理由の大半は，パブロフからB. F. スキ
ナーに至る近代的な学習論が，孤立した「動物」ないし「動物としての人間」
中心のアプローチを連想させ，人文的な人間理解が関心事であった筆者には，
縁遠く感ぜられたからである。ところが，この三十年ほどの間に，社会や自然
の直中に生きる人間の学習や記憶に焦点を合わせた理論が，世界的に台頭して
きた。エピソード記憶や伝記的記憶は，かつての学習論や記憶論より，はるか
に人間臭に富むように思われた。そうした中で，筆者の関心を一際引いたのは，
学習は忘却を伴う，というエドワード・S・リードの主張であった。我々はこ
れまで，何かを学ぶとは，既知の上に新たな知を獲得してゆくこと，丁度フト
ンを積み上げたり，引き出しを加えたり，メモリーに貯蔵したりといった，何
か，一方的にため込む有様を描きがちではなかったか。リードの紹介者の一人
松島恵介によれば，学ぶとは，一面では即忘れることである，という。* 分か
りやすい例として，子供が自転車に乗れるようになる学びを検討してみよう。
これまでの学習論だと，この過程で，子供は乗れなかった自分についてと，乗
れた後の自分についてと，二つの記憶を積み重ねて行くように解釈しかねな
かった。しかし，実際には乗れるようになった子供は，乗れなかった自分の記
憶を喪失してしまう。あえて覚えていると言えば，乗れないという生々しい感
覚の蘇りではなく，そうした状態があったようだという，他人事的な推測に過
ぎなくなってしまう。なぜか。記憶が成り立つには，一面，現在の自分と過去
の自分とが区別されていなければならないが，しかし，他面，両方の自分は一
体の者として，つながっている必要がある。ところが，自転車乗りをマスター
すると，乗れる自分が一つの自分となり，乗れなかった自分は今もう一人の人

間として自分とは分離した別人となってしまう。あえて後者の記憶があるとい
えば，実は自分ではないもう一人に関する推論のような，何か他人事になって
しまうのである。こうした理論の裏面として，乗れなかった記憶を保つには，
乗れない状態を継続するしかない，とも言える。もし，乗り方を学んだ人間が
同時に，乗れなかった自分を生き生きと記憶していたなら，松島はその人は多
分自転車に乗れなくなるだろうというのである。* 筆者を含め，自転車に乗れ
る大人は，乗れなかった自分の記憶を失っているのである。以下では，リード
の正確な解釈を引き継ぐのが目的ではない。むしろ彼の主張が指し示す，学び
と忘却とが実は裏腹の関係にあるという見解のスピリットを，『伊豆の踊子』
と『されどわれらが日々─』の解釈に，柔軟に活用して行くことを主眼とした
い。**

*筆者は別な可能性として，こうした場合，世界中の大人という大人は，日々自転車
に乗るたび，天国に昇る心地に歓喜の声をあげるであろう，と空想する。なぜなら乗
れない自分を生き生きと記憶していれば，乗れる現在は奇跡に近く感ぜられ，その奇
跡を自転車に乗るたびに実感できるだろうから。実際には，そんな大人は見たことが
ないが。

**松島恵介『記憶の持続　自己の持続』金子書房，2002 年，Ⅳ章；Ulric Neisser &
Robyn Fivush, eds. *The Remembering Self: Construction and Accuracy in the Self-
narrative.* Chapter 15, Cambridge U. P., 2009。

　さて，こうした学び＝忘却論を用いて，『伊豆の踊子』と『されどわれらが
日々─』の作者やその主人公の行動をどのように比較し，解釈できるのだろう
か。まず『されどわれらが日々─』の主人公と，その行動を紹介しよう。この
物語は，1955 年に日本共産党が，農村を拠点とする革命方針を放棄した時代
を背景として，政治運動に全力投入し，結果，挫折した学生たちを描いたもの
である。主人公の節子は活動家の女子大生で，上記のときまで，志を同じくし
た仲間で，先輩にあたる野瀬を心から尊敬し，彼との愛情を知らずのうちに深
く育んでいた。革命の成就を確信していた野瀬は，現在の社会の問題点と，そ
の克服を通して実現する希望に満ちた未来を，節子にも日々解き明かし，励ま
しと自信を与えてくれた好青年だったのである。ところが，党による件の革命
方針の急旋回の結果，こうした活動家たちの多くは，自らの希望と自信の基盤

を失い，大混乱に陥ってしまった。節子が憧れた野瀬も自信を喪失したただの若者に頽落し，かつてのように，彼女の希望の導き手ではなくなってしまった。このとき節子は初めて，野瀬が彼女と同じ頼りない若者であり，失意の中で，彼女の理解と愛情とを何より必要としていた，と間違いなく理解した。しかし，節子はまさにこのとき，踊子を下田に残した一高生の如く，野瀬を残して彼のもとを去ったのである。

　あの時ほど，野瀬さんが私に身近に思えたことはありませんでした。おそらく，あの時初めて，私はあの人を恋人として愛することができたはずだったでしょう。ただ，それでいながら，なぜか，あの人への気持ちは急に醒めて行きました。それは悲しいことでした。それは，私のあの人への気持ちが，そういう質のものだったとしか，説明できないことでした。（『されどわれらが日々―』186。）

彼女は，今や普通の若者となってしまった野瀬と別れて，幼なじみだった遠縁の文夫との結婚を決意した。平凡な生活の中に，自分を支え直す一縷の望みを託して。しかし程なく，文夫との将来が，かつて希望の未来を共にした野瀬との，信頼と情熱の日々とは，根本的に違うという現実を悟り，悩みを深めた。

　私は……自分が幸福であった日々，野瀬さんと過ごした日々を思い出しました。それは錯覚によって支えられていました。しかし，錯覚によって支えられていたにせよ，そこには人生と未来への信頼がありました。二人の間に共通の信頼がありました。私は野瀬さんのそばで充たされていました。（『同』，203。）

学習＝忘却論に則して考えれば，節子が野瀬との幸福だった日々を思い出したのには，動かし難い必然性があった。野瀬がただの若者に成り下がったとき，節子は，彼を寛容にも迎え入れる代わりに，そうした彼を認めなかった。野瀬という人物に則して，頽落の事実を学び，容認することを，拒絶した。拒絶したからこそ却って，節子の中には，野瀬との希望に満ちた日々の，生き生きとした記憶が残ったのである。自信喪失の野瀬を置き去りにした節子を，自己中心的で非人間的だと，避難する向きもあろう。しかし，誰よりも節子自身が，そのようにした自分を，強く責めていた。彼女はむしろ，自らを却って寄るべない立場に追い込むこととなった。婚約者の文夫との間に，埋めがたい距離を

発見するに至って，彼女の不安と焦燥は極限まで募った。絶望した節子は，半
ば無意識の中，電車のホームから転落して大怪我を負ったのである。

　文夫からの看護の下，その大怪我からの回復過程で，節子には次第に一つの
期待が芽生え，自らに決心を促し始めた。かつて野瀬と過ごしたような，希望
と充実感に満ちた日々を，もう一度，生きることができないか。かつての希望
や充実感は，党や革命といった大袈裟な仕掛けへの盲信や，それに便乗して自
信を振りまいていた野瀬によって，支えられていた。しかし，今の節子には，
それら全ては虚しかった。党だの革命だのといった虚構に縋ることなく，自身
の細身の体と，身に付けたわずかの知識だけに頼って，かつての日々の基礎を，
自分だけで初めから築き直そう，と決意を固めたのである。かくして節子は，
今や彼女を心底から必要と感じ始めた婚約者を残し，東北の小さなミッショ
ン・スクールでの教師となるべく，一人旅立って行った。おそらくは，彼の元
へ戻る見通しを永久に放棄して。別れの手紙と共に後に残された婚約者の文夫
は，節子への共感的な理解を示した。

　　私たちは老いやすい世代なのだが，節子はまだ老いることを拒否している。
　　ことによったら，節子は私たちの世代を抜け出るのかも知れない。(『同』，
　　216。)

　『されどわれらが日々―』での節子と野瀬との関係，そして節子の同時代か
らの脱出の敢為，『伊豆の踊子』での生徒川端（一高生）と踊子との関係，そ
して彼の踊子との永久の別れ，との間には，見過ごすことのできない相似性
（パラレリズム）が認められるのではないだろうか。節子は野瀬を敬慕してい
た（adored）が，しかし（だからこそ？）二人は「手をとり合うことさえ」
なかったのである。にもかかわらず，野瀬と向き合う中で節子の感じた喜びは，
後の文夫との肉体的な交わりが「決して与えてくれなかった目くるめくような
官能の歓び」であった。(『同』，203。)「手を取り合うことさえ」なかった，と
なれば，鶴田流の解釈では，節子と野瀬の関係は成人のではなく，子供同士の
関係に等しかった。しかし，二人の間に「目くるめくような官能の歓び」を得
たとの節子の実感を，第三者が否定することは不可能であろう。直ちに連想さ
れるのは，一高生と踊子との間柄である。『伊豆の踊子』では，全篇を通して，
二人は互いに好意を持ち続けたのであろう。しかし，節子の「目くるめくよう

な官能の歓び」に一直線に連なるのは，裸の踊子を目撃したときの，一高生の
喜びであった。確かに彼女の身を案じた前夜の苦悶からの解放も，その一因で
はあったろう。しかし，「朗かな喜びでことことと笑ひ續けた」一高生の有様
を，それだけの理由では説明できない。二十歳の一高生は，踊子の目撃に「官
能の歓び」も感じたに違いないのである。周知のように，大正12年の「南方
の火」で，若い自分とさらに子供に近い相手との結婚の目的は，「子供心で遊
び戯れることだった。」と川端は明言した程なのだから。(『「篝火」「非常」「南
方の火』」川端康成短編集出版実行委員会，2007年，86。) 節子や一高生の言
動を，一笑に付す人たちもいるであろう。筆者には，節子と一高生それぞれの
狂おしいまでの子供の如き愛を，説得的に弁護する能力がない。ここではただ，
素直に読めば，我々常人に対する脅迫と紛うばかりの，マルティン・ブーバー
の愛に関する一節を引用するに留めたい。

　感情は人間のなかに宿るが，人間は愛の中に住む。これは比喩ではなく，現
　実である。……愛は〈われとなんじ〉の〈間〉にある。このことを知らぬ人，
　自己の存在でもって，これを認めようとしない人は，たとえ，ものを感得し，
　経験し，楽しみ，表現する感情を愛であると主張しようとも，愛を知らぬ人
　である。(『我と汝・対話』岩波文庫，1979年，23。)

　住む世界は，しばしば，長く安定して状態を保てない。節子は，野瀬の普通
の青年への頽落を通して，そうした世界を一度は失った。もし，節子が変貌し
切ってしまった野瀬を受け入れ，彼を愛し続けたとすれば，彼女にはそれなり
に落ちついた「日常」が回復したであろう。しかし，野瀬との生き生きとした
過去の記憶は失われたに違いない。「こんな時もあったわね」，と推測するだけ
の思い出になってしまっていただろう。実際には，彼女は普通の青年と化した
野瀬を認めることを拒否した。節子は頽落した野瀬を理解し，若者の実相とし
て学びとることを，拒否した。その結果，彼女には記憶が残った。その記憶を
生き生きと抱えて，新たに生き始めた婚約者との日常は，しかし，安泰とは程
遠かった。彼女はやがて「非常」のときと直面せざるを得ず，その中で半ば我
を失い，ホームからの転落の大事故に遭ったのである。一方，作者川端は，伊
豆の旅から何年かの体験を経て，踊子が初代や千代子のように「成長」するに

つれ，あの旅で彼女と生きた世界は，確実に失われてゆくだろう，と強く予見した。『伊豆の踊子』の作者川端は，「成長」した踊子と一高生との将来の交わりを断つ決断を下した。やがては婚約者の初代や義姉の千代子の如く成人してゆく踊子を学び，受け入れることを，いわば，拒否したのである。もし一高生が，大島の踊子との交際を続け，成長する彼女を受け入れていたら，踊子との将来はある種の落ち着いた結果となったかも知れない。初代（ちよ）との婚約が証したように，生徒川端は下層出身の女性を求める傾向が強かったからである。

　もしそうなっていれば，しかし，十四歳の踊子との旅の日々は，半ば別世界の御伽噺になり変わり，生き生きとした記憶としては，失われたでことであろう。『伊豆の踊子』での作者川端は，自らの意思を仮託した一高生に，踊子との将来の再会を遮断させた。その結果，一高生にも，そして作者川端にも，十四歳の踊子との記憶は，生き生きと残り続けた。大正7，8年の一高生時代とは異なり，初代（ちよ）との経験を経た大正11年ないし15年の作者川端は，二十歳の彼が踊子と過ごした日々は，金輪際戻って来ない，と確信していた。作者川端の描いた，このときの下田での一高生は，いわば生涯に二度と訪れない踊子との目くるめくときを，永久に後にする別れに臨んだ。まさしくその記憶を生き生きと留める結果となるために。ここにこそ，『伊豆の踊子』がモデル小説であることを強調しつつ，同時に好事家によるそのモデル探しを極度に嫌ったという，作者川端のパラドックスを解きほぐす鍵があるというべきであろう。川端の数ある作品の中で，『伊豆の踊子』が単なる作り話からは程遠く，若き日の作者の切実で生き生きとした記憶の再生であると自ら信じたことが，モデル小説を強調した所以であろう。しかし，そうした切実で生き生きとした記憶が残ったのは，一高生に仮託した作者川端が，下田での別れ以降のモデル踊子を「学ぶ」ことを拒絶したことの結果に他ならなかった。作者川端が三十歳，四十歳，五十歳の踊子の現実を学べば学ぶほど，作品に結晶した踊子の生き生きとした記憶は，たとえ破壊されないまでも，色あせて，他人事へと転化して行ったであろう。

　小説のモデル探しなどは，作家にとつては，にがいことで，ゆるしてもらひたく，見ぬふりをしてほしいものだが……踊子のモデルやその縁者の跡もわ

からないのは，作者にはむしろ稀な幸いで，この作品をすつきり守つてゐる
　かに思へる。(『全集』三三巻，209-10；同262-63。)
ここでは，作者川端は，おそらく意図せずして，しかし実に雄弁に，下田での
別れ以降，決して大島の波浮を訪れようとしなかった，深い理由を告白してい
るが如くである。東北行きを決心した節子には，その後の野瀬の動静はもはや
関心の外であったように，それがどれほど酷く無慙に感ぜられようと，『伊豆
の踊子』の作者にとって，十六，七歳以降の踊子の運命は知らずもがなの事柄
であった。『伊豆の踊子』も『されどわれらが日々─』も，時代の違いを超え
て，それぞれに「青春文学」である。しかし共に，若い人がいる限りは読み続
けられるという意味で，青春文学であるわけではない。正確には，「老いるこ
とを拒否」する人向けの文学なのであろう。原因の如何に関わらず，老成した
若者が溢れるとなれば，両者は見向かれることなく，確実に滅びへの道を歩ん
でゆくのではないだろうか。

最終章

（一）　『伊豆の踊子』の愛好者と忌避者：二つの年齢層の女生徒たち

　本書では，主として二つの仮説をもとに，『伊豆の踊子』を分析した。その一つは，作者川端が，この小説の末尾で，踊子と一高生との永遠の別れを構想した，という仮説。もう一つは，そうした構想の理由は，この小説の内容を一高生と十四歳の踊子との出会いに限定し，小説の完成までに7年余を要したにもかかわらず，出会い以降の彼女との交際を意図的に排除した，という仮説，すなわち主人公特定年齢説である。二つの仮説は，相互に関連している。主人公の特定年齢化のためには，その年齢以降の踊子との交渉を，鋭利に切断せざるを得ず，下田での別れは，一時的な別離であってはならなかったのである。両仮説を強調した上での『伊豆の踊子』の解釈は，当然にもある年齢層の人々からの反発を招くであろう。否，筆者の両仮説をあえて強調しなくとも，『伊豆の踊子』は，これまで既に，そうした層の人々から，批判的な目で見続けられてきた。そもそも二十歳の前途有望な文学青年が，言葉を失った十四歳の少女を港に残して永久に別れ去るという行為は，それが実話であれフィクションであれ，果たして世間尋常の常識に照らして許容できるものだろうか。しかも，その別離が，作者川端の少女観・女性観に基づいて構想され，表現されている如くであるとすれば，尚更のことであろう。十四歳を越した女性を排除するとは，作者川端は，女性の年齢について，不当な偏見を抱いているのではないのだろうか，と。

　読者にはすでにお分かりのように，反感を抱く人々とは，十代後半以降の女性たちである。この判断の裏側として，そうした反発を相対的に感じない人々が想定できる。同じ年齢層の男性たちである。当時，兵庫県の高校で国語を教えた藤本英二の1996年の報告によれば，それまで，男子高校生に『伊豆の踊子』を読ませると，感想の典型的なパターンは一年生から三年生まで，ほぼ同

194

一であった。すなわち，旅に出たくなった。旅で，「こういう風に女の子と出会ってみたいなあと思いました。」であった。最初は微笑ましかったが，同じ感想の連続に接して，ついには「疑問を持つようになった。」という。(「『伊豆の踊子』から教科書を考える」『季刊高校のひろば』20 号，1996 年，113。) 筆者も「疑問を持つ」ことは重要だと思うが，しかし，果たして男子生徒の読み方がそれほど皮相だろうか。『伊豆の踊子』については一家言を有する大林宣彦監督も，この小説を十代の若者として読んだとき，「踊子のような少女から，こんな言葉（「いい人はいいね」）を言われてみたい，と心から願ったものです。」と証言した。(NHK 名作をポケットに。) 若い日の梅原猛も，太平洋戦争の最中に旧制の「高等学校に入ってから，伊豆へ旅行しまして，踊子でも会えるかと期待したほどです」と述べていた。(『美と倫理の矛盾』講談社学術文庫，1977 年，53。) 後に，限られたデータを用いて男子生徒の傾向を裏づけたい。藤本は階級問題の導入が読みを「深める」と主張したが，ここではそうした論点の当否ではなく，まずは上記のような読み方が，十代後半の男子青年には，比較的に普通であった，という事実を注意しておきたい。

　筆者自身も，大学の日本教育史のセミナーで二，三度『伊豆の踊子』をテキストの一つに取り上げた経験から，二十歳前後の女子学生の反応が，男子高校生の場合と異なることを知った。しかし，ここでは順当な比較をするため，同じ年齢の女子高生の例を取り上げよう。森本穫によれば，1970 年代，この教材を高等学校で用いると，女子生徒の中に，「踊子の『私』に対する好意はわかるが，『私』の踊子に対する気持ちや態度がはっきりわからない，と不満を示す者」がいたそうである。この文章に接したとき，筆者は彼女らが一高生の沸きらない態度に疑問を呈した，程度の意味と理解していた。しかし，『伊豆の踊子』を読み返す中で，彼女らの意見はもう少し厳しく，一高生の行動には肯定できない部分がある，との抗議を含むと思うようになった。森本は更に，彼女らの指摘は「川端文学全般における，人間としての（傍点原文）女性の不在という本質を衝くものとして興味深い」と述べたのである。(「文学教材としての『伊豆の踊子』」『傷魂の青春』，208。) 1980 年代の一人の女子高校生の感想も，類似な疑問を呈していた。「どうしてもうまくつかめなかったのが，踊子に対する青年の気持ちです。」と述べた彼女の感覚からすると，一高生が異

性としての踊子を，恋したとは思えなかった。「清らかな心をもって接してく
れるものであれば，少年でも良いのだと思うのです。」（渡辺庄司「読書指導の
しおり」『少年少女日本文学館 11 巻「伊豆の踊子・泣虫小僧」』講談社，
1986。）かつての林武志の『伊豆の踊子』論を彷彿とさせるが，この女子高生
の論点は，一高生が女としての踊子を愛したようには思えない，という点に
あったのだと，筆者は受け取った。

　男子生徒と女子生徒の間の，『伊豆の踊子』受容におけるこうした相違は，
統計的なデータにもかなりの程度裏付けられていた。表Ⅴは，十重田裕一の
『「名作」はつくられる』（NHK 出版，2009 年，55 ページ。）が，毎日新聞の
読書調査から転写した 1963 年度の調査結果を，筆者が簡略化した表である。
一位から六，七位までの書名と読者数は網羅したが，『伊豆の踊子』以外の書名
は適宜省略した。また表Ⅵは，表Ⅴの元の資料，『学校読書調査 25 年』（毎日
新聞社，1980 年。）に遡り，そこに収録された 1963 年から 1969 年までの，毎
年の学校読書調査結果から作成した。『伊豆の踊子』を読んだ，と回答した生
徒数を集計したものである。この七年間は，回答者に『伊豆の踊子』の読者数
の多さが目立ち，この小説の黄金期の如くであった。吉永小百合と内藤洋子が
主演した映画も，この間に制作された。なぜこの数年間に多くの中学生・高校
生読者を獲得したのかは，ここでは問わない。問題とするのは，この間，中学
生・高校生の男女の各学年のうち，どの集団が最も多く『伊豆の踊子』を読ん
だのか，またどの集団では少なかったのか，である。

　表Ⅵから判明するように，1963 年からの七年間，中学生・高校生の学年別，
性別の違いで，『伊豆の踊子』の読者数にかなり著しい相違が見られた。1960
年代の大半の七年間，特にその前半の三年間，高等学校の男子生徒は，三学年
を通して，この小説の「良き」読者であった。上に紹介した兵庫県の高等学校
での男子生徒の反応は，例外ではなかったのであろう。『伊豆の踊子』の人気
を支えたのは高校の男子生徒と，女子の一年生および中学女子の二年・三年生，
特に三年生であった。他方，表Ⅴにあげた 1963 年の調査結果では，女子高校
生の場合，学年が上がるにしたがい，『伊豆の踊子』の人気は目立って下降し
た。一年生では第四位，二年生では第十位，三年生になると，上位二十七位に
入った保証さえなかったのである。こうした傾向は，1965 年以降でも一貫し

表Ⅴ：1963年毎日新聞読書調査：高校生が5月の1ヶ月間に読んだ本

高校1年生（十五歳）			高校2年生（十六歳）			高校3年生（十七歳）		
順位	書　名	実数	順位	書　名	実数	順位	書　名	実数
男　子								
1	伊豆の踊子	22	1	伊豆の踊子	9	1	伊豆の踊子	11
2	青い山脈	9	1	青い山脈	9	2	若い人	10
3	女の一生	8	3	陽のあたる坂道	7	3	暗夜行路	7
4	友情	7	3	坊っちゃん	7	4	友情	6
4	坊っちゃん	7	5	武器よさらば	6	5	罪と罰	5
6	破戒	6	5	点と線	6	5	学生に与う	5
......			7	若い人	5	7	女の一生	4
19	次郎物語	3	......			......		
19	復活	3	17	破戒	3	15	大地	3
女　子								
1	友情	24	1	女の一生	22	1	女の一生	7
2	風と共に去りぬ	22	2	陽のあたる坂道	13	1	大地	7
3	次郎物語	18	3	風と共に去りぬ	11	3	暗夜行路	6
4	伊豆の踊子	15	4	若い人	10	3	受験番号5111	6
4	坊っちゃん	15	4	赤と黒	10	3	源氏物語	6
4	車輪の下	15	6	破戒	9	3	嵐が丘	6
4	アンネの日記	15	7	罪と罰	8	3	武器よさらば	6
......			......			......		
18	若い人	8	10	伊豆の踊子	7	20	怒りの葡萄	3

て同じであった。* 高校二年生，三年生の女子生徒の間で，ランクインを果たしたことは一度たりともなかった。ところがこの同じ期間に，中学校では『伊豆の踊子』の人気は安定し，上昇さえ示した。その人気を一貫して支えたのは中学三年生の女子生徒だと言ってよいであろう。

　*『伊豆の踊子』は，1963年および64年だけ，高校女子の第2，3学年でランクインした。1963年は，吉永小百合主演の『伊豆の踊子』が上映された年であった。この吉永版の制作には，高度成長で失われてゆく良き日本への懐旧の念が，制作方法にも，強く反映していた点に，十重田裕一は注目している。『「名作」はつくられる　川端康成とその作品』NHK出版，2009年，150-54。

　すでに引用した女子高校生たちは，一高生の踊子への愛情がいまいち分かりにくい，と苦言を呈していた。彼は踊子を心から愛していたようであった。し

表Ⅵ：中学・高校男女生徒のどの集団が『伊豆の踊子』の人気を支えたか：
1963 年から 1969 年のまでの学校読書調査に基づく貢献度*

学校	性	学年	1963	1964	1965	1966	1967	1968	1969	合計	
中学	男子	1 年生	(1)	(8)	(6)	(4)	(5)	(4)	(4)		(32)
		2 年生	(1)	(9)	(5)	(2)	(5)	(3)	(1)		(26)
		3 年生	(0)	10	5	4	(2)	(2)	(1)	19	(5)
	女子	1 年生	(3)	(9)	(7)	(5)	(7)	21	10	31	(31)
		2 年生	5	(9)	(8)	(7)	14	16	9	44	(24)
		3 年生	5	10	14	11	13	9	11	73	
高校	男子	1 年生	22	33	26	7	17	17	13	135	
		2 年生	9	12	16	(5)	16	5	4	62	(5)
		3 年生	11	10	14	(6)	10	(3)	(2)	45	(11)
	女子	1 年生	15	24	29	13	9	13	10	113	
		2 年生	7	22	(13)	(7)	(6)	(6)	(6)	29	(38)
		3 年生	(1)	13	(12)	(8)	(8)	(5)	(4)	13	(39)

*表Ⅴと同じ調査の 1963 年から 1969 年のデータを用いた。中学生・高校生の間で，『伊豆の踊子』を各年の 5 月の一ヶ月に読んだと回答した生徒数を示す。カッコなしの数は，学年および性別ごとに，ランクインして，順位が明示された同書の回答者の実数である。例えば表 Ⅴ も示すように，1963 年の高校一年生男子では，22 人が読んでおり，他方，同じ表で，高校三年女子は，ランクインするに必要な 3 人の読者がいなかった。想定される読者数は，2 か 1 かゼロである。他の個所も含めて，一律にゼロでは少なすぎるので，表Ⅵでは，ランク入りの数字から 1 を隔てた 1 をカッコに入れて（1）と，仮に表示した。（ ）の中の数字は全て，あと 2 人加わればランクインするという数字で，想像の所産ある。実際にはもっと少ない人数であろう。例えば中学一年の男子は，上記の原則に従ったので，合計（32）となっているだけの話であり，実際には，この七年間を通して回答者ゼロの可能性もある。いずれにせよ，カッコなしの数字と同等には扱えない。（『学校読書調査 25 年』毎日新聞社，1980 年，181-87，199-205。）

かし，下田では彼女をさっさと置き去りにしたようでもあった。一体，本心はどこにあったのか。結局，男の勝手な論理で，踊子を見捨てたのではないのか。彼女らはそうした一高生の身勝手をストーリー中に認知し，『伊豆の踊子』を遠ざけるようになったのではないか。もっと，想像をたくましくすれば，十五歳，十六歳，そして十七歳と自らの年齢が上がるにしたがって，この小説が自分たちの女としての成長を否定している，と敏感に察知したのではないだろうか。他方，『伊豆の踊子』は十四歳の少女を礼讃している節があった。自身，十四歳から十五歳にあたった中学校の三年生および高校一年生の女の子たちが，小説の最後を除く部分に，自分たちを高揚させてくれる少女観を見出して共感

したとして，不思議はなかったであろう。いずれにせよ作者川端の製作した『伊豆の踊子』は，その若い女性読者を，十四歳を中心とする熱心な少女読者層と，反発して背を向ける十六，七歳の高校の女子上級生たちの層へと二分化していた。この二分化は，一部，この小説の構造を反映していたのではないだろうか。

　高等学校の教師たちにとって深刻な相手は，二つの層のうち，第二学年，三学年の女子生徒たちだったであろう。彼女らの抱いた疑念ないし批判への対応は，容易でなかったはずである。彼女らの疑問は，階級問題から発していたのではなかった。否，女性蔑視を主な問題とみなしてすらいない可能性が高かった。彼女らは，踊子に対する一高生の気持ちや態度が分かりにくい，と疑問を呈した。『伊豆の踊子』の構造が，まさしく彼女たちの疑問を正当化する形をとっていたからである。一高生は，彼が出会ったままの踊子を愛し，彼女が供してくれた振る舞いや言葉に心から感謝した。しかし，大正11年ないし15年の作者川端は，そうした踊子が十五歳，十六歳，そして十七歳へと「成長」すれば，彼が出会い，感謝を捧げた踊子では，もはやなくなる，と確信するに至ったのではないか。作者川端にとって，幻滅に陥ることなく，踊子に感謝し続けられる唯一の方法は，あったままと信じた踊子を文字とプロットの世界に移し変えて形象化し，過去を永遠の現在へと齎すことであった。そのためには，十四歳の踊子を彫琢し尽くし，同時に，薫という名前で年々変転（成長？）し続ける人物とは，永久に別れなければならなかったのであろう。薫は十四歳でも，十九歳でも，はたまた六十歳となってもいぜんとして「薫」のままであった。そうした事態を，時間軸を貫く人格の継続と解釈できないことはない。しかし，実際に誰が十四歳の薫を，六十歳の薫と同一視したであろうか。二者を同一視したのは，個性の尊重などより，多分に法的ないし「役所」的な見方かも知れなかったのである。これに対し，一面では職業名らしく響く「踊子」は，年齢という観点からは，対象人物の範囲を意外と限定した。通常十歳以下の子供にも，かなりの年齢の女性にも用いられなかったであろう。前者はその卵，後者には元踊子がふさわしい呼称であった。端的に用いられたとき，「踊子」は千代子や百合子のような個人名より，遥かに年齢上の制約下にあった。二十歳の若者の抱く踊子像となれば，十代，中でも十三，四歳の踊子を指したとし

て，違和感は少なかった。作者川端が，「あのときの掛け替えの無い君」として十四歳の主人公を回顧したとすれば，薫より踊子の方を選択したとして，それほど不思議はなかったであろう。特定年齢説に立つ筆者には，一高生が自身にとって特別な一個の女性を「踊子」と呼称したとしても，無理なく受け入れられるのである。*

*作者川端は，大正 12 年，「新進作家の作品は……若い娘の踊でなければならぬ」と
主張した。(進藤純孝『伝記　川端康成』，141) 当時の彼には，「踊子」は躍動する美
しい命そのものの別名ではなかったか。

（二）　踊子が果たした贖い：二人の出会いにおける不均衡

こうした議論を展開してゆけば，生きて変転し続ける人間とは何か，という容易ならない問いへ逢着する。人間の存在論を哲学的に論じて，深遠な結論に到達する自信はないので，筆者はここではもう少し分かりやすい議論に留めたい。本書で何度が言及したデューイは，彼の著作『民主主義と教育』の冒頭近くで，Life of Lincoln という題名の本を目にしたら，人はそこに彼の身体生理（physiology＝life）が詳述されている，とはまず期待しないだろうと述べている。なぜそう断るかと言えば，極論としては，リンカン大統領の誕生時から，暗殺直前までの毎日の体温と血圧の値だけを，最初から最後まで克明に記録した本を Life of Lincoln だ，と強弁できないことはないからである。しかし，通常の Life of Lincoln は，54 年間の生涯を記した彼の伝記を指す。しかも，優れた伝記の多くは，人物の体温や血圧の値やその変化を，一度たりとも記録などしていない。どんな伝記も大抵は，ある人物が生まれた時代背景や幼少時の環境，人格の発達を示す主要なエピソード，顕著な戦いや勝利，その個人の願望，嗜好，哀楽などを扱うのである。(*Democracy and Education.* Free Press, 1966 (1916), 2.) 人間的な存在は，誕生から死去までの物理的，生理的な継続そのものと同じではない。特に，デューイもその一人であるプラグマティスト（Pragmatists）の立場からは，生きられた人の生（life）は，一様な時間の流れとは程遠い。極く短い時間を超えて，人は具体的な出来事と全く独立に，時間自体の経過を感受し，記憶する手段を持たないのであるから。その結果，と

きを半ば忘れて過ごした踊子との数日は，後から振り返ると，実に長い時間として記憶され，ひたすら耐える他なかった何年もの耐乏生活は，一瞬の（無内容な）時間としてしか思い出されないのである。（William James. *The Principles of Psychology*. Dover, 1950（1890），Chapt. XV.）そうした観点からすれば，百歳を生き抜いた人物の生涯が完璧で，小学生のときに夭折した少女の生涯がその数分の一の価値しかなかった，と一概には言えないであろう。天城峠から下田までを共に旅した数日間の十四歳の踊子の命（life）が，後の作者川端にとって，彼女ないし彼自身のそれ以降の人生と比べ，劃然と充実し輝いた時間として記憶されたとしても，身勝手な解釈とは断定できないのである。

　人生が一様な時間の流れではなく，大きな波動の強弱のみならず，記憶の巨大な空白さえ伴うものである，とは多くの人が認めるであろう。しかし，それを認めた上でなお，突出した人生の頂上自体が一体どんなものであったのか，は改めて問われるべきである。『伊豆の踊子』のような「国民的文学」となれば，実話であれフィクションであれ，十四歳の踊子と二十歳の一高生の出会いと，その今生の別れも，繰り返し意識的に問われて然るべき出来事であるだろう。例えば，およそ別れには幾ばくかの悲惨さが伴うことは避けられないが，踊子の立場に注目するとき，下田での別離はあまりの悲惨を想像させる内容ではなかったか。今回，筆者は，この文章を書く段階になって初めて，あの朝に甲州屋から船着場まで一人，言葉もなくとぼとぼと歩いたに違いない踊子の姿を，想像することができた。いかに分析を試みるにせよ，彼女と一高生の別れの理解には，十四歳の少女の悲嘆に共感をもって臨むという，最低限度の節度を守る必要がある，と実感したのである。高校の女子生徒たちの一高生への疑念は，少なくとも一部，この辺りの深刻な事情に発するのだろう，と推測する。

　けれども，こうした疑念が強まる一方で，『伊豆の踊子』は，そもそも現世的な判断基準では理解（が無理な）しにくいストーリーとして製作されたではないか，との見方も筆者の中で深まった。本書の二つの仮説が妥当であるとしよう。すると，一方では，女盛りの千代子にはもはや相対化されてしまった感受性に溢れた十四歳の踊子が居り，彼女はその感受性の故に，二十歳の一高生を孤児根性から解放することさえできた。ところがその同じ踊子が，話の終結部では幼い実存を否定されて，言葉を失ってしまい，そのまま今生の別れを迎

えた。およそこうした二つの事態が，例え一部はフィクションとしても，矛盾
なく共存できたものだろうか。半ば偶像化された十四歳の踊子の姿と，一高生
による彼女との永久の別離とは，この地上の出来事としては，どう見ても同一
次元上で結びつかない。鶴田欣也をはじめとする何人かの研究者は，踊子を人
間よりは，神に近い「人物」と規定した。踊子のあどけない乙女像と，失意の
中の別れとの懸隔に直面し，そのギャップを埋めるために，踊子を巫女や神に
近い「人物」に祭り上げる他なかったのであろう。（鶴田『川端康成の藝術』，
26。）踊子と一高生とを異次元の存在者と想定することで，女子高校生たちの
批判にも一部は応えられ，かつ一高生と踊子との結びつきにも，却って納得が
ゆくからである。こうなると筆者には，踊子の運命が，キリスト教の贖罪の考
え方と共通点を持つと思えてならない。

　読者の間にはキリスト者は少数であろうこと，また筆者自身が神学者でもな
いことを勘案し，ここではわかりやすい例え話を用いて，贖罪の意味を説明し，
『伊豆の踊子』解釈に，そうした考え方が用いうるのか否か，検討して見たい。
今，『岩波国語辞典』が記載する贖罪の意味を参照すると，そこには「キリス
ト教で，キリストが十字架上の死によって，全人類を神に対する罪の状態から
あがなった行為」と書かれている。この簡潔な記述だけでも，いくつも不明な
点を含み，それらを明確化するのは容易でない。そこで，分かりやすい例え話
の方へ直ちに移ろう。筆者がこれまで何度か耳にしたこの比喩は，贖罪の意味
を簡潔に説明している，と信じるからである。その概略は以下の如くである。

　ある子供（男子か女子かは問わない）が，自分の母親（父親でも構わない）
の顔に嫌悪感をもっていた。母親の顔には，大きな火傷の傷があったのであ
る。一緒に街を歩くとき，学校で友達に見られるとき，いつも自分の親とし
て知られるのが嫌であった。他の子の親のように，キレイな顔の親であった
らいいのにと，いつも思っていた。何年かの後，その子供はふとしたことか
ら，母親が火傷を負った経緯を知ることになった。まだ小さかったその子が，
煮湯を浴びて火傷を被りそうになったとき，母が咄嗟に自らの顔を挺して，
その子を庇ってくれたというのである。それで母親の顔には醜い火傷の痕が
残り，子供の顔は綺麗なままで済んだ。この事実を知った瞬間から，子供の
母親への態度が一変した。子供はそれまで，母親の顔を嫌悪したことを根本

から悔いた。自分は母親以上に傷つきやすい身であった。にもかかわらず，それを棚に上げて，母親の火傷の醜さのみを意識し続けてきた。しかし，その母親が，傷つきやすい自分を守ってくれたので，自分は火傷から逃れて生きてこられたのだ，と知った。それを理解した子供は，火傷した顔の母親を，何よりも愛おしく思うようになった，というのである。

いかなる比喩にも利点と欠点がある。ここでは利点の方を，主に取り上げる。子供の立場にあれば，街で一緒に歩き，学校へ参観に来てくれる母親が，誰の目にも美しく映ることは，大きな喜びである。したがって，その反対に，母親の醜い火傷の痕は，子供には自分のそれに劣らず嫌悪すべき事柄となる。このとき，子供にとっての母の顔は，ただ自分の，そして他の人の目に見える顔，そしてその火傷の痕でしかない。だから，火傷のない他の美しい顔に変わって欲しいのである。しかし現実にはそうはならない。そこで嫌悪し，自分は全く運が悪いと思い続ける。やがて，母親の火傷の秘密が明かされる日が訪れる。秘密の核心は，子供自身と母親の火傷の痕との関係の発見である。それまで自分とは無関係と思い込んでいたが，とんでもない，その火傷の痕は，本来，母親の顔以上に傷つきやすい自分の顔に被って当然であったものを，母親が代わりに犠牲になってくれた，その痕だったのである。ここに贖いが語られている。本来，自分の傷つきやすさの故に，自らが被らなければならなかった咎を，他の者が代わりに被ってくれた。そのことによって，自分が咎から解放されていた。そのことを子供が，母親との関係で理解して誤解を悔い，心底から感謝するようになったのである。

　一般論として，一人の人間が自己の犠牲において，別な人間の咎を贖えるか否か，仮に贖えたとして，それが望ましいか否か，をここで問うことは控えたい。議論は延々と続くであろうし，現代人にとって，贖罪はますます論じたくない主題になっているが如くであるから。しかし，『伊豆の踊子』の踊子が，自己の犠牲において一高生を救済したのか否か，については，一度は検討せざるを得ない，と筆者は思う。その理由は，すでに間接的に言及してきたので，繰り返さない。踊子が一高生を救済した事実は，『伊豆の踊子』の記述が証している。踊子の「いい人」によって，一高生は自己に閉じこもった小世界から，開けた明るい自然へ，そして差別を含んだ社会へ，その目を十分に開かれた。

憂鬱から自己の肯定へと脱出できた。踊子との同行，その言葉があって，初めて可能な解放だったのである。

　では踊子は，一高生の救済のために犠牲を払ったのだろうか。もし踊子が発した「いい人はいいね」が，誰でもが気軽に口に出せるものであり，彼女がたまたま下田街道で口にしたのであれば，踊子は何ら犠牲にあたるものを負わなかった。それ以上でも以下でもなかった。但し，こうした想定には二三の難点が伴う。例えば，「いい人はいいね」がなぜあのときの踊子の口から出たのか，説明ができない。その結果，一方ではあまりに唐突に出た言葉だと解釈されてしまう。他方，誰でもが言いそうな，ありきたりの表現だと受け取られてしまう。いずれの場合も，一高生が心を動かす理由が説明できず，彼が完全に一人芝居しているような印象を与えてしまうのである。第二に，「活動」行きを拒否された後の踊子の無言化，言葉への根本不信も説明できなくなる。もし，「いい人はいいね」が踊子の気軽な思いつきに過ぎなかったのならば，一高生と活動に行けなかったショックが，かくも大きかった理由の説明が不可能になる。この程度のことで塞ぎ込むなんて，彼女はやっぱりちょっと変ね，と読者に受け取られるのがオチであろう。実際には，「活動」行きは，幼い踊子の実存をかけた懇願であって，それが理不尽にも拒否されたと受け取ったからこそ，彼女は一高生との別離のときを含めて，完全に言葉を失ってしまったのである。作者川端は，話をそう構成している，と受け取るのが自然であろう。

　「いい人はいいね」に続いた一高生の心的解放という出来事を，文脈から切り離して見る場合には，踊子の払った犠牲は見えてこない。彼女が，子供の母親のように煮湯を浴びたとか，キリストのように磔刑に処された事実は，一高生の救済の瞬間の場面には見当たらなかったからである。しかし，「いい人はいいね」がどれほど自然に踊子の口をついて出たとしても，その前後の物言いには，読者を一時立ち止まらせるだけの含みはあった，と筆者は思う。すなわち，踊子は一高生の歯並び（顔貌）は悪し，されどいい人だと言った。これは認識の表明の形式としては，母親の火傷の顔は醜し，されど……，キリストの磔刑の姿は見るに耐えず，されど……，と類似した逆説を示していた。表現はいかに幼くとも，まず常人の判断を一旦否定した上で，本人による新たな「発見」を表明したのである。形成された信念が新鮮で心深くに達していたことを

示唆していた。そうした信念をもとに哀願した「活動」行きが拒否された。踊子のショックは，特定の人間や判断への恨みや反発に起因するような，皮相な内容ではなかった。人生そのものに対する根本的な不信への陥落であった，と筆者は推察する。そう作者川端は踊子を描いたのではないか。彼女のこうした心の高揚から絶望への大きな振幅の一部分において，一高生は初めて自己の決定的な救済を経験する結果となった。彼の救済は，踊子の犠牲の上に齎されたのである。竹内清己が主張したように，

> 彼女の生存の不幸は癒されないが，「私」には癒しがあった。孤児根性を抱えて生きることの勇気を。いやそうした彼女の犠牲の羊こそ，克服のもとである。（「『伊豆の踊子』論」『世界の中の川端文学』おうふう，1999 年，152-53。）

一高生の船が港から離れるまで無言を貫いた踊子は，火傷の経緯を子供に語らずじっと耐えた母親を何処か連想させた。作者川端は，下田港での踊子をそう描いたのではないか。

　こうして，踊子が一高生に贖罪を果たした，との解釈は可能であろう。しかし，この解釈は，一方で踊子の感受性と言葉と行動，他方で一高生の心的な解放，の二つの間に，因果関係を認めたに過ぎない。そうした関係が正当化されるか否かは，自ずから別な問題である。女子高校生たちは，そう反論するのではないか。言い換えると，一高生の側には，踊子による贖罪に，一方的に甘える他に，何か別な対応があり得たのではないか。それを検討し，実行しないまま，ただ踊子を下田に置き去りにするのは納得できない，との反論である。大正の社会事情に多少とも知識を持つ者なら，「別な対応」という言い方に驚きを隠せなかったかも知れない。というのも，そうした者たちには，一高生が旅芸人と旅したことが，すでに大事件だったからである。ドイツ文学者の手塚富雄によれば，

> じつは常識的にはほとんど不可能なことを，この主人公はした……物乞いと同一視される人々の中に，心のおもむくままに無差別にはいって行ったその若々しい敢為な突飛さを，ただならぬこととして驚きと感慨をもって見ないわけにはいかないのである。（『筑摩現代文学体系 32　川端康成集』1975 年，482-83。）

こうした者たちは，女子高生による反論に対して，「この上，一高生に一体全体，何を求めようというのか？」と応じるのではないだろうか。大正の社会層の中で，一高生と旅芸人とは実際に，それほど両極端の位置を占めていたのである。それでは，戦後世代の女子高生たちによる一高生の行動批判は，突飛であろうか。筆者はそうは思わない。一高生には，旅芸人との数日間の同行を超えた行動を試みる余地が，十分にあった。何よりも作者川端自身が，『伊豆の踊子』の中に，そうした可能性を仄かしたのではなかったか。湯ヶ野での最後の晩，木賃宿で旅芸人たちが，一高生を芝居の仲間として迎え入れたことは，伊豆の旅の一大クライマックスとして言及されている。経済面では，彼が実見した大正7年の旅芸人たちの収入は，第一次大戦中の例外的な好景気に支えられ，大正初期，中でも不況の昭和初期に比べて，相当に豊かであった。一高生が同行したら，たちまち破綻に直面するような低収入では，決してなかったのである。（付論1「旅芸人と一高生の経済事情」を参照。）では一高生自身は，旅芸人たちとのもっと長めの同行の可能性を，いささかでも思い描いていたのだろうか。彼の真意については想像の他はない。しかし出会った直後の栄吉について一高生が抱いたイメージが，重要な参考とはなるであろう。すなわち生徒川端は当初，栄吉が「顔付も話振りも相当知識的なところから，物好きか藝人の娘に惚れたかで，荷物を持ってやりながらついて来てゐるのだと想像してゐた。」（205-06）「相当知識的」で，「芸術一路」の芝居や舞踊好き，その上踊子に惚れ込んでいたとなれば，この表現はそのまま，このときの一高生自身の生写しではなかったか。彼が生涯とは言わずとも，この後の一定の期間，旅芸人たちと文字通り行動を共にしたとして，決して荒唐無稽な話ではなかったと，筆者は考える。そうした場合，彼が旅芸人について抱いた偏見など，問題外となってしまうであろう。

　だがしかし，『伊豆の踊子』での一高生は，下田で旅芸人たちと袂を分かった。湯ヶ野での旅芸人の木賃宿を訪問したときまでの彼は，自身が，そして社会が，旅芸人について有した偏見を改め，新しい認識をもっぱら形成し続けた如くであった。これに対し，作者川端の叙述では，下田が近づくにつれて，一高生の中では偏見が再び頭を持ち上げ，踊子との永久の別れの伏線が敷かれ始めた。踊子や栄吉ら個々人についての認識が元に復したのではなく，下田に集

まり，そこを旅の故郷とする旅芸人たちを一つの階層として，自らと再度区別し始めたのであった。

　藝人達は同じ宿の人々と賑やかに挨拶を交してゐた。やはり藝人や香具師のような連中ばかりだつた。下田の港はこんな渡り鳥の巣であるらしかつた。（221）

踊子を含めた旅芸人たちは，所詮，下田に愛着を持つ類似な人々の仲間であり，自分はそうした人々の中には留まれない，という方向へ話を進めていった。遥か後に川端が用いた表現では，「ここで旅藝人たちは仲間の中にもどり，學生は仲間をはづれたのである。」（『全集』三三巻，211。）自然な別離が語られている如くだったのである。

　しかし同時に，忘れてはならないのは，作者川端が，旅芸人たち，究極的には踊子との別れを必然とするため，最後の場面で旅芸人および読者に対し，計算高い物言いの技巧を駆使した点である。旅芸人たちは，一高生が下田での滞在をあと一日延ばして，死んだ子供の四十九日の法要を共にしてくれるよう，再三にわたり切望した。この営みは，踊子にとっても，「活動」と並んで，下田での重大関心事の一つであった。しかし，一高生は到着の翌日の朝の出発に固執して，妥協しなかった。妥協しなかった最大の理由は，もし法要に加われば，彼の旅芸人たちとの将来は，確実に緊密度を増したからであろう。踊子との永遠の別れのために，作者川端はそれをどうしても避けたかったのである。ところで，ここで問題になるのは，帰京の口実であった。彼は旅芸人と読者とに対して，全く異なる口実を用いて，帰京を正当化した。旅芸人たちには，学校の都合の一点張りで押し通した。ところが，読者に対しては，実は旅費がなくなったのだと，「正直」な理由をあかした。この言い方には，作者川端の巧妙な技巧が駆使されていると，筆者は思う。学校の都合を押し通して妥協しなかったが，実は旅費が底を突いていたのだ，と書けば，なるほど一高生の立場はよくわかる，と読者は納得したであろう。ところが，ことはそう簡単ではなかった。作者川端の描いた一高生は，果たして，旅費の不足を旅芸人たちに隠すため，学校の都合に固執したのだろうか。それも皆無ではなかったかも知れないが，もう一つ，彼が恐れた，より重大な懸念を払拭するためだったのではなかったのか。万が一，旅費の不足などをおくびにも出してしまったら，旅芸

人たちはたちまち費用の補填を申し出て，一高生は彼ら，特に踊子との縁を断
ち切るギリギリの機会を失っただろうからである。旅芸人たちが相当な現金を
所持していたことを一高生は知っており，彼らの前では，旅費不足には一切触
れたくなかった。他方，読者向けには，旅費不足の事実を，学校の都合の口実
で旅芸人たちには隠したと語り，作者川端がここでは，実情を開陳したかのよ
うな印象を与えようとしたのであろう。しかし，「旅費がもうなくなつてゐる
のだ。」(221) との告白自体が，実は本当でなかったかも知れない。本郷での
三食付き下宿代が一室で月 15 円だった大正 7 年，生徒川端は最低でも 30 円，
おそらくは 50 円を相当に超えた所持金で 7 泊 8 日間，伊豆で過ごした。* 「高
校生としては，かなり贅沢な旅」だったのである。** 下田でのあと一日分を，
実際には本人が賄えた可能性は，十分に想定できたのではないか。いずれにせ
よ作者川端は，ことそれほどに下田での踊子との別れを絶対命題として，『伊
豆の踊子』の最後の場面を構築した。「ちよ」での場合とは，根本的に異なっ
た永久の別れを，であった。***

* 『値段史年表』朝日新聞社，1988 年，62；鈴木彦次郎『太陽』1972 年 8 月号，
100；森本穫『魔界の住人川端康成』上，42-43 を参照。但し，創作とはいえ，大正 8
年の「ちよ」では，50 円の送金を受けて伊豆旅行を敢行し，踊子に出会ったことに
なっている。(『川端康成初恋小説集』，296。) 武田勝彦の調査によれば，学費の出資
者秋岡義一宛の川端の 10 月 2 日付けの領収書には，通常の生活費 20 円に 33 円を加
えた額が記載されていた。ところが，上記の鈴木彦次郎の回想では，「出発の前日（10
月 29 日），郷里の叔父から，三十円の為替…が，彼の許に届いた」という。この為替
の送り手が川端松太郎（伯父）ないし川端岩次郎（叔父）であった場合，生徒川端の
所持金は更に格段に多かったことになる。ちなみに，生徒川端が同月 31 日，修善寺
から川端松太郎に宛てた絵葉書は，「お陰で，昨夜当地につきました。」の文言で始
まっていた。(林武志編『鑑賞　日本現代文学　第 15 巻　川端康成』角川書店，1982，
69；武田勝彦「川端康成青春書簡（三）」『国文学　解釈と鑑賞』1980 年 7 月号，
189-90，192。)
** 進藤純孝『伝記　川端康成』，92。
*** まだ，踊子との今生の別れを想定していなかった大正 8 年の「ちよ」では，話の
中心人物の一人の「死のことがあって，法事なんか，良い気持ちがしませんでしたの
で，着いた翌る朝，船で東京へ発ちました。」(『前掲書』，298。) と，説明していた。
当時の帰京の理由は，学校の都合でも，旅費の不足でもなかったのであろうか。

　こうして，一高生の救済と，踊子の失意という，二人の間の非対称の関係は
解消されなかった。非対称は，ある意味で，非民主的と言い換えても良いであ
ろう。ここには，21世紀に『伊豆の踊子』を評価する上で，避けて通れない
問題点が表面化している。戦後民主主義の社会の隅々への浸透は，敗戦から
70数年を経た日本の歴史的な成果の一つである。社会科学の世界では，1970
年代の初頭に登場したJohn Rawlsの『正義論』が，半世紀を経て，民主主義
（社会主義？）の基礎理論として，今や日本を含む世界で広く支持されるのみ
か，常識化さえしているように見える。己が自身の肉体上・精神上の利点・欠
点を知らされないまま（veil of ignorance）の人間たちが，自ら構想する社会
の根本原理を選定するための場（original position）において，討議を尽くす
とすれば，そうした仮想的な社会契約への参加者たちが，究極的に選ぶ社会構
成の第一原理は，徹底的な「平等」の他はあり得ない。というのも，現実の自
分がいかなるハンディキャップを負っている場合でも，最大限の平等な権利を
保障する社会原理を選択することが最も安全な「賭け」であると，最後には万
人が認めるであろうから。* こうした平等主義が，現在の日本にも広く浸透し
ている。根本的な平等の思想に抵触する発言をすれば，政治家であれ学者であ
れ，芸能人であれ，等しく社会から指弾される。文学作品も例外ではない。今
日，増加の傾向にある『伊豆の踊子』に関わる批判的な論評，特にその中心人
物としての一高生に対する批判が，かなりの部分，そうした平等思想の浸透を
背景に登場してきたことは，否定できない。個々の読者や研究者に固有な見方，
特有な事情を超えた，より広い社会的な原因が存在する。『伊豆の踊子』を擁
護するのに，「文学は民主主義ではない。」（竹内清己「前掲論文」，153。）では
もはや十分に有効ではない，と筆者も考える。

　　* John Rawls. *A Theory of Justice*. Harvard U. P. 1971, Chapter I を参照。

　本書ではこれまで，『伊豆の踊子』の細部とその繋がりを検討して，この作
品のいわば新時代の古典（a modern classic）としての価値を，擁護しようと
努めてきた。しかし，現在そして将来におけるこの作品の存続を決する鍵の一
つは，主人公である踊子と一高生とが，仮令平等と言えなくとも，対等な関係
に立つ，と読者が納得するか否かある，と言えるであろう。こうした納得が可

能であるか否かは，容易な回答のない難題である。筆者の直感的な判断では，
『伊豆の踊子』での一高生と踊子の間に，平等な関係を見出すことは，極めて
難しい。そうした関係を求めても無駄である，と割り切った竹内清己の判断の
正直さを，部分的には，認めざるを得ない。

　では，一高生と踊子の間の「対等な関係」を念頭に置いた場合，『伊豆の踊
子』は，今後の日本で果たして継承されてゆく可能性はあるのか。もし，文字
以外の媒体も含めて，受け継がれてゆくと仮定すれば，どのような可能性が描
けるのか。例えば小説の映画化に関して，川端本人は一面，おおらかな態度を
取っていたようである。

　　文學と映畫が別物であることはいふまでもない。原作者が自作に忠實を求め，
　　脚色は愚か撮影までに干渉したならば，反つて豫想外の失望を招く映畫を見
　　ることが多いであらう。……原作は映畫創作の素材に過ぎぬ。映畫の制作感
　　興の出發を促せば足る。(『全集』三三巻，79-80。)

こうした突き放した，いわば寛容な見方の一方で，川端は『伊豆の踊子』が単
なる初恋物語ではないことを，自戒の念を込めて表明していた。すなわち，
ずっと後になってからは，自身，伊豆での踊子が，「淡い戀心を私に動かして
くれたのではなかろうかと，下らない氣持で踊子を思ひ出」した，と言う。し
たがって，『伊豆の踊子』が映画に，また漫画に，単なる青春の恋愛ものの枠
組みとして利用され続けたとしても，その原因の一部は，川端自身にもあった
訳である。しかし，大正のあのときに虚心に立ち戻って反省すれば，事情はや
はり違っていた。生徒であった川端は，自らの精神の「病患ばかりが氣になっ
て」伊豆へ行き，踊子に会ったのだった。その踊子から，「正直な好意を私は
見せられ……いい人だと」言われた「滿足と……踊子に對する好感とで，ここ
ちよい涙を流したのである。」(『少年』214-16。)他のメディアを通してならい
ざ知らず，小説として読み継がれるには，踊子による一高生の心の解放という
主題を省略することはできない。そうであるとすれば，踊子による一高生への
一方的な好意，贖罪とさえ見える関係は，やはり両者の間の非対称的な出会い
の印象を強く残すであろう。他方，しかし，鶴田のように，多少なりとも超越
的な見方を持ち込み，踊子に人間をこえた神性を付与しても，問題の解決には
資さないのではないか。『伊豆の踊子』のミステリー小説化を来すのがせいぜ

いであろう。では，「贖罪」的な構造を維持したままで，平等主義や対等主義からの批判にも，なお持ち堪えるような『伊豆の踊子』の解釈が，果たしてあり得るのだろうか。

（三）　不均衡は解消されるか：一高生の踊子への感謝

　本書の締めくくりとして筆者は，踊子と一高生の間の関係の非対称を少しでも解消し，両者の対等を取り戻す解釈を試みてみたい。と言っても，小説全体の構造をめぐる議論というよりは，その部分をめぐる解釈にすぎないことを，予め断っておきたい。解釈は主として三点に及ぶ。第一は，本篇の中に，一高生が踊子の好意に応えて，彼女に返した深い感謝の念が表されていないかどうか，の検討である。筆者は，そうした感謝の表明がある，と判断する。第二は，帰り船の中で一高生が表現した踊子の喪失感と，彼の流した涙の解釈である。相手は不在のままであるが，そこにも踊子への感謝が表現されていないかどうか。第三には，小説の枠をやや外れるが，大島に戻って後に，踊子が一高生との出会いと別れとを長く記憶に留めていたかどうか，の検討である。これら諸点を検討する中で，著しく一高生に有利に傾いた如くに見えるバランスを，少しでも踊子の側へ回復したいと願う。この作業は『伊豆の踊子』の小説としての存続には，存外に重要である，と筆者は考えるからである。

　まず第一点について。直前にあげた例を含め，伊豆の旅，ないし『伊豆の踊子』に関して，川端が後に回想した文章には，踊子への深い感謝が語られている。ところが小説では，峠の茶屋での対面から下田での別れまで，一高生が踊子に向かって，謝意を率直に表した場面は殆ど皆無の印象を受ける。その結果，一高生が彼女から一方的な恩義を受けた，との解釈はますます強まってしまう。では篇中，一高生から踊子に向けたお礼の表現は皆無だったであろうか。筆者は，少なくとも一度はあったと思う。既に本書の第一章で言及したように，下田港での別れの朝，一高生は蓮台寺で働く鉱夫たちから目をつけられ，水戸へ戻る婆さんとその孫たちの，東京での面倒を見る役目を依頼された。鉱山で働く若夫婦が二人とも流行性感冒で死去し，三人の孤児が残されてしまったのである。このエピソードを，英訳者のE.サイデンステッカーが，一度は，完全

に省略してしまったこと，また西河克己監督が，その挿入の逆効果を酷評した
ことは，第一章ですでに紹介した。無言の踊子との別れの中で，不自然かつ唐
突な印象を与えたからであろう。ところが，このエピソードこそは，ありのま
まを綴ったとされる『伊豆の踊子』の中で，作者川端が少なくとも部分的には
創作し，挿入した個所であった。省略してしまってもよかった個所だったので
ある。作者川端は，小説の構成上はやや不自然を承知の上で，老婆と孤児のエ
ピソードをなぜあえて保持し，挿入したのだろうか。第一章では筆者はその理
由を，島村抱月翻案の『復活』の一場面との類似が，踊子と一高生の永久の別
れを連想させる効果に求めた。ここではさらに二つの別な理由を加えたい。

　その一つは，一見，天城トンネルの向こう側の，現実離れした南伊豆の世界
で展開したと見做されがちな一高生と旅芸人の同行が，実は未曾有の好景気と
大混乱という，現実の日本の只中で生じたのだと，絵画での落款の如く，作者
川端が確と留めておきたかったこと，ではないか。一高生が踊子一行と旅した
大正7年の11月は，第一次大戦が終戦を迎えた，まさにその月であった。第
一章でも言及したように，この間の日本は世界の工場として空前の好景気を享
受したが，各国との交易，国内での労働力人口の急激な移動も原因の一つとな
り，踊子と旅した11月には，流行したスペイン風邪の死者数がピークを画し
たのである。蓮台寺の鉱山で働く両親を風邪で亡くした孤児たちと水戸へ戻る
老婆の姿は，大正七年の晩秋の日本の現実を集約的に表現したと言ってよいで
あろう。

　しかし，当時のリアルな世相の刻印だけが，老婆と孤児のエピソードの意図
ではなかった。エピソード収録の一層重要な意図は，別れにあたって一高生が
踊子に残した感謝のメッセージだったのではないか。二人だけとなって，彼が
何度か問いかけたにもかかわらず，踊子は掘割の海への出口を見つめたまま，
何の言葉も返さなかった。直後，二人は，栄吉と共に，はしけで船に向かった
のであるが，丁度この間隙に，老婆と孤児の面倒に関するやりとりが挿入され
た。一高生が，「婆さんの世話を快く引き受けた」のは，鉱夫たちに対してで
あった。しかし，そのやりとりの一部始終は同時に，近くにいた踊子の耳にも
届いたはずである。彼は踊子に向けて，おそらく次のように伝えたかったので
あろう。

以前の僕なら，こうした老婆や孤児の面倒など，御免被ったかも知れない。
だが，今は違う。君が示してくれた無償の好意は，僕を素直な人間に変えて
くれた。僕が今，目の前の困り果てた人たちの願いに素直に応じることがで
きるのも，優しい君のお陰だ。君からの言葉を聞けないのはとても悲しい。
それでも，僕のこの感謝の気持ちだけは，君に分かってほしい。*

*馬場重行は，鉱夫が一高生を見て発した「この人がいいいや」が，踊子による「いい
人はいいね」と対応する，と指摘した。語句の意味内容としては，前者のいいは「適
任」に近く，ズレが認められる。しかし，踊子による認知が鉱夫にも一面共有された
点は，一高生による引き受けの行為に，この場面にふさわしいリアリティーを付与し
た，と言えるだろう。「『伊豆の踊子』覚え書き」原善編『川端康成「伊豆の踊子」作
品論集』クレス出版，2001 年，295-96 参照。）

本書の第一章でも触れたように，島村抱月の翻案した，トルストイの『復活』
を彷彿とさせる別れを，作者川端は構成した。ネフリュードフは，自分は北へ
行き「貧しい人々のために一生を捧げるつもりだ」と述べて，カチューシャに
最後の別れを告げた。（トルストイ＝島村抱月『復活』劇場版　第五幕）類似
のエピソードを挿入することを通して，作者川端は踊子に心からの感謝を伝え
ようとしたのではないか。それが一部は創作であり，完全な実態は持たなかっ
たことは，第二義的な問題に過ぎないであろう。彼は，当時の知的な物書きが
なしうる精一杯の仕方を以て，踊子への心からの返礼を表したのである。しか
も，金井景子によれば，下田で一高生が踊子と行けなかった「活動」が，実は
『カチューシャ』そのものであった可能性が高かったという。（「『伊豆の踊子』
癒されることへの夢」『川端康成作品論集成』Ⅰ，232。）それを知れば読者の
多くは，小説の中でとは言え，当時の二人を囲んだ現実の一端に触れたように
感じるのではないだろうか。もし仮に「活動」を実際に見に行っていたとした
ら，若い二人は，ネフリュードフとカチューシャの別れを，どのような感慨を
以て見入ったであろうか。

　第二点に移ろう。一高生が踊子の小さな行為に対して表明した簡単なお礼は，
篇中，幾度かあったであろう。不完全ではあったが，峠の茶屋での座布団やタ
バコ盆の配慮に対し，口から出かかった礼があったし，下田街道で杖にと細い
竹棒を踊子が届けたときも，おそらく何らかの短い言葉を返したはずである。

但し，これらは千代子や百合子のような，他の誰に対する場合とも大差がなかったであろう。これに対して，「いい人はいいね」への反応は，明らかに踊子その人の好意を強く意識した感謝であった。しかし，「言ひようなく有難い」とは一高生自身の内言語であって，踊子へ向けられてもおらず，またお礼の形も取っていなかった。こうした諸点に照らして検討すると，作者川端が，帰京の船内での一高生の有様として構成した叙述は，注目に値する，と筆者は考える。彼に形成された内言語や流した涙は，伊豆の旅を通して踊子が示してくれた好意を，強く意識していた。他方，語りかけたい踊子は眼前にはいなくとも，「人に別れてきた」一高生はこのとき，彼を見送った踊子と，極めて類似した立場にあった。彼の有様はそのまま不在の踊子に語りかけ，互いの別れの中で，自らは涙を流した如くであったからである。

　まず，船出直後の一高生の時間感覚を検討しよう。下田を出港した一高生は，半島の南端が消えるまでの時間，沖の大島に見入っていた。長大な時間ではなかったであろう。このとき既に，「踊子に別れたのは遠い昔であるような氣持ちだった。」この表現から，別れからいく時間も経たないうちに，一高生がもう踊子のことを忘れかけている，とする疑念がしばしば提出されてきた。例えば，田村充正は次のように問う。「あれほど親しく旅をともにしてきたのに，なぜ『私』はたちまち『踊子に別れたのは遠い昔であるような気持』ちになってしまうのか。」，と。（「二つの『伊豆の踊子』―小説と映画の間―」2。）この疑問は，一見，正当のように見える。ところが一高生は，前出の感想を述べた直後に，「頭が空っぽで時間といふものを感じなかつた。」とも言った。一高生による，ここでの二つの感想は，常識的には両立しなかったのではないか。というのも，一方で，踊子との別れを「遠い昔」と感じたのなら，時間というものを感じたはずである。他方で，時間を感じられなかったら，「遠い昔」とは感じなかったはずだからである。いずれにせよ，どちらかが虚偽だったことになる。しかし，ここまでの議論は，人間にはある程度以上に長い時間そのものを感知する能力が備わっている，との前提に立っている。別な前提に立つと，両者は矛盾しない。極く短い時間を超えれば，人間には時間そのものを感知する能力がないという，ジェイムズの時間論を思い出してみよう。彼によれば，「時間といふものを感じなかつた」というのは，実は時間そのものではなく，

時間を感じさせてくれる出来事や手がかりをすっかり喪失した，という意味で
あった。一高生に時間を感じさせてくれた圧倒的な存在，すなわち踊子がもは
や近くにいなくなった結果，彼は時間を感じることができなくなった。より正
確には，経った時間が長かったのか，短かったのか，感じることのできる根本
的な手がかりを失ったのである。したがって，絶大な喪失感に襲われた一高生
には，わずか数時間前の別れが，遠い昔に感ぜられて不思議はなかったのでは
ないか。

　更に一層重要な問題がある。一高生が，踊子と別れを遠い昔と感じた事実に
注目する論者の多くは，一高生の踊子への愛情を疑い，彼が薄情であったと断
定する。しかし，それは人間が時間そのものを感知できると信じる者の抱く，
いわば「誤解」であって，事実は全く逆だったのではないか。一高生が被った
ままの時間体験は，彼が別れた踊子をいかに特別な存在と思い続けていたかを，
何より雄弁に証していたのではないだろうか。彼は踊子と別れたことで，時間
感覚の根本的な縁（よすが）そのものを失った。前の章でも論じたように，
『伊豆の踊子』の一高生にとって，踊子との別れは，彼の人生の「非常」のと
きだったのである。

　船が下田を出てから，伊豆半島の南が遥か彼方へ遠ざかるまで，一高生は
「沖の大島を一心に眺めてゐた。」かつて湯本館で，踊子の舞を間近に「一心に
見て」以来，初めてそうしたのであった。大島は踊子の住う島であった。今や
彼女と共にあった時間は失われ，その人との距離も空しくなってしまった。婆
さんと孤児の様子を覗き見て，束の間の今を取り戻しても，船室へ帰ればいぜ
ん空虚感に圧倒された。一高生の涙が，人の前で初めて，とめどもなく流れた。
しばらくして，河津から乗船してきた隣の少年が，異常な事態を感じ取り，彼
に尋ねた。「何か御不幸でもおありになったのですか。」取り乱していたわけで
はなかった一高生は，非常に素直に答えた。「いいえ，今人に別れてきたんで
す。」と。

　人はポロポロ出る涙を，生涯に何度かは経験するだろう。しかし，成人して
から，人に見られて平気な涙を流すことは，生涯に殆どないのではないだろう
か。生徒川端より何歳か年少であったはずの受験生の少年（後藤孟）は，おそ
らくまだそうした涙を知らなかった。それで，「ご不幸でもあったのですか」

と，気遣うしか仕様がなかったのである。「いいえ，今人に別れてきたのです」
と一高生は答えた。この「いいえ」は，続く「今人に別れてきたのです」との
間のポーズの長短によって，彼の答えに，二つの，やや異なった意味を与えた
であろう。もし，短かったとすれば，不幸ではなくて，人と別れてきたのが涙
の原因なのだ，という返答だった，との解釈で済む。しかし，実際には，ここ
には多少のポーズがあったのではないだろうか。もしその上で，仮に一高生が
涙のわけを敷衍していたら，次のようではなかったろうか。

いいえ，家族や知人に不幸があったのではありません。私は，仮に不幸が
あっても，簡単に涙を出まかせにする人間ではないのです。* そうした原因
の涙とは，少し違うのです。たった今，私は生まれて初めて出会った人と，
別れてきたのです。自分でも出会えたのが心底から嬉しいのか，別れたのが
心底悲しいのか，それとも両方なのか，よく分かりません。ただただ涙が出
るだけです。だから人に見られても，恥ずかしくないのです。

*まだ 10 代であったとき，少年川端は，久しく別れたままの姉の死と，育ての親でも
あり，最後の肉親でもあった祖父の死とを経験した。しかし，涙は流さなかった。但
し，祖父の死では，二度にわたり，生まれて初めて，鼻血を出したようである。その
事実を，隣人たちから隠そうとした。(「葬式の名人」大正 12 年，『川端康成全集』第
一巻，1969 年，72-74。)

涙は，うれし涙も，悲しい涙も，流す本人の涙でありながら，しばしば他人
を意識する情動ではないだろうか。うれし涙は流す者の気分の高揚に伴い，生
き甲斐の誇示の発露ともいえる。人並みを超えた，との優越感と一体であるが
故に，他人への無意識の差別ともなりうる。社会習慣は，他人への不当な優越
感の誇示を戒め，そうした涙は一人だけで流すよう求める。他方，涙は不幸に
も伴う。不幸の涙は，自分が他人と比べて寄る辺なく，頼りない状況におかれ
たことへの反応でもある。この場合の涙は，自分の劣位の表示を意味するから，
人はそれを隠そうとする。しかし，世故に長けた人間は，他人の心を煩わせま
いとして，一人涙するであろう。これも人が大人となる過程で獲得する習慣の
一つであり，倫理的な反省を経た，肯首に値する対応ではないだろうか。

そこで，改めて問わざるをえない。では一高生はなぜ，流れる涙を隠そうと
しなかったのか。彼はもはや，恥ずかしくないか，と窘められて，泣き止む子

どもではなかった。単に何かを失って，悲しんだのでも，何かを思いがけず獲
得して，高揚したわけでもなかった。確かに，彼は踊子との別れを悲嘆したが，
しかし心に染みる彼女からの好意を通して，自分の魂の救済を経験した。一高
生はポロポロと涙を流しながら，優越感や劣等感からは等しく自由であった。
普通の人が誰でも心から願う類の人との交わりに，旅芸人，特には踊子との旅
で，ただただ深く入り込み，浸りきった。他人への劣等感からくる落ち込みも，
他人への優越感からくる高揚も，彼には等しく無縁であった。踊子との旅が齎
した喜びと彼女との別れの悲しみは，彼自身のものでありながら，同時に，未
来ある少年や少女にも，意気盛んな青年男女にも，いまや見る影も無い老人に
も，等しく潜在する願望と虞れとの現実化であった。このとき一高生は，自身
が紛れもなくそうした人間の一員であることを，彼の心身を通して理解したの
ではないか。どうして彼には自分の涙を，名も知らぬ人々にさえ，隠す必要が
あっただろう。否，このときの一高生はおそらく，自分の流す涙を見てくれる
人々を，必要とさえしたのである。彼は，あたかもバプテスト派の洗礼の如く，
衆目を前にした水槽の中で，生涯に一度きりの生まれ変わりを，体験したので
はなかったろうか。

　私は涙を出委せにしてゐた。頭が澄んだ水になってしまってゐて，それがぽ
　ろぽろ零れ，その後には何も残らないような甘い快さだつた。(226)
そして，この生まれ変わりを導いたのは，年下の母としての踊子に他ならな
かった。彼の涙は，火傷を負った母に対してその子供が流した感謝と悔恨の涙
に，比肩したのであろう。

（四）　踊子は伊豆の旅を記憶したか：『伊豆の踊子』の将来

　最後に，第三番目の問題，大島に戻ってから後，踊子が一高生との出会いと
別れとを長く記憶に留めたか否か，の問題がある。筆者はここでは，すでに何
度も言及した鶴田欣也の踊子論と，踊子のモデル探し問題とを結びつけ，一つ
の解釈を提出したい。鶴田は，『伊豆の踊子』では，子供と判明した踊子が，
一高生に喜びの感情を生じさせた上で「忘れ去られ…，」彼に，ある「気分の
変化をもたらした後，背景の一部として消えてゆく」と主張した。(『川端康成

の藝術』，8-9。）鶴田は，この小説がそうした仕掛けを持つと主張した訳で，
彼の議論と，生徒川端や踊子モデルの歴史的な実態との無原則な混同を避ける
べきは，勿論である。にもかかわらず，『伊豆の踊子』が，作者も公然と主張
したように，生徒川端の実体験を元にした小説であったことも否定できなかっ
た。こうした文脈の中でまず指摘すべきは，川端康成が，感謝の念と共に，踊
子を長く記憶に留めた事実である。既述のように，大正11年に「湯ヶ島での
思い出」として執筆し，川端の五十歳を期に，昭和26年に出版した『少年』
では，「天城を南に仰ぐと，私は必ず踊子を思ひ出す。」と書き記した。映画化
や度重なる出版等の機会を捉え，踊子を何度にも渡って回顧した。七十歳に近
かった最晩年には，「『伊豆の踊子』の作者」を19回にわたり連載した。（『全
集』三三巻参照。）かつて生徒川端であった作者が，踊子を生涯にわたり記憶
し続けた事実は，『伊豆の踊子』での踊子が，たちまち「忘れ去られ…背景の
一部として消えてゆく」と言う鶴田の解釈と，あまりにかけ離れていないだろ
うか。

　では踊子の側の事情は，どうであったのか。大正末年の正・續の「伊豆の踊
子」の発表，昭和2年（単行本，金星堂），同3年（同普及版）と同4年の
『新進傑作全集第十一巻』（平凡社），更には昭和8年の春陽堂文庫としての出
版等，『伊豆の踊子』は，初出から十年を経ずして，すでに何度か出版を重ね
ていた。加えて，同8年には，映画版（五所平之助監督，田中絹代主演）が登
場した。にもかかわらずこの間，踊子のモデルと目される人物の消息は，ほぼ
完全に不明なままであった。土屋寛がかつて，当時を知る人の話から推測した
ように，踊子薫が伊豆の旅の後程なくして栃木県の足尾へ移り，そこで夭折し
てしまった可能性は否定できない。悲しくかつ不思議なことであるが，彼女は
「さながら『伊豆の踊子』の主人公になるために突然この世に現れ，それをな
しおえると彗星のように消えてしまった星のようである。」（『天城路慕情』
246）これが事実であった場合，当該モデルの消息不明は全く当然という他は
ない。

　しかし，他方，踊子が伊豆の旅の後，かなり長く存命した可能性も高い。大
正の末頃，大島の波浮から下田へ移り芸者となった，との調査結果もある。
（森本『魔界の住人川端康成』上，160-61；北條誠『川端康成　文学の舞台』

平凡社，1973 年，82-83。）こちらが事実だった場合，『伊豆の踊子』にゆかり
の深い下田の地に落ち着きながら，モデルとしての彼女の消息が不明だったの
は，やや不思議の感がする。確かに踊子が，尋常小学校に在籍したのは二年間
を超えなかった。しかし，水戸黄門漫遊記を巡るエピソードや，下田での「活
動」行き問題が示したように，小説や映画を人並み以上に好んでいた。仮に，
昭和の 8 年まで存命（三十歳）していたら，田中絹代主演の『伊豆の踊子』の
ポスター，ないし春陽文庫版の宣伝くらいは目にしたであろう。映画そのもの
を見たかも知れない。昭和 29 年まで元気（五十一歳）であったら，美空ひば
り主演の『伊豆の踊子』と接したはずだし，昭和 32 年（五十四歳）には歌手
三浦洸一の「踊子」を耳にしたであろう。昭和 38 年（六十歳）には，吉永小
百合主演の映画の評判を，どこかで知ったはずである。下田や伊東に住み続け
たとしたら，「伊豆の踊子」に関わる話題から耳を背け通すことすら，難しく
なっていたのではないだろうか。しかし，踊子が姿を現すことは遂になかった。

　一体，踊子のモデルに何が起こったのであろうか。鶴田は，「忘れ去られ…
背景の一部として消えてゆく」踊子を，一高生の「魂を洗って清め，暖めてく
れる」「神に近い」存在，「みそぎ」をする巫女と断定した。しかし，多くの研
究者や読者は，鶴田とは異なり，踊子を我々と同じ人間と見なすであろう。更
に，モデル探しに関心を持つ人々，また一高生の踊子への対応に批判的な読者
の多くは，下田での別れの後，踊子が一高生との伊豆での記憶を長く留めたは
ずだ，と想定するのではないか。半ばはフィクションと認めた上でなお，『伊
豆の踊子』での出来事を，踊子の側からも，確認したいとの期待が強かったで
あろうことは，容易に想像できる。しかし，土屋寛による調査が立証したよう
に，踊子のモデルのその後に関わる資料は極めて限られていた。中でも，伊豆
への最後の旅について，踊子のモデル本人が，何をいつまで記憶していたか，
確証を得るのはほぼ不可能であったろう。* 従って，彼女の消息と記憶につい
て，筆者は何よりもまず断定は避けるべきだ，との立場をとりたい。言い換え
ると，大島へ戻って以降，踊子が伊豆での記憶を長く留めた可能性はあるであ
ろう。しかし，その保証はないのではないか。他方，大方の予想とは反対に，
一高生との出会いの記憶の大半が，かなり短期間のうちに，彼女から消え失せ
てしまったことも，ありうるのではないだろうか。

*土屋の書き方が，実証的な調査報告というより，小説風である，との小谷野敦の判断に，筆者も同意せざるをえない。(『川端康成伝』中央公論新社，2013 年，100 註10。)

　但し，記憶問題を持ち出しておきながら，断定の回避だけで終わるのでは，いかにも無責任である。そこで最後に，本書で主張した特定年齢仮説を，文学者川端の少女の文章表現力論と結びつけて，記憶問題の打開の糸口を探って見たい。筆者は長く，日本教育史の科目を担当した。その一部として，明治の芦田恵之助から大正・昭和にかけての鈴木三重吉，更には戦後の無着成恭に至る作文・綴方教育の資料を，繰り返し読んできた。その結果として実感したのは，もし川端が多少なりとも学校教育に関わっていたなら，間違いなく綴方教育の第一人者として，日本教育史にその名を留めただろう，という点である。戦前の川端は，小林秀雄には，「少年少女達の作文を愛読して倦むことを知らない」(三島由紀夫編『文芸読本　川端康成』河出書房新社，1962 年，201) と嘲笑されたようであるが，筆者のような文学の素人は，戦前から戦後にかけて，これほど膨大な数の子供や若い女性の作文に目を通し，選者としてコメントを残した作家が居たことに，ただ感嘆するのみである。(『全集』三四巻，399-669参照。) その川端には，昭和の初期から戦後まで抱き続けた，「作文能力観」があった。すなわち，文章の表現力が小学生から中等学校生にかけて衰退する，という主張である。「年齢小説」として『伊豆の踊子』を書いた川端は，十四歳に特別な意義を与えた，と筆者は思う。勿論，文芸での十四歳は，世界に例をとっても，王子の訪れで目覚めた白雪姫，*『ロメオとジュリエット』のジュリエット，キルケゴールの出会ったレギーネ・オルセンを始めとして，枚挙に遑がない。しかし，川端の十四歳は，何より十六歳十七歳の初代（ちよ）や十九歳の千代子とは対照的に，社会的地位や容貌よりも，一高生の気質の美点や良さ（mental charms and virtues）を鋭くも優しく感得・理解して反応し，ダーウィンを感心させたであろう，十四歳だったのである。ところが，パラドキシカルにも，人生のこの麗しい年代こそ，女性はその心の動きを自ら表現する力が弱い，と川端は主張した。『伊豆の踊子』の出版から数年の後，「女学生は** 詩人としても，散文家としても，小学の女児に劣る」，と断定したのであ

る。「あらゆる芸術に於て，処女は歌はれるものであって，自ら歌へぬもので
ある。」，と。(「純粋の声」『川端康成集』筑摩書房，1975 年，466，464。) こ
の昭和 10 年から戦後まで，時には年に数千の投稿文章を読んだ川端は，多少
の紆余曲折は経つつも，こうした見方を基本的には変えなかった。昭和 22 年
10 月の撰評では次にように書いた。

　小學生の綴方はいいが，中等學生の作文は悪い——これは従来明らかな事実
　でしたし，將來も改めるのがむつかしいでせう。原因は教育とか讀物とか習
　慣とか外の悪い影響にばかりあるのでなく，少女自身の思春期の成長する心
　の内にもあるのです。(『全集』三四巻，661。)

川端は，小学生と中学生と言う，いわば年齢差を基礎として，綴方の優秀と稚
拙とを主張した。同時に，彼の主たる関心は女性，特には女子中学生の実情に
あった。小林秀雄とは対照的に，川端は「童心と女心とは藝術と人生との泉」
だと見なしたからである。(『同書』，604) 女子中学生に顕著な綴方の成績の低
下を憂いた川端は，その原因の一部が「教育とか讀物」にある限りにおいて，
作家の立場から，その改善に努力を傾注したのである。その成否が，文芸の発
展にも死活問題である，と確信していたからであろう。

　*秋山道彦『生命の発達学』新曜社，2019 年 162-62 から白雪姫の年齢の数え方を知っ
　た。
　**昭和 10 年前後に於ける高等女学校の制度上の在校生の年齢は，十二歳から十五歳
　であった。

　では，小学生の優れた綴方が，中等学校，特に女学校の生徒の段階に至ると，
一時的にせよ，どのように劣化して行くと理解したのか。鈴木三重吉への言及
からも知れるように，川端が綴方を論じたとき，小学校では歴史的に熱心な綴
方教師が居り，中等学校では作文教育への関心が低調だった事実を，前提にし
ていた。にもかかわらず，彼の主要な関心は，小学生と中学生の間に見られる，
一般的な特性の相違に向けられていたようである。川端によれば，小学生の特
性としての「純粋無垢な子供の感覚は，生きてゐる神の鏡のようで，詩のみど
り兒」であった。こうした鏡としての子供の心は，身の回りの「ささやかなも
のに，童話を見つけ」た。子供にとって，こうした感受とその表現に勝る個性

の堅実な伸長はなく，その成果としての子供の綴方は，大人の文学にとっても「永遠の故郷」を画する，と川端は主張したのである。(『全集』三四巻，495,490,489。) では子供の綴方の世界は，中学生，特に女子生徒の間で，どのようにして相対的に衰微してしまうのか。作文の位置づけや綴方教師の小学校への偏在等，教育指導上の理由は無視し得なかった。しかし，一層深刻な問題は，「思春期の大きい力」であった。すなわち，女子中学生は以前に比して，感傷に浸る傾向が強まり，同時に，知識の拡大に伴い，「讀んだものの眞似をしたり，型を習ったり」し始めた。(『同書』，414，429，585。) いずれの場合でも，ささやかなものを，素直に感じ取り，表現するために必要な，「自分の素直な観察や実感が一時鈍くなる」と，川端は言ったのである。

　ところで，上記の小学生と女子中学生（戦時中や戦前では高等女学校生）の区分の中で，伊豆を共に旅した踊子は，どこに位置付けられただろうか。同行中の踊子は，綴方はおろか，手紙さえ記さなかった以上，本人の文章を根拠とする判断は不可能であった。しかし，彼女の仕草や言葉にヒントはあった。天城峠から下田までの間，踊子は「ああ，お月様」を始め，いくつかの「童話」を見つけた如くであった。中でも彼女は，一大関心対象だった一高生について，「いい人はいいね。」と言及した。こうしたもの言いは，「無垢な……感覚」としての心の「鏡」に映された一高生のイメージであり，踊子が期せずして生んだ詩となった。伊豆での踊子は，子供の感性を失わない，小学生の最後の段階に比せられたのではないか。

　しかし，より差し迫った問いは，川端の綴方論と，踊子の伊豆の旅の記憶との関係である。綴方の選考と評価の過程で，川端は人間による記憶，特に女性による記憶について，何度か意見を述べた。その含意は一様でなかった。すなわち，一方では，一般に女性は男性よりも人生の思い出（エピソード記憶）を大事にする，と主張した。その理由は，一つには「女の情感のやさしさややはらかさのせゐで……思ひ出が美化されていつまでも心の奥に保存されてゆく」からであり，またもう一つには，「男ほど激しく目前の生活と切り結んでいないせゐではなかろうか」と述べた。(『同書』636。) ところが他方，中等学校の年齢の女性の綴方の実情は，川端を逆の判断に導いたようでもある。太平洋戦争の開戦の直前，川端は「少女の友」の投稿者たちに特有なペン・ネエムの妙

な気取りを指摘し，そうした態度が「いい文章」を書く妨げとなる，と主張した。(『同書』504。) 一度身についた態度が継続したのであろう，戦後数年を経て，女性たちが女学生時代の思い出を綴っても，文章の気取りは依然として目立っていた。(『同書』646。) 川端は戦前にも戦後にも一貫して，女学生らしさが「作品にどれほど出てゐるだろうか」を基準にして，作文を選ぼうとした。結果は，少なくとも戦後の当初は「失望」で，彼女らには「自分の感じを自分の言葉で素直に正確に書こうとつとめてほしい」と要望せざるを得なかったのである。(『同書』662 — 663。)

　既述のように，川端は長期的には女学生の綴方の盛衰に，藝術や文学の盛衰を重ねていた。けれども，短期的には，文学面での天才少女の発掘よりも，日本の少女の皆が「いい文章，すなわちこの欄（「少女の友」の作文欄）の程度の文章を書けるやうになつてもらいたい」と希望したのであった。(『同書』510。) 誰もが身の回りの生活に，綴りたくなるような女学生なりの「童話」を見出し，それを文章にして長く記憶するような女学生時代を送るよう，期待したのであろう。戦時中の川端には，女生徒が文章を書きとめておくことと，記憶することの関係への言及が，何度か見られた。

　　記憶ははかなく，忘却は免れない。自分の今日の生活を書き留めておくことは「投書」などという言葉でかたづけられぬことだ。(昭和17年3月，『同書』466。)

　　人間の記憶といふものは頼りないもので，今の文章を何十年か後に讀み返してみると，あんなこともあつたのかと，自分でも意外に思はれるにちがいありません…少女の日の生けるしるしとして，作文の文屑もおろそかにはせぬことです。(昭和17年10月，『同書』524。)

尋常小学校の二年間を辛うじて終えただけの踊子は，十四歳の中でも小学生の感性を保っていた方ではなかったか。短期間だったにせよ，伊豆での彼女は「童話」の世界に生きたように映った。そうでなければ，生徒川端がどうして踊子を心から愛しんだことがあり得ようか。しかし，他方，「少女の日」を綴る踊子の力は極めて限られていたであろう。そうでなくとも，「思春期の大きい力」は，程なくして彼女を「綴方」と「童話」の世界から遠ざけたであろう。加えて，踊子が何年かの後に下田で芸者となり，男以上に「激しく目前の生活

と切り結んで」いたとすれば，一高生との旅が彼女の記憶から消滅していったとしても，何ら不思議はない。

　すでに述べたように，一高生との出会いと別れの記憶が，踊子に長く残ったか否か，筆者は断定を回避したいと思う。但し，以上に検討した川端の女子の綴方能力論は，記憶に関わる問いに対して，間接的ではあるが，無視し難い参考を提供している。大島に戻ってからの踊り子に，一高生との旅の記憶が定着した可能性と，一定期間の後には消失した可能性とを天秤にかけるなら，後者の方がやや高いのでは，との意見に筆者は傾く。作者川端は，少なくとも三度の制作の試みを繰り返して，青年の「日の生けるしるしとして」『伊豆の踊子』を完成させた。十四歳の踊子は，過ぎ去った「童話」として，彼の中で生涯にわたり生き続けた。他方，「いい人」一高生を，自らの「生きてゐる神の鏡」に映し出した踊子の瞬間の記憶は，踊子自身による文字への定着もなく，成長した初代と千代子の年齢への到達に圧せられて，過去の闇に失せた可能性はある。「童話」を文字に定着させず，記憶を失った踊子を貶める意図は，筆者にはない。むしろ無念を含んだ彼女の記憶が，早々と失われたとすれば，それは踊り子にとって，慰めとさえなったのではないだろうか。踊子側に一方的にのし掛かったように見えた悲劇的な負荷が，記憶そのものの消滅によって多少とも軽減され，伊豆での出会いと別れが残した，一高生と踊子の貸借上の不均衡が，踊子側に幾分なりともバランスを回復することにもなったであろう。川端自身の表現を借りれば，「無惨なことを言ふものだ」（『全集』三三巻，210。），と思う。しかし，これでも，筆者が読者に向けて提出できる，ギリギリの推論である。

　もしも，かつての踊子本人が，一高生との出会いと別れを，その後，程なくして忘れ去っていたとすれば，映画や出版や教科書での採用の頻度がいくら高まっても，モデルの特定化が遂に不可能のままだったとして，不思議はない。『伊豆の踊子』の種々の文庫本が全国の書店に溢れようが，時々のアイドルを主演者とする映画化が繰り返されようが，教科書の教材に広く採用されようが，本人が名乗り出たり，周囲の者たちに逸話を広めたりして，モデル探究者に手がかりなど残さなかったであろうから。鶴田の解釈とは正反対に，実際には，一高生の方こそ踊子に「忘れ去られ…背景の一部として消えて」いったのかも

知れない。十四歳の踊子の小説だけが，ときに耐えた「童話」として，その形を現在に留めている。これからのときにも耐えて読み継がれるのか，筆者には分からない。ただ，そうあることを心から願って，擱筆したいと思う。

補論 1：旅芸人と一高生の経済事情

　まず旅芸人一行の収入を検討してみよう。一高生が彼らの稼ぎの一端を垣間見る機会は，下田へと立つ前の晩，木賃宿を訪れたときに生じた。踊子と栄吉を含む四名がお座敷で一時間，芸を披露した謝金として，踊子が「おふくろの掌へ五十銭銀貨をざらざら落とした」のである。(215)「ざらざら」だけでは何枚と特定できない。三，四枚ではないだろう。他方，十枚を大きく超えたのでは踊子の拳に収まりにくかったと思える。そこで，ある漫画版の『伊豆の踊り子』を参考として，仮に八枚，四円であったとする。* 一高生が旅芸人と峠で会った日の晩から，「昨夜晩く寝」た（栄吉）下田での最後の夜まで，四日のうち三日は日に一度はお座敷があったと想定できる。このペースでお座敷がかかり，一高生の目撃した稼ぎが標準的であったとの前提に立てば，流しからの収入を度外視しても，一月の稼ぎは四円×(30 × 3/4)＝九十円となる。勿論のこと，一年を旅芸人として通すことは難しかったであろうが。当時，地方では花形の職業であった巡査および小学校教員の初任給は，大正 7 年，それぞれ月額十八円，および同十二円から二十円であった。(『値段史年表』91-92。)若い巡査や教員と比べて，旅芸人五人の合計収入は五倍ないしそれ以上であったと推測して，大きくは誤まらないであろう。現金収入の点で，茶屋の婆さんや当時の村の住人たちには，垂涎の的でさえあったのではないか。十四歳の踊子が宿の子供に銅貨をやったり，二十歳の第一高等学校生に，「船で食うものや，煙草」（「ちよ」）を餞別に買い与えたとしても，何ら不思議はなかったのである。勿論，一高生が目にすることはなかった，旅芸人に特殊な支出のあったことも無視できない。例えば，そうした事情を知悉した東郷隆の解説には，耳を傾ける必要がある。**

　＊ぎょうせいの文芸まんがシリーズ『伊豆の踊り子』(1991 年，73 ページ。)が，おふくろの手に渡る 8 枚の銀貨を描いている。証拠には不十分としても，漫画家が文章から図画化を試みた具体例として参考になる，と筆者は判断した。
　＊＊東郷隆『そは何者』静山社文庫，2012 年，12。

　但し，一高生と旅芸人とが邂逅した大正7年とその前後は，日本の近代でも極めて特殊な，経済の「活発な」時代であった。この年の三，四年の前か，三，四年の後であったなら，旅芸人の活躍の場は大幅に減少し，彼らの収入も激減していたであろう。大正8年以降，毎年のように伊豆に滞在した川端自身，四年後の大正11年に気づいた如く，「温泉場から温泉場へ流して歩く旅藝人は歳とともに減って」いったのである（『少年』130。）踊子たちにとっても大正7年が，旅芸人としての「最後の旅であった。」（『全集』三三巻，210。）旅芸人の減少と踊子たちの旅の中止とは，大戦終結に伴う各地の鉱山等の未曾有の好景気の終焉と軌を一にしており，決して偶然の結果ではなかった。いかにも短かったこの特異な時代から，前後の時代を含む旅芸人一般の収入を類推するのは誤りである。同様にして，他の時代の旅芸人の現実一般から，この限られた期間の旅芸人の有様を断定するのも誤りであろう。後者の誤りの一例が，後の時代の惨めな旅芸人を目撃した体験から，大正7年の旅芸人も，等しく惨めだったに違いないとの憶測から，映画を作成した西河克己監督であった。作者川端が旅芸人の貧しさを十分に表現していない，と批判した西河は，踊子が謝礼を手渡した場面でのおふくろに，「騒ぎのわりにはケチな宴会だねえ」，と言わしめた。（『西河克己監督作品選集』「伊豆の踊子」ワールド・フォト・プレス1974年，74。）西河の判断は，研究者の多くにも共有されてきた。学歴や経済力でずっと劣る踊子が，遥かに上位を占める一高生を，女神のような清々しい生命で救う，と主張する金惠妍は，一高生が金銭感覚に甘く，周囲に金をあげまくる習癖を有する点を指摘した。そうした具体例の一つは，彼が茶屋の婆さんに「五十銭銀貨を一枚」を残した事実であった。他方，踊子がお座敷での謝礼として，「おふくろの掌へ五十銭銀貨をざらざら落とし」たのは，踊子が「大した経済力は持っていない」証拠である，と主張した。（「『伊豆の踊子』の世界―踊子の女神説」梅光学院大学，『日本文学研究』36，2001年，48。）筆者には，金惠妍による両者の比較の仕方は受け入れ難いが，しかし，研究者の間でも，旅芸人＝貧困という予断がかなり根強い，という具体例としては納得する。筆者は大正7年の伊豆の旅芸人たちが，富裕であったと主張するつもりはない。しかし，その貧困を当然視すると，『伊豆の踊子』での物語の微妙な，しかし重要な展開のいくつかを見落とすが故に，そうした予断から，読者

を解放する必要を強く感じている。

　次いで，一高生＝生徒川端の側の経済事情の検討に移ろう。大正から昭和初期にかけても，旧制の高等学校生が，豊かな階級の出身者である，とは社会通念であった。川端より数年前に一高を卒業し，東京帝国大学で社会政策を担当した河合栄次郎は，当時の一高生の実情を誰よりも知悉していた。彼らが「大ブルジョアジー或いは中産階級に生まれることがなかったら」，学生生活を送れなかったであろう，と昭和の初期，河合は繰り返し指摘したのである。（『河合栄次郎全集』第 17 巻，社会思想社，昭和 43 年，13 他。）では，第一高等学校の生徒川端は，どの程度の額を毎月支出したか。まず授業料であるが，手元に大正中期の一高の授業料そのもののデータがないので，大正 9 年の一高の授業料収入である 4 万 235 円を，当時の在校生数 1,122 名で除してみよう。すると，生徒一人当たりの授業料負担として，年間，約三十六円を得る。（『資料集成旧制高等学校全書』第五巻，昭和出版，1982，485；『第一高等学校六十年史』昭和十四年，597。）既述のように，当時の本郷で三食付きの下宿代は，月約十五円であった。加えて，カフェーでの支払いその他での支出もあったろう。川端の一高時代からの友人，三明永無の回想によれば，川端は郷里，大阪府のある家の人から「いつも学資を送ってもらっていた。」（「川端康成の思い出」長谷川編『川端康成作品研究』八木書店，1969 年，532。）その額であるが，武田勝彦が確認した資料によれば，大阪府の親戚秋岡義一からの生活費分は，月に二十円であった。しかし，授業料を含めて，学業関係でも様々な支出が不可欠であった。その結果，大正 7 年の 1 月から 11 月までの送金額は，月平均三十七円に上った。（「川端康成青春書簡（三）」『国文学　解釈と鑑賞』1980年 7 月号，191-92。）作者川端が，自身の当時の経済生活を振り返った記述を見よう。一方では，「高等學校の頃からつづけて質屋の世話になつてゐた。」との証言にある通り，（『全集』三三巻，474。）決して余裕のある生活ではなかった。では，他方，赤貧洗うが如しであったかというと，「貧乏学生でありながら，芝居や活動は特等か一等，旅の宿は一流というような虚栄があった。」（「文学的自叙伝」中央公論『日本の文学：川端康成』，昭和 39 年，500。）ある種の浪費癖も否定できなかった。慎ましい一高生活に徹していたなら，秋岡家からの月平均三十七円の仕送りで，十分にやりくり出来た，と判断してよいで

あろう。

　以上，踊子たち旅芸人と，生徒川端との，大正7年の経済事情を，推論も交えて検討した。最後に，両者の事情を『伊豆の踊子』をめぐる文脈の中で，比較検討してみよう。まず第一に，一高生と旅芸人との経済力について，常識を覆す力関係の可能性を考えてみる。以下はあくまで，大正7年前後の二,三年の限られた時代についてであり，かつ，筆者による旅芸人の収入の推論が大きく誤っていないこと，を前提としている。一高生が旅芸人と邂逅したときの踊子たち五名の月収が，流しからの稼ぎを除いて，九十円近かったとすれば，これは当時，高等文官試験に合格した高等官の初任給七十円をも上回っていた。（『値段史年表』67。）旅芸人の五名は，もしも甲府に残したおふくろの息子が，当時，第一高等学校へ入学していたとしても，その学資を賄えるだけの月収を得ていたことになる。河合栄次郎が，高校生の家庭背景として例示した，「大ブルジョアジー或いは中産階級」の最後尾には位置していたことになる。少なくとも収入面だけでは。「ちよ」や『伊豆の踊子』の別れの場面で，旅芸人が一高生に食べ物や煙草，口の清涼剤まで買い与えたとしても，全く不思議はなかったわけである。下田であと一日だけ滞在を延ばして欲しいとの旅芸人たちの懇願を，一高生がもっぱら学校の都合ではねつけ，金銭面での不足など，一切言及しなかったのにも納得がゆく。旅費の不足など持ち出したら，彼らの資金力で忽ち問題が解消してしまったであろうから。こうした経済上の力関係があまりに「常識」に反するので，映画や漫画の多くでは，一高生の方が踊子へ，使い古した櫛と交換に高価なシャープペンシルや，新しい高価な櫛を与えるという，原作にはない場面を挿入しているのであろう。しかし，特殊な社会背景の下では，文字通り「事実は小説より奇」でありうるのではないだろうか。

　第二は，生徒川端による大島行きと旅費問題に関わる。既に言及したように，作者川端は，三笠文庫での「あとがき」を別として，大島に行かなかった理由をもっぱら「旅費の工面がつかぬからだつた」（『全集』三三巻，210。）と説明した。彼のこの主張を，以上の諸事実や推論を前提に，検討してみよう。旅費として，いくら位が必要だっただろうか。通常の旅行と違い，旅芸人側の招待，さらには彼らの大正7年前後の経済状態を，考慮に入れるべきであろう。加えて一高生は，正月の芝居の支え手の一人と目されていた。波浮に二つの家を

持っていた彼らが，宿代や食費の支払いを一高生に求めたとは，想像しにくい。とすれば最大で唯一の出費は，東京と大島間の旅客船賃だったであろう。大正8年の運賃は二円三十銭，往復で四円六十銭であった。(『値段史年表』137。)月平均三十七円の仕送りを受けていた生徒川端に，これだけの額が調達不可能であったとは，筆者には思えない。しかも彼は，大正7年の旅行から数年にわたり，毎年，時には年に二,三度も，伊豆の湯ヶ島を訪れていた。その交通費を転用していたら，大島行きの費用は十分に賄えたであろう。費用の捻出は容易ではなかったとしても，決意さえあれば可能だったはずである。旅費の問題は，現実の障害というよりも，大島に行け（か）なかった口実でしかなかったのではないか。

補論2：「雪国の踊子」*への手紙

　荻野アンナの「雪国の踊子」は，『伊豆の踊子』のモデルが，出会いから長い年月を経た後，今や『雪国』で大人の駒子と睦じく時を過ごす原作者，すなわち踊子の初恋の人を尋ねて，雪国へ行く汽車の中で，相客に向かい伊豆でのかつての出会いを自らの立場から語った，との想定に基づく短編である。今回筆者が取り組んだ課題の成果を，自己点検・自己評価に付する際のメルクマールとして，有用な逸品であると思えた。その理由は，第一に，荻野の『伊豆の踊子』の理解が正確で行き届いていること。第二に，やや深遠な芸術家の思想を，易しくウィットに富む言葉で，巧みに表現していること。第三に，踊子の思いを同性の立場から，深く心情的に理解し解説していること。荻野の作品の素晴らしさについては定評があり，筆者も同感である。荻野は，『伊豆の踊子』には，踊子の目線で見直すと納得の行かない点がいくつかあるという形で，問題を提起する。以下では，荻野からの疑問の二，三に対して，筆者の疑問を逆提起することに力を注いだ。荻野の提起の内容もその文言も，彼女に独自のスタイルで実感が込められている関係上，筆者も，非才を顧みることなく，荻野のやり方に倣いつつ，却って少しでも真摯な対応とするよう試みた。不謹慎ながら，原作者川端と筆者の意見の境目が朦朧としていることには，あえて目を瞑っている。

　*荻野アンナ『私の愛毒書』福武文庫，1994年，83-118。

*

　まず何よりもビックリだよ，まさか君からこんな便りを貰うなんて。第一，あの伊豆（イズ*でもいい）の旅のこと，君の記憶の片隅にさえ残っているはずがない，と思い込んでいた。それがどうだ。覚えていたなんてもんじゃない。僕の記憶より鮮明だ。しかも，見事な書きっぷりで，それを見せつけてくれた。こんなことなら『伊豆の踊子』など，全然必要なかったよ。冗談抜きに，君の記憶から伊豆の旅が消え去ってしまうのを惜しんで，僕はあれを書いた。それ

なのにどうだ。君の語りに比べたら，あの小説なんか作文以上じゃない。君の思い出話の前では，僕が得た名声なんて何の価値もない。二つが交換可能なら，いつでもそうしたいもんだ。

　＊荻野が，オズの魔法使いをもじり，伊豆をイズという魔法の世界にも喩えている。

　それにしても，君の問いの聡明さには恐れ入った。だから，僕ができる精一杯の返事を書かせてもらう。そう，強かった君との五日並べを思い出すよ。何よりも，当時の僕には，見たものや会った人は，何かそれぞれを超えたものの象徴みたいで，いつもその向こうの何かを見てる感じだった，んだって？　これには参った。言われてみれば，図星だ。そんなとこまで気づいていたなんて。君のこと見縊っていた。やっぱり僕が好きになった女の子だけのことはある，なんちゃってね。実は，公言を控えていたんだけど，そうなってもおかしくない事情があったんだ。『伊豆の踊子』は，君と会ってから，七年も経って出した。ちょっと言い難いが，伊豆から戻って程なく，僕は一人の女の子に恋をした。君と似た境遇の十四歳の子，しかも同じく指一本も触れなかったんだから，呆れないでくれよね。もっとも二年余りの後，この子とは婚約しちまった。勘弁，勘弁。学生の僕はもう「踊子」，じゃない，「天」にも昇る心地だった。ところが僕の有頂天は束の間，忽ち破談に遭って，奈落の底へ突き落とされた。あんなにいい子だったのに……十六歳の女になってどうして。僕は人が信じられなくなった。そうした事情もあって，大正７年秋に出会った踊子の君を，改めて思い起こした。十四歳だった君を。僕は十六歳の君は知らない。知りたくない。知らなくていい。知らない方がいい。そう思った。（それが間違いの大元だったのかなあ？）そうして十四歳の君を書いたんだ。人は普通，十六歳ではなくて十四歳を，などと思いながら，君を見たり書いたりするはずがない。でも，僕はそうした。そうする理由があった。だから特に小説の中では，君を見ているようで，何となく君の彼方も見てたんかも知れない。ゴメンナサイ。心から謝りたい。

　もっとわかりやすい，君の呼び名のこと。確かに『伊豆の踊子』では，君を名で呼んだことが一度もない。途中からはちゃんと，「薫」とわかっていたのに。いつも踊子だった。やっぱり薫がよかったのか。でも，薫と踊子ってどう

違うんだろう。薫の名の人は，昔も沢山いたし，今でもいる，これからもいる
だろう。それでもやはり，薫も康成も，あのとき急な間道を一緒に力一杯登っ
た君と僕，僕からの返事をそこで読んでくれる君，やがて伊豆の旅だけを懐か
しむ老人となる僕，そして何よりも君と言う生涯をただ一度だけ送ってきた女
を指すんだろうな。君の我がしっかり入った，他ではない女（の子）を指す名
前が薫だ，というのはよくわかったよ，薫。

　踊子って，確かにどの時代のどの国にも居た，踊る女の職業名みたいだよね。
痛みも喜びもない，血の通わない，プレートに刻まれた文字の並びだけみたい
な。そんな踊子と呼ばれ続けるのは嫌だ。やがては消え果てる身でも，今のこ
の時この時を生きてる，痛みも喜びもある，この私だけを指す名前で呼ばれた
い。今度の便りから，そういうことだったのか，と君の思いを改めて感じたよ。
さすがの僕も，体の中に何か熱いものを感じた，しかもしばらくの間ね。それ
でもどこかに頑固な僕が残っていて，君はやっぱり僕の踊子だ，って頑張り通
してもいる。確かに板敷で踊っていても，ただ隣を歩いていても君は君。目覚
めていて花のように笑っても，目尻の紅を寝顔に晒していても君は君。易しい
言葉で詩のように語っても，言葉を失って一方向を見つめ続けていても君は君。
だから，そういう「薫」で呼ばれた方が，絶対嬉しい。「踊子」じゃ，私はだ
あれ，だれでしょね，なんなん流しの踊子で……てなって，結局，正体がわか
んなくなっちゃう。だから，やめてほしい！……でもね，もう少し僕の理屈，
我慢して聞いてくれる？　僕はどうしてか，姉さん踊子，雇われ踊子は，ちゃ
んと千代子，百合子って名前で呼んだ。君だけは「踊子」で通したかった。お
かげでとんだとばっちりを受けたこともある。下田へ立つはずだった日の前の
晩，栄吉兄さんと君たち三人が僕の宿で遅くまで遊んで行ったこと，覚えて
る？　僕は「踊子が歸った後は，とても眠れそうもなく……」って書いた。と
ころがどうだ。英訳では after they left だの After the entertainers left だの
となってしまった。おっとっと，余りに見事な便りに，尋常小学校で二年間学
んだだけの君のこと，すっかり忘れてしまって，ゴメンナサイ。they だとか
the entertainers とかは，「皆が」とか「芸人たちが」とかの意味なんだ。訳
者たちは無知でそうしたんじゃない。四人とも帰ったんだから，それが自然と
いう解釈なんだ。だが，僕の真意を誤解してる。四人が居て，四人が帰ったの

はその通りだ。でも僕には終始，部屋に居たのは君ただ一人だけ，帰ってしまったのも君だけだったんだよ。だから他では「踊子たち」，と書いても，ここでは「踊子」とした。千代子姉さんや百合子さんとは違う君一人だけが，ただただ気にかかっていたんだ。

　ところで，帰りの船の中で乗り合わせた若者へは，もっと不思議な言い方したんだけど，気がついてた？　ご不幸でもあったのですか，と聞かれて，今「人に別れで來たんです」って答えた。確かに，「薫」と別れて来たんです，じゃ，事情を知らない相手には全く意味不明だよね。でも，「踊子」と別れてきた，だったらよかったんじゃないか。およそどんな人物だったのか，若い彼にも見当がついたろうし。「人」と別れたってんじゃ，犬やヘビが恋しいんでないことは想像がつくけど，あとはからきしわからない。じゃ，どうして「人」だったんだろう。今更とは感じつつも，少し考えてみたんだ。

　たとえば中学校から戻った僕が，母さんや兄貴に，今そこで薫ちゃんとバイバイしてきた，と言えば，二人はすぐに「そう」，って応えて気にも留めないだろう。だけど，同級生に別れてきたって言ったら，それ誰のこと，新しい友達，転校生，とか，ちょっと聞き返すんじゃないか。それがもし，今「人と別れてきた」，なんて伝えたらさあ大変。兄貴は僕の顔をしげしげと見て，「おいお前，気は確かなんだろうな？」，なんて，滅多にしない質問をよこす。母さんのほうは，早速に学校の臨床心理士にこそこそ電話して，「うちの子，『人と別れてきた』なんていってるんですけど，何か精神的に病んでいる兆候でしょうか」，などと真剣に質問する，と来たもんだ。こりゃ異常事態だ。うん，しかし，少し考えると，二人の対応も分からないじゃない。中学生だって，毎日何人もの友達とさよならして別れる。一年経てば，延べ何千人と別れてるだろう，それがみんな人間だ，人だ。当たり前のことじゃないか。そんな当たり前のことを僕が言い出したら，みなおったまげる。あいつ普通じゃない。気が触れたんじゃないか。とにかくまず精神科医だ，と。何が言いたいか，わかりにくいって？　そう言えば僕にも少し……ただ伝えたいのは，「人と別れてきた」って感じたのは，尋常なことじゃなかった，てこと。それどころか，今の年齢から振り返ってみると，生涯に心からそう思ったのは，若かったときに，ただ一度あっただけだったんだよ。あの後，「人と別れた」と心底から思った

ことは，二度となかったから。「踊子」とだって同じだ。今更こんな言い訳を
したってどうしようもない。でも，君の便りを目にして，それだけはどうして
も伝えておきたかったんだ。

　泥と水を巧みに使い分けて，キレイな世界を覗くという僕の癖の指摘，実に
憎いね。参りました。爺さんの醜い姿（泥）に，僕の涙が美しさ（水）の象徴
としてきらめく，とてもよく分かって納得した。ただ，峠の婆さんの軽蔑（泥）
に対し，踊子を泊める（水），だけど，ここには見方の違いもあって，婆さん
の泥につられ，学生も泥を吐き出すとも取られてるらしいよ。でも，踊子の一
夜を守り通してやるという見方もある。僕は，今思い返せば，君が欲しかった
し，でも守ってもやりたかったな。僕はそんなに紳士に見えたかい？　元々泥
混じりの水だったかも知れないのに。

　それから，下田で突然に帰京した理由。旅費が不足ならそう言ってくれれば，
栄吉兄さんが喜んで工面したはずだって。本当にありがとう。そう言ってもら
うと，あの旅での君たちの好意が，胸に熱く蘇ってくる。君は今でも本当に素
直だね。驚きでいっぱいだ。そして君に済まない気持ちも。金が不足だと言え
ば，栄吉兄さんは勿論，おふくろさんまで，一日分の滞在費を喜んで工面して
くれそうなこと，わかりすぎる位わかっていたんだ。本当は，旅の費用だって
底をついていたわけじゃない。でも，どちらであっても，下田が一日延びるこ
とになってしまう。学校の出席など実際はどうでも良かったんだけど，それだ
けが口実に使えた。『伊豆の踊子』を書いたときには，全ての嘘を並べたてて
まで，十四歳であった踊子の君と決定的に別れるようにしたかった。若かった
僕には，あのときの君はそれほど特別だったんだよ。それは，ゴメン，君が薫
だったからではなくて，踊子，いやそれでさえもなく，振り返れば，二十歳の
僕が，生涯に初めて会った「人」だったからなんだ。あの君がやがて初代（っ
てだあれ，と思うだろうけど）のように，そして，嫌いではなかったけれど，
千代子姉さんのようになることが，耐えられなかった。伊豆（イズでもいい）
で数日間を共にした踊子の君を，あのままの生きた君としてずっと憶えていた
かった。それが，生涯で一度きりの現実を，現実のままに残しておく，ただ一
つのやり方だと思ったんだ。たとえ歳をとって心身ともに落ちぶれ，やがてこ
の世を去るときが来ても，自分が実際に生きた証，末期の記憶として，しっか

り留めておきたかった。

　それにしても，今回，僕の『雪国』まで読んでくれた君の便りを，風の中に
聞くことができるとは，全く想像の外だった。伊豆の旅が，君の記憶から跡形
もなく消え去っただろう，と信じ切っていた。まさか君という人から，心残り
の旅の話を聞くことになろうとは……。大島へは行けなかったんじゃない。い
つも行きたいとどこかでは願いながら，若い時は必死に，歳をとってからは筋
道を立てて自分に言い聞かせながら，その願いを抑え込んできたんだ。そんな
名残が，イズの魔法の如く満たされて，歳を取った身には，表現し難いほど嬉
しい。生まれてきてよかった。君に伊豆で会えて本当によかった。しかも，文
字を読むのさえ不自由だった君が，再び，こんなに素敵な文章で思いを伝えて
くれるとは。若かった君と僕の伊豆の日々が，目の前に生き生きと蘇るようだ。
今にして思う。『伊豆の踊子』はなくてもよかったんだ，君に昔を思い起こし
てもらう手がかりとしての他は。

　最後に一つだけ君に確認したいことがある。下田で二人しての映画行きを許
されなかったことを，僕は「實に不思議だった」と書いた。君はそれを，「うっ
そー。「不思議」なわけないじゃん。うちのおっかさんがそういうことにキツ
イの，知ってるくせに。」と「なんぐせ」をつけたね。いや，つけてくれたね，
と言いたい，ホントは。そんなことを責めてくれるのは，この世でただ一人，
君しかいないんだから。だけど僕は聞いてみたい。君自身はどうだったんだ
い？　頼み込んだって，絶対無理なことわかってたろう。それなのに君こそど
うして，おふくろさんに「縋りついて活動にいかせてくれとせがんだ」んだい。
その君を目の当たりにして，僕がどんなに嬉しかったか。生まれてこの方，僕
とは別な人の心が，あんなにも僕の心と一つなんだ，と感じたことはなかった。
あれほど誰かを愛している，誰かに愛されている，と実感したことは絶えてな
かった。あのときの君の後ろ姿が，まだ僕のまぶたの裏に焼きついている。い
つ死んでも後悔しないほど，鮮やかに。そうした君を間近に見ていた僕も，心
底から行きたいと思っていた。若い二人がこんなにも懇願しているのに，どう
して許されないのか，「實に不思議だった」んだ。今でもその思いは変わらな
い。ね，僕の記憶も満更ではないだろう？　君と永久に別れたことで，却って
失わなかった記憶の，確かな証拠の一つだよ。やっぱり『伊豆の踊子』は，な

くなっては困るんだろうか。

　　　　　　　　　　　　　　　関東老人と化した川端康成より

　わが懐かしの踊子の君へ

文献について

　本書は学術研究書ではないので，一次資料と二次資料等の区分けに基づく文献表は作成しない。加えて，『伊豆の踊子』に関する文献は膨大であって，網羅はまず不可能に近い。そこで，自ら探究を行う関心を持つ読者のために参考になりうることを眼目に，以下では，筆者の主観もやや交え，限られた資料について紹介をさせていただく。

　『伊豆の踊子』を論じた過去の文献の一覧としては，鈴木伸一・山田吉郎編『川端康成作品論集成』第一巻（おうふう，2009 年）に収載された「『伊豆の踊子』研究文献目録」が，大正 15 年から平成 20 年までの文献を収録した，現在，最も完璧で入手も容易な目録ではないだろうか。（同書の 288-316 ページ。）さらに新しい文献については，川端康成学会（川端文学研究会）が発行する年報『川端文学への視界』の参照を勧めたい。『伊豆の踊子』の作品論そのものの代表的な論集には，川端文学研究会編『傷痕の青春』（教育出版センター，1976 年）の他，上記『川端康成作品論集成』第一巻と，原善編『川端康成「伊豆の踊子」作品論集』（クレス出版，2001 年）とがある。『伊豆の踊子』の研究史は，林武志「「伊豆の踊子」研究小史」（『川端康成作品研究史』教育出版センター，1984 年，35-51 ページ）から山田吉郎「『伊豆の踊子』研究史」（『川端康成作品論集成』第一巻，317-327 ページ）までいくつかあるが，いずれも興味深い。

　本書にとっての一次資料にあたるのは，『伊豆の踊子』および川端康成の初期の作品，さらに『伊豆の踊子』を論じた川端自身の著述である。『伊豆の踊子』自体は，収録された『川端康成集』や文庫等が夥しくあるが，腰を落ち着けて読むには，長谷川泉による周到な注釈を付した，『日本近代文学体系　川端康成　横光利一集』（角川書店，1971 年）所収のものが，第一候補となるであろう。ただし本書では，筆者は，旧仮名遣いが用いられ，かつ入手が比較的容易な，1969 年発行の新潮社版全集の第一巻の『伊豆の踊子』を用いた。今回，『伊豆の踊子』の英訳，独訳が原文の理解に役立った。文学の専門家には自明

なのであろうが，特に J. Martin Holman（Yasunari Kawabata. *The Dancing Girl of Izu and Other Stories.* Counterpoint, 1997）と Edward Seidensticker（"The Izu Dancer." In Theodore W. Goossen, ed. *The Oxford Book of Japanese Short Stories.* Oxford U. P., 1997）の訳文を参照して，彼らが原文に忠実というより，自らに納得の行く訳に直していることを，改めて実感した。原文の調子を味わう（?）には，そうした訳業は禁物なのであろう。しかし，筆者にとっては，作者の言わんとする事柄を解釈するにあたり，あるいは一定の解釈を支持する根拠として，あるいは筆者による批判の標的として，訳文は極めて有用であった。訳者による解釈を，不用意なまでに明瞭に打ち出しているからである。なお，『伊豆の踊子』の絵付き小説に近い版として，「文学作品を時間の流れで分解し，絵画作品」とした，飯田達夫『伊豆の踊子を描く』（川端康成生誕 100 年祭記念事業実行委員会，1999 年）がある。（引用は同書，105 から。）小説中の主要な場面を，深みのある美しい絵と共に味わうことができる。ただし，故大林宣彦監督と類似の感覚を有する筆者は，踊子をあと三,四歳若く描いて欲しかった，と正直感じている。「獨影自命」と「『伊豆の踊子』の作者」を収めた『川端康成全集』第三十三巻（新潮社，1982 年），多くの作文の川端による選評を収録した『同』第三十四巻は，彼自身の『伊豆の踊子』観，子供・少女観の理解に有用である。

　川端康成研究の蓄積には，目を見張るものがある。筆者が参照した作品だけでもかなりに上り，到底ここに並べ尽せない。しかし，成書に限っても，長谷川泉『川端康成論考』（明治書院，1984 年），森本穫『魔界の住人川端康成──その生涯と文学』上（勉誠出版，2014 年），羽鳥徹哉『作家川端の展開』（教育出版センター，1993 年），鶴田欣也『川端康成の藝術』（明治書院，1981 年）は，どのような立場から『伊豆の踊子』を読む者にも等しく有用な，優れた研究であると思う。筆者は，鶴田には批判ばかり並べ立てたが，その感性には強く引かれるものがある。川嶋至『川端康成の世界』（講談社，1969 年）は，その論争的な性格のゆえに，川端を少しでも批判的に読もうとする者を，今後も長く裨益するのではないか。筆者にも手強い相手であった。（成書ではないが，川嶋の川端批評との関連では，伊藤整が集英社版の『川端康成集』（一）（二）（1966 年 -67 年）に寄せた「作家と作品　川端康成」（一）（二）（406-434,

411-433）は一読に値する。）中学生，高校生時代から，『伊豆の踊子』出版までの川端の動静を，作品に則して解釈しようとすれば，やや古いが，林武志『川端康成研究』（桜楓社，1976 年）を避けて通れない。同時代人による川端の人と作品全般の評としては，これもかなり古いが，三島由紀夫編『文芸読本川端康成』（河出書房新社，1962 年）および三枝康高編『川端康成入門』（有信堂，1969 年）がある。川端に最も近い位置から彼の作品とその背景を描いたのは，北條誠『川端康成　心の遍歴』（二見書房，1969 年）同『川端康成文学の舞台』（平凡社，1973 年）である。現代の文学と川端康成の文学のつながりの観点から，『伊豆の踊子』の意義をも読み替えようというのは，富岡幸一郎『川端康成　魔界の文学』（岩波書店，2014 年）である。川端の新しくかつ詳しい伝記には，小谷野敦『川端康成伝　双面の人』（中央公論社，2013 年）がある。筆者は，本来学問ではない作品論を伝記に，特に川端の伝記には求めるべきでない，との小谷野の主張に，妙に説得力を感じ，却って勇気づけられたことを記しておきたい。（『同書』586。）

　この他，本書との関係で，特に言及すべきは，菅野春雄の『誰も知らなかった「伊豆の踊子」の深層』（静岡新聞社，2011 年）と『本音で語る「伊豆の踊子」』（星雲社，2015 年）である。おそらく，文学の専門家の間では黙殺されるであろう二つの著作を，筆者が取り上げたのには，相反する二つの理由と一つの目論見とがある。理由の一つは，それら著作が，『伊豆の踊子』について，これまで注目されなかったいくつかの具体的な問題点を，鋭く分析し取り出していることである。もう一つの理由は，そうした分析結果を，ありきたりの疑念と無批判に結び付け，その結果，分析の鋭さにふさわしい結論を導き出すことに，あまりにも見事に失敗していることである。しかも，無批判に結びつける内容が，単に荒唐無稽ではなく，実は特権への批判といった時流を強く反映しており，そのことを通して，『伊豆の踊子』に結実した文化遺産を，必要以上に貶めるのではないか，との危惧を筆者が抱くからである。「はじめに」で述べたように筆者は，本書での試みがどんなに小規模ではあっても，かつての歴史で哲学者が試みたように，伝統文化を批判的に継承し，合理的に擁護して，文化否定を回避しようと試みた。そうした大それた試みの成功・失敗を判定する試金石として，菅野の両著作の批判的な検討は，避けて通ることのできない

課題であった。これが両著作を取り上げた目論見である。

　参照した研究誌・雑誌論文の数も相当数に上り，その掲載は残念ながら省略する。著者名，論文名，掲載誌については，それぞれの個所で確認下さるようお願いしたい。しかし，その中でも数名の著者には，筆者は特に多くを負っている。敬称なしで氏名を列記させて頂き，謝意を表したい。北野昭彦，近藤裕子，竹腰幸夫，藤森重紀。

あとがき

　高校生の頃『伊豆の踊子』を一度は読んだが，この小篇への筆者の特別な思いは六十歳を過ぎて生じた。それまで気にかけなかった美空ひばりの歌に，突然，魅了された。繊細かつ力強い彼女の歌声に，日本語との出会いを実感した。ひばり主演の『伊豆の踊子』を繰り返し観た。類似の映像作品との比較，そして小説への半世紀ぶりの回帰が続いた。最終講義は，筆者自身には破天荒な，ひばり版と吉永小百合版の『伊豆の踊子』の比較検討となった。

　本書の成立は，遥か先輩の中野照海教授（メディア教育）から頂いた，最終講義を改訂し出版するように，とのお勧めによる。その一言なしに，本書の準備も完成もあり得なかった。半世紀も前，卒業論文に途上国の教育を書いた筆者は，フィリピンのアテネオ大学大学院への留学を計画した。同じ頃，中野教授のご紹介で，NHK の国際教育番組コンクールを，学生アルバイトとしてお手伝いした。マニラでの院生生活を空想しつつ通った虎ノ門で，コンクールの応募作品の審査向け下準備に従事した。結局アテネオへの留学は果たさなかったが，あれ以来半世紀を経た本年の 4 月，図らずも，同大学の学術誌 *Budhi: A Journal of Ideas and Culture* から，青年論の執筆の依頼を受けた。本書を要約し，"Kawabata Yasunari's *The Izu Dancer* as a Bildungsroman" の表題のもと，同誌に投稿した。本書の出版を通じ，人と仕事と組織との不思議な繋がりの中に，自らの学生時代を感慨深く追体験できた。

　高齢化社会に相応しく，筆者も百歳間近の母と同居してきた。この間，海外での調査が必須な研究は停滞したが，人間の加齢の現実を，良しにつけ悪しきにつけ，身近に知った。過る半年間，妻の由紀には，『伊豆の踊子』論の相手という苦行（？）を，繰り返し強いる結果となった。詫びと礼とを述べたい。

　川島書店編集部の松田博明氏は，いくつもの有用な助言に加えて，出版の実務を素早くかつ丁寧に担当して下さった。感謝を申し上げる。

2021 年 10 月　著　者

著者略歴

立川　明（たちかわ　あきら）
1947 年，東京都生まれ。1970 年，国際基督教大学卒，同大学院修士課程修了，1978 年，ウィスコンシン大学大学院博士課程修了（アメリカ大学史）Ph.D. 1984 年—86 年，ハーヴァード大学客員研究員。国際基督教大学教授を経て，現在，同大学名誉教授。最近の著作は，"Development of Liberal Arts Education and Colleges." In Insung Jung et al., eds. *Liberal Arts Education and Colleges in East Asia.* Springer, 2016；「二〇世紀のリベラルアーツの歴史の中で」高沢紀恵・山崎鯛介編『建築家ヴォーリズの「夢」』勉誠出版，2019 年；「リンカンの目線から見た共和国大学」『大学史研究』第 28 号，東信堂，2019 年；児玉善仁他 6 名との共同編集・執筆『大学事典』平凡社，2019 年。
E-mail: tachikawa@icu.ac.jp

『伊豆の踊子』を読む

2021 年 11 月 20 日　第 1 刷発行

著　者　立　川　　　明
発行者　中　村　裕　二
発行所　㈲　川　島　書　店

〒 165-0026
東京都中野区新井 2-16-7
電話 03-3388-5065
（営業・編集）電話 048-286-9001
FAX 048-287-6070

Ⓒ 2021
Printed in Japan

印刷・製本　モリモト印刷株式会社

落丁・乱丁本はお取替いたします　　　振替・00170-5-34102
＊定価はカバーに表示してあります
ISBN978-4-7610-0944-1　C3037

学校のパラダイム転換

高橋勝 著

本書は，現代の学校が直面している諸問題について，教育人間学的アプローチを試みたもので，従来の学校観にかわる新しい学校のパラダイム（枠組み）が，著者のみずみずしい文章をとおして語られていく。「子どもの自己形成空間」につづく待望の姉妹篇。　★四六・228頁 本体2,200円
ISBN 978-4-7610-0610-5

山峡の学校史

花井信 著

第一部は群馬県吾妻郡の地域学校史。第二部は日本近代教育史研究を開拓した唐沢富太郎・海老原治善・中野光・中内敏夫の研究を批判的に跡づける。戦中下に生きた人たちの同時代教育史と訣別する，団塊世代の著者による新しい地域学校史の試み。　★A5・246頁 本体4,000円
ISBN 978-4-7610-0876-5

教育の原理を学ぶ

遠藤克弥・山﨑真之 著

本書は，教育のおかれた困難な現状を意識して，教育を考える/教育の目的と目標/欧米の教育の歴史と思想/学校教育制度/教育課程/教育の方法を考える/子どもが育つ教育経営，という内容によって，教育の原理を読み解くことに努めた，新テキスト。　★A5・160頁 本体1,900円
ISBN 978-4-7610-0902-1

詩のあしおと——学級通信の片隅から

堀徹造 著

日刊の学級通信を，新任の頃から30年にわたって続けてきた著者は，毎号通信の片隅に，詩を掲載してきました。取り上げてきた1700を超える膨大な詩人の作品の中から，選りすぐりをまとめたのが本書で，読むと自分も詩をつくってみたくなります。（書評より）　★四六・146頁 本体1,600円
ISBN 978-4-7610-0909-0

書き下ろし 教育学特別講義

森部英生 著

これまでのわが国の教育が辿ってきた道程に危機感を抱いた著者が，果たして教育はこのままでよいのかとの問題意識から，過去の人物の言説や政策関連の文書，法令の条文，教育をめぐって生じた裁判の判決文などを用いて，客観的に記述した，渾身の書。　★A5・224頁 本体2,600円
ISBN 978-4-7610-0939-7

川島書店

http://kawashima-pb.kazekusa.co.jp/　（価格は税別 2020年12月現在）